Die *Liebe* meines *Lebens*

Michaela Stadelmann wuchs in Wesel am Niederrhein auf. Seit 2007 veröffentlicht sie Romane in unterschiedlichen Genres, u.a. Krimis bei Midnight Ullstein. Hauptberuflich ist die Autorin als freie Lektorin tätig. Mit ihrer Familie lebt sie in Mittelfranken.

Schweden-Krimis
Schweig still
Im Rausch
Der stille Ruf des Todes
Letzter Anruf

Niederrhein-Krimis
Tod am Niederrhein
Vergiss für immer

Fantasy-Reihe Daliborka
Der Nachtmahr
Die Hexen
Die Zwerge

Bibliografische Information der Deutschen Nationalbibliothek:
Die Deutsche Nationalbibliothek verzeichnet diese Publikation in der Deutschen Nationalbibliografie; detaillierte bibliografische Daten sind im Internet über dnb.dnb.de abrufbar.

TWENTYSIX – der Self-Publishing-Verlag
Eine Kooperation zwischen der Verlagsgruppe Random House und BoD – Books on Demand

© 2019 Michaela Stadelmann

Herstellung und Verlag: BoD – Books on Demand, Norderstedt

ISBN 9783740746681

Für Caro und Steffi

Prolog

Januar 2015

Reiche Erbtanten sind toll. Vor allem, wenn man die einzige lebende Verwandte eines Familienzweigs ist. Leider kann es sich als überaus nachteilig erweisen, wenn sich diese Konstellation aus einer Laune des Schicksals heraus zweimal ergibt. Also wenn man eine Lebenspartnerin findet, die ebenfalls die Letzte ihres Familienzweigs ist und die auch eine sehr alte, wohlhabende Erbtante hat. Nicht, weil doch noch weitere Erben auftauchen. Sondern weil sich plötzlich die Möglichkeit eröffnet, mit Hilfe dieser Erbschaften eine Partnerschaft zusammenzuhalten. Es stimmt zwar, dass das Glück oft ein zweites Mal dort einkehrt, wo es schon gewesen ist. Aber man sollte stets auf der Hut sein, denn beim erneuten Besuch könnte es den Teufel mitgebracht haben.

2012

Es begann am Mittwoch, den 8. Februar 2012. Ich aß gerade Pommes an meinem Schreibtisch im Großraumbüro, als mein Handy klingelte. Die Nummer im Display sagte mir nichts, außer dass der Anrufer irgendwo in Franken telefonierte. Aber neugierig, wie ich war, nahm ich den Anruf an. Auflegen konnte ich immer noch.

Ein Anwalt namens Antoine Garibaldi mit starkem französischen Akzent kam unverzüglich zur Sache:»Ich vertrete die Erbschaftsangelegenheiten Ihrer Großtante Theodora Moretti in Italien. Wir sollten uns unverzüglich treffen, um alles Weitere bezüglich des Anwesens in Riva del Garda in der Provinz Trentino zu klären. Für den Fall, dass Sie das Erbe antreten, bringen Sie bitte rund eintausend Euro mit, um die zwischenzeitlich angefallenen Gebühren zu begleichen."

Vor Schreck würgte ich die letzte Pommes wieder hoch und hustete heftig. Garibaldi, hieß nicht die reiche Fürstenfamilie in Monaco so?

»Ich kann mir bis nächsten Dienstag Zeit für Sie nehmen«, fuhr Herr Garibaldi fort. »Vielleicht möchten Sie das Anwesen besichtigen? Es liegt sehr idyllisch am Gardasee. Danach muss die Angelegenheit ausschließlich schriftlich abgewickelt werden, weil ich spätestens kommenden Mittwoch das Land für längere Zeit verlassen werde.«

Ist das jetzt die neueste Masche nach dem Enkeltrick? fragte ich mich an jenem Mittwoch amüsiert. Jetzt werden also junge IT-Kauffrauen über den Tisch gezogen, weil bereits sämtliche Senioren um ihren Besitz gebracht wurden. Von Typen, die das Land verlassen müssen!

Gern hätte ich den Anrufer gefragt, ob er mich wirklich für so blöd hielt, dass ich ihm das mit der Erbtante abnahm. Aber ich war nicht allein im Großraumbüro. Und mein ehemaliger Ausbilder Lothar hörte alles, auch wenn er zwei Straßen weiter in der Kantine saß, so wie jetzt.

»Sie mich auch«, antwortete ich also höflich, drückte das Gespräch weg und aß weiter.

Kurz darauf klingelte mein Handy erneut. Ich ließ es klingeln. Ich und eine Erbtante, pffft. Mit »Anwesen« am Gardasee! Und mit dem Nachnamen brachte ich auch niemanden in Verbindung, der mir persönlich bekannt war: Moretti hieß doch auch ein Schauspieler, richtig?

»Willst du nicht rangehen?«, fragte Lothar hinter mir. Er kam satt und zufrieden aus der Kantine wie jemand, der ein riesiges Jägerschnitzel mit Kartoffeln und zum Nachtisch Vanillepudding verputzt hatte.

Ich winkte ab. »Ist ein Betrüger«, nuschelte ich hinter den letzten Pommes hervor. »Der denkt, ich lasse mich abzocken.«

»Braves Mädchen«, lobte Lothar. »Lass dich nicht von den Männern übers Ohr hauen!« Wankend stakste er auf seinen unglaublich dünnen Beinen weiter zu seinem Schreibtisch in der nächsten Nische. Die Federn seines Bürostuhls ächzten, als er sich darauf fallenließ.

Und mein Handy klingelte unverdrossen weiter. Dieser Garibaldi gab wirklich alles.

Als ich mein Geschirr in die Kaffeeküche gebracht hatte, dudelte mein Handy immer noch. Kurzerhand blockte ich die Telefonnummer. Fortan war es so still, wie es nach der Mittagspause in einem Großraumbüro mit 20 Mitarbeitern sein kann, die sich mühsam aus dem Mittagstief herausarbeiten. Ohne weitere Störungen aus Italien oder Monaco oder sonst wo arbeitete ich mein Pensum ab und fuhr pünktlich um fünf meinen PC hinunter.

Erst zu Hause fiel mir meine angebliche Erbtante wieder auf die Füße. Meine Mutter rief auf dem Festnetz an, kaum dass ich zur Tür hereinkam: »Schatz, ein Herr Garibaldi hat angerufen wegen einer Erbschaft.«

»Wie dreist!«, entfuhr es mir. »Der hat sich tatsächlich die Mühe gemacht und deine Nummer herausbekommen? Wow. Betrug auf einem ganz neuen Level! Der hat bestimmt einen entsprechenden Lehrgang absolviert.«

»Ich weiß nicht, mit wem du sonst verkehrst, aber dieser Garibaldi kommt mir wie ein ernstzunehmender Vertreter seines Berufsstandes vor«, widersprach meine Mutti genervt. Sie konnte meine ironischen Ausfälle auf den Tod nicht leiden. »Außerdem könnte es doch sein, dass dein richtiger Vater noch eine Großtante hatte, von der du nichts wusstest.«

Müde kickte ich meine Stiefel in die Flurecke. Mein richtiger Vater, ein Drama in endlos vielen Akten! Er war vor ein paar Jahren verstorben, aber in echt. »Wusstest du etwa von ihr?«

»Nein«, gestand Mutti. »Aber angenommen, es gab die Tante wirklich, dann wärst du doch dumm, wenn du dir das Haus nicht anschaust.«

»Ach, Mutti, ein bisschen mehr Misstrauen würde dir echt nicht schaden.« Ich klemmte mir die mobile Einheit meines Telefonsets zwischen Kinn und Schulter und ging zum Kühlschrank. Mit spitzen Fingern nahm ich die Reste eines Salatkopfs aus dem Gemüsefach und warf ihn weg. Warum kaufte ich eigentlich noch ein, wenn ich sowieso die Hälfte verschimmeln ließ?

»Was hat der gute Garibaldi denn sonst noch erzählt?«, fragte ich, weil Mutti schwieg, wahrscheinlich beleidigt.

»Das kannst du ihn gern selbst fragen. Er will gegen sechs bei dir vorbeischauen.«

»Du hast ihm meine Adresse gegeben?«, brüllte ich entgeistert. »Sorry, Mutti, hast du sie noch alle?«

»Ja, habe ich, weil er auch bei mir war. Und für mich sahen die Unterlagen alle echt aus, die er mir vorgelegt hat!«, brüllte sie wütend zurück.

»Nur, weil du beim Einwohnermeldeamt arbeitest, heißt das nicht, dass du irgendwelche Dokumente prüfen sollst, die mich betreffen!« Ich war drauf und dran, das Mobilteil meines Telefons auf den Boden zu pfeffern. Was natürlich nichts an meinem Problem änderte, dass Mutti einem Wildfremden meine Adresse gegeben hatte. »Ich lasse ihn einfach nicht herein«, verkündete ich trotzig. »Und die Polizei rufe ich am besten auch gleich an.«

Da klopfte es an der Wohnungstür, und zwar sehr entschlossen. So klopfte nur eine mir bekannte Person.

»Mach die Tür auf, Steffi!«, rief Mutti im Hausflur. »Herr Garibaldi muss dich wirklich dringend sprechen!«

Das war wieder so typisch Mutti. Statt mir während des Gesprächs zu sagen, dass sie mit diesem Anwalt im Anmarsch war, verhedderte sie sich lieber in ihren eigenen Widerreden, bis sie ankamen. Und dann hielt sie sich während der folgenden Unterhaltung natürlich nicht zurück, sondern gab mir eifrig Tipps für meine Reise nach Italien.

»Du erbst ein Haus am Gardasee!«, quiekte sie immer wieder begeistert. »Los, geh sofort packen. Ich komme mit!«

»Mutti, ich entscheide selbst, wann ich wohin fahre.« Vollkommen erschöpft hing ich auf meiner abgewetzten Couch. Dieser Garibaldi hatte in der letzten halben Stunde wirklich alle Register gezogen, um mich davon zu überzeugen, dass er uns kein Theater vorspielte. Und ich hatte immer wieder genau ein Argument vorgebracht, warum er es tat: damit er mich um lächerliche zweitausend Euro erleichterte. Die »Gebühren« waren in der Zwischenzeit nämlich gestiegen.

Der gedrungene Mann, der sich selbst als Anwalt bezeichnete, wackelte sorgenvoll mit dem Kopf. Seine grauen Löckchen wippten wie ein lässig übergestreifter Heiligenschein um seine zartrosa Glatze. »Madame, ich muss Ihrer Frau Maman recht geben. Was spricht dagegen, sich das Haus einmal aus der Nähe anzuschauen? Danach können Sie die Erbschaft immer noch ablehnen.«

»Und damit du nicht alleine fahren musst, begleite ich dich«, bekräftigte Mutti. »Ich wollte sowieso mal wieder an den Gardasee fahren.«

»Du warst doch noch nie dort«, meinte ich.

Verlegen starrte sie auf ihre Hände in ihrem Schoß. »Habe ich dir etwa nicht erzählt, dass ich deinen Vater dort kennengelernt habe?«

Ach, so lief der Hase also! »Ich dachte, das wäre Holger gewesen.« Holger war mein Ziehvater und seit drei Jahren von Mutti getrennt.

Mutti druckste ein wenig herum. »Ja, den auch. Das war später.« Sie warf mir einen trotzigen Blick zu. »Aber das mit der Tante wusste ich wirklich nicht.«

Letztlich gab ich mich aufgrund der vielen familiären Neuigkeiten geschlagen. Die Verbindung nach Italien war also echt und die Dokumente auch. Ich hatte zwar nicht so viel Ahnung von Stempeln oder echtem und künstlich gealtertem Papier wie Mutti. Aber der Name meines leiblichen Vaters Stefan Waltrupp tauchte auf diversen Urkunden auf und überzeugte mich dann doch.

»Am besten nehme ich Sie gleich in meinem Audi mit«, schlug Herr Garibaldi vor. Sein Nacken glänzte vor Schweiß. Mein Widerstand musste ihn sehr angestrengt haben. »Wenn wir die Nacht durchfahren, sind wir morgen früh in Riva del Garda.«

Ich schüttelte den Kopf. »Keine Chance. Ich muss erst Urlaub beantragen. Wenn du mit willst, Mutti, dann musst du auch erst mit deiner Chefin sprechen.«

»Heidrun rufe ich von unterwegs an«, winkte Mutti fast schon fröhlich ab. »Meine Chefin ist da nicht so wie dein Lothar.«

Ich will doch nur mal eine Nacht drüber schlafen, dachte ich verzweifelt. Mir kam die ganze Sache viel zu überstürzt vor, da konnte Herr Garibaldi noch so formvollendet mit den Belegen meiner toten Großtante wedeln. Mit Hängen und Würgen einigten wir uns schließlich darauf, dass er mir die Papiere daließ, damit ich nochmals alles in Ruhe durchgehen konnte. Er gab mir auch bis Donnerstagmittag Zeit, mich bei ihm zu melden. Damit verringerte er den Druck, unter dem ich stand, so abrupt, dass ich in meiner überschwänglichen Erleichterung fast gerufen hätte: »Ach, drauf gepfiffen, wir fahren sofort! Gebt mir fünf Minuten zum Packen.«

Ich unterdrückte das Gefühl zum Glück, was dazu führte, dass mein Leben nach etlichen Gedankendurchgängen am nächsten Morgen trotzdem die entscheidende Wende nahm. Leider handelte ich in den folgenden Jahren nicht immer so bedacht. Da wurde mir meine Impulsivität nicht nur bildlich zum Verhängnis.

***

Am nächsten Tag führte mich mein Weg zunächst zu Lothars Schreibtisch im Großraumbüro. Ich musste dringend mit ihm sprechen, denn um die Mittagszeit wollte ich mit Herrn Garibaldi und Mutti schon auf dem Weg nach Riva del Garda sein.

Ich würde lügen, wenn ich behaupte, dass mir die Entscheidung leicht gefallen war. Veränderungen waren und sind mir ein Gräuel. Umso unverständlicher erscheint es mir im Nachhinein, dass ich später so viel kreative Energie für Caros Projekte aufgebracht habe, von denen jedes eine individuelle Lösung forderte. Die Überforderung war vorprogrammiert, der Bruch unvermeidlich. Aber das wusste ich am 9. Februar 2012 nicht, weil ich Caro um 7:25 Uhr noch gar nicht kannte.

Die digitale Uhr über der Bürotür sprang auf 7:26 Uhr. Fast gleichzeitig kam Lothar herein. Er schmunzelte, als er mich an seinem Schreibtisch stehen sah. Ohne hinzusehen warf er seinen Anorak über seinen Garderobenhaken neben dem Eingang. Freiwillig würde er seinen Anorak niemals über einen anderen Haken hängen. Das ist nicht die einzige Gemeinsamkeit, die wir teilen.

»Hast es wohl gerochen, wie?« Fröhlich schloss er seinen Rollcontainer auf. »Kannst gleich mitkommen.«

Nicht besonders intelligent sagte ich: »Hä?«, und: »Aber ich muss dringend mit dir über was Privates reden!«

»Nachher. Jetzt müssen wir erst mal zum Chefchen. Der wartet schon.« Lothar zog einen Stapel Unterlagen aus dem Rollcontainer.

»Aber ich hab ein dringendes privates Problem«, versuchte ich, ihn umzustimmen.

Lothar musterte mich wie damals in der Ausbildung, wenn ich gerade wieder einen Anfall von »Einbildung auf Meinungsfreiheit am Arbeitsplatz« hatte, wie er es nannte.

»Glaub mir, das Gespräch mit Chefchen ist wichtiger. Für alles andere ist später genug Zeit.«

Wenn Lothar so beharrlich war, dann war was im Busch. »Ja, von mir aus«, gab ich nach. »Aber danach muss ich dich unbedingt allein sprechen.«

Außer uns standen noch zwei andere Kollegen hinten bei der Kaffeemaschine und unterhielten sich gähnend. Versteckt winkte Lothar mich zu sich heran. »Ein Tipp unter Kollegen: Falls du glaubst, schwanger zu sein, sag erst mal nichts davon, erst im April oder so. Dann bist du auf der sicheren Seite. Und falls du planst, dieses Jahr schwanger zu werden, dann hau rein, ja? Bis April solltest du damit angefangen haben.«

»Sag mal, spinnst du jetzt?«, fuhr ich ihn an. »Das ist so was von nicht deine Sache! Auch wenn du weltbester Ausbilder warst!«

»Darum geht's doch gar nicht«, zischte er. »Ich rette dir gerade den Arsch, meine Liebe. Und jetzt komm mit!«

Also war es wirklich ernst. Ich rechnete vorsichtshalber mit dem Schlimmsten, als ich hinter Lothar her zur Chefchen-Etage trottete. So nannten wir damals das Stockwerk mit dem Teppichboden und der besonders großen Kaffeeküche. Denn unsere Vorgesetzten waren durchweg jünger als unsere alteingesessenen Abteilungsleiter.

Unser damaliges Chefchen Linus Matthäus, weder verwandt noch verschwägert mit dem Fußballstar, erwartete uns bereits. Er hielt sich nicht mit langen Vorreden auf und gratulierte mir zu meiner Beförderung zur stellvertretenden Abteilungsleiterin. Von nun an war ich nicht nur in der nächsthöheren Gehaltsstufe, sondern ich bekam auch noch einen Batzen Verantwortlichkeiten dazu, um Lothar zu entlasten. Nach dieser knappen »Einweisung in Ihr künftiges Kompetenzgebiet« grinsten mich sowohl Chefchen als auch Lothar erwartungsvoll an. Jetzt musste ich irgendwas sagen. Meine Handflächen wurden feucht.

»Und wenn ich den Job nicht annehme?«

Eisige Stille folgte. Lothars zuckendes Augenlid signalisierte mir, dass diese Frage nicht gut war.

Chefchen schloss die Augen und atmete tief durch. »Frau Fiedler, das habe ich zu Ihrem eigenen Wohl nicht gehört.«

Entnervt kniff Lothar sich in die Nasenwurzel. »Herr Matthäus, ich muss mit Frau Fiedler mal ein offenes Wort reden. Sie gestatten, ja?«

Chefchen nickte, meiner Ansicht nach überfordert.

»Die Zentrale plant eine Zusammenlegung zweier Standorte mit Verlagerung der Administrativplätze nach München. Wenn du diese Position ablehnst, bist du in drei Monaten deinen Job ganz los.«

München? Das klang anstrengender als Nürnberg-Moorenbrunn. Aber Stellvertreterin der Abteilungsleitung erschien mir auch nicht besonders kuschelig. »Dann verzichte ich auf den Posten.«

Chefchen kam aus dem Kopfschütteln nicht mehr heraus.

Lothar wahrte eisern Geduld. »Arbeitnehmer in Schlüsselpositionen bekommen einen neuen Kompetenzbereich zugewiesen. Arbeitnehmer mit Familien werden ebenfalls bevorzugt behandelt.«

Und ich war Single. Die Dinge lagen, wie sie lagen. Für eine kühle Gegenrede mit Argumenten, die sich gewaschen hatten, gab es keinen Anlass. Entweder sagte ich zu oder ich konnte mich nach einem neuen Job umsehen.

»Ja, dann mach ich es halt«, gab ich mich geschlagen. »Kann ich in Nürnberg bleiben oder muss ich nach München?«

Lothar nickte bedächtig. »Als meine Stellvertreterin kannst du hierbleiben.«

Wenigstens etwas! »Dann muss ich sicher noch was unterschreiben, oder?«

Gefühlte hundert Unterschriften später wankte ich neben Lothar zurück zum Großraumbüro. Stellvertretende Abteilungsleiterin. Ich! Womit hatte ich das bloß verdient?

»Jetzt freu dich doch endlich«, forderte Lothar mich auf. »Ich hab mir für dich den Mund fusselig geredet, damit sie mir nicht so einen nassforschen BWL-Typen vor die Nase setzen.«

»Dann hast du es ja auch nur für dich getan«, meinte ich schwach. »Aber okay ... danke. Dann werde ich immerhin nicht arbeitslos.«

»Toll, wie sich deine Begeisterung auf deine Umgebung überträgt«, frotzelte Lothar gutmütig. »Ich kann sie förmlich spüren! Da, siehst du meine Gänsehaut?« Er hielt mir seinen Arm unter die Nase. Der Pulloverärmel war hochgerutscht. Urwald war die passende Bezeichnung für das, was da wucherte.

»Wahnsinn«, bestätige ich lahm. »Und übrigens brauche ich bis einschließlich Dienstag Urlaub. Wegen der privaten Sache, über die ich mit dir sprechen wollte. Ich hab nämlich geerbt.«

Überrascht pfiff Lothar durch die Zähne. »Viel?«

»Keine Ahnung. Irgendeine Villa in Riva del Garda am Gardasee. Ich muss mir die Sache anschauen, bevor ich das Erbe antrete.«

»Umso weniger verstehe ich die Lätsche, die du ziehst«, brummte Lothar. Aber er gab mir trotzdem Urlaub mit der Auflage, in Riva del Garda die richtige Entscheidung zu fällen. Und eine Postkarte sollte ich ihm schreiben, obwohl die wahrscheinlich erst lang nach mir hier ankäme.

***

Noch eine Sache musste ich an diesem Vormittag erledigen. Am vergangenen Abend war eine Schnalle an meinem Trekkingrucksack zerbrochen. Ohne die konnte ich den Rucksack aber nicht ordentlich schließen. Also suchte ich den einzigen mir bekannten Trekking-Laden in der Nürnberger Südstadt auf. Natürlich hatte ich vorher recherchiert, was ich überhaupt brauchte, damit nicht zu viel Zeit beim Erklären draufging. Die zerbrochen Schnalle nannte sich unter anderem Quick-Release-Verschluss, Klickverschluss, Steckverschluss oder Steckschließe für Gurtbänder.

Beim Eintreten atmete ich das Gummi-Plastik-Linoleum-Gemisch tief ein, das es nur in solchen Läden gibt. Hier hatte ich vor bald fünfzehn Jahren meinen Trekkingrucksack erstanden, was den Gang ein wenig sentimental gestaltete. Damals war ich nach Großbritannien aufgebrochen, hatte darin meine Sachen durch Nordirland und Schottland geschleppt. Die spanische Sonne hatte die Farbe aus dem Rucksackdeckel gebleicht. Und der Flug nach Island hatte ihn den Hüftgurt gekostet. Mit traurig ausgefranstem Anhängsel war er nach der Rückkunft auf dem Transportband zu mir zurückgekehrt. Ich hätte den Rucksack reparieren lassen oder einen neuen kaufen können. Aber der Rest war noch gut und ich sah keinen Grund, die funktionierenden 99 % des Rucksacks zu entsorgen. Und die Reparatur hatte ich immer wieder hinausgeschoben.

Ich war an diesem Vormittag nicht die einzige Kundin. Eine Frau wollte einen Kinderschlafsack für ihre kleine Tochter kaufen. Im Schaufenster wies ein Schild auf eine entsprechende Rabattaktion hin. Weil ich mir zu dem Zeitpunkt noch nichts aus Rabatten machte, maß ich dem Schild keine Bedeutung bei und wartete an der Kasse. Irgendwann würde die Mutter sich schon für ein Modell entscheiden und ihre gelangweilte Tochter hinter sich hinausziehen.

Die Verkäuferin ratterte die Vor- und Nachteile der einzelnen Modelle herunter, lächelte, wartete, wiederholte die Liste, packte Schlafsäcke aus und ein und schleppte immer neue gestopfte Rollen heran. Unterdessen versuchte die Mutter, der Kleinen die Schlafsäcke schmackhaft zu machen. Aber egal, wie sehr sie ihre Argumente ausschmückte, die schwarzen, dunkelblauen oder tannengrünen Schlafsäcke blieben schwarz, dunkelblau und tannengrün.

»Aber ich will einen rosa Schlafsack«, nörgelte das sichtlich erschöpfte Kind. »Wieso hast du keine rosa Schlafsäcke?«

Bedauernd hob die Verkäuferin die Schultern. Mit ihrem Holzhackerhemd passte sie ganz gut hierher. »Die sind leider alle schon weg.« Sie pustete sich ein paar dunkle Ponysträhnen aus der Stirn. Das gefiel mir irgendwie. Unwillkürlich trat ich einen Schritt näher.

»Dann nimm halt den roten«, schlug die Mutter der Kleinen vor. »Mit dem kannst du sogar in Sibirien unter dem Sternenhimmel übernachten.«

»Aber ich will gar nicht nach Sibirien!« Gefährlich verzogen sich die Mundwinkel der Kleinen. Gleich würde es Tränen geben.

»Schau mal, der rote Schlafsack ist wirklich ganz kuschelig«, probierte die Mutter es weiter. »Darin ist es so warm, dass du nie wieder aufstehen willst.«

Die Vorstellung schien der Kleinen noch weniger zu gefallen. Sie brach in Tränen aus.

»Was machen wir jetzt?«, fragte die Mutter die Verkäuferin. Ich war nicht sicher, ob nicht auch in ihrer Stimme Tränen zu hören waren.

Da lächelte die Verkäuferin.

Die Welt um mich herum wurde unwichtig. Und in mir ging die Sonne auf.

Okay, es hatte vorher ein oder zwei Menschen in meinem Leben gegeben, bei denen mein Herz schneller geklopft hatte. Aber das hier waren: Trommelfeuer, weiche Knie, rote Ohren und Atemnot. Bitte hör nie wieder auf zu lächeln, dachte ich, zu perplex, um zu begreifen, dass ich mich Hals über Kopf in eine Frau verliebt hatte.

Die wunderschöne Verkäuferin mit dem Holzfällerhemd und den dunklen Strähnen hockte sich zu der Kleinen hinunter und zog einen dunkelblauen Schlafsack heran. Auf der Oberseite war ein bärtiger Comic-Zauberer abgebildet, der die Kleine zu dem Ausruf: »Den schenken wir Opa!« veranlasst hatte, bevor sie ihn von sich schob.

»Schau mal«, sagte die Verkäuferin. Und obwohl ich gar nicht gemeint war, musste auch ich ganz genau hinschauen. »Der Rucksack ist zwar jetzt blau. Aber wenn du die Augen zumachst, dann wird er rosa.« Der Samt in ihrer Stimme ließ mich wohlig erschauern.

Die Kleine hörte auf zu schluchzen. »Ehrlich?«

»Klar«, flüsterte die Verkäuferin verschwörerisch. »Probier's mal.«

Gehorsam schloss die Kleine die Augen. »Stimmt«, sagte sie nach ein paar Sekunden. Rasch öffnete sie sie wieder. »Da, hast du es gesehen? Er war noch ganz kurz rosa!«

Die Mutter musste sich das Lachen verbeißen. Aber die Verkäuferin blieb bei ihrer Behauptung, und die Kleine nahm sie nur zu gern an. Kurz darauf verließ sie zufrieden den Laden mit ihrem blauen Schlafsack, der bei geschlossenen Augen rosa wurde.

»Und jetzt sind Sie dran«, sprach die Verkäuferin mich plötzlich an. »Was kann ich Ihnen Gutes tun?«

Von einem Augenblick auf den anderen wurde *ich* zur Comicfigur. Bestimmt hätte ich mich wunderbar auf dem tannengrünen oder dem schwarzen Schlafsack gemacht. Zum Beispiel als panisch herumstammelnde Kundin, der die Brille alle paar Sekunden auf die Nasenspitze rutschte, so heiß war mir plötzlich. Irgendwie presste ich mein Anliegen heraus.

Es kam sogar ein Gespräch mit der Verkäuferin zustande, doch der Inhalt blieb mir aus Gründen der Nervosität verschlossen. Schlotternd vor Angst flüchtete ich kurz nach elf Uhr morgens mit meiner neuen Steckschließe zurück auf die Straße. Ich rannte fast zu meinem Wagen, so gedemütigt fühlte ich mich, und euphorisch, und hoffnungslos – und verliebt.

Ich klemmte mich hinter das Lenkrad meines Puntos.

Himmel.

Wenn nicht eine Politesse ans Fenster geklopft und mich darauf aufmerksam gemacht hätte, dass meine Parkzeit abgelaufen war, hätte ich bis zum Abend mit dem Zündschlüssel in der Hand dagesessen. So lähmend und wunderschön zugleich hatte sich das Gesicht der Verkäuferin in meine Gedanken gebrannt.

Ich startete den Motor wie in der ersten Fahrstunde mit Aufheulen, Abwürgen, aus der Parklücke hoppeln und fast den Gegenverkehr rammen. Zu Hause angekommen, hätte ich mich in sämtliche Körperteile treten können, dass ich nicht noch einmal zu dem Laden zurückgegangen war. Ich hätte mich davon überzeugen sollen, dass die Verkäuferin eine ganz normale Person im Holzfällerhemd war, wegen der man nicht ausflippen musste. Und dass mein Hormonrausch vom neu beginnenden Zyklus herrührte und ich demnächst mit Bauchkrämpfen auf dem Sofa zusammenbrechen würde.

Halt, nein, ich musste ja nach Italien!

Der Gedanke lähmte mich erneut.

Mutti rettete mich schließlich, indem sie wie verabredet um halb eins bei mir klingelte. Monsieur Garibaldi wartete unten mit laufendem Motor auf uns. Das Leben ging trotz des schrecklich-schönen Einschnitts in meinem Leben weiter.

Nun gut, dachte ich auf dem Rücksitz von Herrn Garibaldis Oberklasse-Wagen und zog den Kopf ganz tief zwischen die Schultern. Dann werde ich halt diese Erbtantensache abwarten. Vielleicht macht mich das wieder normal.

Es war nicht der Fall.

***

Die größte Angst hatte ich vor den Schneetouristen, denn für das kommende Wochenende waren wieder Schneefälle angekündigt worden. Hinter Ingolstadt war ich auf der Rückbank eingeschlafen und träumte von kilometerlangen Autoschlangen am Brennerpass. Aber hier zeigte sich, dass Monsieur Garibaldis Drängen zur Eile richtig gewesen war. Wir überquerten den Pass am frühen Abend ohne Verzögerung und legten im nächsten Ort eine kurze Pause ein.

»Zum Beine vertreten, Bettina.« Der Anwalt lächelte Mutti so schelmisch an, dass mir die Nackenhaare aufstanden.

»Eine gute Idee, Antoine«, schnurrte sie so samtig, wie ich es schon lange nicht mehr gehört hatte. Und dann auch noch »Bettina« und »Antoine«! Es bahnte sich doch zwischen Mutti und Garibaldi nichts an?

Warum eigentlich nicht, dachte ich. Mutti war schon viel zu lang allein. Und wenn mich der Blitz aus heiterem Himmel traf, warum dann nicht auch sie?

»Eine Pause wird auch unserer Erbin guttun.« Mutti blinzelte mir im Rückspiegel zu. Erst gestern hatte sie sich darüber amüsiert, dass meine körperlichen »Roaring Twenties« demnächst wohl vorbei waren und ich mich auf weitere Zipperlein einstellen sollte.

»Stimmt«, brummte ich angesäuert. »Nach so einer langen Fahrt soll man die Bandscheiben durch Bewegung entlasten. Und zwar in jedem

Alter.«

Nun grinste auch Monsieur Garibaldi. Im Rückspiegel sah er aus wie ein freundlicher Hamster mit rosa Glatze.

Die weibliche Bedienung in dem Café, in das uns der Monsieur einlud, kannte ihn anscheinend schon länger. Sie begrüßten sich lautstark auf Italienisch mit Küsschen und, so schien es mir, vielen wohlmeinenden Floskeln. Ohne dass wir etwas sagen mussten, servierte sie uns im Handumdrehen drei Tassen Cappuccino mit einem kleinen Schälchen Amarettini.

Der Cappuccino schmeckte wirklich ausgezeichnet, nicht so wie die Plörren, die man beim Bäcker bekam. Und die Bedienung selbst gab mir auch Rätsel auf. Ich sagte bereits, dass ich wusste, was Herzklopfen bedeutet. Aber seit ich diese Verkäuferin getroffen hatte, sah ich auch andere Frauen irgendwie – anders. Mein Blick schien herzlicher, weicher, offener. Nicht mehr so abwehrend, weil ich mich meinen Geschlechtsgenossinnen plötzlich auf ganz besondere Weise verbunden fühlte. Man könnte sagen, dass ich zum zweiten Mal echte Liebe spürte, weil ... keine Ahnung. Es war so und ich genoss es, weil ich mich zum ersten Mal in meinem Leben irgendwo zugehörig fühlte.

Viel zu schnell fuhren wir weiter. Monsieur Garibaldi bot auch mir das Du an, was ich sehr angenehm fand. So schnell kam man nämlich nicht in den Genuss, einen Anwalt duzen zu dürfen. Dass er es mir eher wegen Mutti anbot, begriff ich erst am nächsten Morgen, aber ich will nicht vorgreifen.

Italienische Abende im Februar sind genauso öde und kalt wie in Franken. Mutti und ich würden im Haus meiner Tante zu übernachten, weil die Hotels nach Antoines Aussage horrende Preise für durchschnittlichen Service verlangten. Er selbst wollte sich bei einem Freund einquartieren, der ihn bereits erwartete. Davor absolvierte er mit uns einen schnellen Rundgang durchs Haus, damit wir uns zurechtfanden, schrieb uns die Telefonnummer seines Freundes auf und fuhr ab.

So standen Mutti und ich etwas ratlos mit einer Tüte voller Lebensmittel in der Eingangshalle eines Anwesens, das bald mir gehörte. Ich brauchte bloß zuzugreifen.

»Und?«, fragte Mutti nach einer Weile des stillen Staunens. »Was sagst du?«

»Ich muss aufs Klo.« War es legitim, meinen Rucksack gegen diese wunderschöne alte Flurkommode mit drei Schubladen zu lehnen, über der ein alter Silberspiegel von geradezu gigantischen Ausmaßen hing? Hängte jemand wie ich die schmutzige Winterjacke an den Garderobenhaken aus Messing, der wiederum an einer fast schwarzen hölzernen Garderobe angebracht war? Durfte ich mit meinen derben Winterstiefeln über den warmen Terrakottaboden zu der kleinen Tür hinüberlaufen, hinter der ich eines der Gästebäder vermutete?

»Ich meinte, ob es dir gefällt«, seufzte Mutti.

»Ja, irgendwie schon«, meinte ich. »Säulen am Eingang hat nicht jeder. Und zwei Stockwerke mit voll möblierten Zimmern und einem kompletten Hausrat sind halt nicht übel.«

»Und einem Garten«, ergänzte Mutti. Ihre Augen glänzten verdächtig. Sie versuchte schon seit Jahren, wenigstens in einem Schrebergartenverein eine Parzelle zu ergattern. Aber wer nicht in der Nürnberger Gartenstadt wohnte, hatte meist Pech.

»Du fährst nicht ernsthaft auf den Garten ab«, lästerte ich. »Wenn du den allein auf Vordermann bringen willst, hast du das ganze Jahr zu tun.«

»Du könntest mich als Gärtnerin einstellen«, schlug Mutti vor. »Kost und Logis kannst du mir vom Gehalt abziehen. Dafür blühen für dich das ganze Jahr die Rosenrabatten. Und kochen könnte ich auch für dich.«

Ich warf einen Blick durch die halb aufgezogene Schiebetür. Der Teeraum sah aus wie eine Kopie der prächtigen Räumlichkeiten in britischen Aristokratenfilmen. Nicht mal das silberne Teekännchen auf dem Teetisch fehlte. Anscheinend hatte jemand vor unserem Eintreffen für ein ansprechendes Ambiente sorgen wollen. Und erst die Stühle …

Mein Körper meldete sich. Ich hampelte auf die kleine Tür zu, hinter der tatsächlich die Gästetoilette war. So edel war ich noch nie aufs Klo gegangen! Und während ich dort saß, versuchte ich mir vorzustellen, was ich mit all dem Zeug anfangen sollte. Ich war eher der schlicht eingerichtete Typ, damit ich nicht so viel Aufwand mit dem Aufräumen hatte. Aber die Teppiche, Schränkchen, Bilder in glänzenden Rahmen, eben der ganze Klimbim, der meiner unbekannten Großtante gehört hatte — er beeindruckte mich. Und wir hatten noch nicht *in* die Schränke geschaut!

Mutti war in die Küche gegangen und schmierte uns ein paar Brote mit den Sachen, die wir mitgebracht hatten. Wir aßen auch dort an einem riesigen Holztisch, der sicher ein paar Jahrzehnte auf dem Buckel hatte, wenn nicht mehr. Scharten, Kratzer und Löcher überzogen seine Oberfläche wie Narben. Wie gut, dass Holz antiseptisch ist, sonst hätte ich nicht so entspannt dort sitzen und mein Abendbrot essen können. Dazu hatte Mutti Wein in Blechtassen eingeschenkt, weil sie keine Gläser gefunden hatte. Noch nicht.

»Und wie findest du es jetzt?«, fragte Mutti nach dem zweiten Brot.

»Beeindruckend.« Ich schaute mich noch einmal in der Küche um. »Wie viele Leute hier wohl mal beschäftigt waren?«

Mutti nickte nachdenklich. »Bestimmt waren viele davon gesundheitlich nicht gut versorgt, während die Reichen drüben von silbernen Tellern speisten.«

»Jetzt wirst du aber sentimental«, grinste ich.

»Nur realistisch«, widersprach Mutti und nahm noch einen Paprikastreifen. »Zumal du die Frage nach dem Personal gestellt hast.« Meine beginnende Zuneigung zu diesem Haus schrumpfte wieder. Ich würde Personal brauchen, wenn ich es behalten wollte. Mutti würde sich auch nicht mit einem Almosen zufrieden geben. Da wäre der Überschuss von meiner Beförderung schnell aufgebraucht.

»Hatte Tante Theodora nicht einen Weinberg?«, fragte ich spaßeshalber. »Dann könnte ich Winzerin werden und mich hierher zurückziehen.«

Mutti runzelte prompt die Stirn. »Das meinst du aber nicht ernst, oder?«

»Natürlich nicht. Du weißt doch, dass bei mir nicht mal Kakteen überleben.«

»Eben drum.« Seufzend stand sie auf und räumte ihr Geschirr auf die riesige Spüle. »Darf ich ehrlich sein? Das hier passt auch nicht zu dir.«

Erleichterung ließ mich auf dem uralten Stuhl zurücksinken. Ich hatte anscheinend unbewusst die ganze Zeit auf diesen Satz gewartet. »Dann soll ich das Erbe also ausschlagen?«

»Nein. Du könntest das Haus verkaufen und etwas anderes mit dem Geld machen.« Mit einem Seufzer lehnte Mutti sich an die Spüle und schaute verträumt aus dem Fenster. Draußen war es stockfinster. »Zum Beispiel könntest du eines von den alten Nürnberg Stadthäusern kaufen und auf Vordermann bringen.«

»Die rückt doch keiner von den Besitzern freiwillig raus.« Also kein Grundstück am Gardasee, dachte ich und biss in mein Bauernbrot. Schade, denn das hiesige Essen schmeckte schon jetzt viel interessanter als zu Hause.

»Dann soll ein Makler für dich danach Ausschau halten«, schlug Mutti vor.

»Und wenn wir uns erst mal in Ruhe umschauen und ich dann entscheide?« Ich sprach absichtlich mit vollem Mund, denn Muttis zügiges Handeln störte mich. Ja, ich hatte Vorbehalte und jede Menge Kosten im Kopf, wenn ich nur durchs Haus ging. Aber das hieß nicht, dass ich die Idee sofort in den Wind schlagen musste. Manchmal fanden sich Möglichkeiten, wenn man nicht krampfhaft danach suchte.

Viel mehr als die Küche und unser Schlafzimmer sahen wir an diesem Abend nicht mehr. Wir wollten zusammen im Gästezimmer übernachten, weil uns dieser große Kasten auch unheimlich war, jedenfalls in der ersten Nacht. Meine liebsten Krimis und Thriller wirbelten in meinem Kopf herum, sobald mir die Stille bewusst wurde, die hier herrschte. Zweihundert Meter von hier plätschert der Gardasee, dachte ich, als ich schon in meinem Bett lag und Mutti das Deckenlicht gelöscht hatte. Sie drehte sich alle paar Minuten auf eine andere Seite, weil ihr Bett nicht so bequem war wie meins. Schließlich tauschten wir. Kurz darauf war sie eingeschlafen.

Ich lauschte, ob ich den Gardasee nun hören würde, da Mutti endlich still lag — aber nichts. Nicht mal der Wind wehte. Und ich war die einzige wache Person in diesem riesigen Haus.

Ärgerlich zog ich mir die Daunendecke über den Kopf und wartete auf den Schlaf.

***

Der Schlaf kündigte sich an, als ich mir unter der stickigen Daunendecke gestattete, ein wenig an die Serviererin im Café zu denken. Erst entspannten sich meine Schultern, dann meine Arme. Schließlich schienen meine Beine schwer in die Matratze zu sinken. In mir keimte die Idee, vor dem Überqueren des Brenners noch einmal beim Café anzuhalten und sie hierher einzuladen, ganz unverfänglich, versteht sich. Ich wollte mich zu einem späteren Zeitpunkt in Ruhe mit ihr unterhalten und ihr dabei das Haus zeigen. Vielleicht fand sie Gefallen daran, vielleicht auch an mir ... Ich spürte, wie ich errötete. Heiß pulsierte das Blut in meine Wangen. Die Vorstellung, dass sie tatsächlich bei mir blieb, war schön. Ich versuchte mir sogar vorzustellen, wie ich sie küsste. Aber dann erinnerte ich mich an ihren tiefen Ausschnitt und die hochgesteckten Haare, die einen unverstellten Blick auf ihren schwanengleichen Hals boten. Sie war wirklich wunderschön, aber gleichzeitig *zu* schön für mich. Das Wissen, dass ich ihr gegenüber niemals etwas Bedeutenderes würde äußern können als eine Cappuccino-Bestellung, traf mich hart.

Prompt verflog der Schlaf und ich begann, mich genauso herumzuwälzen wie Mutti vorher. Die schnarchte derweil selig im Nachbarbett oder grunzte etwas Unverständliches. Erst, als mir die Verkäuferin in den Sinn kam, wegen der ich in diesem Gefühlsschlamassel steckte, wurde ich wieder ruhiger und schlief endlich ein.

Was ich träumte, wusste ich am nächsten Morgen nicht mehr, obwohl Mutti so lang bohrte wie noch nie. Weil angeblich alles, was man in der ersten Nacht in einem fremden Bett träumt, in Erfüllung geht. Zum Glück war Antoine Garibaldi schon kurz nach halb acht zur Stelle, unter dem Arm einen Packen Unterlagen.

»Alle Vermögenswerte der guten Signora Moretti«, verkündete er und wackelte bedeutsam mit seinen dichten Augenbrauen. Mutti lachte, ich grinste müde und Antoine freute sich.

Es dauerte bis zum Nachmittagskaffee, um das Haus und die Außenanlagen auszukundschaften und alle Unterlagen mit Antoine zu sichten. Das Barvermögen meiner unbekannten Großtante war eher gering gewesen. Keine zehntausend Euro hatte sie mir hinterlassen, was Mutti härter zu treffen schien als mich. Aus den Kontoauszügen ging hervor, dass Theodora gut gelebt hatte. Mit dem Rest hatte sie das Grundstück in Schuss halten lassen, das in einem guten Zustand war.

Trotz ihrer Enttäuschung über das bisschen Bargeld fand Mutti immer mehr Gefallen an der Vorstellung, zu gewissen Zeiten hier zu sein, nicht nur wegen des Gartens mit den derzeit kahlen Blumenrabatten und den drei Birken im hinteren Teil. Als sie sich unbeobachtet glaubte, betrachtete sie den gedrungenen Anwalt mit dem speziellen Blick, der tiefe Zuneigung ausdrückt.

Holla. Mutti war verliebt!

»Sie sehen also, werte Stefanie«, sagte Antoine mit seinem witzigen französischen Akzent, »dass Sie dieses Grundstück ohne finanzielle Einbußen übernehmen können. Wenn Sie das Erbe antreten.«

Begriffe wie Erbschaftssteuer, niedriger Leitzins, Instandhaltungskosten, Verwaltungsprovisionen geisterten durch meine Gedanken. Das wäre sicher noch zu bewältigen gewesen. Aber ich konnte mir nicht vorstellen, in jedem Urlaub herzufahren und das Dolce Vita zu genießen. Die Welt war doch viel, viel größer als Tante Theodoras Grundstück. Außerdem ...

»Ich glaube, das mache ich«, sagte ich entschieden, »aber ich werde das Haus und alles, was dazugehört, verkaufen. Weil ich nämlich gerade befördert wurde«, sagte ich zu Mutti, die erschreckend blass geworden war. »Ich bin seit Mittwoch stellvertretende Abteilungsleiterin. Die Stelle ist mir wichtig. Was soll ich mit einem Grundstück am Gardasee, wenn ich keine Zeit habe, herzukommen?«

Kein Wort verlor ich darüber, dass ich mir nicht zutraute, mit dem neuen Wohlstand umzugehen. Ich wollte ihn nicht. Er war zu groß für mich. Oder ich fühlte mich zu schwach, das weiß ich nicht mehr. Ich ignorierte auch alle Einwände, die Antoine und Mutti mit wachsender Besorgnis vorbrachten. Ich fühlte mich plötzlich wieder frei, ohne dass mir bewusst gewesen war, wie eng es mir ums Herz geworden war. Manchmal merkt man erst, was einen bedrückt, wenn es nicht mehr da ist.

»Willst du mir das Grundstück abkaufen?«, fragte ich Antoine schließlich. »Du kennst dich hier gut aus.«

Er lehnte ab. »Aber wenn es dein letztes Wort ist, Madame Stefanie, dann werde ich diesen Besitz mit allem, was dazugehört, für dich so teuer wie möglich verkaufen. D'accord?« Er hielt mir die Hand hin.

»D'accord.« Glücklich schlug ich ein.

Wir gingen noch einmal durch alle Räume, um zu sehen, was ich aufgab. Auf dem Kaminsims im Wohnzimmer fand ich ein gerahmtes Bild des Hauses, das vor dreißig oder vierzig Jahren aufgenommen worden sein musste. Tante Theodora posierte davor mit einem kleinen Jungen. Ich bildete mir ein, darin meinen leiblichen Vater zu erkennen. Antoine meinte, es wäre in Ordnung, wenn ich es mitnähme.

Mutti sagte bis zum Abend nicht mehr viel. Erst im Bett fragte sie auf einmal: »Und was ist der echte Grund, warum du das Grundstück nicht willst?«

»Weil ich nicht hierher passe«, brummte ich.

Ihre Bettwäsche knirschte, als sie sich zurechtlegte. Sie schnarchte bereits wieder, während ich mich am liebsten dafür geohrfeigt hätte, dass ich nicht mit der Wahrheit herausrückte. Ich hätte ihr sagen sollen, dass ich mich kurz vor der Fahrt nach Riva del Garda in eine Frau verliebt hatte und deshalb ziemlich durcheinander war. Damit ich mich mit dem Druck in meiner Brust nicht mehr so alleingelassen fühlte. Mutti ist wahnsinnig tolerant. Sie hätte mir sicher einen Tipp geben können, was ich mit dieser neuen Liebe anfangen sollte. Andererseits hätte sie dann auch gefragt, wie die Glückliche hieß und wo wir uns kennengelernt hätten. Sie hätte meine Flamme treffen wollen. Ich kam mir albern vor, weil ich nicht mal ihren Namen kannte.

Und dann kamen wieder die Ameisen, die meine Gedanken in den Trekking-Laden schubsten, wo die Verkäuferin mit dem Holzfällerhemd kleinen Mädchen blaue Schlafsäcke verkaufte, die bei geschlossenen Augen rosa waren. Der Schlaf brachte schließlich den Traum. Er setzte dort ein, wo ich in den Laden stürmte und ihren Namen rief. (Ich bewegte nur den Mund, ohne dass etwas herauskam, wusste aber, dass sie mich hörte.) Sie kam mit bunten Schlafsackwürsten aus dem Verschlag und lächelte.

Nur für mich.

***

Am Samstagmorgen fuhr uns Antoine zum Bahnhof von Villazzano. Er war plötzlich verhindert, behauptete er, dabei war anfangs noch die Rede davon gewesen, das er uns nach Nürnberg zurückbringt. Na ja, immerhin hatte er den ganzen Laden meiner Großtante nun für unbestimmte Zeit am Hals. Aber das war nicht mein Problem.

Mutti war auf der ganzen Zugfahrt ungewöhnlich schweigsam. Erst kurz hinter Schwabach wurde sie gesprächiger. Sie machte mir keine Vorhaltungen, dass ich das Erbe indirekt abgelehnt hatte, weil ich trotzdem einen schönen Batzen Geld erwarten konnte. »Aber ich hatte gehofft, dass du wenigstens einmal in deinem Leben den Mut aufbringst, etwas ganz außer der Reihe zu machen.« Ihr Flüstern klang viel zu laut im Großraumabteil nach. »Damit du innerlich nicht so vertrocknest wie dein Vater!«

»Lass Papa aus dem Spiel!«, zischte ich zurück. »Und ich entscheide, wann ich mutig bin und wann nicht! Ich bin schließlich erwachsen, ob du es glaubst oder nicht.«

»Und stellvertretende Abteilungsleiterin.« Ihre Worte troffen vor Ironie. »Das macht sich später sicher gut auf deinem Grabstein: ›Hier ruht die Abteilungsleiterin Stefanie Fiedler, die ihr Leben in den Dienst der Firma stellte und sich niemals auch nur ein kleines bisschen Spaß gönnte.‹ Mit Ausrufezeichen!«

»Das passt gar nicht auf den Grabstein, den ich mir ausgesucht habe«, brummte ich beleidigt. Draußen sauste die karge fränkische Winterlandschaft vorbei. »Und Ausrufezeichen sind auf Grabsteinen auch nicht erlaubt. Glaube ich.«

»Wieso hast du dir schon einen Grabstein ausgesucht?«, rief Mutti so laut, dass gefühlt der halbe Waggon auf uns aufmerksam wurde. Aber da wurde schon der Nürnberger Hauptbahnhof angesagt, an dem wir aussteigen mussten. So blieben die Reisenden auf ewig im Unwissen darüber, warum eine Frau in meinem Alter bereits einen Grabstein für sich reserviert hatte. Ich plane halt gern im Voraus. Und ich wollte Mutti mit ihrer verdammten Widersprüchlichkeit über den Mund fahren. Sie war nämlich sehr wohl sauer, dass ich auf das Haus verzichtete, auch wenn sie etwas anderes behauptete. Und wäre ich wirklich eine mutigere Tochter, hätte sie es nicht mehr so bequem mit mir.

Den Rest des Wochenendes verbrachte ich in dem Wissen, dass ich richtig gehandelt hatte. Ich brauchte kein Haus mit Garten am Gardasee. Mutti ließ mich zum Glück in Ruhe, denn das brachte mich auf den Gedanken, dass ich gar keinen Vertrag mit Antoine über den Verkauf abgeschlossen hatte. Ob das ein Problem werden würde? Vielleicht sollte ich zusätzlich einen Anwalt beauftragen, der die Sache von hier aus in die Hand nahm. Mit meinem Gehalt konnte ich es sicher stemmen, bis alles abgewickelt war. Ich notierte den Punkt auf meiner To-do-Liste für Montag und holte noch ein bisschen Schlaf auf meiner Couch nach. Ich wollte an meinem ersten Arbeitstag als Stellvertreterin fit sein.

Bis zur Mittagspause am Montag sah und hörte ich nichts von Lothar. Von meiner Beförderung merkte ich auch nichts, da die relevanten Aufgaben erst gegen Ende des Monats auf mich zukamen. So arbeitete ich meine E-Mails durch und erweiterte meine Referenzen in den von mir verwendeten Dokumenten und Dateien mit dem Zusatz »stellvertretende Abteilungsleiterin«. Eine Weile stand dort »Deputy Department Manageress«. Manchmal rechne ich immer noch damit, dass jemand Eric Claptons Sheriff-Song hinter mir herpfeift.

Gegen halb zwölf war ich so gut wie fertig mit dem Montag-Morgen-Kram. Da Lothar sich immer noch nicht blicken ließ, nahm ich meinen ganzen Mut zusammen und zog meine Mittagspause vor. Es wäre zwar auch ohne Beförderung kein Problem gewesen, früher in die Pause zu gehen, aber den Mut brauchte ich wegen einer anderen Sache.

Ich legte Lothar eine Nachricht auf den Schreibtisch, damit er mich nicht vermisste, und fuhr in die Südstadt. Ich fand sogar auf Anhieb einen Parkplatz, gleich vor dem Musikalienhändler, was ich als gutes Omen deutete. Musik machte doch alles leichter, oder?

Mit weichen Knien stakste ich die Querstraße entlang, vorbei an mehreren Dönerbuden und Änderungsschneidereien, einer Bank1 und einem Gemüsehändler mit angeschlossener Bäckerei. In allen Ladenlokalen herrschte um diese Zeit Betrieb. Nur nicht im Trekking-Laden. Mein Herzklopfen wurde lauter als der Straßenverkehr. Ich hätte besser auf die Schilder achten sollen, mit denen die Schaufenster schon am Donnerstag zugekleistert gewesen waren. Die zahlreichen Rabattaktionen hätten mir ebenfalls auffallen können, wenn ich nur einmal meiner Umwelt mehr Aufmerksamkeit geschenkt hätte als meinem Innenleben.

Wir schließen!
Letzter Verkaufstag 10. Februar 2012

Ich schielte zwischen den Schildern und Plakaten ins Innere des Ladens. Drinnen war alles dunkel. Außer den abgeräumten Regalen und der leeren Kassentheke war nichts mehr da. Die Verkäuferin natürlich auch nicht. Trotz intensivem Spähens fand ich keinen Hinweis, an wen man sich bei Fragen wenden konnte, keine Adresse, keine Telefonnummer, nichts. Der Laden existierte nicht mehr.

Klar hätte ich nebenan in der Bäckerei fragen können, ob man dort mehr wusste. Ich traute mich nicht, weil ich fürchtete, dass man mir die Verwirrung ansah, die die Verkäuferin in mir ausgelöst hatte. Ich war mir selbst nicht sicher, was das für ein Gefühl gewesen sein sollte, das mich am Donnerstag aus heiterem Himmel überfallen hatte. Mir blieb nichts anderes übrig, als in die Firma zurückzufahren.

Dort wartete Lothar schon auf mich. »Na? Wie war es in Italien?«, begrüßte er mich herzlich.

Gleichgültig zuckte ich mit den Schultern. »Schrecklich.«

Alarmiert hob er die Augenbrauen. »Warum? Gab es keine ordentli-

chen Ansichtspostkarten?«
Daran hatte ich auch nicht mehr gedacht. »Keine Ahnung. Ich glaube eher, es war der Gedanke, dass ich in einem uralten Kasten an einem stinkenden See vor mich hinverwesen könnte, wenn ich nicht aufpasse.« Lothar setzte sich interessiert auf. »Das verstehe ich nicht. Der Gardasee ist doch toll.«
Ja, das war er auch, wie ich morgens kurz vor der Abfahrt wiederholt festgestellt hatte. Aber er war eben auch so weit weg von Nürnberg, der Stadt, in der diese Verkäuferin aufgetaucht und wieder verschwunden war. Irgendwo hier musste sie noch sein. Ich wollte sie unbedingt wiedersehen, um mir über meine eigenen Gefühle klar zu werden. Fand ich sie nicht, würde ich nie wieder glücklich werden.

***

Bereits 2001 fand eine dieser verdammten Valentinsaktionen des Betriebsrates statt. Man wollte vor allem der weiblichen Belegschaft etwas Gutes tun und ließ kostenlose Rosen verteilen, genau wie am 8. März, dem internationalen Frauentag. Kollegen und Kolleginnen, die nach dem 8. März 2001 eingestellt worden waren, glaubten den Mist sogar. Alle anderen wie ich wussten dagegen, dass der Mann der Betriebsrätin Sabine Vitzethum im Blumengroßhandel arbeitete und so seinem Chef zweimal im Jahr half, den Umsatz zu steigern.
Bis 2005 bezahlte die Firma diese unnütze Dummheit sogar, weil die teilweise vertrockneten Rosen sehr günstig abgegeben wurden. 2006 beschloss man angeblich auf höchster Ebene, diesen ach so schönen Brauch zulasten der Arbeitnehmer fortzuführen. Ab sofort musste man diese Rosen zu einem Euro das Stück vorbestellen. Dass man dafür am 14. Februar und im März eine halbwegs intakte Rose bekam, besänftigte die Betriebsrätin Sabine Vitzethum nicht. Sie nutzte den Valentinstag seitdem, um den Geiz des Arbeitgebers öffentlich zu geißeln, der seinen Angestellten nicht mal Rosen gönnte.
Sie selbst bestellte sich ein zusätzliches Bund Rosen und verteilte sie an Kollegen, die sie ihrer Meinung nach verdient hatten oder denen sie Glück bringen sollten. Letztes Jahr hatte ich noch eine Rose bekommen. Dieses Jahr hielt Sabine mir die Rose bereits hin, als ihr einfiel, dass ich nun auch zur Führungsebene gehörte. Zack, zog sie die Hand mit der Rose zurück und dackelte unter wütendem Gegrummel zur Kollegin am Nebentisch. Nun ja. Davon abgesehen hätte mir die Rose auch dieses Jahr nichts genützt. Schließlich gab es niemanden in meinem Leben, den ich als Lebenspartner bezeichnen konnte oder wollte. Meine Gefühle hatten sich auch noch nicht soweit beruhigt, dass ich das, was mir passiert war, als emotionale Verirrung hätte bezeichnen wollen. Es prickelte im

Bauch, wenn ich an die Verkäuferin dachte, als hätte ich mich mit einem langsam um sich greifenden Virus infiziert. Ziemlich krank, das alles.

Lothar sprach mich im Lauf der Woche darauf an, als ich wieder einmal minutenlang aus dem Fenster starrte, statt die Tastatur zu bearbeiten.

»Der Tod deiner Tante hat dich wohl doch härter getroffen, hm?«

Nicht nur ich wandte mich ihm zu. Auch andere Köpfe zuckten hoch. Besonders meine Kolleginnen stellten seit meiner Beförderung jedes Mal die Ohren auf, wenn Lothar und ich etwas zu besprechen hatten.

Stirnrunzelnd musterte Lothar Raphaela und Samantha auf der anderen Seite des Raumes, bis sich beide errötend wieder ihrer Arbeit zuwandten.

»Nimm dir was zu schreiben mit, wir haben einen Termin«, verkündete er laut genug, dass man es auch ganz hinten an der Kaffeemaschine hören konnte.

Natürlich hatten wir keinen Termin. Wenn Lothar spontan mit jemandem durchs Haus spazierte, suchte er einen Besprechungsraum, um private Themen anzusprechen. Das entsprach nicht seinem übermäßigen Verständnis von Fürsorge für seine Untergebenen. Er hatte nur keine Lust, daraus eventuell resultiere Arbeitsausfälle aufgrund seelischer Probleme zu kompensieren.

Umso erstaunter war ich, als er schnurstracks an den kleinen Besprechungszimmern vorbeizog. Stattdessen klopfte er zwei Türen weiter beim Betriebsrat an und trat ein, ohne die Antwort abzuwarten.

»Welche der Damen ist verantwortlich für die Beschleunigung von verschleppten Anträgen zur Bürozuweisung?«, dröhnte er, die Klinke noch in der Hand. Vorsichtig lugte ich an ihm vorbei. Ich rechnete damit, gleich eine hübsch verpackte Verbalattacke um die Ohren gehauen zu bekommen. Chefs ohne Termin im Betriebsratsbüro waren so eine Sache.

»Was meinen wir denn genau?«

Die Vitzethum erhob sich wie der Kraken aus ihrem Papiermeer und stützte sich gebieterisch auf der Tischplatte ab. Aktenberge wankten, passend dazu begann das Telefon zu klingeln.

Drama, Baby.

»Wir meinen damit«, intonierte Lothar in seinem wirksamsten Heldentenor, »dass ich schon vor sechs Monaten einen Antrag auf ein eigenes Büro plus Assistenzplatz gestellt und immer noch keine Antwort habe. Als Mitarbeiter dieses Hauses habe ich mein Recht auf Beschwerde vor drei Monaten hier eingereicht. Und nun würde ich gern wissen: Wie schaut's denn aus? Denn nun ist eine weitere Person von der aktuellen Raumaufteilung betroffen.«

Die Vitzethum versuchte, an Lothar vorbeizuschauen. Ich machte mich wie üblich ganz klein. Mein erster Schweißausbruch kündigte sich an.

»Und wenn man hier kurz die Fenster öffnen würde, könnte ich mit meinem Asthma auch die Tür schließen, damit wir das in Ruhe besprechen können«, fuhr Lothar gebieterisch fort. Die von mir ausgehende Hitze hatte ihm anscheinend den Rücken versenkt, er brauchte frische Luft.

»Wer hier wann und wo die Fenster aufmacht, entscheide immer noch ich!« Die Vitzethum warf ihren Kolleginnen beifallsheischende Blicke zu. Eifriges Nicken war die einhellige Antwort. Nur der einzige männliche Betriebsrat im Büro schüttelte lächelnd den Kopf. Er beugte sich wieder über seine Tastatur und tat, als wäre er gar nicht da.

Weil Lothar die Tür nicht freigab, öffnete die Vitzethum schließlich doch das Fenster. Ich konnte mir keinen Reim darauf machen, was dieses Kräftemessen zu bedeuten hatte. Vielleicht war es einer von Lothars unangekündigten Workshops, wie man als Leitungsbefugter mit Mitarbeitern umging.

Kaum war die Tür zu, bekam Lothar sogar den Besucherstuhl angeboten. Weder die Vitzethum noch ihre Kollegin — den Namen habe ich längst vergessen — machte Anstalten, mir ebenfalls einen Platz anzubieten. Dieses Gebaren war offensichtlich auch mit meiner Beförderung gekoppelt. Sollte ich mich über die paradoxe Anerkennung meiner Stellung geehrt fühlen?

Mit einem erleichterten Seufzer ließ Lothar sich auf den Stuhl sinken. »Das Zweierbüro für mich und eine Assistenz«, nahm er den Faden wieder auf, »brauche ich dringend bis zum Monatsende. Die Quartalsabrechnungen stehen im März an. Wenn ich die wieder in der Unruhe des Großraumbüros machen muss, bringt mir auch meine neue Assistentin nichts.«

Gelassen nahm die Vitzethum wieder Platz und pendelte ein paar mal mit dem Drehstuhl. »Tja, das ist mir wohl bewusst, aber ich kann halt auch nicht zaubern.«

»Aber du kannst mal auf den Busch klopfen und dem Facility-Typen Beine machen.« Scheinbar entspannt lehnte Lothar sich zurück und schlug die Beine übereinander. Oh je, jetzt ging das Körpersprachenspielchen wieder los. Nach außen hin demonstrierte er in bester Sami-Molcho-Manier Gesprächsbereitschaft. Innerlich hatte er sich jedoch ein paar scharfe Argumente zurechtgelegt. Bis heute wünsche ich mir, einmal so souverän wie Lothar zu sein.

»Du kannst gern noch einen Dringlichkeitsantrag stellen«, erklärte die Vitzethum.

»Den stelle ich hiermit aufgrund der Beförderung meiner Kollegin Stefanie Fiedler.« Er schaute schnell zu mir hoch, als wollte er um mein Einverständnis bitten. »Und ich werde extern bei der Gewerkschaft anfragen, wie lang ein Betriebsrat Beschwerden eigentlich verschleppen darf, bevor er sich unglaubwürdig macht.«

Das war also der Grund, warum Lothar mich hergeschleift hatte? Er wollte dem Betriebsrat ans Leder!

»Ich habe keine Ahnung, was das mit mir zu tun hat, außer dass ich natürlich auch gern in ein kleineres Büro ziehen würde.« Erschrocken hielt ich inne. Hatte *ich* das eben gesagt? Es musste so sein, weil es totaler Schwachsinn war, wie immer. In einem Roman hätte mir das Herz nun bis zum Hals geklopft, eventuell wäre mir vor Aufregung auch übel geworden. Aber im Betriebsratsbüro zitterte ich nicht mal. Sogar der Schweißausbruch war nicht so heftig wie befürchtet.

»Die Gewerkschaft kannst du aus dem Spiel lassen«, dröhnte die Vitzethum genervt, »das regeln wir wie unter Erwachsenen. Rühr dich nicht!«

Allein dieser Satz war der Hammer, aber er prallte einfach an Lothar ab. Während die Vitzethum die Aktenstapel auf ihrem Tisch durchging, versuchte ich, auch im Stehen so entspannt zu wirken wie mein Chef. Aber die Februarkälte breitete sich allmählich im Büro aus. Ich fröstelte. Und bei Kälte gibt es für mich nur eins.

»Können wir das Fenster wieder zumachen? Und ein Stuhl wäre auch nett.«

Die Vitzethum schloss das Fenster, die Kollegin holte mir endlich einen Stuhl. Bis Lothars Antrag nebst Akte herausgesucht war, hatte ich mich einigermaßen bequem hingesetzt. So ließ es sich leben! Ohne dass es eine weitere Bemerkung von Lothar bedurfte, führte die Vitzethum zwei Telefonate und verkündete schließlich: »Raum 201 oder 202. Ihr könnt gleich runtergehen und euch umschauen. Der Hausmeister muss bis heute Mittag wissen, welcher euch besser gefällt. Dann könnt ihr nächste Woche umziehen.« Wir entschieden uns für Raum 201.

Später lud Lothar mich zum Mittagessen beim Chinesen ein. »Wenn du künftig ein Problem hast«, meinte er zwischen zwei Happen gebratenem Hühnerfleisch, »will ich, dass du es löst, statt aus dem Fenster zu starren, ja? Wenn dir jemand eine verdammte Rose nicht geben will, die dir zusteht, dann bestehst du auf deinem Recht, okay? Wenn die Kolleginnen in der Gegend herumschauen, statt zu arbeiten, weist du sie zurecht, ist das klar? Setz dich durch!«

Dann war das doch ein unfreiwilliger Workshop gewesen. »Ja«, murmelte ich.

»Und wenn ich dich noch einmal zurückzucken sehe, weil dich jemand wegen deiner Anweisung anmault, kriegst du es mit mir zu tun«, setzte er drohend hinzu. »Du hast eine Probezeit als Assistenz. Ich will, dass du sie bestehst!«

»Klar, Chef«, nuschelte ich mit Nudeln im Mund.

»Und jetzt sag, was bedrückt dich?«

Das war doch wieder eine von Lothars Fallen, oder? Er prüfte gern anhand von Follow-ups, ob man wirklich alles verinnerlicht hatte. Ich schluckte das Nudelknäuel hinunter. »Geht dich nichts an. Ist privat. Ich sag dir Bescheid, wenn ich Hilfe brauche.«

Dass in seinem Gesicht ein Grinsen wie die Sonne aufging, war mir Bestätigung genug. Aber damit setzte er mich auch unter Druck, von nun an alles umzusetzen, was ich heute seiner Meinung nach gelernt hatte. Manchmal war Lothar ein richtiges Arschloch.

***

Vom ersten Moment an liebte ich unser neues Zweierbüro. Wir dekorierten die Wände mit Lothars großformatigen Landschaftskalendern. Wer einen Blick in unser Büro warf, kam sich vor wie in der Kalenderabteilung einer Buchhandlung oder im Reisebüro.

»Gell, da sind über die Jahre wahre Schätze zusammengekommen«, stellte Lothar zufrieden fest, und ich stimmte ihm zu. Denn wer konnte schon morgens wählen, ob er den ersten Kaffee zu Füßen des Taj Mahal oder am Atlantik auf dem Giant's Causeway genoss?

Interessanterweise kam ich hier auch nicht mehr in Versuchung, gedankenschwer aus dem Fenster zu starren. Dafür wuchs ein Gefühl in mir, das mir noch nicht untergekommen war: Stolz auf das, was ich bisher erreicht hatte. Lothar grinste jedes Mal, wenn ich beim Essen begeistert von meiner »neuen Souveränität« schwärmte. Einmal nickte er sogar zustimmend und sagte: »Wusste ich es doch, Steffi, dass mehr in dir steckt.« Er schien mit meiner Entwicklung zufrieden zu sein.

Mit den Kolleginnen lief es nicht ganz so rund. Im Gegensatz zu Thomas und Matthias unterliefen Raphaela und Samantha zunehmend Fehler bei den Arbeitsaufträgen, die ich ihnen auf den Tisch legte. Als Team für Sammelbestellungen waren wir die Schnittstelle für alle Abteilungen. Egal, wie genau die Bestellungen definiert waren, mal wurden Kabel in der falschen Farbe bestellt, dann die falsche Stückzahl. Oder es kam gleich ein falscher Artikel. Einmal hatte Raphaela sogar die internen Vorgaben für die Einkaufskalkulation missachtet, weil ich es angeblich »mündlich angeordnet« hatte. Wie ich es auch anstellte: Jedes Mal beteuerten die beiden, dass sie sich strikt an meine Vorgaben gehalten hätten.

Ich sprach mit Lothar darüber, weil diese Kleinigkeiten nervten. Der zuckte mit den Schultern und meinte lediglich: »Lass dir was einfallen, du bist die Co-Chefin.«

»Aber du als mein Chef bist verpflichtet, mir zu helfen, wenn ich nicht mehr weiter weiß«, beharrte ich. »Also? Was machen wir?« Die Sache lösten Samantha und Raphaela schließlich selbst. Samantha verkündete, dass sie schwanger war und ließ sich bis zum Beginn des Mutterschutzes krankschreiben. Raphaela ließ sich kurz darauf in die Postabteilung versetzen, weil sie ihre Arbeitszeiten aus familiären Gründen umstellen musste. Eigentlich schade, dass sie das klärende Gespräch nicht mehr wahrnahm, das ich ihr angeboten hatte, genauso wie Samantha. Ich hätte gern gewusst, was die beiden an mir gestört hatte, um zu wissen, ob es wirklich an mir lag oder ob die Chemie zwischen uns einfach nicht stimmte.

Inzwischen war es Frühling geworden. Die dritte Märzwoche lockte mit plötzlicher Wärme bis 20 °C. Ich hatte mich soweit in meinen neuen Posten eingearbeitet, dass ich mich der Anforderung, neue Leute für Raphaela und Samantha einzustellen, auch allein gewachsen sah. Lothar war richtig stolz auf mich, als ich die selbst verfasste Stellenausschreibung ins Intranet stellte und darin genau angeben konnte, über welche persönliche Kompetenzen die Bewerber verfügen sollten. Zu einem früheren Zeitpunkt hätte ich ihm die Formulierung der Ausschreibung überlassen, weil mich schon die Auswahl der richtigen Worte schier verrückt gemacht hatten. Zur Feier des Tages blätterten wir gemeinsam die Seiten seiner Kalendersammlung um und freuten uns über Alpenveilchen und die Niagarafälle.

Auch der Verkauf von Tante Theodoras Grundstück lief. Antoine hielt regen Kontakt mit Mutti und tat alles, um so viel Geld wie möglich herauszuholen. Bereits Ende März hatte er einen Interessenten gefunden, der ohne mit der Wimper zu zucken den kompletten Kaufpreis hinblätterte, zuzüglich Provision für Antoine. Obwohl am Haus ein paar Renovierungsarbeiten gemacht werden mussten! Nach Abzug der Kosten für den Verwaltungskram und Steuern blieben für mich etwas mehr als hunderttausend Euro übrig.

Hundert. Tausend. Euro. Nur für mich.

Weil mir die Begebenheit im Büro des Betriebsrats eine Lehre gewesen war, hatte ich mir eine etablierte Finanzberatung gesucht, die alle Geschäfte zu meiner Zufriedenheit regelte. Außerdem wollte ich mich nicht selbst durch Paragrafen wühlen oder hinter etwas herlaufen, das mir zustand. Das sollten Leute für mich tun, die so etwas nebenbei im Tagesgeschäft abwickelten. Mein neues finanzielles Polster überforderte mich außerdem, gelinde gesagt. Was sollte ich mit so viel Geld anfangen?

»Leben Sie, solang Sie können«, hatte Herr Dr. Mordhorst, Teilhaber des Beratungsteams, mir vorgeschlagen. »Am besten sollten Sie immer einen Sockelbetrag von, sagen wir, zehntausend Euro auf Ihrem Girokonto haben.«

»Dann gebe ich es nur unnötig aus«, hatte ich vorsichtig eingewendet, was Dr. Mordhorst zu einem vornehmen Lächeln und einem feinen »Eben drum« animierte.

Lothar lachte mich deshalb sogar aus!

»Beschwerst du dich etwa gerade, dass du eine gute Partie geworden bist? Ach was, du bist jetzt eine noch bessere Partie als vorher. Nicht nur klug und ansehnlich, sondern auch noch reich!«

Damit traf er mich an meinem schwachen Punkt. Wenn er reich und unglücklich gesagt hätte, wäre ich notgedrungen sogar seiner Meinung gewesen. Denn trotz der ganzen positiven Veränderungen hatte ich immer noch keine Lösung für mein Herzensdilemma gefunden. Im Gegenteil, ich entwickelte sogar eindeutige Symptome von Liebeskummer, fand Mutti. »Wer ist denn der Glückliche«, fragte sie mich eines samstags beim Kaffee, »der für deine Augenringe verantwortlich ist?« Erschrocken betastete ich mein Gesicht. »Wie meinst du das?«

»Na, es muss doch einen Grund haben, dass du blass und unausgeschlafen und total abwesend durch die Gegend läufst. Wie ferngesteuert.« Sie nippte an dem sorgsam gerösteten äthiopischen Kaffee, den ich zu unserem wöchentlichen Kaffeetrinken mitgebracht hatte. »Oder brütest du eine Depression aus?«

In mir begann es zu rumoren. Das war doch das Signal, dass ich offen mit ihr über mein Gefühlsleben reden konnte, oder? Plötzlich wollte, nein, musste ich ihr unbedingt alles anvertrauen, was seit der Begegnung mit der Verkäuferin in mir vorgegangen war. Dass ich festgestellt hatte, wie distanziert die zwei kurzen Partnerschaften mit Stefan und Berni abgelaufen waren. Dass ich mir seit dem Erlebnis im Trekking-Laden nicht mehr vorstellen konnte, jemals wieder mit einem Mann zusammen zu sein. Okay, vielleicht irgendwann wieder, aber nicht in den nächsten Jahren.

Dass ich Frauen liebte.

»Wie kommst du darauf, dass ein Mann dahintersteckt?«, fragte ich betont verwundert. Mutti war nicht dumm. Sie hatte ein besonderes Gespür für verzwickte Situationen, um nicht zu sagen: einen Extrasinn. Ihre Musterung geriet interessierter. »Also habe ich recht? Du bist unglücklich verliebt?«

Nach kurzem Zögern nickte ich, nahm einen großen Schluck Kaffee und verbrannte mir die Zunge. Typisch. Klirrend stellte ich meine Tasse zurück auf Muttis Couchtisch.

Ganz nah beugte sie sich zu mir herüber. Fast erhob sie sich aus ihrem Lieblingssessel, als müsste sie in ihrer eigenen Wohnung aus Sicherheitsgründen flüstern. »Ist es dein Chef Lothar?«

Soviel zum Extrasinn bei Müttern. Manchmal sind sie eben auch total vernagelt. Oder ich hatte mich falsch ausgedrückt, weil ich noch nicht dazu stehen konnte, dass ich schon immer war, wie ich auch heute noch bin.

»Also, Lothar«, probierte ich es mit einem heftigen Zittern in der Stimme noch mal, »der ist doch nun wirklich nicht mein Typ, ich weiß gar nicht, wie du ausgerechnet auf ihn kommst.« Mutti ließ sich zurück in den Sessel plumpsen.

»Er ist der einzige Mann, mit dem du mehr Zeit verbringst. Noch Kekse?«

»Aber Mutti, ich hab doch nicht so wenig Selbstvertrauen, dass ich mich in meinen Chef verliebe«, protestierte ich schwach. »Ich ...«

»Es muss ja nicht Liebe sein, sondern so was wie das Stockholm-Syndrom. Oder Co-Abhängigkeit, weil du emotional auf ihn angewiesen bist. Er stabilisiert dich, seit du in Moorenbrunn arbeitest. Kind, jetzt nimm doch noch was, ich hab die Macarons extra für heute gebacken!« Mit einer fast beleidigten Geste schob sie mir die Etagere mit den bunten Keksen hin. »Außerdem strahlen Chefs Macht aus. Deshalb verlieben wir Frauen uns ganz gern in unsere Vorgesetzten.« Sie blinzelte mir fröhlich zu und nahm sich einen Macaron.

»Nein, es ist nicht Lothar!« Entschieden stopfte ich mir ebenfalls den Mund. Wer aß, musste nicht sprechen.

»Dann Matthias oder Thomas«, überlegte Mutti, während sie den nächsten Macaron kaute. »Oder gibt es noch jemanden, von dem du noch gar nichts erzählt hast?«

Mein Mut verpuffte mit jedem weiteren Wort, das Mutti sagte. Sie kannte mich wohl doch nicht so gut, wie ich gehofft hatte. »Vergiss es«, brummelte ich. Ab da aß ich schweigend.

Bald darauf verabschiedete ich mich, weil auch Mutti nichts mehr zu erzählen hatte, der Kaffee ausgetrunken und die Macarons aufgegessen waren. Zu gern hätte ich ihr noch die Frage gestellt, ob sie die Macarons wegen Antoine gebacken hatte, mit dem sie immer noch regen Kontakt zu haben schien. Aber dann hätte sie wieder nachgebohrt, welcher Mann außer Lothar, Matthias und Thomas ... Und es war doch eine Frau! Verdammt noch mal.

In der offenen Wohnungstür drückte Mutti mich fester als sonst an sich. »Ich wünsche dir den Mut, deinen Love Interest anzusprechen«, flüsterte sie mir ins Ohr. »Stellst du ihn mir vor, wenn ihr zwei zusammenkommt?«

In meinem Hals schwoll ein Tränenkloß. Stumm nickte ich und ging in dem Wissen, dass das wohl nie der Fall sein würde, nach Hause.

Ich nahm die U-Bahn bis zum Plärrer und wollte dort eigentlich wie immer in die U2 umsteigen. Stattdessen ließ ich mich vom Strom der Samstags-Shopper nach oben tragen und stand eine Weile am Straßenbahnknotenpunkt herum. An der frischen Luft ließ sich der Tränenkloß, der energisch nach oben drängte, besser wegatmen. Dazu kam der warme Frühlingswind, der durch Nürnbergs Straßen wehte. Auf dem Mittelstreifen zwischen den Fahrbahnen blühten späte Krokusse. Sogar Schneeglöckchen wagten noch einen Auftritt. Und die Sonne schien.

Ein letzter Seufzer ließ den Tränenkloß endgültig vergehen. Okay, es war irgendwie blöd, Mitte zwanzig, in fester Anstellung, wohlhabend und Single zu sein. Mutti verstand meine Anspielungen nicht, obwohl ich wirklich alles tat, um ihr zu sagen, was mir wichtig war. Aber die Welt drehte sich weiter. Das Wetter war gut, die Menschen lächelten nach dem langen Winter wieder öfter. Der Sommer, für mich die schönste Zeit des Jahres, kam sicher auch bald. Warum sollte ich an meiner schlechten Laune festhalten?

Nach Hause wollte ich auch nicht mehr. Es war erst kurz nach fünf Uhr am Nachmittag. Ich konnte noch in aller Ruhe vom Plärrer zur Königsstraße spazieren und shoppen gehen. Oder ich aß etwas in der Kneipe am EWAG-Hochhaus, wo es leckere Kartoffelgerichte gab. Oder ich machte mal wieder in Kultur und ging in eine Vorstellung des Planetariums, gleich neben dem EWAG-Hochhaus. Dort war ich auch schon ewig nicht mehr gewesen. Und wieder belohnte das Glück meine Entscheidung. Die Schlange an der Kasse reichte bis auf die Straße. Wenn der Planetariumsleiter den Monatshimmel kommentierte, strömten die Sternen-Fans in Scharen. Geduldig stellte ich mich an und kam bis in den Vorraum mit dem kunstvollen Himmelsmosaik. Da zupfte mich ein verlegener junger Mann am Ärmel und hielt mir zwei Eintrittskarten hin. »Ich habe schon Karten für meine Freundin und mich gekauft, aber jetzt hat sie abgesagt. Würden Sie mit mir die Vorstellung besuchen? Ich lade Sie ein.«

Früher hätte ich ja gesagt und akzeptiert, den Abend in Begleitung eines Mannes zu verbringen. Aber Muttis Begriffsstutzigkeit und der Kummer über die allgemeine Annahme, dass sich nur Männer und Frauen lieben dürften, verwandelte sich in diesem Moment in Ärger.

Trotzdem lächelte ich den jungen Mann an. »Wenn es Ihnen nichts ausmacht, kaufe ich Ihnen die Karte zum regulären Preis ab. Dann sind Sie zu nichts verpflichtet.«

Sicher hatte er mit einer anderen Antwort gerechnet. Vielleicht war es auch ein Aufreißversuch gewesen – egal! Er akzeptierte meinen Vorschlag und meine fünfzehn Euro.

Später staunte ich für mich im Planetarium über den Meteoritenschauer der Virginiden — auch das noch — und ging am späten Abend sogar auf die Sternwarte. Dort wünschte ich mir bei jeder der wenigen Sternschnuppen, die die Besucher mit Ahs und Ohs kommentierten, dass ich eines Tages endlich meine heimliche Liebe wiedersehen dürfte. Dieser Gedanke beherrschte mich den ganzen Sonntag hindurch, bis ich abends ins Bett ging.

***

Dann kam der Montag. Am Vormittag erwarteten Lothar und ich drei Bewerber für die beiden freien Stellen in unserem Team. Der erste Bewerber war ein nassforscher Jungspund aus der Erlanger Niederlassung, der unbedingt nach Nürnberg ziehen wollte. Zwanzig Minuten ignorierte er mich völlig und sprach nur mit Lothar. Der runzelte schon gefährlich die Stirn, weil er so ein Verhalten ablehnt, und holte zu einem seiner ganz speziellen Persönlichkeitstests aus.

»Möchten Sie einen Kaffee?«, fragte er den Bewerber.

Der nickte und sagte zu mir, als wäre es das Natürlichste der Welt, bei mir einen Kaffee zu bestellen: »Ja, gern, mit Milch und zwei Zucker bitte.« Dann wandte er sich in der Annahme, alles richtig gemacht zu haben, überlegen lächelnd wieder Lothar zu.

Wie vereinbart verließ ich das Büro, damit Lothar dem Bewerber unter vier Augen sagen konnte, dass er nur für diese Stelle geeignet war, wenn er mich als Co-Chefin und nicht als Kellnerin akzeptierte. Lothar war und ist in der Hinsicht eigen und ziemlich pfiffig. Er lockt Leute in Fallen, die sie nicht mal dann erkennen, wenn sie schon drin zappeln. Und dann machen die meisten auch noch ziemlich dumme Fehler. Die nächste Aufgabe, mit deren Bestehen der Bewerber alles wieder hätte gutmachen können, war ein Treffen am Kaffeeautomaten. Hier sollte der Bewerber demonstrieren, wie er nun mit mir, seiner weiblichen Chefin, umging. (Ich habe festgestellt, dass es auch meinen Geschlechtsgenossinnen nicht leicht fällt.) Also wartete ich brav neben dem gluckernden, summenden, rülpsenden Ding, das ganz akzeptablen Kaffee ausspuckte, wenn es einen guten Tag hatte. Entweder fiel dem Bewerber auf, dass ich nicht zurückkam und er und Lothar folgten mir zum Kaffeeautomaten. Oder er äußerte sich dermaßen daneben, dass Lothar ihn mit einem herzlichen »Schee war's, aber leider verloren« verabschiedete.

Nach fünf Minuten ließ ich mir einen Becher raus und bezog Stellung an einem der Stehtische. Kurz nach acht verirrte sich noch niemand in den Pausenbereich. Genüsslich schlürfte ich den heute erstaunlich guten Kaffee. Zum mindestens trillionsten Mal studierte ich die Plakate der

Gleichstellungsbeauftragten und des Betriebsrats. Surrend näherte sich einer der Scooter, mit denen die Post ausgefahren wurde. Mal schauen, wer heute wieder herumkurvte, Michi oder Ladislaus? Eher gelangweilt linste ich in den langen Flur. Seit wann tragen unsere Postler Karohemden?, fragte ich mich irritiert und schaute genauer hin. Falsch, korrigierte ich mich, das waren keine Karos, sondern das typische Holzfällerhemdmuster in Rot, Schwarz und Weiß. Und schwarze Haarsträhnen. Dazu das Geräusch, wenn sich jemand Ponyfransen aus dem Gesicht bläst.

Wie hypnotisiert stellte ich meinen Kaffeebecher hin und lief auf den Scooter zu, der ein paar Türen entfernt bremste. Der Postler im Holzfällerhemd stieg ab, nahm einen Packen Umschläge und verschwand in einem Büro. Das Gesicht hatte ich noch nicht richtig erkannt, weil ich noch zu weit weg war.

Ich beschleunigte, als die Tür sich erneut öffnete und der Postler wieder herauskam. Der Geruch des Trekking-Ladens stieg mir in die Nase. Ihre Bewegungen erschienen mir auf wundersame Weise vertraut, weil ich sie mir so oft in Erinnerung gerufen hatte.

Das war jetzt nicht wahr, oder?

Die Verkäuferin, jetzt Postzustellerin in meiner Firma, stopfte den neuen Packen Post in den Eingangskorb und blickte auf. Und lächelte mich an. »Hey, dich kenne ich doch.«

»Ja, kann sein.« Wahrscheinlich lief ich puterrot an. Aber meine Knie blieben stabil, der Schweißausbruch blieb aus. Lothar, mein Schutzengel, hatte das auch mit mir trainiert. »Du bist die Verkäuferin aus dem Trekking-Laden, der geschlossen hat, oder?«

Sie nickte. »Ja, die bin ich. Arbeitest du hier? Ich meine, in dieser Abteilung.« Sie lachte verlegen und bekam rote Wangen. Das machte sie noch hübscher.

»Da drüben.« Unbestimmt deutete ich hinter mich. Drehte ich jetzt komplett durch oder glitzerten ihre Augen? »Wie kommt's, dass ich dich hier noch nicht gesehen habe?«

»Ich vertrete den Michi.« Sie sprach etwas zu schnell. Ihre Hand schoss vor, als wollte sie etwas festhalten. Nein, korrigierte ich mich, sie wollte mir die Hand geben. Mir!

Beherzt griff ich zu. »Ich heiße Steffi und du?«

»Ich bin Caro!« Lachend schüttelte sie mir die Hand. Mit einem Mal wurde mir wunderbar leicht ums Herz, als hätte sie mit ihrer Berührung den Kummer der letzten Wochen einfach weggewischt. Caro hieß sie also. Caro mit dem Karohemd. »Schön, dass wir uns hier wiedersehen.« Ich konnte mein Glück kaum fassen.

***

Danach ging es eigentlich ganz schnell mit unserer Liebe. Wir verabredeten uns zunächst zum Mittagessen in der Kantine. Caro konnte unheimlich charmant von ihrem Job als »mobile Reserve« erzählen. Es klang ihrer Meinung nach schöner als »Zeitarbeiterin«. Bei ihrem ersten Einsatz Mitte Februar hatte sie in einer Baracke fünf Tage Aufkleber mit dem Betriebsratslogo auf zweifarbig leuchtende Taschenlampen geklebt und diese verpackt. Damit sollten die Werktätigen bei einer Veranstaltung des Betriebsrats über einen Fragenkatalog abstimmen.

»Nach zwei Tagen kam einer von den Verantwortlichen vorbei, nahm eine Taschenlampe in die Hand und schaltete sie ein.« Grübchen tanzten auf Caros Wangen. »Aber die funktionierte nicht. Auch die nächste nicht!« Ihre Grübchen vertieften sich. »Dann hat er angeordnet, dass zwei von uns die bereits verpackten Taschenlampen prüfen und notfalls aussortieren sollen. Das war ein Aufwand!«

»So was«, murmelte ich abwesend, weil ihr der Schalk in den Augenwinkeln so gut stand. »Und weiter?«

»Am Ende hat die Hälfte von den Dingern nicht funktioniert.« Sie ließ ein Knäuel Spaghetti in ihrem Mund verschwinden. »Der Einsatz dauerte insgesamt zwei Tage länger, sodass ich nicht wie vorgesehen zum nächsten Einsatz konnte und erst mal nichts zu tun hatte. Meine Zeitarbeitsfirma wollte, dass ich Überstunden abfeiere, die ich in Moorenbrunn aber gar nicht hatte machen dürfen. Also musste ich drei Tage Urlaub nehmen.« Noch nie hatte ich mit jemandem zu Mittag gegessen, der so elegant mit vollem Mund sprechen konnte. Fast hätte ich selbst das Essen darüber vergessen, als sie von Günther, ihrem derzeitigen Chef in der Poststelle, erzählte. Bis vor zwei Wochen hatte sie Briefe vorsortiert und in die Ausgangskörbe der Scooter verteilt. Dann hatte sich Michi, der sich um die Post unserer Abteilung kümmerte, krankgemeldet.

»Da hat sich mein Staplerfahrerführerschein endlich mal rentiert.« Mit dem Zeigefinger tupfte Caro auf die Haut ihres Puddings. »Oh Wunder, der ist heute ganz weich.« Sie probierte ein Löffelchen. »Lecker. Willst du mal kosten?«

Ich wollte. Weil ich gar nicht wusste, wie ich ihr Angebot hätte ablehnen sollen. Von jetzt auf gleich war ich noch verliebter in sie. Aber war sie es auch in mich?

Also tauchte ich meinen Kaffeelöffel etwas ungeschickt in ihren Nachtisch und hob eine viel zu große Portion heraus. Auf halbem Weg machte ich den Fehler, Caro anzuschauen. Ihr Blick traf mich so heftig, dass ich zu zittern begann. Der ganze Sums platschte auf meinen abgegessenen Teller, genau in den schmierigen Spinat-Spaghetti-Rest.

»Oh«, hauchte ich, ohne mich von Caros Augen lösen zu können. Sie legte den Kopf schief und lächelte verständnisvoll. Wäre die Welt in diesem Moment untergegangen, ich wäre glücklich gestorben.

Wir verabredeten uns noch am gleichen Nachmittag zum Kaffeetrinken in einem Café, das hauptsächlich von den Moorenbrunner Angestellten aufgesucht wurde. Im Außenbereich erfuhr ich, warum Caro einen Staplerfahrerführerschein hatte — eine Maßnahme der ARGE — und was sie in der Poststelle schon alles erlebt hatte. Sie schien noch lockerer als beim Mittagessen. Ich hegte die vage Hoffnung, dass nicht nur ich mich im emotionalen Ausnahmezustand befand.

Nachdenklich schaute sie auf die andere Straßenseite hinüber. »Eigentlich bin ich Autorin. Aber es ist nicht einfach, Autor bei einem Verlag zu werden, der einen auch erfolgreich publiziert. Und als Selfpublisher hat man es auch nicht leicht.«

Ich nickte, obwohl mir schleierhaft war, worüber sie redete. Aber ihre Stimme war sowieso das Wichtigste an diesem Nachmittag. So hirnverbrannt verknallt war ich das letzte Mal vor fünf Jahren gewesen, als mir am Valentinstag ein fremder Mann eine Rose überreicht hatte, mitten in der Nürnberger Fußgängerzone. Danach folgte ein abwechslungsreiches halbes Jahr mit Bernhard Stiegler, kurz Berni, mit dem ich durch die Nachtclubs zog und fast meine Abschlussprüfung zur IT-Kauffrau versemmelt hätte.

»Hörst du mir überhaupt zu?« Caro wollte sich ausschütten vor Lachen, weil sie mich beim Träumen erwischt hatte. »Du hast kein Wort verstanden, oder?«, meinte sie versöhnlich.

»Nein«, musste ich zugeben. »Hat man mir das etwa angesehen?«

»Das nicht. Aber wenn man sich nicht mit der Schreiberei beschäftigt, dann versteht man sowieso nur die Hälfte.«

»Ich glaube, ich will es auch gar nicht so genau wissen«, brummte ich. »Klingt jedenfalls mühsam.«

Eine Sekunde, vielleicht auch nur für eine Nanosekunde veränderte sich Caros Gesicht. Alarmiert setzte ich mich auf. Ein Zucken war wie eine Welle über ihr Gesicht gelaufen, angefangen bei ihrer linken Augenbraue über den Nasenflügel, hinüber zum rechten Mundwinkel. Auf ihren unteren Augenlidern brach sich das Licht in seltsamem Kontrast zu ihren dunklen Augen. Hatte ich was Falsches gesagt?

»Wie lange schreibst du denn schon?«, fragte ich aus der Angst heraus, die Situation retten zu müssen.

»Seit der Grundschule«, antwortete Caro betont ruhig. In den kommenden Jahren war das für mich das Signal, dass sie sich innerlich dem Siedepunkt näherte. (Überhaupt war sie von Anfang an die Impulsive gewesen, während ich mit meinem hilflosen Gestammel alles ausbremste.)

»Machen das viele Leute? Also, ich meine, das Schreiben.« Der erste ernsthafte Schweißausbruch kündigte sich in meinen Achseln an.

Caro schürzte die Lippen. In ihrem Gesicht tat sich nichts mehr. Nicht mal die Grübchen wollten sich zeigen. Augenscheinlich überlegte sie, ob es sich lohnte, sich weiter mit mir zu unterhalten.

»Was verdient man denn damit?«, platzte ich unbeholfen heraus. Verdammt, es interessierte mich eigentlich nicht die Bohne, ob und was sie schrieb und was der Unterschied zwischen einem Selfpublisher und einem Verlagsautor war. Es ging mir einzig und allein darum, Caro nicht zu verprellen! Krampfhaft zerrte ich an den wirren Gedanken, die sich in meinem Kopf tummelten, um eine originelle Frage zu formulieren, die ihr gleichzeitig schmeichelte. Und da war sie, die rettende Frage! Dachte ich.

»Bestimmt kennst du viele Bestsellerautoren, oder?«

Eine gefühlte Ewigkeit blinzelte sie nicht einmal. Schließlich sagte sie: »Ich könnte dir ein paar Leute vorstellen, wenn du möchtest.«

Ich wollte eigentlich nicht, weil ich mir unter einem Autor bisher einen weltfremden Spinner im Rollkragenpulli mit nikotingelben Fingern vorgestellt hatte. Die personifizierte Langeweile. Aber ich wollte, dass Caro wieder mit mir lachte und witzelte, als gäbe es auf der Welt nichts, was man wirklich ernst nehmen musste.

»Joah«, brachte ich unentschlossen hervor. »Warum nicht?«

»Gut. Am Samstag treffen wir uns um acht im Goldenen Drachen in der Königsstraße. Komm vorbei, wenn es dich wirklich interessiert.« Sie legte zehn Euro auf den Tisch, stand auf und nickte mir zum Abschied zu. Dann war sie weg.

Oh. Mein. Gott. Caro schrieb Bücher. Und ich hatte nicht mal ein Telefonbuch zu Hause!

Die nächsten Mittagspausen verbrachte ich entweder mit Lothar in der Kantine oder in einer Buchhandlung im Stadtzentrum. Caro sah ich immer nur kurz. Es war wie verhext: Jedes Mal, wenn sie uns die Post brachte, telefonierte ich oder war gerade nicht da. Zweimal konnte ich das Gespräch beenden und legte auf. Aber da fiel die Bürotür schon wieder hinter ihr zu. Draußen auf dem Gang surrte der Scooter davon.

Verdammt! Ich brauchte eine Strategie!

Lothar schüttelte amüsiert den Kopf. »Sag mal, warum wirst du eigentlich immer so hektisch, wenn die Christel von der Post kommt?«

»Werde ich doch gar nicht«, gab ich patzig zurück. »Aber sie kommt immer so überraschend rein, da erschrecke ich halt.«

»Haha«, machte Lothar ironisch. »Für mich sieht das jedes Mal aus wie ein halber Herzinfarkt.«

»Sie heißt übrigens Caro«, korrigierte ich ihn in der dummen Annahme, ihm eins auszuwischen.

»Aha, wir haben uns also schon miteinander bekannt gemacht? Sehr interessant.« Vergnügt pfeifend wandte Lothar sich wieder seinem PC zu. Manchmal war er der personifizierte Kotzbrocken.

»Außerdem ist sie eine Frau«, setzte ich noch eins drauf.

Ohne von der Tastatur aufzublicken, antwortete er: »Und? Seit wann hat das was zu bedeuten?«

Schachmatt! Lothar hatte glasklar erkannt, wie der Hase bei mir lief. Noch mehr Offenheit seinerseits und ich implodierte vor Scham!

»Ich brauche einen Kaffee«, stieß ich hervor. »Willst du auch einen?«

»Nein, danke, ich bin versorgt. Sie macht *übrigens* donnerstags um drei Uhr Schluss«, brummte er. »Und ihr grünes Fahrrad, *übrigens* ein Hollandrad, stellt sie hinter der Poststelle ab. Falls du vorhast, einen Spaziergang zu machen. Das Wetter ist schön heute, nicht wahr?«

»Kotzbrocken!«, rief ich und rannte hinaus.

Natürlich lief ich bis zu den Fahrradständern hinter der Poststelle, um nachzusehen, ob ihr Fahrrad noch dastand. Aber es war bereits fünf nach drei und es war weg. Danach hätte ich vor Wut über meine Verblödung fast in meinen Kaffee geheult. Ich wollte doch nur mit ihr darüber reden, dass ich eine Idiotin war und dass es mir leidtat, dass ich sie so abgeschmettert hatte! Sie sollte wissen, dass ich sie so annahm, wie sie war. Und deshalb war ich bereit, mir auch alles über die Schreiberei anzuhören, was ich wissen musste.

***

Der Samstag konnte weg, bevor er richtig angefangen hatte. Morgens beim Aufstehen rutschte ich auf meinen Hausschuhen aus. Aus der Dusche tröpfelte graubraune Brühe. Den Kaffee kochte ich ohne Kanne direkt auf der Warmhalteplatte. Und dann kippte auch noch die Kühlschranktür aus den Angeln, mir direkt in die Arme. Milch, Saft und etwas, das wohl mal Sojasoße gewesen war, bildete eine olfaktorisch interessante Pfütze auf dem Küchenboden, dekoriert mit luftig hingetupftem Eigelb.

Ich heulte erst einmal eine Runde und rief Mutti an. Sie diagnostizierte akutes PMS und riet mir, heute zu Hause zu bleiben. Sie hätte mir sogar frische Macarons vorbeigebracht. Aber ihre Fürsorglichkeit ging mir bereits am Telefon auf die Nerven, was wiederum mein schlechtes Gewissen weckte.

Auch zwei Visitenkarten, die mir Dr. Mordhorst von der Finanzberatung am Ende unseres ersten Termins überreicht hatte, weichten im Eigelb vor sich hin. Ich hatte sie mit einem Magneten an den Kühlschrank geklebt, ohne davon auszugehen, dass ich sie jemals brauchen würde. Auf der einen stand Dr. Mordhorsts Nummer, unter der ich ihn von Montag bis Freitag von sechs Uhr in der Frühe bis abends um zehn Uhr erreichte, egal ob es um Geld oder andere Belange ging. Zu allen anderen Zeiten sollte ich mich an »Daniel« wenden. Nur dieser Vorname und eine Handynummer standen auf der zweiten Visitenkarte. Mit spitzen Fingern angelte ich das Kärtchen aus der Pfütze. Ob dieser Daniel auch Kühlschränke reparieren konnte?

Neunzig Minuten später hatte ich mich davon überzeugt, dass Daniel noch ganz andere Sachen fertigbrachte. Die Kühlschranktür hing wieder dort, wo sie hingehörte. Meine Kaffeemaschine war entkalkt. Klares Wasser sprudelte fröhlich aus einem nagelneuen Duschkopf mit verschiedenen Massagefunktionen. Aber das Beste: Daniel hatte Brötchen mitgebracht!

»Eine kleine Aufmerksamkeit für unsere Kunden«, war einer der wenigen Sätze, die ich von Daniel zu hören bekam. Falls ich weitere Dienstleistungen wünschte, könnte ich über Dr. Mordhorst individuelle Servicepakete buchen, auf Wiedersehen. Daniel sah ein bisschen aus wie der junge Richard Gere. Wäre eventuell mein Typ gewesen. Aber es gab ja Caro ...

Nachdenklich nahm ich einen Schluck von dem frisch gerösteten Uganda-Arabica, den ich mir gestern gegönnt hatte. Der Geschmack nach reifen Kirschen und das samtige Zimt-Aroma wollten sich zwar nicht auf meiner Zunge entfalten. Auch die Schokonote kam nicht aus dem Kaffee, sondern von der Nusscreme auf dem Brötchen. Aber hey, alles, was mir den Samstag verhagelt hatte, war geregelt! Kein Grund mehr, ihn zu verfluchen. Ich hatte alles im Griff, weil es Leute gab, die einsprangen, wenn Not am Mann war. Weil ich selbst angerufen hatte, statt darauf zu warten, dass sich das Übel meiner Wahrnehmung durch Gewöhnung entzog.

Das nennt man Selbstständigkeit, dachte ich verwundert. Daniels Besuch würde mich bestimmt ein rundes Sümmchen kosten, weil dieser Mordhorst sicher nicht irgendeinen Handwerker für seine betuchten Kunden beschäftigte. Und erst die Provision, die er sich bestimmt selbst gutschrieb! Andererseits hatte ich lang genug auf meinem geerbten Geld gesessen. Wenn ich es nicht ausgab, wurde es auch nicht besser. Trotzdem schämte ich mich ein wenig dafür, dass ich mich anscheinend erst mit genug Geld im Rücken für fähig hielt, mein Leben endlich in die Hand zu nehmen. Gab es denn keine anderen Möglichkeiten, um mich da draußen zu behaupten? Und warum war mir das erst knapp zwei Monate nach meiner Beförderung wichtig?

»Wegen Caro«, sagte ich mir laut vor. »Weil ich das Gefühl habe, sie irgendwie beeindrucken zu müssen. Und zwar heute Abend, wenn ich sie im Goldenen Drachen treffe! Scheiße.«

Damit war es raus! Wenn ich nun kniff, konnte ich mich selbst nicht mehr im Spiegel anschauen. Aber was machte man denn als Frau, wenn man sich selbst bestätigen wollte?

***

»Guten Abend, die Dame. Einen Tisch für Sie allein?«

»Ich bin mit einer Autorengruppe verabredet«, stammelte ich erschrocken. Meine Schuhe schienen in dem hochflorigen Teppich zu versinken. Vorsichtig sog ich die Luft durch die Nase ein. Der durchdringende Geruch von Soja und Reis hängte sich im Handumdrehen in meine Haare. Ich begann zu schwitzen.

Der Kellner, offensichtlich Asiate, wies auf einen großen Tisch in der Ecke. Bis auf einen Platz waren alle besetzt. »Dort entlang, die Dame.«

Heiderzacken. Außerhalb der Firma war Zuvorkommenheit für mich immer noch schwer zu fassen. Als Privatperson nahm ich mich selbst nicht ernst genug, um so viel Respekt überhaupt annehmen zu können. Außerdem näherte ich mich mit jedem Schritt der Frau, die ich schon die ganze Woche sehnsüchtig beobachtete.

»Hi«, sagte ich so leise, dass ich mich selbst nicht hörte. »Hi!«, wiederholte ich lauter.

Am anderen Ende des Tisches blickte Caro auf. Legte den Kopf schief. Und lächelte mich an. »Hallo! Schön, dass du gekommen bist! Petra, rück mal, Steffi soll bei mir sitzen.«

Mein Herzschlag begann eines seiner schweißtreibenden Trommelkonzerte. Ich schwebte an den fremden Rücken vorbei, über denen sich Köpfe neugierig nach mir umwandten. Lustig, dass Autoren wie ganz normale Menschen aussehen, dachte ich und fand mich unmöglich. Ich sah ja auch ganz normal aus, obwohl ich als IT-Kauffrau arbeitete und wohlhabend war. Oder etwa doch nicht?

Rasch tastete ich mein Gesicht ab, ob mir auf den letzten Metern nicht doch noch eine Warze oder ein Pickel gesprossen war. Aber alles schien so, wie ich es vor einer halben Stunde im Spiegel gesehen hatte.

Ermattet sank ich auf den frei gewordenen Platz und starrte Caro mit großen Augen an. Sie reichte mir die Speisekarte mit der Erklärung, dass man mit der Bestellung nur noch auf mich gewartet hätte. Mehr als ein Nicken brachte ich nicht zustande. Dabei hatte mir die Verkäuferin doch versprochen, dass ich mit der scheißteuren Geldbörse von diesem unaussprechlichen Designer in jeder Situation wie eine Dame von Welt auftreten würde. Ich bräuchte sie nur in meiner Lederdamentasche mit mir herumzutragen!

»Alles okay?«

Mein Kopf ruckte hoch. Caros besorgte Miene rührte und verängstigte mich zugleich. »Ja, klar, alles gut, ich habe mich nur zu sehr beeilt.« Ich schickte ein Kieksen hinterher, das eigentlich ein Lachen hätte werden sollen. »Ich bin zu spät von zu Hause losgegangen und das ist mir ein bisschen peinlich. Entschuldigung.«

»Kein Ding«, murmelte Caro. »Wenn du dich unwohl fühlst, können wir auch woanders hingehen.«

Eine Glasglocke stülpte sich über meine Welt. Die Gespräche der anderen drifteten davon. Nur noch Caro und ich existierten.

»Wir alle oder was meinst du?«, hakte ich vorsichtshalber nach.

»Wir beide«, meinte Caro ganz selbstverständlich. »Wie bei einem Date. Wenn du magst.«

Das war jetzt wirklich beängstigend. »Ich weiß nicht …«

»Wir müssen nicht!« Bestürzung überlagerte Caros Lächeln. »Oh Gott, habe ich was Falsches gesagt?«

Mutti behauptete, ich hätte sprechende Augen, also warf ich Caro einen beschwörenden Blick zu: Du kannst doch gar nichts Falsches sagen. Aber das kann ich dir jetzt noch nicht sagen, weil ich doch gar nicht weiß, wie man sagt, dass der andere nichts mehr falsch machen kann, weil ab sofort alles richtig ist …

»Haben Sie schon gewählt, die Dame?«

Hinter mir materialisierte der asiatische Kellner. Blind tippte ich auf ein Gericht und bestellte dazu einen Yasmin-Tee und eine Flasche chinesisches Bier. Willenlos ließ ich mir die Speisekarte aus der Hand ziehen und wandte mich in einem weiteren verzweifelten Anlauf Caro zu.

Sie musterte mich wieder so zurückhaltend wie an dem frühen Abend im Café. Anscheinend hatte ich nicht laut genug mit den Augen gedacht.

»Nun«, sagte Petra, die sich auf den freien Stuhl am anderen Tischende platziert hatte. »Was macht die Kunst bei euch?«

»Läuft«, bestätigte einer der beiden Männer in unserer Runde. »Veröffentlichung am 15. Mai.«

»Bei mir am 14. Mai beim Jubelmondverlag«, fiel der zweite Mann ein. Er saß mir gegenüber. »Ich bin übrigens Martin Stolzefort. Und du?«

»Ich nicht«, rutschte es mir heraus. Alle lachten. »Stefanie. Also, das bin ich.«

»Schreibst du auch?«

»Auftragsbestätigungen und Bestellungen. Literatur: nein.«

Martin schaute mich lange an wie der Anführer eines Siedlertrecks. Ich kam mir vor wie der Schwächste der Gruppe, den man am Wegrand zurücklässt, damit das Schicksal seinen Lauf nimmt.

Blödmann.

»Bringst du es wieder selbst heraus?«, fragte Caro über den Tisch.

Der andere Mann nickte. »Ja. War den Verlagen nicht reißerisch genug. Zu wenig Gemetzel, zu viel Soziologisches. Also wie immer.«

»Wie immer«, bekräftigte die dralle Blondine mit den dicken schwarzen Strichen um die Augen genervt. Geziert prostete sie mir und Martin neben sich zu. »Ich bin übrigens Nathalie und schreibe Erotikromane.«

Martin zwinkerte mir zu. »Ganz scharfe Sachen! Kennst du sicher.«

»Was denn?«, fragte ich verwirrt.

»Na, die Nathalie, meine Frau! Sie schreibt die Amour-Lune-Serie. Hast du bestimmt schon mal in der Hand gehabt. Liegt sogar hier in den großen Buchhandlungen aus.«

Bedauernd schüttelte ich den Kopf. Hoffentlich blamierte ich mich damit nicht wieder vor Caro. Doch die grinste nur.

Das unbestimmte Gefühl, dass Martin mich den Rest des Abends zutexten könnte, wurde greifbar, als er den Mund erneut öffnete.

»Und was schreibst du, Petra?«, rief ich der Brünetten mit der großen Brille zu, die gerade etwas in ihrer Handtasche suchte.

»Historische Romane!« Ihre Brillengläser beschlugen allmählich. Es war aber auch warm hier. »Weshalb ich viel mit Wilfried zusammenarbeite. Das ist der mit dem fehlenden Gemetzel.« Sie stieß den anderen Mann in die Seite und lachte. »Gell? Wir sind schon so ein Traumpaar!«

Wilfried lächelte gequält. »Das ist halt manchmal so.« Es klang, als hätte er sagen wollen: Manche Dinge kann man nicht ändern.

Die zweite Getränkerunde wurde serviert. Ich verbrannte mir an dem Jasmintee die Lippen und ließ Caro mein chinesisches Bier probieren. Es schien ihr zu schmecken. Unauffällig schob ich es zu ihr hinüber. Unter den Augen der anderen hielt ich es für die einzig mögliche Sympathiebezeugung. Außerdem war das hier wohl ein verkapptes Date, wo solche Gesten angebracht waren.

Nach der holprigen Vorstellungsrunde stockte das Gespräch. Martin und Nathalie sprachen beiläufig über Verkaufszahlen und Beträge. Ob es sich um Erträge oder lediglich Umsätze von Nathalies Erotikromanen handelte, ging nicht daraus hervor. Wilfried und Petra stierten auf ein Stück Papier, wohl um Martin und Nathalie nicht zuhören zu müssen. Hin und wieder gingen Blicke von den beiden hinüber, aus denen ob der Zahlen der blanke Neid sprach. Da ich mich zu dem Zeitpunkt noch nicht auskannte, wusste ich nicht, dass Nathalie und Martin vor den anderen maßlos übertrieben, um Eindruck zu schinden.

Blieben noch Caro und ich. Und meine Angst, etwas falsch zu machen. In dieser Gruppe war ich so deplatziert wie ein roter Hut bei einer Beerdigung. Die Stimmung war ähnlich angespannt. Autoren waren anscheinend nicht die unterhaltsamsten Zeitgenossen.

»Wie habt ihr euch eigentlich gefunden?«, fragte ich schließlich, als selbst Martin sein Interesse an mir nicht wiederentdeckte. »So als Autorengruppe, meine ich.«

Caro freute sich, dass ich den ersten Schritt machte. »Soziale Medien, dort: Autorengruppe. Man findet sich, indem man auf der Plattform nach Gruppen sucht. Wir sind die Nürnberger Federknechte.«

»Ah«, machte ich nicht besonders intelligent. »Macht ihr auch andere Sachen zusammen?« Die Frage erschien mir dumm, denn es fand nicht mal eine Unterhaltung statt.

»Nur essen und hin und wieder Lesungen. Aber die müssen auch thematisch passen.« Bezaubernd, wie Caro den Kopf auf die Seite legte und dabei ihren langen, schlanken Hals entblößte. Mir war schleierhaft, warum die anderen nicht Stift und Papier zückten und sich in Elogen über ihre Schönheit ergingen. Sie hatten doch alle genug Erfahrungen, um ihre Ergüsse in Worte zu fassen, oder?

»Lesungen? Gedichte und so Zeug?« Ich formulierte meine Frage bewusst plump, damit endlich wieder ein gemeinsames Gespräch aufkam. Vor den anderen allein mit Caro zu reden, war trotz meiner Verliebtheit seltsam.

»Unter uns ist kein Dichter, soweit ich weiß.« Caros Kopf kippte in die andere Richtung, ihr Hals dehnte sich zu einer hellen Himmelsleiter, um die ihre dunklen Strähnen wie wilde Reiter tanzten. Wenn das so weiterging, wurde ich selbst noch zur Lyrikerin.

»Ah.« So viel dazu, ich wiederholte mich bereits. Es konnte doch nicht sein, dass mir ausgerechnet jetzt der Gesprächsstoff ausging!

Das Essen wurde serviert. Martin und Nathalie hatten zum Thema Klinkenputzen gewechselt. »Buchhändler sind ganz schwer zu beeindrucken, weil täglich so viel Schrott auf dem deutschen Markt erscheint«, wusste Martin zu berichten. »Wenn ich dem Hortemann einen Besuch abstatte und der bei der Begrüßung mit dem Kopf wackelt, weiß ich schon Bescheid.« Seine dicke Nase beugte sich zu mir über den Tisch. »Dann wurde er von mittelmäßigen Selfpublishern und schludrigen Kleinverlegern genervt. Die schmeißt er sofort wieder raus, hat er mir mal gesagt.« Gebieterisch richtete Martin sich auf und aß einen Happen. »Aber mir bietet er immer einen Kaffee an, schwarz, Original Arabica aus Marrakesch. Da hat er so einen Tick, fährt einmal im Jahr extra runter wegen dem Kaffee. Und nach der ersten Tasse hole ich Nathalies neuestes Buch heraus und die Bestellformulare und zack.« Martin schlug auf den Tisch, dass die Gläser klirrten. »Zwanzig neue verkauft, zwanzig auf Kommission, je zehn Stück Nachbestellungen pro Band. So mache ich das in allen Nürnberger Buchhandlungen.«

Nathalie gestattete sich ein zufriedenes Seufzen.

»Auch mit deinen eigenen Büchern?« Niemand hätte mich angezeigt, wenn ich mich nur mit Caro unterhalten hätte, aber der Typ war ein ganz furchtbarer Angeber. Mein Bedürfnis, seine Schwachstelle zu finden, wuchs mit jedem Wort.

»Martin hat bisher nur eins, und das ist beim Jubelmondverlag erschienen«, sagte nun endlich auch Nathalie etwas dazu. »Der macht das Marketing für ihn. Und dann kannst du endlich auch halbtags arbeiten, Schatz.« Feucht schmatzten ihre Lippen auf seiner Wange. Eher angewidert wandte Martin sich ab.

Aus den Augenwinkeln sah ich, dass Caro sich noch einen Schluck von meinem Bier einschenkte. Sie war so still. Siedend heiß fiel mir ein, dass sie sich noch gar nicht zu ihrem Spezialgebiet geäußert hatte. »Was schreibst du eigentlich?«

»Krimis.« Mit unbewegtem Gesicht prostete sie mir zu. Ich erhob meine Teetasse. Wir tranken. Ich musste sie später unbedingt fragen, ob sie die Vorbilder für ihre Krimis in diesen Zusammenkünften fand.

Das Gespräch lief auch nach dem Hauptgang nicht besser. Mindestens tausend Mal wäre ich inzwischen am liebsten auf Caros Vorschlag zurückgekommen, woanders hinzugehen. Aber sie aß so konzentriert und ich traute mich nicht, sie noch mal darauf anzusprechen. Was, wenn das hier ein Test war, ob ich ihr überhaupt genügte? Dazu kam, dass ich nicht unhöflich sein wollte. Andererseits: Waren Martin und Nathalie es nicht auch mit ihren dick aufgetragenen »Storys aus dem Business«, die Martin vor uns ausbreitete? Und Petra und Wilfried, die keinen Ton von sich gaben?

Zu allem Überfluss bestellte Petra sich noch gebackene »Lüschees« mit Honig und Mandeln und bot Wilfried etwas davon an. Der lehnte für meinen Geschmack zu schroff ab. Nathalie und Martin teilten sich je eine gebackene Banane und eine gebackene Ananas »wegen den Vitaminen«.

»Sie können keinen Genitiv«, flüsterte Caro mir plötzlich zu. Ich nickte verschwörerisch. Den Genitiv kannte ich.

Obwohl die Stimmung so mau war, kam es unerwartet, als Wilfried sich erhob. »Tja, liebe Leute, ich muss dann mal. Schön war es wieder mit euch.«

»Aber wir haben doch unsere Kekse noch gar nicht gegessen«, wandte

Petra etwas lahm ein.

»Ach, lass doch die Kekse«, brummte Wilfried gelangweilt. »Hallo, Kellner! Ich würde gern zahlen!«

Mit der Teilrechnung brachte der asiatische Kellner auch die unvermeidbaren, glänzend eingeschweißten Glückskekse. Auch das noch, konnte man in Leuchtschrift auf Wilfrieds Stirn durchlaufen sehen. Er bezahlte im Stehen und winkte noch einmal in die Runde.

»Also dann, bis demnächst im Chat.«

»Halt!« Wieder war es Martin, der das Kommando übernahm. Zu meinem Erstaunen bewegte sich Wilfried keinen Millimeter weiter. »Willi, wir sind ein Schreibclub und du weißt, wir haben unsere Rituale.« Martin sprach mit so großem Ernst, dass ich spontan die untermalenden Orgelklänge vermisste. Kurz vergaß ich sogar meinen Ärger darüber, dass ich nicht mal für Caro mutig genug gewesen war, die Farce hier vorzeitig zu beenden.

»Setz dich hin und iss deinen Keks«, sagte Martin so selbstverständlich, dass Wilfried sich tatsächlich noch einmal niederließ. Petras erleichtertes Seufzen galt einzig und allein ihm. Seine Mimik war eine Maske des Widerstands, aber er fügte sich. Das musste ich Lothar am Montag unbedingt erzählen! Vorausgesetzt, ich vermasselte das mit Caro heute nicht noch. In dem Fall würde ich mich für immer in einem Erdloch verkriechen.

Schüchtern schaute ich zu ihr hinüber. Sie verzog nach wie vor keine Miene.

Martin wies jeden an, sich einen Keks zu nehmen, auch mich. Gehorsam wie die Klosterschüler rissen wir die knisternde Verpackung auf, zerbröselten die Kekse auf der Tischdecke und lasen uns die kleinen Zettel mit den geheimnisvollen Botschaften vor. Ich machte mit, immer noch wegen Caro, die mich sehr genau im Auge behielt, und weil ich mir nichts dabei dachte. So war das nun mal bei Schreibclubs. Alle waren ein bisschen durch den Wind, aber im Grunde ganz lieb, hoffentlich auch Caro.

»Selig sind die Fleißigen, denn sie werden reiche Ernte einfahren.« Nathalie war zufrieden mit ihrem Spruch. »Was hast du, Martin?«

»Steiniger Boden will umgegraben sein. Dann trägt der Rebstock im Herbst goldene Früchte.« Auffordernd schaute er uns der Reihe nach an. »Na, wie klingt das?« Statt zustimmend zu nicken, wie Wilfried und Petra es taten, blies ich die Wangen auf.

»Hab eine reine Seele wie der Gesang der Lerche und ein Herz so mutig wie das Stinktier«, las Petra stirnrunzelnd vor.

Nathalie kicherte herablassend, wie ich fand. »Mut täte dir wirklich mal gut, Kleine.«

»Das ist doch nur ein Spruch«, murrte Wilfried. »Hier ist meiner: Du trägst das Herz am rechten Fleck.« Er warf Martin einen angriffslustigen Blick zu.

»Und was hast du, Steffi?«, fragte er, weil Martin nicht auf ihn reagierte.

»Ich gehöre doch gar nicht zu eurem Schreibclub«, meinte ich. »Aber gut, wenn du unbedingt willst. Wahre Liebe keimt im reinen Herzen.« Prompt errötete ich tief.

Nathalie stieß ein abschätziges Zischen aus. Petra biss sich auf die Lippen. Wilfried rollte mit den Augen und Martin hatte mir anscheinend gar nicht zugehört. Nur Caro saß immer noch sehr aufrecht auf ihrem Stuhl, schaute niemanden an und hatte wohl auch nicht vor, ihren Spruch vorzulesen.

Das sah Martin anders. »Komm, deinen Spruch wollen wir auch noch hören, Caroline.« Da war er wieder, der Gebieter und Angeber. Sollte Caro mich nach diesem Abend noch treffen wollen, würde ich ihr das Versprechen abnehmen, dass wir den Schreibclub mieden.

Da lächelte sie wieder und alles schien gut zu werden. »Wenn du drauf bestehst? Hört zu: Dein Name wird weltberühmt werden.« Scheinbar triumphierend blickte sie in die Runde.

Verlegen kratzte Martin sich an der Nase. Petra wurde blass, Wilfried blieb der Mund offen stehen.

»So ein Blödsinn«, kommentierte Nathalie. »So weit her ist es mit deiner Schreibe nun auch nicht.«

Caros Gesicht hatte sich wieder verschlossen, als wäre nichts passiert. Nur ich wartete auf das befreite Lachen, das meiner Meinung nach die Runde ad absurdum hätte führen sollen. Es kam nicht. Mir dämmerte, dass alle hier versammelten Autoren diese dämlichen Glückskekse für bare Münze nahmen. Caro etwa auch?

»Natürlich nicht«, sagte sie später, als wir endlich allein vor dem Goldenen Drachen standen und uns von dem unbehaglichen Treffen erholten. »Das ist doch nur von einem Auftragsschreiber in aller Eile hingepinselt worden.« Plötzlich lag ihre Hand in meiner. »Tut mir leid. Ich dachte, es wäre eine gute Idee, dich meinen Bekannten vorzustellen. Quasi als beidseitige Konfrontation.«

Wie elektrisiert ließ ich meine Finger zart nachfassen. »In wie fern?« Meine Stimme zitterte nur ganz wenig. Im Gegensatz zu meinem Herz, das mir in die Hose zu rutschen drohte. So weit war ich doch noch gar nicht gewesen, dass ich Caros Hand in Gedanken hatte anfassen dürfen!

»In sofern, dass auch sie mich akzeptieren, wie ich bin, weil sie sich selbst für weltoffen halten. Hat nicht ganz funktioniert. War wohl nicht meine beste Idee.« Betreten senkte sie den Kopf.

Oh, Caro, warum schlägst du die Augen vor mir nieder?, dachte ich bestürzt.

»Und damit du weißt ...« Sie blinzelte mich von unten an. »Dass sie wissen ... dass ich ...«

Mein Herz zitterte. Rasch hauchte ich einen Kuss auf ihre Finger, ließ zu, dass sie ihr Mund flüchtig meinen streifte. Der anschließende Spaziergang trug uns in die Nacht und weiter bis in den nächsten Morgen, an den uralten Mauern der Stadt Nürnberg entlang bis hinaus nach Erlenstegen. Wir spürten, dass das Gefühl, das wir in uns trugen, das unschuldige Glück des Anfangs war.

***

Mutti machte große Augen, als ich zwei Wochen später, es war bereits April, Händchen haltend mit Caro vor ihrer Tür stand.

»Hallo«, sagte ich kläglich, weil mir vor Aufregung ganz schlecht war. Was, wenn Mutti sich als genauso unzugänglich erwies wie Caros Eltern? Caros Andeutungen hatten mir zu denken gegeben. Aber meine Sorge war unbegründet. Schon im Hausflur drückte Mutti uns beide so glücklich an sich, dass ich eine Spontanverschmelzung mit ihr und Caro befürchtete.

Als sie uns endlich losließ, jubelte sie: »Kommt rein, ich habe Macarons für euch gebacken!« Ihrer Lautstärke nach galt die Einladung dem ganzen Haus.

Im Wohnzimmer wurden wir von Antoine begrüßt, der wie ein kleiner, dicker Apfel auf Muttis Sofa thronte und Macarons knabberte. »Ma chère!«, rief er, und an Mutti gewandt sagte er: »Siehst du, es ist kein Drogendealer, sondern eine ganz entzückende junge Dame!« Dann küsste er Caro und mir formvollendet die Hände und bot uns seinen Sofaplatz an. Ich fragte mich, wovor ich überhaupt Angst gehabt hatte.

Den nächsten Antrittsbesuch leisteten wir bei Caros Großtante Rosi in ihrem alten Nürnberger Stadthaus. Sie war schon zweiundneunzig und lächelte vergnügt in ihrem Lieblingssessel vor sich hin. Ihre Hand lag trocken und warm in meiner.

»Du bist also die große Liebe meiner Lieblingsnichte.« Sie sprach leise und schleppend, aber voller Herzlichkeit. »Sei gut zu ihr, sonst suche ich dich nach meinem Tod in deinen Träumen heim.«

»Tante Rosi!«, rief Caro mit gespielter Verzweiflung. »Wir sind nicht gekommen, um Abschied zu nehmen.«

Doch Tante Rosi wackelte nur vielsagend mit dem Kopf. »Man weiß nie, wann es soweit ist. Ich lasse ungern jemanden im Unklaren darüber, wie ich zu ihm stehe.« Einladend klopfte sie auf die Armlehne des zweiten Sessels. »Setz dich auf Caros Platz, Stefanie. Ich höre nicht mehr so gut und möchte kein Wort von dem verpassen, das du mir über dich verraten möchtest.«

Augenblicklich schien mein Gesicht in Flammen zu stehen. Tante Rosis Offenheit erfreute und bedrückte mich zugleich. Dass ich für Caro derzeit die interessanteste Person auf der Welt war, wusste ich von unseren ersten schüchternen Zärtlichkeiten. Die Vorstellung, dass ich neben ihr auch andere Menschen begeistern könnte, war schwierig für mich.

»So interessant finde ich mich gar nicht«, murmelte ich betreten.

»Dann mach einer alten Frau die Freude und finde mit ihr heraus, ob du wirklich so uninteressant bist, wie du vorgibst«, schlug Tante Rosi vor.

Caro nickte mir aufmunternd zu und ging in die kleine Küche, um Kaffee und Tee zu kochen. So hatte sie es mit ihrer Tante in den letzten Tagen mehrmals besprochen, wenn sie sie am Nachmittag besucht hatte. Sie hatte die Pflege ihrer Tante übernommen, weil diese sich noch zu jung für eine Senioreneinrichtung fühlte. Außerdem wäre dann der Verkauf ihres Stadthauses unausweichlich gewesen.

Von Tante Rosi erfuhr ich eine Menge über Caros Verwandtschaft. Zum Beispiel, dass Caros Eltern schon lang geschieden waren und seit ihrem Coming-out der Kontakt eingeschlafen war, genauso wie der Kontakt zum inzwischen verstorbenen Rest ihrer Familie. Seit Jahren übernahm deshalb Tante Rosi das, was sie als »Familiengwerch« bezeichnete.

»Caroline hat mir schon gesagt, dass deine Mutter ein größeres Herz hat als diese Menschen«, erzählte die Tante. »Mich haben sie bereits vor Jahren ausgeschlossen. Alle warteten sie darauf, dass ich sterbe, damit sie mich beerben können. Tja. Nun habe ich sie bis auf Caroline und ihren Vater Christian überlebt.« Belustigt schüttelte sie den Kopf. »Und richtig verwandt bin ich nur mit Caroline. Christian erbt nur, wenn Caroline mir eher folgt als er.«

Sichtlich unbewegt nahm Caro einen Schluck Tee, als ginge sie das alles nichts an.

»Zwar hätte ich es begrüßt, wenn Caroline sich noch zu meinen Lebzeiten mit ihrem Vater ausspricht, damit ich notfalls intervenieren kann.« Tante Rosi warf Caro einen bedauernden Blick zu. »Aber das müsst ihr wohl ohne mich klären.

Plötzlich landete ihre warme, trockene Hand auf meinem Arm. »Christian ist ein Rabenaas.« Ihre grauen Augen glitzerten zornig. »Wie kann man das eigene Kind verstoßen? Versprich mir, dass du auf Caroline aufpasst, wenn ich nicht mehr da bin. Dann werde ich für dich in der anderen Welt ein gutes Wort einlegen, Stefanie Fiedler.«

»Ach, Tantchen!« Stöhnend arbeitete Caro sich aus dem tiefen Sofa hoch und räumte das Geschirr zusammen. »Geht es auch eine Nummer kleiner? Papa wird mich nicht gleich umbringen, wenn wir uns wiedersehen.«

Doch da blieb die betagte Tante stur. »Ich habe schon Pferde kotzen sehen. Und ich weiß, wie dein Vater sich gebärdet, wenn er etwas haben will oder wenn er sich verteidigt.«

»Aber das ist doch auch schon hundert Jahre her«, murrte Caro. »Immer die alten Geschichten!«

Damit war die gute Stimmung dahin. Wir verabschiedeten uns früher als geplant, weil kein richtiges Gespräch mehr aufkam. Erst am Cinecitta, wo wir uns noch einen Film anschauen wollten, wich das bedrückende Gefühl etwas, zu viel über Caros alte Verletzungen erfahren zu haben. Doch kaum waren die Lichter im Kinosaal erloschen, zog die Bitte der Tante erneut ihre Kreise in meinem Kopf. Sie hatte mich tiefer getroffen als Caros erster, flüchtiger Kuss. Ab diesem Moment fühlte ich mich unerträglich schwach und verantwortlich für alles, was mit Caro geschah. Ich wollte und will sie nicht wegen eines dummen Fehlers verlieren. Das ist die dunkle Seite der Liebe.

Nachdem wir die Reste unserer Familien ins Bild gesetzt hatten, mussten wir uns auch eine Strategie für die Firma überlegen. Undenkbar, händchenhaltend in die Kantine zu spazieren oder rasche Küsse auszutauschen, wenn wir uns am Werkstor verabschiedeten! In dem Maße, wie heterosexuelle Pärchen den stockkonservativen Mitarbeitern mit ihrer offen demonstrierten Liebe Glücksgefühle bescherten, würden sie Caro und mich hassen. Da half es auch nicht, dass das Gesetz zur Lebensverpartnerung in August elf Jahre alt wurde. Was sich so schlüssig und normal auf dem Papier las, musste noch einen beschwerlichen Weg in die Köpfe zurücklegen.

Es war mal wieder Lothar, der mir meine Not an der Nasenspitze ansah. Mit den Worten »Es geht mich eigentlich nix an und ich werde den Teufel tun und mich einmischen« lud er mich eines Nachmittags auf ein Stück Kuchen ein. In unserem Stammcafé bestellte ich mir Apfelkuchen mit Sahne und Vanilleeis.

»Ich als dein Chef ordne hiermit an, dass du erst wieder reden darfst, wenn du den Kuchen verputzt hast.« Das verknautschte Zigarettenpäckchen landete neben seiner Kaffeetasse. »Hast du schon mal daran gedacht, deine Befugnisse zu Caros Gunsten einzusetzen?«

Erstaunt ließ ich die Gabel mit dem Apfelstückchen auf den Teller sinken. »Hä?«

»Du sollst doch den Mund halten, habe ich gesagt. Du könntest mal mit

Günther von der Poststelle darüber sprechen, dass wir lieber jemand Zuverlässigen wie Caro für unsere Postabholung haben wollen.«

Ich steckte das Apfelstückchen in den Mund, kaute und schluckte es hinunter, bevor ich antworten wollte. »Du meinst, ich soll Caro dauerhaft für uns klarmachen?«

»Na, na, na, was ist denn das für eine nachlässige Wortwahl? Wir wollen hierbei nicht vergessen, dass es um deine Herzdame geht.« Umständlich zog Lothar eine zerknautschte Zigarette aus dem Päckchen. »Demnächst beginnt die Sommerpause. Das heißt, die aktuellen Zeitarbeitsverträge laufen aus. Du verstehst?«

Darüber hatte ich mit Caro auch schon gesprochen. »Klar. Nur kann ich Günther nicht zwingen, Caro einzustellen.«

»Aber du kannst ihm einen Wink geben, Herrgottchen noch mal!«, fuhr Lothar auf. »Diese Woche sollen die einzelnen Abteilungen ihren Mitarbeiterbedarf ab Herbst an die Personalabteilung weitermelden. Günther hat mir selbst erzählt, dass von vier Zeitarbeitern drei gehen müssen und er noch nicht weiß, wen er dabehalten will.«

»Du meinst ...« Auf meinem Teller schmolz das Vanilleeis, während ich über das Ende des Satzes nachdachte.

Lothar seufzte genervt. »Ja, das meine ich, und weil ich bei Günther was gut habe, wird er dir diesen Wunsch erfüllen!«

»Wieso hast du bei Günther was gut?«, fragte ich blöd, wie ich selbst fand.

»Ist privat. Also hopp, iss auf, du musst zu Günther, bevor er um halb vier die Segel streicht!«

Tatsächlich zeigte sich Günther ungewöhnlich aufgeschlossen für meinen Vorschlag. Statt mich wie sonst gelangweilt über seine dicke Brille zu mustern und bärbeißige Antworten zu geben, schien er sogar erleichtert darüber zu sein. Ich weiß bis heute nicht, warum Günther Lothar etwas schuldete, aber letztlich ist es auch wursch. Caro bekam im Herbst einen auf zwei Jahre befristeten Teilzeitvertrag in der Moorenbrunner Poststelle, ohne dass sie von meinem Gespräch mit Günther erfuhr.

***

Bis dahin verbrachte ich jede freie Minute mit Caro. Der Sommer 2012 ist der erste Sommer meines Lebens, an den ich mich wirklich gern erinnere. Wir gingen überall in Nürnberg spazieren, wo es uns gerade gefiel. Sämtliche Stadtteile erliefen wir uns in den ersten Monaten unserer Beziehung. Dabei redeten und redeten wir, als hätten wir uns alles für den anderen aufgespart. Wir stellten fest, dass wir beide unsere hellen und dunklen Momente im Leben gehabt hatten. Mit der Zeit verschmolzen sie zu einer undefinierbaren Masse »davor«, womit wir Dinge meinten, die sich vor unserem ersten Kuss ereignet hatten. Sowohl Caro als auch ich ließen alles dankbar zurück. Denn »danach« war unser Leben viel, viel schöner geworden. Vorerst.

Am Tag nach der Vertragsunterzeichnung brachte Caro ihren Kollegen Käse- und Schokoladenkuchen mit, die wir in Caros winziger Küche gebacken hatten. Günther outete sich als Käsekuchen-Fan und verdrückte ein Viertel davon allein. Bis auf Raphaela griffen auch alle anderen kräftig zu. Sie begnügte sich mit einem abgebrochenen Stückchen, das sie sich rasch im Vorbeigehen in den Mund schob. »Ich bin auf Diät«, verkündete sie so oft, dass Günther ihr scherzhaft drohte, sie künftig täglich mit Kuchen zu mästen, wenn sie nicht endlich den Mund hielt. Daraufhin gab sie Ruhe und meldete sich am nächsten Tag krank.

Caro war bis acht Uhr allein in der Vorsortierung, da Ina und Hannelore wegen ihrer Kinder erst später anfingen. Also sortierte Caro genug, um die Körbe am Scooter vollzubekommen, und fuhr in aller Eile die Post aus. Bis sie wieder in der Poststelle ankam, war Günther für Raphaela eingesprungen.

»Ina und Hannelore sind echt schnell, aber nicht mal zu dritt kommst du mit der Arbeit richtig nach. Gegen zehn waren die Eingangscontainer so voll, dass ich die interne Post gar nicht mehr reinlegen konnte.« Caro spießte ein Stückchen Tomate auf und betrachtete es interessiert. »Günther konnte einem leidtun. Er ist die ganze Zeit zwischen interner und externer Postannahme rumgeflitzt.«

»Hoffentlich beantragt er eine Aushilfe«, meinte ich.

»Hoffentlich«, stimmte Caro müde zu. »Aber hey, ich habe bald eine gut bezahlte, wenn auch befristete Stelle und nebenher genug Zeit zum Schreiben. Wer kann das heute schon von sich sagen?«

Ach ja. Das Schreiben. Seit dem Abend im Goldenen Drachen war ich dem Thema gegenüber zwiegespalten. Das nächste Treffen mit einer anderen Autorengruppe nahm ich Caro zuliebe noch mit, sah mich aber in meiner Annahme bestätigt, dass Autoren, nun, speziell sind. Auch diese Gruppe saß hauptsächlich schweigend am Tisch des indischen Restaurants, in dem sie sich einmal pro Monat trafen. Jeder schien darauf zu warten, dass jemand das Gespräch eröffnete und in Gang hielt. Schließlich sprachen die anwesenden Autoren der Reihe nach über ihre Bücher, die noch nicht fertig waren oder die »demnächst« erschienen, entweder im XY-Verlag oder »im Selbstverlag«. Mit diesen Worten verwandelte sich das abwartende Schweigen in stumme Ehrfurcht vor der Leistung des sprechenden Autors, wobei auch immer eine Prise Neid dabei zu sein schien, bis der nächste sich traute, etwas zu sagen.

»Gibt es denn schon einen genaueren Termin?« Meine Stimme fuhr wie ein Blitz in die Runde. Sämtliche Köpfe, auch Caros, ruckten zu mir herum, als hätte ich mit meiner Frage etwas Heiliges zerstört.

Die Autorin, die gerade ihre anstehende Veröffentlichung angedeutet hatte, zuckte mit den Schultern. »Na ja, im Juli halt. Ich habs hochgeladen, jetzt warte ich auf die Freigabe des Distributors.«

Bei der anwesenden Verlagsautorin gestaltete sich die Sache noch mysteriöser. »Meine Verlegerin peilt für die Veröffentlichung den Spätsommer an«, berichtete sie etwas mutiger. »Sie will mein Buch zur Frankfurter Buchmesse präsentieren.« Ich glaube, sie hieß Regina.

»Oh!«, unternahm ich einen neuen Versuch, mich für das Thema zu begeistern. »Dann ist sie als Ausstellerin dabei?«

»Dafür ist ihr Verlag zu klein. Sie kann sich den Stand nicht leisten, sagt sie.« Pikiert wandte Regina den Kopf ab, als wäre meine Vermutung ein Sakrileg. Vielleicht hatte ich aber auch einen wunden Punkt getroffen. Denn, so viel wusste ich zu dem Zeitpunkt schon, welcher Autor gab nicht gern damit an, dass sein Buch auf einer Messe zu bewundern war?

Unter dem Tisch stieß Caro mich mit dem Fuß an als Zeichen, dass sie nun auch eingreifen wollte. »Gibt es denn schon einen Coverentwurf?«

»Nein. Der Grafiker ist im Urlaub.« Abwesend rieb Regina auf ihren Fingernägeln herum. »Außerdem kommt das Cover immer erst zum Schluss, das weiß man doch.«

Diesen Satz nahm ein Autor — Wolfgang? — am anderen Ende des Tisches zum Anlass, hörbar einzuatmen. »Also ich habe mein Manuskript die Woche an den Woronverlag geschickt. Hoffentlich wird das diesmal was mit der Veröffentlichung.«

»Der Woronverlag«, murmelte Regina andächtig. »Mit dem hatte ich auch mal Kontakt.«

Und so ging es immer weiter. Es wurde vorsichtig über Hoffnung, Texte und Verlage gesprochen. Fachsimpeleien wurden über den Tisch gestreut wie Konfetti, jedoch nicht zur Belustigung. Dieses Konfetti glich scharfen Handgranaten, mit denen der andere zum Schweigen gebracht werden sollte. Es gab immer einen, der es besser wusste oder schon mehr Erfahrung hatte. Notfalls kannte man jemanden, der einen anderen kannte, der wichtig war. War die Schreiberei für diese Autoren Mittel zum Zweck, um sich selbst umständlich zu erhöhen, weil sie sich zu etwas anderem als dem Schreiben nicht in der Lage sahen? Waren ihre Texte so etwas wie Geister, die man beschwor, bis sie endlich »erschienen« und etwas oder jemanden erlösten? Und wenn ja, wovon wollte der Schreibende erlöst werden?

Ziemlich uninspirierte Bande, dachte ich nach der zweiten Cola. Aber das sagte ich nicht, weil auch Caro dazugehörte. Wie beim ersten Treffen der Federknechte im Goldenen Drachen saß sie stumm neben mir, schaute mal in die eine, mal in die andere Richtung und schmunzelte.

»Am liebsten würde ich noch ein wenig spazieren gehen«, flüsterte ich ihr zu. »Hier drin ist es mir allmählich zu stickig.« Noch ein Punkt, den ich nicht verstand. Draußen herrschte der schönste Altweibersommer mit warmen Abenden bis weit nach Einbruch der Dunkelheit. Aber die Autoren zogen die dicke Luft im Restaurant der luftigen Dachterrasse vor.

»Wie kommst du eigentlich immer an solche Typen?«

Unser Mut ließ uns nur die Dunkelheit, um uns an den Händen zu halten, während wir die Straße hinunterbummelten. Umso fester verschränkte Caro ihre Finger mit meinen, jetzt, wo außer uns niemand auf der Straße war.

Sie lachte. »Was meinst du mit ›solche Typen‹?«

»Alle ein bisschen weltfremd«, meinte ich nach reiflicher Überlegung. Schließlich wollte ich Caro nicht brüskieren. Sie war trotz ihrer seltsamen Bekanntschaften in meinen Augen perfekt.

»Ich glaube, ohne das kann man kein Autor sein.« Im Lichtkreis der Straßenlaterne tauchte ein Stein auf. Sie kickte ihn weg. »Findest du mich auch weltfremd?«

»Nein. Deshalb wundere ich mich ja.« Rasch küsste ich ihren Handrücken. »Bist du sehr böse, wenn ich nicht zum nächsten Treffen mitkomme?«

Ihre Finger zuckten in meiner Hand. Das hatte ich befürchtet. »Nicht, dass ich mich gelangweilt hätte«, log ich nervös. »Aber die ganzen Spitzfindigkeiten, wer mit wem gerade streitet und warum die eine Marketingmethode besser ist als die andere ... Das habe ich schon den ganzen Tag in der Arbeit.« Trotz der Dunkelheit lächelte ich sie entschuldigend an und hoffte, dass die Schatten auf meinem Gesicht mich nicht entstellten.

»Hm«, brummte sie. Und wieder: »Hm.« Sie blieb unter der nächsten Laterne stehen und ich auch. Ihre Hand ruhte nach wie vor in meiner. »Ich habe mich auch schon gefragt, ob ich mir den Abend mit so was verderben muss. Aber man muss sich zeigen, wenn man wahrgenommen werden möchte.«

Das war mein Stichwort! »Kannst du nicht etwas anderes machen, um dich zu zeigen? Letzten Endes verkaufst du die Bücher nur, wenn du dich positiv präsentierst. Das erscheint mir bei den allgemeinen Vorbehalten schwierig.«

»Findest du, dass ich mich nicht positiv präsentiere oder wie meinst du das?«, fragte sie misstrauisch.

Mist. Trotz aller Distanziertheit zu ihren Bekannten war sie eingeschnappt, als ob sie in so etwas wie den Autorenmodus geschaltet hätte. »Quatsch! Du warst die Netteste am ganzen Tisch. Und das würde ich auch sagen, wenn ich dich nicht lieben würde.« Ich probierte ein schüchternes Lächeln, was sie normalerweise besänftigte. Es funktionierte auch dieses Mal. »Du brauchst etwas, womit du deine Bücher zeigen kannst. Zum Beispiel eine Website. Ich frage mich, warum bei euren Treffen nie mit den Websites angegeben wird, sondern immer nur mit eventuell erscheinenden Romanen.«

Caros hochgezogene Augenbraue kannte und liebte ich von Anfang an, obwohl sie kein gutes Signal war. »Ich habe doch noch gar keine eigenständigen Bücher herausgebracht. Nur Kurzgeschichten in Anthologien.« Ihr Gesicht verdüsterte sich. »Streng genommen bin ich gar keine richtige Autorin.«

»Quatsch!«

»Du wiederholst dich, Steffi.«

»Wenn es doch Quatsch ist, Caro!« Beherzt ergriff ich ihre andere Hand. »Autor ist man, wenn man schreibt. Punkt! Das habe ich doch letztens extra im Duden nachgeschlagen. Du bist Autorin, und zwar mehr, als es die Nasen beim Inder jemals sein werden.« In einer Gefühlsaufwallung zog ich sie an mich. Sollte in diesem Moment ein Schlägertrupp vorbeikommen, wären wir erschreckend gut zu erkennen.

»Du brauchst eine Website. Die kann ich dir programmieren, ich bin doch IT-Kauffrau.«

Prompt rückte Caro von mir ab. »Was soll ich denn mit einer Website, die niemand aufruft, weil sie keinen interessiert?« Trotzig verschränkte sie die Arme und ging weiter. »Außerdem müsste ich erst mal was zum Draufstellen haben.«

»Dann schreib endlich deinen Krimi fertig und schick ihn an einen Verlag«, flehte ich sie an und lief ihr nach. Mit diesem Krimi hatte ich mich für meinen Geschmack schon zu oft beschäftigen müssen. Aber weil ich Caro liebte, ertrug ich stoisch ihre Selbstzweifel, wenn sie Passagen wieder und wieder überarbeitete und mit dem Ergebnis trotzdem unzufrieden war. »Und sag jetzt nicht, dass er nicht gut genug ist. Das wird er sowieso niemals sein.«

»Was?!«, schrie Caro entsetzt. »Warum sagst du das?«

»Weil es die Wahrheit ist!« Meine Stimme echote durch die schlafende Wohngegend. »Weil es keinen perfekten Text gibt, nirgends auf der Welt«, fügte ich mit rasendem Puls hinzu. Keine Ahnung, warum ich meine Worte bewusst so verletzend gewählt hatte. Sie waren mir entschlüpft, weil sie mir schon seit Wochen auf der Zunge brannten. »Und weil du als Verfasserin gar nicht beurteilen kannst, ob er wirklich so schlecht ist, wie du behauptest.«

Gewaltsam zwang ich mich, ruhiger zu atmen. Diesen Trick hatte uns der Trainer in einem Organisationsseminar verraten: »Wenn Sie sich aufregen, dann atmen Sie bewusst langsam. Sie werden sehen, dass Sie sich beruhigen können.«

Endlich wurde Caro langsamer. An der Straßenecke blieb sie stehen. »Und was heißt das konkret?«, fragte sie schwach.

Weil ich mich so sehr aufs Atmen konzentrierte, keuchte ich ein wenig, was dem ganzen einen dramatischen Touch gab. »Das heißt, dass du endlich die letzten Kapitel schreiben und den Krimi einschicken sollst. Ich helfe dir dabei, wenn du möchtest.«

»Aber ich will nicht warten, bis sich ein Verlag erbarmt! Ich will endlich mein Buch in den Händen halten!«

Ihre Worte waren ein einziger Schrei. Ich musste mir etwas einfallen lassen, bevor ein Anwohner die Polizei anrief.

»Dann mach doch dieses Selbstverlagsding«, schlug ich vor, obwohl sie es wie die anderen Autoren unter ihrer Würde empfand. Damals galt es noch als armselig, einen Text selbst herauszubringen.

»Ich verbrenne doch nicht meinen guten Autorennamen!«

»Dann veröffentliche ihn unter einem Künstlernamen«, meinte ich zunehmend verzweifelt. »Aber bring ihn raus und beobachte, was passiert! Vielleicht wird dadurch ein großer Verlag auf dich aufmerksam.« Ihr abfälliges »Pah!« traf mich tief. Aber nicht so tief, dass ich sie nicht an den Schultern packen und zu mir umdrehen konnte. »Vielleicht habe ich recht«, flüsterte ich eindringlich. »Jeder Autor könnte es so machen, weil es technisch möglich ist! Aber stattdessen verkriechen sich komische Typen in destruktiven Autorengruppen und machen sich gegenseitig das Leben schwer. Das kann es doch auch nicht sein, oder?«

In Caros Augen glitzerten Tränen. Gerade war ich die Destruktive. Aber verdammt noch mal, ich wollte nicht den Rest meines Lebens mit einer depressiven Autorin zusammensein, sondern mit der Caro, in die ich mich im Trekking-Laden verliebt hatte!

»Vielleicht braucht es nur eine mutige Autorin, um eine Lawine loszutreten.« Ich zwang mich, ganz ruhig mit ihr zu sprechen. »Eine Autorin mit einer professionell gestalteten Website, die sie regelmäßig aktualisiert und damit Leser gewinnt. Du könntest ein virtuelles Tagebuch führen. Ein Weblog!«

Allmählich ließ die Spannung in Caros Schultern nach. Ich hätte jubeln mögen. »Du erzählst von der Arbeit an deinem Buch. Und von den Fortschritten bei den Verlagsbewerbungen. Oder auch von den Rückschlägen. Darüber gibt es nirgendwo etwas Greifbares.«

»Doch. In den USA ist das schon üblicher als hier«, flüsterte Caro. Ich bildete mir ein, Ergriffenheit herauszuhören.

»Da haben die Amis endlich mal was richtig gemacht. Und weißt du was?« Sanft lehnte ich meine Stirn gegen ihre. »Wir arbeiten gemeinsam an deinem Erfolg.«

Dass auch in diesem wunderbaren Augenblick, der uns geschlagene zehn Minuten unter einer Straßenlaterne festhielt, keine angetrunkenen oder »echten« Männer vorbeikamen, war pures Glück. Als es uns bewusst wurde, machten wir, dass wir zur nächsten U-Bahn-Station kamen. Wir waren sehr, sehr müde.

***

Viel hatte ich seit meiner Abschlussprüfung als IT-Kauffrau nicht programmiert, was meinen eher geringen Basiskenntnissen nicht gutgetan hatte. Dazu kam, dass Caro sich eine Struktur für ihre Seite überlegen musste und auch darüber erst mal mit sich »in Klausur« gehen wollte. In den folgenden zwei Wochen fragte ich deswegen so oft bei ihr nach, dass ich mir schon wie eine böse Gouvernante vorkam.

»Ich will diesen Internet-Scheiß nicht!«, blaffte mich Caro schließlich eines Abends auf ihrem Balkon an. »Es reicht mir, wenn ich weiß, wo am PC der Einschaltknopf ist. Der Rest ist Literatur und hat überhaupt nichts mit deinen blöden Bits und Bytes zu tun!«

Genervt und auch ein wenig enttäuscht, dass sie diese Unterstützung nicht annehmen wollte, lehnte ich mich in dem alten Liegestuhl zurück, den sie für mich herausgeholt hatte. Unten auf dem Rasen zirpten die Grillen, es war immer noch angenehme 25 °C warm und im Westen feierte sich die Sonne mit einer grandiosen Abenddämmerung.

»Du weißt, dass das nicht stimmt«, legte ich noch einmal meine ganze Geduld in die Waagschale. »Wenn du die Leser auf dich aufmerksam machen willst, dann reicht es nicht, Flyer zu verteilen oder dich mit anderen Autoren zu treffen.«

Wütend schlug Caro auf die Armlehne. »Wir veranstalten bis Weihnachten zwei Lesungen! Da werden genug Leute kommen, denen ich mich präsentieren kann!«

»Und wie viele davon kaufen dein Buch? Außerdem wird die Hälfte selbst schreiben oder Verwandtschaft mitbringen, die auch nur mal gucken will. Und wenn es blöd läuft, kommt außer dir und mir und den anderen Autoren niemand!« Das war auch ein Satz, mit dem ich Caro vernichten konnte, so viel wusste ich bereits. Aber es half nichts, wenn ich ihn unterdrückte. So sah die Realität nun mal aus! »Außerdem werden die anderen Autoren ihre Bücher mitbringen und auslegen und verkaufen«, setzte ich mutig hinzu, »und du musst immer noch das letzte Kapitel schreiben.« Trotz der Dämmerung wusste ich, dass Caro erst rot und dann blass wurde. Dazu brauchte ich ihr Gesicht nicht zu sehen.

»Weißt du, wie das ist, wenn man nur noch das letzte Kapitel vor sich hat?« Ihre Stimme zitterte. »Ich habe mich über zwei Jahre mit meinen Figuren beschäftigt. Und wenn ich den Punkt hinter den letzten Satz mache, dann ist es vorbei. Das ist wie Abschied nehmen. Für immer!«

»Das kann ich nicht beurteilen. Aber meiner Meinung nach bringt es wenig bis nichts, wenn du auf diesem Kapitel sitzt wie die Glucke auf den Eiern.« Die Glucke brachte Mutti regelmäßig, wenn ich etwas vor mir herschob. Wenn sie mein Zögern auch so beschäftigte wie Caros Aufschieben mich einnahm, dann reichte ein Strauß Rosen am nächsten Muttertag nicht, um das wieder auszubügeln.

»Außerdem dachte ich, du willst dich mit dem fertigen Text bei einem Verlag bewerben.« Vorsichtig legte ich meine Hand auf Caros Arm. »Willst du etwa dein Buch ohne Schlusskapitel verschicken?«

»Nein«, gab Caro zu. »Aber dazu muss ich erst einen Verlag finden, der bereit ist, meinen Roman zu drucken. Das ist nicht so einfach.«

»Hast du denn überhaupt schon gesucht?«, rutschte es mir heraus.

Caros Arm glitt unter meiner Hand hervor. Sie hätte ihr Saftglas auch mit der anderen Hand vom Tischchen nehmen können. »Verlage sind keine Elektronikunternehmen. Die wenigsten von den kleinen haben eine ordentliche Website. Und bei den großen brauche ich es gar nicht erst zu versuchen. Die nehmen nur bekannte Autoren.«

Als dieses Gespräch stattfand, waren wir erst knapp fünf Monate zusammen. Unsere erste Verliebtheit wich der wachsenden Vertrautheit. Dazu gehörte leider auch meine Ratlosigkeit, weil ich noch nicht wusste, wie ich Caro über diesen Punkt helfen konnte, ohne sie zu verprellen. Ich rettete mich in Offenheit: »Wenn du dir selbst so wenig Chancen einräumst, solltest du das Schreiben vielleicht lassen.«

»Du verstehst gar nichts!«, zischte Caro, sprang auf und ging hinein. Von drinnen rief sie: »Gute Nacht!«

Ich war wie vor den Kopf gestoßen. Hatten wir unseren ersten richtigen Streit etwa wegen eines unfertigen Krimis? Schweren Herzens erhob ich mich aus dem Liegestuhl und folgte ihr hinein. Irgendwie musste ich das in Ordnung bringen. »Was soll das denn jetzt?«

Statt einer Antwort hörte ich die Badezimmertür klappern und wie Caro sie von innen absperrte. Unschlüssig blieb ich im Flur stehen. Aber ohne Versöhnung wollte ich nicht nach Hause gehen.

»Wenn du nicht mal deinen Krimi fertig schreibst und abschickst, erfährst du nie, wie deine Schreibe überhaupt aufgenommen wird«, sprach ich mutig in den dunklen Flur. »Vielleicht bist du eine ganz tolle Autorin und die Verlage suchen verzweifelt jemanden wie dich.«

»Entschuldige, aber das klingt total unrealistisch«, sagte Caro durch die geschlossene Badezimmertür. »Um aufzufallen, müsste ich mich erst mal von der grauen Masse abheben!«

Wie bitte?! Mit beiden Händen ergriff ich die Chance, die sich hinter dieser Vorlage verbarg: »Und genau deshalb schreibst du bis Ende des Monats deinen Krimi fertig und machst dir endlich Gedanken über deine Website-Struktur. Damit du dich von der grauen Masse der Autoren ohne eigene Website abhebst!«

Selbst dem Schlüsselkratzen beim Aufsperren hörte man an, dass Caro wütend war. Die Tür flog auf. »Ja, du hast recht! Bist du jetzt zufrieden?«

Die Erleichterung über ihr Einlenken trug mich durch die nächsten, noch anstrengenderen zwei Wochen. Für mich markierten sie im doppelten Sinn einen Wendepunkt. Wenn Caro das Manuskript abschickte, hatte sie den Kopf bestimmt wieder für andere Dinge frei. Und wenn ich bis dahin ihre Website fertiggestellt hatte, sah Caro sie hoffentlich als Motivation, stärker an sich zu glauben und mehr zu tun, als ihren melancholischen Träumen nachzuhängen. Wenn ich ganz ehrlich bin, wäre es mir schon damals lieber gewesen, Caro hätte dieses Hobby nicht gehabt, denn es kostete mich viel Kraft. Aber solang ich das Gefühl hatte, wirksam gegensteuern zu können, nahm ich es hin.

Mutti gegenüber erwähnte ich Caros Hobby nur beiläufig. Für mich fand das Leben abseits von Wörtern und Grammatik statt. Ich fürchtete zudem, dass Mutti wegen ihrer Lesewut voll auf das Thema abfuhr und es dann nichts anderes mehr gab als Caros Schreiberei.

Nichtsdestotrotz verbrachte ich den nächsten Abend mit meinen Programmierbüchern zu Hause am PC. Caros leidige Website musste zusammengebaut werden. Muttis Anruf war eine willkommene Abwechslung. Ich drückte die Lautsprechertaste und programmierte nebenbei weiter.

»Und wie läuft es in der Arbeit?« Im Hintergrund klapperte Mutti mit Geschirr herum.

»Gut. Backst du etwa schon wieder?«

»Was heißt da schon wieder? Antoine kommt vorbei und hat gefragt, ob ich Macarons mache.«

Hoppla, dachte ich. »Antoine kommt schon wieder zu Besuch?«

»Er hat mir unlängst ein ganz tolles Backbuch geschenkt«, belehrte sie mich streng. »Da werde ich wohl ein paar Rezepte ausprobieren dürfen.«

»Sag mal, Mutti, läuft da was zwischen dir und Antoine?« Klapper, klapper, machten diverse Teller und Edelstahlschüsseln, dass mir die Ohren klingelten.

»Hast du es auch endlich geschnallt?« Es klang, als ob sie grinste. Ich dachte an seine grauen Löckchen und die Glatze. »Ist er nicht ein wenig zu alt für dich?«

»Habe ich dich etwa gefragt, ob Caro nicht etwas zu weiblich für dich ist und wer bei euch den Mann macht?«, gab Mutti so schnippisch zurück, dass mir meine blöde Frage leidtat.

»Nein, sorry, Mutti. Aber ich kann mir euch beide gerade nicht so recht vorstellen.« Um nicht zu sagen: Wenn ich daran dachte, dass die beiden sich vielleicht sogar küssten, wurde mir seltsam zumute.

»Dann stell dir was anderes vor und komm uns am Sonntag mit Caro besuchen«, wies Mutti mich zurecht. »So wie vor zwei Wochen. Und jetzt erzähl, gibt's was Neues aus der Arbeit?«

Mutti war wie immer begierig auf das Gehacke zwischen Kollegen und Führungskräften. Ich befriedigte ihren Wissensdurst mit den neuesten Nickeligkeiten zwischen Einkauf und Zentraleinkauf, welche Teamassistentin mit welcher Sekretärin aneinandergeraten war und wer seit Neuestem nicht mehr gemeinsam zum Mittagessen ging.

»Und Caro und du?«, hakte Mutti nach. »Hat sich schon jemand gewundert, warum ihr immer zusammen in der Cafeteria auftaucht?«

»Lustig, dass du das fragst.« Ich schrieb eine Link-Referenz zu Caros Foto in den HTML-Code, klickte probeweise darauf und landete im Impressum. Hm. Das war wohl falsch. »Weil nämlich Raphaela Caro vorgestern gefragt hat, wieso ausgerechnet sie so tolle Kontakte zur Führungsebene knüpfen konnte.«

»*Die* Raphaela aus deiner Abteilung?«

»Ja. Sie hat sich wegen der bescheuerten Betreuungszeiten ihres Kindergartens in die Poststelle versetzen lassen.« Stirnrunzelnd scrollte ich mich durch den Seiten-Code. Die Referenz stimmte, aber ich hatte den Anchor falsch gesetzt. Hoffentlich fragte Lothar mich nicht nach meinen Programmierkenntnissen, bevor ich sie aufgefrischt hatte.

»Hat sie es wirklich so formuliert oder hat Caro sie nur falsch verstanden?«, fragte Mutti. »Ich meine ja nur. Wir Frauen können sehr empathisch sein und Dinge heraushören, die gar nicht da sind. Behaupten jedenfalls die Männer.«

Ich wurde hellhörig. »Was genau meinst du damit?«

»Nun.« Muttis umständliches Räuspern würde mich noch auf dem Totenbett nerven. Wieso konnte sie nicht einfach zur Sache kommen? »Ihr zwei pflegt offensichtlich eine homosexuelle Beziehung. Das ist zwar nicht mehr verboten, aber trotzdem noch vielen Menschen ein Dorn im Auge. Verstehst du?«

»Nein«, knurrte ich, weil der falsch gesetzte Anker und ihre dämliche

Andeutung mir den Feierabend zu versauen drohten. »Sprich bitte Klartext!«

»Ich meine damit«, sagte Mutti, »dass Raphaela sich an eurer Beziehung stoßen könnte, weil sie aufgrund ihrer Erziehung eine Abneigung gegen alles entwickelt hat, was nicht hetero ist.«

Ihr Gedankengang ließ das Anker-Problem verblassen. Ich griff zum Telefon, schaltete den Lautsprecher aus und presste mir den Hörer ans Ohr. »Sie ist zwar dämlich, aber für so rückschrittlich würde ich sie nicht halten.«

»Schön, dass du für deine Geschlechtsgenossin Partei ergreifst«, meinte Mutti trocken, »aber an eurer Stelle würde ich es trotzdem in Erwägung ziehen. Und dazu noch Caros Übernahme ab September, da könnten sich gleich aus zwei Richtungen Aggressionen aufgebaut haben.«

»Ach, Mutti!« Nun ärgerte ich mich, dass ich Caros Bemerkung über Raphaela erwähnt hatte. »Woher willst du das denn wissen? Ich kann dir doch auch nur sagen, was Caro mir erzählt hat!«

»Und hast du das Gefühl, dass Caro das Gefühl hatte, dass Raphaela das Gefühl hat, zu kurz zu kommen?« In einem Text hätte Caro Mutti den Satz dick und fett unterstrichen.

»Weiß ich nicht und glaube ich auch nicht«, brummte ich. »Man muss doch nicht gleich Gefahr wittern, nur weil jemand eine Frage ungeschickt formuliert.«

»Ich habe mich bloß gewundert, dass dir das als Erstes einfiel, als ich danach fragte«, verteidigte Mutti sich. »Darf man sich denn keine Sorgen mehr machen?«

»Mutti, Caro und ich sind erwachsen«, sagte ich so eindringlich, wie ich konnte, ohne sie noch mehr zu verärgern. »Wir können echt allein auf uns aufpassen!«

Tiefes Durchschnaufen im Hörer. »Okay. Dann bin ich beruhigt.«

Gott sei dank! Ohne größere Schwierigkeiten konnte ich endlich das Thema wechseln.

Aber der Gedanke, dass Raphaela nicht nur schlechte Laune gehabt haben könnte, setzte sich in meinem Kopf fest. Als ich mit Caro beim nächsten Mittagessen darüber sprach, wurde auch sie nachdenklich. Genau das hatte ich damit nicht erreichen wollen.

»Wenn ich so darüber nachdenke«, meinte sie vage, »war das nicht die einzige Bemerkung in der Richtung.«

»Nicht dein Ernst, oder?« Müde ließ ich den Löffel in meine Vanillecreme sinken. »Ich hatte eigentlich gehofft, dass Mutti mal wieder maßlos übertreibt.«

Nachdenklich legte Caro den Kopf schief. Ich fand sie immer noch unglaublich schön, wenn sie es tat. Aber die kleine Falte zwischen den Augenbrauen störte.

»Keine Ahnung«, meinte sie schließlich. »Ich werde es beobachten.«

***

Der August war so heiß, dass wir fast jeden Abend ins Stadionbad im Nürnberger Süden gingen. Caro und ich wurden tiefbraun, was die männlichen Besucher des Freibades leider niemals unkommentiert lassen konnten. Manche gingen ebenso oft schwimmen wie wir und meinten, ein kurzer Gruß wäre nicht genug. Das waren die, die uns nachpfiffen oder etwas nicht besonders Geistreiches zuriefen. Weder Caro noch ich verspürten große Lust, auf die dämlichen Anmachen einzugehen. Es brachte jedoch nichts, sie zu ignorieren. Zwei dieser Typen schienen uns regelrecht aufzulauern. Solang wir in der Damenumkleide waren, war alles gut. Aber kaum standen wir am Beckenrand, kamen sie wie die Erdmännchen aus ihren Löchern.

»He, meine Schönen, heute wieder cool den Body trainieren? Niedliches Sixpack hast du da, Süße!«

Damit war Caro gemeint. Anfangs hatte sie noch ein verkniffenes Grinsen riskiert in der Annahme, dass dem Blonden mit den Hasenzähnen irgendwann die Lust verging. Nach ein paar Tagen sprangen wir so schnell wie möglich ins Schwimmerbecken, wohin er uns nicht folgte. Wahrscheinlich war er kein guter Schwimmer.

Dort erwartete uns ab der dritten Augustwoche Knödel. Eigentlich war er mit seinen ausdefinierten Muskeln an den unmöglichsten Stellen der personifizierte Adonis. Und ja, ich gebe zu, sein Lächeln beeindruckte mich bei unserer ersten Begegnung auf Bahn 4 sehr. Caro lacht heute noch, wenn sie davon spricht, wie rot ich damals geworden bin.

Aber dann hatte Knödel die fatale Idee, uns auf der Liegewiese einen Besuch abzustatten. Seine enge Boxershorts war leider sein einziges Kleidungsstück. Obwohl wir uns demonstrativ von ihm abwendeten, drückte er uns ein Gespräch auf. Es endete damit, dass er sich auf mein Badetuch setzen wollte.

»Nix da!«, scheuchte Caro ihn weg. »Lass uns in Ruhe!«

Mit einem Mal war Knödels gute Laune dahin. Böse zog er die Augenbrauen zusammen und knurrte: »Du hast mir gar nix zu sagen, du Fotze.« Wie aus dem Nichts tauchte Hasi neben ihm auf und fing an, uns wüst zu beschimpfen. Keine Ahnung, was wir den beiden getan hatten, außer dass wir nichts mit ihrer Anbaggerei zu schaffen haben wollten. Caro und ich wechselten wortlos einen Blick und packten unsere Sachen zusammen, begleitet von Hasis und Knödels wüsten Beleidigungen.

Bevor wir uns darüber verständigen konnten, dass nun ein Gang zum

Bademeister angesagt war, um Verstärkung gegen die beiden zu holen, kam das Schwimmergebirge, das heute Dienst hatte, auch schon auf uns zu. Aber was geschah?

»Mädels, wenn ihr Stress mit euren Freunden habt, dann macht das bitte daheim in euren vier Wänden aus und nicht in der Öffentlichkeit. Es haben sich Leute über den Lärm beschwert, den ihr hier veranstaltet.«

»Was?«, fragte ich entgeistert. »Also zunächst mal bin ich kein Mädel, sondern erwachsen. Und zweitens steigen uns diese Typen schon seit Tagen nach, obwohl wir nichts mit ihnen zu tun haben wollen. Und jetzt beschimpfen sie uns auch noch!«

»Fotze!«, bekräftigte Hasi triumphierend.

»So, jetzt reicht's«, beschloss das Schwimmergebirge und warf uns kurzerhand alle vier raus. Caros Gezeter, dass alle Anwesenden wüssten, dass die zwei uns belästigten, aber keinen Finger krumm gemacht hätten, brachte nichts. Wir sprachen sogar Familien an, die wir regelmäßig hier sahen. Aber wie erwartet wurden kollektiv die Köpfe weggedreht. Und Hausverbot bekamen Caro und ich auch noch. Wegen Unruhestiftung.

»Das ist jetzt nicht wirklich passiert, oder?« Caro war den Tränen nahe, als wir zur S-Bahn liefen. Ich behielt die Straße hinter uns im Auge. Ich fürchtete, dass Hasi und Knödel uns nachkamen und dann erst recht unangenehm wurden.

»Doch, leider«, brummte ich und fügte hinzu, weil ich selbst so aufgewühlt war: »Schreib das doch in deinen nächsten Krimi. Dann kannst du die beiden wenigstens auf dem Papier massakrieren.«

Am letzten Samstag im Monat meinte Tante Rosi beim Kaffeetrinken in ihrem Garten: »Sieh zu, dass du diese Story an einen Verlag bringst, Kind. Die ist auf vielen Ebenen Gold und vor allem Geld wert. Als junge Frau hatte ich auch ständig mit solchen überheblichen Mannsbildern zu tun.« Sie grinste in sich hinein. »Wenn ich die alle umgebracht hätte ... In Nürnberg würden heute keine Männerseelen mehr leben.«

Der Kaffee schmeckte danach zwar nicht besser, aber mir wurde es leichter ums Herz. Gleichzeitig verfestigte sich die Gewissheit, dass wohl nur ältere Frauen mit einschlägigen Erfahrungen verstehen, wie blöd man sich in so einer Situation vorkommt. Viel später äußerte Caro, dass sie ihr erstes Manuskript nur deshalb an einen Verlag geschickt hatte, weil Tante Rosi an diesem Nachmittag so lieb gewesen war.

Nach dem Zwischenfall im Stadionbad trafen wir uns abends entweder bei Caro oder bei mir und genossen die Ruhe auf dem Balkon. Hier kümmerte es uns nicht, was die Nachbarn dachten, weil Caro alles mit Sonnensegeln verhängt hatte.

Am 1. September begann Caros auf zwei Jahre befristete Beschäftigung in Moorenbrunn. Wir buken noch einmal Kuchen für alle. Ich bekam nach meinem jährlichen Mitarbeitergespräch mit Lothar eine Gehaltserhöhung, von der ich noch nicht wusste, wie ich sie verwenden wollte. Ich war schon lang nicht mehr im Urlaub gewesen, aber Badeurlaube waren mir ein Gräuel. Auch in der Nachsaison, in der weniger Kinder als in den Ferien in den Hotelanlagen herumtobten, fühlte ich mich am Strand nicht besonders wohl. Die Sache im Stadionbad hatte das zusätzlich verschärft.

»Jetzt sag bloß, du weißt nicht, wohin mit deinem Geld!«, lästerte Caro. Wir wollten uns an dem Abend etwas Leckeres kochen und schleppten zwei Einkaufstüten in ihre Wohnung hinauf.

»Notfalls kann ich es immer noch ansparen für später.« Blödsinn, dachte ich, ich muss nicht mehr sparen! Auf meinem Sparkonto warteten hunderttausend Euro darauf, ausgegeben zu werden. Aber ich war einfach nicht der Typ, der mal eben vierhundert Euro aus dem Fenster warf, weil er sie übrig hatte. Dachte ich.

»Pfff«, machte Caro liebevoll. »Wann ist denn später? Und was machst du dann mit dem vielen Geld?«

Ich zuckte mit den Schultern. »Miete bezahlen. Essen kaufen. Das Auto reparieren lassen.«

Ihr Kopfschütteln interpretierte ich als »hoffnungslos!« und beließ es dabei. Über Geld hatten wir noch gar nicht gesprochen. Aus Caros Sicht war es wohl so: Sie hatte eine beliebige Stelle angenommen, um sich damit über Wasser zu halten, bis vielleicht ihr Traum vom Leben als Schriftstellerin in Erfüllung ging. Ich hatte mehr Geld als sie, weil ich, statt mich irgendwelchen Träumen hinzugeben, eine gut bezahlte Stelle angenommen hatte, die mich auch gedanklich ausfüllte. Dieses Wissen reichte ihr. Ich hatte es bisher auch nicht für nötig gehalten, sie auf meine Erbschaft hinzuweisen. Mag sein, dass ich Angst hatte, ausgenutzt zu werden, weil ich mich in Beziehungsdingen nach wie vor unerfahren fühlte.

Jedenfalls ließen wir an diesem Abend die Einkaufstüten auf ihren abgeschabten Küchentisch fallen und machten eine Flasche Wein auf. Während Caro im Flur ihre Post sortierte, holte ich in der Küche Besteck und Geschirr aus den Schubladen und begann, Gemüse und Fleisch zu waschen. Bis ein erstickter Schrei im Flur erklang.

»Caro? Alles okay?«

Falls sie eine fette Nachforderung von den Stadtwerken bekommen hatte oder irgendwo Schulden aufgelaufen waren, die sie mit ihrem Gehalt nicht stemmen konnte — ich war sofort bereit, ihr den Betrag vorzustrecken. Mein Herz begann wie wild zu trommeln, weil der Batzen Geld, der seit einem halben Jahr auf meinem Bankkonto herumlag, vielleicht endlich einer sinnvollen Sache zugeführt werden konnte!

Da flog eine überglückliche Caro zur Tür herein und riss mich fast um. »Sie drucken ihn! Sie drucken meinen Krimi!«, juchzte sie. »Sie drucken ›Am Ende tot‹!«

Ganz vorsichtig legte ich das Messer, mit dem ich die Möhren hatte schneiden wollen, auf die Spüle und nahm Caro in die Arme. Sie jubelte und lachte und schluchzte, als wäre sie schlagartig von einer schweren Krankheit genesen. Bis zu diesem Moment war mir nicht bewusst gewesen, was für ein Druck wegen des Schreibens auf ihr gelastet hatte. Und wieder fragte ich mich, ob das eine ihrer Schrullen war, die uns das Leben noch schwer machen würden, oder ob ich ein emotionales Defizit hatte. Denn ich freute mich wirklich über ihr Glück, begriff aber andererseits nicht, warum sie so auf eine Buchveröffentlichung fixiert war. Ein Buch war doch nur Druckertinte auf einem Stoß Papier!

»Ich wusste gar nicht, dass du den Text schon abgeschickt hast«, sagte ich behutsam in ihre verschwitzten Haare.

»Das war letzte Woche«, schniefte sie und schob mich etwas von sich weg. »Es ging mir deswegen auch ganz furchtbar, aber ich wollte dich nicht schon wieder mit meinem Luxusproblem belasten.« Zärtlich streichelte sie meine Wangen. »Danke, dass du an mich glaubst!«

Ich erschauerte unter ihrem zärtlichen Blick.

Es blieb an diesem Abend nicht bei einer Weinflasche. Caro feierte ihren Text, ich feierte Caro, gemeinsam feierten wir unsere Beziehung. Dann kochten wir unser Gemüse-Nudelgratin und schliefen satt und zufrieden, Arm in Arm auf ihrer Couch ein. Am nächsten Morgen meldeten wir uns wegen zweier ausgewachsener Kater krank. Ohne es zu wissen, setzten wir einen Prozess in Gang, der damit endete, dass Caro die Moorenbrunner Niederlassung binnen Jahresfrist verließ und um ein Haar auch mich.

***

»Ich hätte einen Vorschlag, wie du deine Gehaltserhöhung zum Wohl der Allgemeinheit investieren könntest.« Auch an diesem goldenen Oktobertag hatten wir das gemeinsame Mittagessen mit einer Tasse Kaffee in der Firmenkantine abgeschlossen. Noch nie hatte ich Caro so breit grinsen sehen. Ich glaube, ich war auch noch nie so verliebt in sie wie in diesem Moment. Sogar meine Knie wurden wieder weich.

»Ach ja?«, meinte ich beiläufig.

»Ja. Wir fahren nach Frankfurt, nehmen uns ein Hotelzimmer direkt neben dem Messegelände und lassen es uns so richtig gut gehen.«

»Du meinst, ich könnte dir deinen ersten Messeaufenthalt vergolden?«, neckte ich sie.

Caros Wangen röteten sich. Verlegen senkte sie den Blick. »Natürlich nur, wenn du möchtest. Ich weiß ja, dass deine Interessen anders liegen als meine.«

Etwas entfernt lief Lothar vorbei und winkte uns zu. Ich grüßte mit einem Kopfnicken zurück. Zum ersten Mal fiel mir auf, dass er immer dann aufzutauchen schien, wenn ich gerade eine wichtige Entscheidung zu treffen hatte. Wie zum Beispiel jetzt: Eigentlich musste mein Auto zur Inspektion. Aber eigentlich konnte ich mir beides leisten, Luxuswochenende in Frankfurt und Generalüberholung meiner ollen Karre.

»Ach«, sagte ich leichthin, »man muss sich auch mal was gönnen.«

Vor Überraschung fiel Caro fast die Kaffeetasse aus der Hand. »Meinst du das ernst?«

Ich zuckte mit den Schultern. »Klar, warum nicht? Ich komme heute Abend bei dir vorbei und dann buchen wir uns ein Doppelzimmer.«

»Sicher?« Erste kritische Falten zogen sich über Caros Stirn. »Ich meine, okay, schöne Idee, aber ob die zwei Frauen in ein Doppelzimmer lassen?«

Die Idee, mit Caro wegzufahren, machte mich ungewöhnlich mutig. »Warum sollten sie nicht? Paragraf 175 wurde 1994 aufgehoben und galt sowieso nur für Männer.«

»Und wenn uns jemand blöd anmacht?« Sie sprach so leise, dass ich sie kaum verstand.

Erst jetzt fiel mir auf, dass ihre Hände sich so fest um ihre Kaffeetasse schlossen, dass ihre Knöchel weiß hervortraten. Vorsichtig löste ich ihre Finger und streichelte sie behutsam. Es war mir egal, dass andere Mitarbeiter verwunderte Blicke zu uns herüberwarfen. Hetero-Pärchen hielten sich in der Öffentlichkeit schließlich auch an den Händen!

»Wie wäre es, wenn wir uns nicht den Kopf für andere zerbrechen? Falls sich jemand daran stört, soll er oder sie woanders hinschauen.«

Mehr war nicht dazu zu sagen. Dafür schoss mir eine noch viel aufregendere Sache durch den Kopf, die ich herausposaunte, ohne wie sonst darüber nachzudenken:

»Was hältst du davon, wenn wir nicht nur einen Tag und eine Nacht in Frankfurt bleiben, sondern unseren ersten gemeinsamen Urlaub dort verbringen?«

»Fünf Tage Buchmesse?«, quiekte Caro erschrocken. »Als Fachbesucher? Das ist doch total teuer!«

»Ich dachte eigentlich an maximal zwei Messetage. Den Rest könnte man mit Sightseeing verbringen«, korrigierte ich sie vorsichtig. »Du meintest letztens, dass du gern in Frankfurt shoppen gehen würdest.«

»Das kann ich mich doch gar nicht leisten«, brummte Caro verstört.

»Aber schauen könnten wir mal«, probierte ich es behutsam weiter. »Falls du mit deinem Buch total berühmt wirst, wäre es gut, die ersten Adressen am Ort zu kennen.«

»Jetzt übertreibst du aber.«

»Vielleicht auch nicht.« Ich ließ ihre Hand los. »Überleg dir das mit dem Urlaub einfach bis heute Abend, okay?«

»Ich bin noch in der Probezeit!«, rief Caro mir nach.

»Ja und?« Winkend ging ich davon. Lothar wartete sicher schon auf mich. Mit Sicherheit hätte er jetzt gesagt: Den ersten Schritt hast du getan. Jetzt musst du auch mal was riskieren. Reich Urlaub ein und schau, was passiert.

Zwei Wochen später fuhren wir in der 1. Klasse des ICE von Nürnberg nach Frankfurt. Caro freute sich wie ein Kind darüber, dass sie ihre langen Beine während der gesamten Fahrt ausstrecken konnte. Nach unserer Ankunft spazierten wir in zehn Minuten vom Messebahnhof zum Hotel. Der Check-in verlief glatter als erwartet. Das Personal war anscheinend daran gewöhnt, dass Paare nicht zwingend aus Mann und Frau bestanden.

Befremdlich wurde die unerwartete Bequemlichkeit für Caro erst, als die Hotelmitarbeiterin den Umschlag mit den Codekarten über den Tresen schob. »Und hier die Zutrittskarten für Ihre Suite im vierzehnten Stock!«

»Wieso denn eine Suite?«, fragte Caro verblüfft. »Wir hatten doch ein ganz normales Doppelzimmer gebucht.«

Die Mitarbeiterin und ich tauschten einen Blick.

»Ich erkläre es dir auf dem Weg nach oben«, vertröstete ich Caro. »Hältst du es noch so lange aus?«

»Hast du etwa eine zusätzliche Gratifikation bekommen?«

»Ich erkläre es dir auf dem Weg nach oben«, wiederholte ich ruhig, obwohl ich vor Freude über die gelungene Überraschung zitterte. Oben nahm ich mir erst einmal ausgiebig Zeit, die Einrichtung zu bewundern. Man könnte ein ganzes Kapitel darüber schwärmen, aber das liegt mir nicht. Nur so viel sei gesagt: Die mit ausgesuchten Getränken gefüllte Minibar markierte lediglich das untere Ende des Luxus'.

Caro hielt sich mit ihrer Erleichterung nicht zurück, als ich mich endlich zu ihr aufs Sofa plumpsen ließ. »Sag jetzt, wieso kannst du dir so was leisten? Das Zimmer kostet doch mindestens 300 Euro pro Nacht.«

»Jein«, wich ich ihr aus, »es gab einen Spartarif und deshalb sind es nur 250.«

»Wir schlafen verdammte fünf Nächte hier!«, rief Caro entgeistert. »Das sind für mich mehr als zwei Monatsmieten!«

»Für mich doch auch«, stimmte ich zu.

»Ja, und warum zum Teufel schmeißt du dann so viel Geld raus?« Jetzt schrie sie. »Weißt du, was mein Gewissen mit mir macht, wenn ich das alles hier richtig begriffen habe?« Vielleicht hätte ich Caro ein bisschen besser auf meine finanzielle Situation vorbereiten sollen, bevor ich sie in diese Suite schleppte.

»Tut mir leid, wenn das hier für dich schwierig ist«, versuchte ich, so behutsam wie möglich vorzugehen. »Aber ich fand, hiermit geht es am einfachsten.«

Die roten Flecken auf ihren Wangen reichten bereits hinauf zu ihrer Stirn. Auch ihre Knie zitterten jetzt.

»Als wir uns das erste Mal begegnet sind, hatte ich gerade völlig unerwartet geerbt«, begann ich. »Ich hatte eine Tante, von der ich nichts wusste.«

»Was?« Verwirrt fuhr Caro sich durch die dunklen Haare.

»Plötzlich hatte ich ein Haus am Gardasee und wusste nicht, was ich damit anfangen sollte. Da habe ich es verkauft.«

Immer wieder leckte Caro sich über die Lippen. »Aha«, sagte sie schließlich. »Und das hast du mir bisher nicht gesagt, weil du Angst hattest, dass ich dich nur wegen deines Geldes liebe? Sorry, aber so was kommt doch normalerweise nur in Büchern vor, oder irre ich mich?«

Die Erkenntnis, dass sie die Erbschaft genauso unglaublich fand wie ich vor einem halben Jahr, brachte mir die ersehnte Erleichterung. »So in etwa. Vielleicht ist das Leben öfter wie in Büchern, als wir ahnen.«

»Vielleicht«, murmelte Caro. Die Röte war besorgniserregender Bleiche gewichen. »Irre. Wenn ich so was in ein Buch schreibe, dann liest es sich wahnsinnig kitschig. Als ob dem Autor nichts Besseres eingefallen wäre.« Sie richtete sich auf. »Dann haust du in Frankfurt den Rest deines Geldes auf den Kopf, richtig?«

Nun zögerte ich doch. Angenommen, unser erster Kurzurlaub verlief fantastisch und Caro fand spontan Gefallen an dem ungewohnten Luxus. Würde sie mich dann nötigen, alles auszugeben, wenn sie erfuhr, dass ich gerade erst mit dem Geldausgeben anfing? Andererseits waren die hunderttausend Euro, die auf der Bank schlummerten, tatsächlich der Restbetrag der Verkaufssumme.

Ich nickte. »Ja«, antwortete ich mit bestem Gewissen, denn aus unerfindlichen Gründen entdeckte ich in mir einen Rest Misstrauen gegenüber Caro. Es gab eigentlich keinen Anlass dafür, aber ich hatte bis dato nur entsprechende Bücher gelesen, hauptsächlich Krimis, in denen jemand erst um sein Geld und dann ums Leben gebracht wurde. Wenn diese Ereignisse auch nur vom echten Leben abgeschrieben waren, war mein Restmisstrauen vielleicht berechtigt.

Caro erlaubte sich ein feines Lächeln. »Ich werde dich nicht fragen, wie groß diese Restsumme ist. Aber ich verlasse mich darauf, dass du mich am Geldausgeben beteiligst, wenn du es für vereinbar mit unserem Beziehungsstatus hältst.« Auf einmal war sie wieder die Ruhe in Person.

Ich setzte mich zurecht und schaute möglichst unschuldig drein. »In Ordnung«, sagte ich ein wenig mechanisch.

Ein flüchtiger Kuss landete auf meiner Wange. »Dann können wir jetzt endlich die Messe genießen, ja?«

Alles in allem wurde es eine denkwürdige Begegnung zwischen Caro und ihrer Verlegerin. Soweit ich es mitbekam, war es auch für Frau Wagner die erste Messeteilnahme als Ausstellerin. Beeindruckende 32 Titel warteten in den Regalen darauf, von Händlern und Besuchern in die Hand genommen und durchgeblättert zu werden. Während Caro und Frau Wagner sich angeregt über die Entwicklung des Marktes, zu erwartende Verkaufszahlen, die Auswirkung der neu eingeführten E-Book-Cards und anderes unterhielten, widmete ich mich dem Überfliegen der Klappentexte. Auf dem ersten Buch fand ich einen Kommafehler, beim zweiten hatten sich mehrere Buchstabendreher eingeschlichen. Der Klappentext des dritten Titels war in einer so seltsamen Schriftart gedruckt, dass ich ihn gar nicht erst lesen wollte. Wahrscheinlich war ich als Vize-Chef-Einkäuferin zu kritisch.

»Und in welchem Hotel übernachten Sie?«, fragte Frau Wagner beiläufig, weil das Gespräch zu erlahmen drohte.

Caro runzelte die Stirn. »Warum?«

»Nun.« Frau Wagner setzte ein für meinen Geschmack sehr breites Lächeln auf. »Heute Abend findet eine Verlagsfeier im Stadtzentrum statt. Falls Sie in der Nähe untergebracht sind, möchten Sie vielleicht mit Ihrer Freundin dazukommen. Dort könnten Sie die anderen Verlagsautoren kennenlernen.«

Um Himmels willen, noch mehr Autoren, dachte ich erschrocken und stellte das Buch mit dem unlesbaren Klappentext wieder ins Regal. Ich wollte meinen Urlaub ungestört mit Caro verbringen!

Caro warf mir einen fragenden Blick zu, den ich auf keinen Fall ehrlich beantworten wollte, solang Frau Wagner dabeistand. Nach einem erfolglosen Blickaustausch nannte Caro den Namen der Hotelkette. Prompt ging ein Leuchten über Frau Wagners Gesicht. Die Verlegerin witterte Geld. Das gefiel mir gar nicht.

Mit einem weiteren Seitenblick auf mich bedankte Caro sich für die Einladung, bedauerte aber, dass wir anderweitige Pläne hätten. »Die Verwandtschaft, Sie wissen schon!«, flötete sie, ohne rot zu werden. Ich atmete auf. Also hatte Caro auch keine Lust, sich ins Getümmel zu stürzen. Erleichtert wandte ich mich wieder den seltsamen Verlagstiteln zu und lauschte den Fetzen ihres Gesprächs mit Frau Wagner, wenn ich mich nicht gerade über die Fehler auf ihren Büchern wunderte.

Noch mehr wunderte ich mich, dass Caro bei der abschließenden Unterzeichnung des Verlagsvertrags plötzlich zögerte. Nur deshalb hatten wir uns den halben Tag durch die Messehallen gequält. Beim Abendessen in der VIP-Lounge des Hotels, zu der man nur bei Buchung einer Suite wie unserer Zutritt hatte, gestand Caro mir, dass sie während des Gesprächs mit Frau Wagner ein ganz blödes Gefühl überfallen hatte.

»Das klang zwar alles ganz gut, aber die Bücher wirkten so unfertig«, rückte sie mit der Sprache heraus. »Wenn ich mir vorstelle, dass mein Buch auch so aussehen könnte, will ich es gar nicht mehr hergeben.«

»Kann ich verstehen«, stimmte ich beinahe fröhlich zu. »Wenn ich daran denke, dass sie dir nur halb so viele Fehler in deinen Klappentext haut, wie ich auf diesem einen Krimi gefunden habe, wird mir auch ganz anders.«

»Aber wenn ich den Vertrag platzen lasse, habe ich wieder keinen Verlag«, murmelte Caro müde. »Und das ist auch nicht gut. Weil ohne Verlag ist mein Text nichts wert.«

Den tiefen Seufzer unterdrückte ich wohlweislich. Nicht schon wieder diese Selbstzweifel! »Weißt du was? Wir genießen jetzt erst mal das Essen. Im Zimmer gehen wir in aller Ruhe den Vertrag durch. Und dann machen wir eine Pro-Contra-Liste. Okay?«

»Okay«, stimmte Caro verunsichert zu. »Aber was mache ich, wenn der Verlag von Frau Wagner danach durchfällt?«

Ich zuckte mit den Schultern. »Das sehen wir dann.«

Caros Lächeln war sehr, sehr dünn.

***

Statt wie geplant am nächsten Morgen um 9 Uhr wieder auf dem Messegelände zu sein, gönnten wir uns ein ausgiebiges Frühstück in der VIP-Lounge. Caro war ungewöhnlich still.

»Alles in Ordnung?«, fragte ich, als sie beim zweiten Kaffee immer noch schwieg.

Stumm schüttelte sie den Kopf. Blicklos starrte sie aus dem Panoramafenster. Nicht mal der Anblick der Frankfurter Skyline in der Morgensonne linderte ihren Kummer. Es war zum Verzweifeln.

»Caro, es ist nur ein Vertrag«, sagte ich eindringlich, »ein paar Vereinbarungen auf einem Stück Papier, die nicht deinen Vorstellungen entsprechen. Es ist völlig okay, wenn du ihn nicht unterschreibst. Dann findest du eben einen anderen Verlag!«

»Ja«, sagte sie ohne Überzeugung. »Nur wann?«

Ich musste die Augen schließen und sehr, sehr langsam bis zehn zählen, um nicht die Beherrschung zu verlieren. »Das weiß ich nicht und ehrlich gesagt ist es mir inzwischen auch egal.« Wütend warf ich meine Stoffserviette auf meinen Frühstücksteller.

»Kann ich Ihnen noch etwas bringen, die Dame?«

Die Buffetkraft war so unerwartet neben mir aufgetaucht, dass meine Wut mit einem Schlag verrauchte. Ich befand mich an einem exklusiven Ort und sollte mich entsprechend verhalten, wenn ich nicht rausfliegen wollte. Also verkniff ich mir den nächsten Satz, auch wenn es mir schwerfiel. Stattdessen lächelte ich verkrampft.

»Danke, nein, alles in Ordnung.« Ich schwor mir, mich später bei ihr für ihr Eingreifen zu bedanken. Auch wenn sie nicht wusste, warum es in diesem Moment so wichtig für mich war.

Die Buffetkraft wieselte davon. Nun war ich wieder allein mit Caros undurchdringlichem Gesichtsausdruck. Mir war bewusst, dass ich sie verletzt hatte, aber Himmelherrgott noch mal, meine Geduld war nicht unendlich! Zu meiner Überraschung murmelte sie: »Mir ist es inzwischen auch egal.« Behutsam betupfte sie sich die Mundwinkel mit der Serviette. »Soweit ich weiß, findet morgen in einem Vorort eine alternative Buchmesse statt. Das soll eine ganz angesagte Sache sein, weil sich dort angeblich nur die Buchnerds und die Schreibcracks treffen.« Sorgsam legte sie die gefaltete Serviette neben ihren Teller. »Dort könnte man sich mal umschauen. Was meinst du?«

Alternative Buchmesse? So was gab es auch? »Aber was ist mit der offiziellen Messe, wegen der wir hergekommen sind?«

»Eigentlich machen wir ja Urlaub.« Schuldbewusst wischte Caro ein paar Krümel von der Tischdecke. »Das heißt, wir müssten heute langsam mit dem Sightseeing anfangen. Du weißt schon, Paulskirche, Geldmuseum, Rathaus. Ein bisschen shoppen.«

Mit ihrer Kehrtwende brachte Caro mich gelinde gesagt aus dem Gleichgewicht. »Aber was wird dann aus deinem Roman? War die ganze Mühe etwa umsonst?«

»Nein«, seufzte Caro. »Aber ich habe eingesehen, dass es nichts bringt, sich damit den Urlaub zu versauen. Lass uns heute den Tag genießen, ja?« Sie benutzte exakt die Worte, die ich unzählige Male zu ihr gesagt hatte. Aber nun, da ich den Eindruck hatte, dass sie mit ihrer Veröffentlichung endlich weiterkam, schien sie aufzugeben. »Und morgen?«, fragte ich mit wachsender Unruhe. »Was willst du morgen auf der alternativen Buchmesse machen?«

»Umschauen will ich mich. Ob es dort einen kleinen Verlag für mich gibt. Oder einen Grafiker, der ein Cover für mich malt.« Ihr Gesicht war ungewohnt ernst. »Vielleicht ist es doch nicht so verkehrt, es als Selfpublisher zu versuchen.« Mein Puls wummerte schon wieder so laut in meinen Ohren, dass mir ein wenig übel wurde. »Dafür brauchst du Kontakte«, gab ich zu bedenken.

»Die werde ich morgen knüpfen, hoffe ich.« Mit diesen Worten stand sie auf. »Und jetzt möchte ich mit dir in die Stadt laufen und den Tag genießen. Mein oller Roman ist nämlich nicht ansatzweise so wichtig für mich wie du.«

Obwohl mir klar war, dass Caro lediglich eine Verschnaufpause einlegte, dauerte es eine Weile, bis ich mich wieder beruhigt hatte. Immer wieder sagte ich mir, dass ich ihre Stimmungsschwankungen und ihre Launen nicht umsonst ausgehalten hatte. Sie brauchte nur Zeit, um zu sich zu kommen, damit sie weitermachen konnte. Entsprechend erleichtert war ich daher, dass sie am Nachmittag, als wir an einem Copy-Shop vorbeischlenderten, ihren streng gehüteten Speicher-Stick aus der Tasche zog. Darauf verwahrte sie alle Back-up-Dateien ihrer Manuskripte und Rechercheunterlagen. Im Copy-Shop druckte sie drei Bewerbungssätze ihres Krimis aus und trug sie wie einen Schatz zurück ins Hotel.

»Ich gebe nicht auf, ich disponiere nur um.« Liebevoll strich sie über die drei Bewerbungsmappen. »Und wenn ich dieses Wochenende keinen Verlag finde, probiere ich es eben allein. So schwer kann es nicht sein, mit dem eigenen Text ein wenig Geld zu verdienen.«

Oh ja. Das hoffte ich auch.

Im Gegensatz zur Buchmesse im Messezentrum war die alternative Messe sehr entspannt. Kaum war ich mit Caro in dem Mehrzweckgebäude, begann sie vor Enthusiasmus schier zu glühen: Sie lachte und redete wie ein Wasserfall, lernte jede Menge gesprächsbereiter Autoren kennen und wollte nach der letzten Lesung kurz vor Mitternacht gar nicht gehen, weil sie sich so wohlfühlte. Die einzige Gemeinsamkeit mit den beiden Nürnberger Schreibgruppen war, dass man sich hier auch duzte.

Am Sonntag wollte Caro das neue Wissen sofort ausprobieren und ein letztes Mal über die große Messe bummeln. Wir schlugen einen weiten Bogen um Frau Wagners Stand, weil Caro sich eine erneute Begegnung ersparen wollte. Stattdessen hatte sie sich vorgenommen, der Verlegerin am Abend eine höflich formulierte Absage per E-Mail zu schicken. Als wir am Nachmittag in den Zug stiegen, hatte Caro alle drei Bewerbungspakete bei unterschiedlich bekannten Verlagen gelassen. Das war dreimal mehr Hoffnung, noch irgendwo unterzukommen.

Am Freitag nach der Messe trat das Wunder, auf das Caro so lang gehofft hatte, ein zweites Mal ein. Aus ihrem Briefkasten purzelte ihr der

Umschlag eines renommierten Verlags entgegen, darin ein Verlagsvertrag. Zum Glück hatten wir beide am Samstag frei, sodass niemand außer uns etwas von den drei Flaschen Roséwein mitbekam, die wir aus Erleichterung und Glückseligkeit leerten. Davor gab es jedoch noch ein paar hässliche Szenen, die später signifikant zu meiner Entgleisung beitrugen.

***

Nachdenklich ließ Tante Rosi den Verlagsvertrag sinken. Sie musterte die strahlende Caro, dann meine ruhigere, aber nicht minder erleichterte Miene.

»Freut euch nicht zu früh«, meinte sie ruhig. »Noch liegt der Roman nicht in den Buchhandlungen. Das letzte Wort haben immer noch die Kunden.«

Caros Lächeln schrumpfte merklich. »Na ja, da der Verlag meinen Text nach den Vorlieben seiner Kunden ausgesucht hat, bin ich optimistisch.«

»Ich auch«, beeilte ich mich zu sagen und das nicht nur, um Tante Rosi zu überstimmen. Ich mochte mir gar nicht vorstellen, was passierte, wenn Caros Krimi floppte.

»Wir werden sehen.« Das Papier zitterte, als Tante Rosi den Vertrag auf den Kaffeetisch legte. »Erfreulich finde ich, dass der Krimi noch zum Weihnachtsgeschäft herauskommen soll.« Sie fuhr sich mit den Fingerspitzen über die Oberlippe. »Andererseits hoffe ich, dass dein Krimi kein Lückenbüßer ist, der einen anderen Text ersetzen soll.«

»Also eigentlich wollte ich mit dir feiern und nicht unken«, unterbrach Caro ihre Tante.

»Kein Problem, meine liebe Nichte.« Tante Rosi lächelte. »Deshalb darf man die Realität trotzdem nicht aus den Augen verlieren. Ich finde es jedenfalls ungewöhnlich, dass ein so großer Verlag ein Produkt so schnell herausgibt. Haben die keine Produktionsreihenfolge?«

»Keine Ahnung! Und ehrlich gesagt interessiert es mich auch nicht.« So schroff sprach Caro mit ihrer Tante nur, wenn sie sich ärgerte. »Willst du dich denn gar nicht mit mir freuen?«

»Doch, natürlich.« Beschwichtigend legte Tante Rosi ihre Hand auf Caros. »Ich sage lediglich, dass mir etwas an der Sache seltsam vorkommt. Immerhin sieht der Vertragstext gut aus.« Ihr Lächeln versetzte die unzähligen Runzeln auf ihrem Gesicht in Bewegung. »Also, erzähl mal. Wie geht es nun mit deinem Krimi weiter?«

Ich atmete auf. Tante Rosi hatte keine Ahnung, welche Last sie mir von den Schultern genommen hatte, als sie ihre Zweifel offen aussprach. Ich hegte von Anfang an die selben Befürchtungen wie sie. Aber ich brachte es nicht übers Herz, Caro schon wieder in eine Krise zu stürzen. Es gab noch so viele andere Dinge, über die ich mit Caro sprechen musste, da konnte ich eine neue Buchkrise nicht brauchen.

Zum Beispiel war da Lothars Begrüßung von Montag: »Ich hoffe, du hast dich in deinem Kurzurlaub gut erholt, denn hier ging es ans Eingemachte. Nicht nur zwischen den Zeilen.« Er hatte durch mich Wind von Caros Ambitionen bekommen und machte hin und wieder mehr oder minder witzige Anspielungen. »Wieso?« Verwundert und auch ein wenig beunruhigt ließ ich mich auf meinen Schreibtischstuhl sinken. »Passt was mit den Bestellungen nicht?« Das Rattern meines PCs beim Hochfahren lieferte einen seltsamen Sound zu Lothars ernster Miene.

Er schürzte die Lippen. »Geschäftlich ist alles okay. Aber Günther hat sich hier am Donnerstag aufgeführt. Weil Caro noch in der Probezeit ist und eigentlich keinen Urlaub hätte nehmen dürfen.«

Ich verstand nicht. »Und was genau daran ist das Problem?«

»Dass Günther es zu deinem Problem macht«, erklärte Lothar ruhig. »Wir hatten eine Diskussion darüber, ob du deiner Freundin aufgrund deiner firmeninternen Stellung unerlaubte Vorteile verschaffst. Er ist der Meinung, dass es so ist. Er will diesbezüglich auch eine Eingabe beim Betriebsrat machen.«

»Hm«, machte ich unentschlossen. »Muss ich jetzt Angst haben?«

»Nein. Er hat Caros Urlaubsantrag schließlich aus freien Stücken unterschrieben.« Lothar fing an, mit der Maus auf seinem Bildschirm herumzuklicken, Ein unmissverständliches Zeichen, dass er mit dem Thema fertig war. »Oder stand sie mit der MP hinter ihm?«

»Nicht, dass ich wüsste.« Kopfschüttelnd wandte ich mich meinen E-Mails zu. »Oha, die Vitzethum vom Betriebsrat hat mich angeschrieben. Das ging ja fix. Ich soll vorbeikommen, sobald ich wieder im Büro bin.«

»Tja, unsere Betriebsrätin ist halt von der schnellen Truppe. Geh am besten gleich.« Lothar wedelte mich wie ein lästiges Insekt hinaus.

Wie bei unserer letzten Begegnung saß Sabine Vitzethum wie eine Bienenkönigin an ihrem Schreibtisch. Ihre Kolleginnen und der eine Kollege nickten mir huldvoll zu und vertieften sich wieder in ihre Unterlagen. Dieses Mal bot die Vitzethum mir gleich einen Stuhl an. Dann ließ sie sich mit ruhiger Stimme sehr höflich darüber aus, dass die Kompetenzen einer Vorgesetzten an der Abteilungsbürotür endeten. Somit wurde sichergestellt, dass abteilungsinterne Vorgänge nicht von anderen Stellen beeinflusst wurden, zum Beispiel durch gemeinsame Spontanurlaube.

Bevor ich etwas dazu sagen konnte, wies sie mich noch darauf hin, dass Günther von der Poststelle eine Beschwerde über mich eingereicht hätte. Aber es wäre ihm sehr daran gelegen, die Angelegenheit sofort »im kleinen Kreis« mit mir zu klären. »Natürlich kannst du mich jederzeit hinzuziehen, sollte eine Klärung schwierig oder unmöglich sein«, fügte die Vitzethum zuckersüß hinzu und reichte mir zum Abschied die Hand.

»Warum will Günther das mit mir besprechen? Es geht doch um Caro«, fragte ich verdattert. Doch die Betriebsrätin zuckte nur mit den Schultern und lächelte noch breiter.

So schnell wie möglich im kleinen Kreis? Das war in meinem Sinne, schon weil ich eine vage Ahnung hatte, dass etwas anderes dahinter steckte, bei dem Caro meine Hilfe sicher gut brauchen konnte. Ganz gegen meine Gewohnheit sprintete ich durch die unterirdischen Verbindungsgänge hinüber in die Poststelle. Günther schickte gerade Michi mit dem ersten Hauspost-Transport los.

»Ich habe gehört, es gibt ein Problem«, kam ich ohne Umschweife auf den Punkt.

»Ja, und zwar ein gewaltiges«, schnauzte Günther mich zur Begrüßung an. »Den nächsten Urlaub mit deiner Freundin machst du bitte nach ihrer erfolgreich bestandenen Probezeit, ist das klar?« Das ging schon gut los mit der Klärung im kleinen Kreis! »Erstens geht es dich nichts an, was ich in meiner Freizeit mit meiner Freundin mache. Zweitens hast du als Abteilungsleiter ihren Urlaubsantrag genehmigt, soweit ich weiß«, stellte ich den Sachverhalt richtig. »Und drittens darfst du aus Datenschutzgründen gar nicht mit mir darüber besprechen. Die Sache betrifft in erster Linie Caro, nicht mich. Wo ist sie überhaupt?«

Günther ignorierte meinen Einwand. »Sie hätte während der Probezeit keinen Urlaub nehmen dürfen«, wiederholte er stur. »Ja, aber das geht mich nichts an, weil es hier nicht um meinen Urlaub geht, sondern um Caros«, wiederholte ich genauso stur. »Und das mit der Probezeit hätte dir als Erstes auffallen müssen!« Aber Günther hatte auf Durchzug geschaltet. »Es geht hier ums Prinzip. Man kann nicht einfach in der Probezeit Urlaub nehmen, wie es einem einfällt. Du hättest deine Freundin nicht dazu anstiften dürfen. Die Reise hätte zu einem späteren Zeitpunkt stattfinden müssen.«

Ich blinzelte verwirrt. »Noch mal: Das geht mich alles nichts an. Wo ist Caro? Red mit ihr drüber, nicht mit mir!« Lothar wäre zweifelsohne stolz auf mich gewesen, wenn er mich hätte sehen können.

Mit Schwung knallte Günther einen Stapel Briefe in einen Sortierkorb und fuhr zu mir herum. »Ich habe langsam die Nase voll, wie du deine Stellung ausnutzt, um deiner Caro Vorteile zu verschaffen! Du bringst hier alle Arbeitsabläufe durcheinander, nur weil Madam mit dir lieber in der Welt rumgondelt, statt ihren verdammten Job zu machen!«

Damit löste Günther totale Ratlosigkeit bei mir aus. Er hatte sie doch nicht mehr alle. »Aber warum hast du ihren Urlaubsantrag genehmigt?«, fragte ich, hoffentlich zum letzten Mal.

»Nur weil ihr Weiber euch nicht beherrschen könnt, nutzt du deine Privilegien schamlos aus und ziehst bei mir die Leute ab«, fuhr Günther unbeirrt fort. »Aber da hat der Spaß ein Loch, meine Liebe. In meiner Abteilung haben eure privaten Liebeleien nichts verloren! Damit das klar ist!« Abschließend warf er einen Sortierkorb auf den Boden, dass es nur so schepperte, und wieselte davon.

Ich war wie vom Donner gerührt. Daher wehte also der Wind! Er hatte mitbekommen, wie nah Caro und ich uns standen und ließ nun seine geballte Homophobie gegen mich los. Fürchtete er sich davor, dass unsere Liebe ansteckend war? Dass er sich plötzlich in einen Mann verlieben könnte? Oder wollte er mich von seinen anwesenden Mitarbeitern bloßstellen, die ihre roten Ohren bestimmt nicht nur vom eifrigen Briefesortieren hatten? Das musste ich umgehend mit Lothar besprechen.

Wie erwartet wollte sein Stirnrunzeln gar kein Ende nehmen. »Der Günter, der blöde Heini«, brummte er. »Ich nehme an, er hat von der Personalabteilung eins auf den Deckel bekommen, weil er nicht an Caros Probezeit gedacht hat. Für den Urlaub bekommt sie ja Urlaubsgeld.«

»Eben«, pflichtete ich ihm bei, »und jetzt sollen wir den Kopf hinhalten, weil er es verbockt hat. Wie schwach ist das denn bitte?«

Hilflos hob Lothar die Hände und ließ sie wieder fallen. »Was sagt Caro denn dazu?«

»Sie war leider nicht dabei.« Ich schaute auf meine Armbanduhr. »Aber sie müsste gleich mit der Post vorbeikommen, dann können wir sie fragen.«

Doch an ihrer Stelle tauchte heute nach langer Zeit wieder Michi auf. »Neue Tourenplanung«, klärte er uns auf. »Caro fährt jetzt drüben im Produktionsbau die Post aus.«

»Seltsam«, fand Lothar.

»Gar nicht so seltsam, sondern logisch«, meinte ich, als Michi wieder weg war, »wenn man bedenkt, dass man zwanzig Minuten länger arbeitet, wenn man die Touren im Produktionsbau hat. Damit will Günther Caro eins reinwürgen.« Ich dachte an ihren Stundenzettel, auf dem am Ende des Monats nun fünf Stunden mehr abgerechnet werden würden. Das Geld konnte sie trotzdem gut brauchen.

»Meinst du, ich sollte mal mit Chefchen Matthäus über die Sache sprechen?«, fragte ich. »Bevor noch was eskaliert.«

Aber Lothar winkte ab. »Noch nicht. Das ist doch nur ein Sturm im Wasserglas.«

Das hoffte ich auch.

Vorerst behielten Caro und ich die Sache für uns. Mutti hätte sich nur unnötig aufgeregt und mich damit genervt. Und Tante Rosi brauchte nicht zu wissen, dass Caro am Montag ebenfalls von Günther auf ihre angebliche Verfehlung aufmerksam gemacht worden war. Und wie sehr sie die Tour durch die Produktionshalle schlauchte. Wegen der dort herrschenden Lautstärke sollten ihr Kopfhörer gestellt werden, die auf sich warten ließen. Das hässliche Wort »Mobbing« hing im Raum, aber noch wollten wir es nicht wahrhaben.

***

Eigentlich hatte Caro keine Lust, den Federknechten von ihrem Verlagsvertrag zu erzählen. Doch ich drängte sie, es trotzdem zu tun, denn Martin und Co. sollten meiner Meinung nach über ihre Erfolge auf dem Laufenden sein.

»Genieß den Neid der anderen.« Ich schickte ihr einen Kuss durchs Telefon. »Du weißt ja, Neid muss man sich verdienen!«

»Ich könnte mir trotzdem was Schöneres vorstellen«, murrte sie, »als ständig übergangen zu werden und Nathalies ätzende Kommentare auszuhalten. Ich muss auch noch was am Text machen. Bis Freitag soll ich ihn überarbeitet an die Lektorin zurückschicken.«

»Heute ist erst Dienstag, das schaffst du locker. Gönn dir eine Pause.« Genüsslich zerbiss ich einen von den Macarons, die Mutti mir gestern mitgegeben hatte. »Und erzähl mir hinterher, wie Nathalie reagiert hat!«

»Du könntest mitkommen«, schlug Caro spitz vor.

»Kein Bedarf«, lehnte ich fröhlich ab. »Das schaffst du schon!«

In der Leitung blieb es still. »Ich habe mich gefragt«, sagte Caro schließlich, »ob ich die miesepetrigen Nürnberger Federknechte wirklich brauche. In Frankfurt haben wir so viele tolle Autoren kennengelernt, mit denen ich viel lieber zusammenarbeiten würde.«

Mein erleichterter Seufzer kam aus tiefstem Herzen. Caro machte sich immer lustig, dass ich nur schwer von meinen Gewohnheiten lassen konnte. Aber wenn es um ihre Schreibgewohnheiten ging, übertraf sie mich um Längen. Deshalb war dieser Satz aus ihrem Mund so was wie eine Revolution. »Knall ihnen deinen Verlagsvertrag vor den Latz und verabschiede dich dann für immer«, riet ich ihr. »Damit sie dich nicht vergessen und brav deine Bücher kaufen.« »Gutes Argument. Ich glaube, so mache ich es.« Caro gab mir einen Telefonabschiedskuss und unterbrach das Gespräch.

Nachts gegen elf Uhr riss mich das anhaltende Klingeln meines Handys aus dem Schlaf. Müde tastete ich auf meinem Nachtschränkchen herum. Sonst schickte Caro um diese Zeit eine kurze Gute-Nacht-SMS, aber das war ein Anruf. War etwas passiert?

»Ja?«

»Ein Riesending!«, rief sie atemlos. »Martin hat einen Vertrieb aufgetan, der sich für Bücher von Selfpublishern interessiert. Nächste Woche kommt der Typ, der das macht, nach Nürnberg!«

»Du hast doch jetzt einen Verlag«, nuschelte ich.

»Und wenn Tante Rosi recht hat und das Buch floppt dort? Dann ist ein Vertrieb genau das Richtige!« Für diese nächtliche Stunde klang Caro definitiv zu aufgekratzt.

»Vielleicht ist es aber auch wieder was, das Martin total aufbläst und wenn man genauer hinschaut, bleibt nur heiße Luft.« Ich konnte mich beim besten Willen nicht für diese Nachricht erwärmen.

Wie erwartet nahm Caro mir meine mäßige Begeisterung übel. »Spielverderber«, sagte sie und drückte das Gespräch weg. Na, wunderbar. Bedeutete das etwa, dass Caro heute doch nicht zum letzten Mal bei diesen langweiligen Federknechten gewesen war? Ich schickte ihr eine SMS und hoffte, dass ich nicht einschlief, bevor sie zurückschrieb.

Sie meldete sich am nächsten Morgen, als ich mich mit meinen Cornflakes an den Tisch setzte.

»Ich will mir den Typ unbedingt anschauen. Das ist hoffentlich nicht verboten«, sagte sie zur Begrüßung. »Eine Alternative ist nie verkehrt, das findest du doch auch.«

»Ja, klar«, stimmte ich müde zu. »Aber das kam gestern ein bisschen überraschend.«

»Ja, fand ich auch. Nachdem sie jahrelang alle untätig vor sich hingedümpelt haben, geht plötzlich was.« Caro gestattete sich ein zaghaftes Lachen. »Martin hat sogar einen Rezensionsblog aufgezogen, weil er was Neues ausprobieren möchte.«

»Löblich«, stimmte ich mit vollem Mund zu. »Und was sagt er zu deinem Verlagsvertrag?«

»Er hat geschaut wie ein Karpfen und war ein bisschen beleidigt, als er gehört hat, bei welchem Verlag mein Krimi erscheint«, feixte Caro. »Er ist und bleibt ein Idiot. Aber diesen Vertriebstyp schaue ich mir auf jeden Fall an. Ich bin neugierig, wie der auf Martin aufmerksam geworden ist!«

»Und der kommt nächste Woche?«, versicherte ich mich noch einmal.

»Ja, am Mittwochabend.« Caro zögerte. »Willst du wirklich nicht mitkommen? Du kennst dich doch mit so was aus. Wie man neue Lieferanten auswählt. Ob er vertrauenswürdig ist und so.«

»Vertrauenswürdigkeit hat nichts mit der Qualität seiner Arbeit zu tun«, wehrte ich ab. »Macht ihr das mal allein. Ihr seid schließlich alle erwachsen.«

Verstimmt beendete Caro auch dieses Gespräch. Ich schaufelte die

Cornflakes in mich hinein und machte, dass ich in die Arbeit kam.

Auf dem Weg zu meinem Büro lief mir Sabine Vitzethum vom Betriebsrat über den Weg. »Frau Fiedler, ich glaube, Sie müssen noch mal mit dem Chef Ihrer Freundin sprechen«, begrüßte sie mich bekümmert. »Er hat sich gestern wieder bei mir über Sie beschwert. Ich weiß leider nicht, was ihm über die Leber gelaufen ist, aber Sie müssten die Sache bitte aus der Welt schaffen.«

Was sollte das denn jetzt? In einem Seminar über Körpersprache hatte man uns beigebracht, bei solchen Gesprächen niemals die Arme zu verschränken. Ich kam mir vor wie eine Rebellin, als ich es trotzdem tat und die Betriebsrätin streng von oben herab musterte. »Tut mir leid, ich weiß nicht, warum er mir seinen Fehler mit Caros Urlaubsantrag anlastet und wieso ich überhaupt hineingezogen werde. Nicht mal datenschutztechnisch darf er mich damit behelligen.«

»Aber Frau Würfel ist doch Ihre Lebensgefährtin. Da könnten Sie ein wenig Einfluss nehmen«, meinte die Vitzethum vorsichtig. »Sie sind die Betriebsrätin, also ist das auch Ihr Job«, schmetterte ich sie ab, meiner Meinung nach endgültig. »Davon abgesehen verstehe ich nicht, warum Sie darüber nicht mit Caro reden. Es geht doch um sie, nicht um mich.«

»Weil sich die Beschwerde gegen Sie richtet, Frau Fiedler«, erklärte die Vitzethum bedauernd.

Da reichte es mir. »Ich habe nichts falsch gemacht. Also werde ich dazu auch nichts mehr sagen. Wenn Günther ein echtes Problem mit mir und nicht mit Caro hat, soll er zu mir kommen und nicht bei Ihnen herumgreinen. Wir sind doch nicht im Kindergarten. Wiedersehen!«

Kurz darauf rief mich die Betriebsrätin im Büro an. »Frau Fiedler, Ihre Lebensgefährtin ist bei mir. Wir bräuchten Sie hier.«

»Warum?«, fragte ich störrisch.

»Es gab einen Eklat mit Frau Würfels Chef. Haben Sie ein paar Minuten Zeit?« In meinem E-Mail-Postfach waren jede Menge neue Nachrichten aufgelaufen und die Papierstapel diese Woche besonders hoch. Große Lust auf eine weitere Diskussion um diesen blöden Stundenzettel, der nicht mal meiner war, hatte ich auch nicht. Auch wenn es um Caro ging. »Ich komme«, antwortete ich dumpf und legte auf. »Lothar, die nächste Runde wurde eingeläutet. Jetzt sitzt Caro bei der Vitzethum. Sie nennt Caro ständig meine Lebensgefährtin.«

»Dann klär sie fix auf, damit wir hier in Ruhe weitermachen können.« Lothar nippte an seiner Kaffeetasse.

Eine tränenüberströmte Caro schaute zu mir auf, als ich hereinkam. Die anderen Schreibtische waren mal wieder verwaist, was mir in diesem Augenblick ganz recht war.

»Was ist denn passiert?«, fragte ich verdattert.

»Günther hat mich rausgeschmissen.« Umständlich rieb Caro sich die Augen. »Weil ich vor zwei Wochen angeblich unentschuldigt der Arbeit ferngeblieben bin.«

»Was ist mit dem Urlaubsantrag, den er unterschrieben hat?«

Mutlos hob Caro die Schultern und ließ sie wieder fallen. »Verschwunden. Und der Sachbearbeiter in der Personalabteilung, der meinen Urlaub hätte eintragen sollen und deswegen erst darauf aufmerksam wurde, ist selbst für zwei Wochen im Urlaub. Unerreichbar auf den Seychellen. Die Vertretung recherchiert gerade.«

»Da brat mir doch einer einen Storch.« Ich zog mir einen Stuhl heran und ließ mich darauf sinken. Allmählich verlor ich den Überblick. »Wie kann das denn passieren?«, fragte ich die Betriebsrätin.

»Das finden wir gerade heraus.« Die Vitzethum holte ein Bonbonglas aus ihrem Rollcontainer und stellte es auf den Tisch. »Greifen Sie zu.«

»Mit Bonbons können wir die Angelegenheit auch nicht mehr retten«, meinte ich. »Was ist überhaupt passiert?«

Als wir die ganze Sache rekapituliert hatten, fühlten Caro und ich mich erst recht wie vor den Kopf geschlagen. Wir hatten alles richtig gemacht: Die Anträge hatten wir drei Wochen vor der Fahrt nach Frankfurt unseren Chefs vorgelegt. Damit war auch die zweiwöchige Mindestantragsfrist gewahrt gewesen. Lothar und Günther hatten vor unseren Augen unterschrieben und die Anträge an die Personalabteilung geschickt. Ein paar Tage später hatte ich meinen bestätigten Antrag mit der Hauspost zurückbekommen und zu Hause abgeheftet, wie sich das für eine ordentliche Bürokraft gehörte. Caro hatte jedoch nicht gewusst, dass sie ihren Antrag ebenfalls hätte zurückbekommen müssen, und war mit mir nach Frankfurt gefahren.

»Aber ich habe doch gesehen, dass Günther den Antrag unterschrieben hat. Dann hat er ihn eingetütet und Gerhard den Umschlag in den Förderkorb gelegt. Der hat die Touren im Hauptgebäude«, erklärte Caro wieder und wieder. »Aber angeblich kann sich Gerhard nicht daran erinnern. Dabei hat er mir noch einen schönen Urlaub gewünscht.«

Der Anruf in der Personalabteilung brachte uns auch nicht weiter. Der Eingang von Caros und meinem Antrag war am gleichen Tag in der Datenbank vermerkt worden. Allerdings hatte man Caros wegen der Urlaubssperre zur Klärung an sie zurückgeschickt.

»Dann ist er wohl auf dem internen Postweg verloren gegangen«, vermutete die Vitzethum, »was nicht unbedingt für die Poststelle spricht.«

»So oder so stehe ich blöd da«, brummte Caro. »Denn jetzt bin ich meinen Job los.«

»Na, so schnell geht das nun auch wieder nicht.« Die Vitzethum lächelte ihr breites Lächeln. »Frau Würfel, Sie gehen jetzt erst mal gemütlich einen Kaffee mit Ihrer Lebensgefährtin trinken. Ich rede derweil mit Günther. Und in einer halben Stunde kommen Sie wieder zu mir.«

»Wie kommen Sie eigentlich darauf, dass wir Lebensgefährtinnen sind?«, fragte ich. Die Betriebsrätin hatte schon wieder zum Telefonhörer gegriffen. »Günther hat was in der Richtung erwähnt, glaube ich.«

»Was hat er denn genau gesagt?« Caros Stimme zitterte.

Das Gesicht der Vitzethum wurde brandrot.

Ich hatte mal wieder genug und stand auf. »Damit das klar ist, wir sind lediglich befreundet. Und falls unser Beziehungsstatus noch mal thematisiert werden sollte, verklage ich diesen Laden wegen Diskriminierung! Und wir zwei«, sagte ich zu Caro gewandt, »werden jetzt mit Lothar einen Kaffee trinken.«

An diesem Tag wuchsen die Papierstapel auf meinem und Lothars Schreibtisch noch höher, weil mein Chef sich mit Verve in die Angelegenheit einmischte. Von der Personalabteilung erhielt Caro nochmals die Bestätigung, dass Günther den Antrag, der auf mysteriöse Weise verschwunden war, nicht hätte unterschreiben dürfen. Die drei Urlaubstage wurden Caro nebst Urlaubsgeld trotzdem angerechnet, weil ihr sonst ein unverschuldeter Nachteil entstanden wäre, wie die Betriebsrätin Vitzethum bekräftigte. Zusätzlich wurde Caro in eine andere Poststelle versetzt, weil sie sich eine Zusammenarbeit mit Günther nicht mehr vorstellen konnte. Günther nahm ihre Versetzung stoisch zur Kenntnis. Ich hatte den Eindruck, dass er genau das hatte erreichen wollen.

Bis Donnerstag zog Caro sich abends an ihren Schreibtisch zurück und überarbeitete ihren Text. Am Freitagmorgen fand ich ihre E-Mail von 1.32 Uhr in meinem Postfach. Fertig, stand darin, mehr nicht. Mir war klar, dass sich dieses eine Wort nur vordergründig auf ihren Text bezog. Caro hatte auch mit ihrem Job in Moorenbrunn innerlich abgeschlossen. Ihr Wunsch, eines Tages vom Schreiben leben zu können, war mit jedem Quäntchen Ärger exponentiell gewachsen. Hoffentlich implodierte sie nicht irgendwann.

***

Zum Glück lenkte das sogenannte Weihnachtsgeschäft Caro von ihren Sorgen ab. Ihre lektorierte Textfassung wurde angenommen und kam zwei Wochen später unter dem Titel »Am Ende tot« in die Buchhandlungen.

Als sie mich an einem Mittwoch im November zum Mittagessen im Büro abholte, glühten ihre Wangen vor Aufregung. »Meine Lektorin hat mir einen Link geschickt. Ich kann ab sofort täglich meine Verkaufsstatistik abrufen! Darf ich mal dein Internet benutzen?« Sie surfte zu einer einfach gestalteten Anmeldeseite, gab ihre Daten ein und drückte mit einem dramatischen »Tadaaa!« die Enter-Taste. Ihr Name erschien, darunter eine Tabelle.

Ich beugte mich vor. »Da steht noch gar nichts drin.«

»Die Printausgabe wurde auch erst vor zwei Wochen veröffentlicht. Die Tabelle wird einmal monatlich aktualisiert. Bis dahin werden nur vorläufige Verkäufe hochgeladen. So ungefähr hat es mir meine Lektorin erklärt.« Caros Nasenflügel blähten sich erwartungsvoll, als könnte sie schon die Euros wittern.

»Schick«, stimmte ich zu. »Hoffentlich füllt sich diese Tabelle bald mit den Zahlen, die du sehen möchtest.« Ich küsste sie.

Die Bürotür wurde aufgestoßen, Lothar polterte herein. »Mahlzeit und alles andere bitte erst nach Feierabend«, dröhnte er. »Caro, was macht die Kunst?« Er äußerte sich ebenfalls anerkennend über die leere Verkaufsstatistik und wandte sich der Arbeit zu.

Caro und ich beeilten uns, in die Kantine zu kommen.

»Ich habe Karten für die Acht-Uhr-Vorstellung reserviert«, erwähnte ich nach den ersten Löffeln Suppe. »Soll ich dich gegen halb sieben abholen? Dann können wir noch was essen, bevor der Film anfängt.«

»Welcher Film?«, fragte Caro arglos.

»Du weißt schon, der Film, den wir uns eigentlich letzte Woche ansehen wollten«, erklärte ich ungeduldig. »Du warst doch so begeistert vom Trailer.«

Stumm schob Caro sich ein Stückchen Kartoffel in den Mund. »Na ja, okay, können wir machen. Ich kann mich auch noch morgen Abend um das E-Book kümmern.«

Verwundert stellte ich mein Saftglas ab. »Welches E-Book?«

»Das E-Book von ›Am Ende tot‹.« Caro senkte den Kopf ganz tief über ihren Teller, als wollte sie mich nicht anschauen. »Ich habe dir doch gesagt, dass ich nur die Printrechte abgegeben habe. Das E-Book darf ich nach wie vor selbst herausgeben.« Sie errötete. »Das Cover habe ich auch schon gekauft.«

»Und das E-Book musst du ausgerechnet heute Abend zusammenbasteln?«, fragte ich gepresst, bevor der Kloß in meinem Hals noch dicker wurde, der sich dort plötzlich bildete. Wie konnte Caro unseren gemeinsamen Film-Donnerstag vergessen? »Heißt das, wir gehen heute nicht ins Kino?«

»Ich sagte doch, dass ich mich auch morgen darum kümmern kann«, wiegelte Caro ab.

»Morgen Abend wollten wir auf die Sternwarte.« Meine Wochenendplanung verabschiedete sich gerade. Wegen eines Buches!

Bedächtig legte Caro das Besteck neben ihren Teller. »Okay, ich gebe zu, das ist schwierig.« Sie hob den Kopf und schaute mich ernst an. Ab sofort war ihr Problem auch meines. »Ich habe letzte Woche die Buchhandlungen vor Ort abgeklappert, weil ich sehen wollte, wie sich mein Buch zwischen den anderen macht. Aber egal, wo ich hinkam, es lag nirgendwo aus. Es hatte noch nicht mal jemand etwas davon gehört.« Ihre Finger kratzten am Tablett herum. »Man hätte es zur Ansicht bestellen können. Aber anscheinend legt man nicht einfach so Romane von unbekannten Autorinnen aus.«

»Aber das wissen wir doch«, warf ich störrisch ein. »Das hast du mir sogar erzählt: Unbekannte Autoren und Selfpublisher haben kaum eine Chance, ihre Titel in den großen Buchhandlungen zu platzieren.«

»Ja, aber da wusste ich noch nicht, dass das auch auf Publikationen der großen Verlage zutrifft.« In Caros Augen blitzte es gefährlich. Entweder wurde sie wütend oder brach gleich in Tränen aus. »Verstehst du? Ich habe ein Buch bei einem renommierten Verlag veröffentlicht, bleibe aber trotzdem unsichtbar und werde wahrscheinlich keine Einnahmen haben!«

»Das ist noch nicht raus«, brummte ich unzufrieden. »Und was hat das mit dem E-Book zu tun?«

»Ganz einfach.« Caro legte den Kopf schief, weil sie wusste, wie gut mir diese Geste gefiel. »Zu Weihnachten kaufen die Leute jeden Mist, wenn sie ihn nur kriegen können. Aber dazu muss er existieren.«

Ich nickte. »Logisch.«

»Seit einer Weile kann man über eine Vertriebsagentur E-Book-Cards in Buchhandlungen kaufen. Das sind Klappkarten, in die Gutschein-Codes gedruckt werden. Wenn ich meinen Krimi als E-Book veröffentliche und ein Kunde dieses E-Book verschenken will und in der Buchhandlung nachfragt, dann bestellt die Buchhandlung vielleicht nicht nur die E-Book-Card, sondern auch die Printausgabe dazu.«

»Weil?«

»Weil der Händler am Buch mehr verdient. E-Books werden nämlich dreißig Prozent günstiger angeboten.« In Caros Blick lag beängstigende Entschlossenheit. Für meinen Geschmack enthielt ihre Zusammenfassung trotzdem zu viele Wenns, Danns und Vielleichts. Mir fehlte der Überblick. »Also du willst die E-Book-Ausgabe deines Krimis selbst herausbringen und bewerben, indem du das E-Book mit diesen E-Book-Gutscheinen vertickst.«

»Genau, und um den Verkauf der Printausgabe anzuschieben.«

»Und wo bestellen die Buchhandlungen die Gutscheinkarten?«

»Bei mir.« Nun klang Caro schon nicht mehr so zuversichtlich.
»Das heißt, du musst sie drucken lassen?«
Caros Nicken war nur eine verschämte Andeutung.
Mir wurde warm. »Und was kostet der Spaß?«
»Pro Karte einen Euro. Man muss mindestens 250 Stück abnehmen.«
»Sind da schon Steuern drauf?«
Ihre dunklen Strähnen bewegten sich kaum, als sie den Kopf schüttelte. Mir wurde nicht nur sprichwörtlich das Herz schwer. »Und was hast du für das Cover bezahlt?«, fragte ich schwach.
Sie nannte einen aus meiner Sicht vertretbaren Betrag. »Aber das ist das Original wie auf dem Print«, schob sie eilig nach. »Ich gehe davon aus, dass das E-Book auch visuell für den Kunden zur Printausgabe gehört.«
Und deshalb wollte sie unseren Kinoabend sausen lassen? Mir war das alles andere als recht. »Aber wer kauft denn bitte schön E-Book-Cards, geschweige denn E-Books in der Buchhandlung?«, rief ich entgeistert.
»Leser, die was Neues ausprobieren wollen«, schlug Caro unsicher vor.
»Du meinst also, dass sich ein eingefleischter Buchleser, der sich nicht für deinen gedruckten Krimi interessiert, sich mit so einem klobigen Reader-Ding aufs Lesesofa legt und im digitalen Nirwana blättert?« Diesen Satz hätte ich nicht sagen sollen. An Caros Gesicht konnte ich förmlich ablesen, wie ihr Traum zerbröckelte.
»Willst du mir damit sagen, ich sollte es sein lassen, weil sowieso niemand auch nur irgendeinen meiner Romane kaufen wird?« Ihre Unterlippe zitterte und mein Herz jammerte. Über den nächsten Satz dachte ich zumindest kurz nach.
»Quatsch! Sicher wird jemand deinen Krimi lesen. Aber du schiebst meiner Meinung nach grundlos Panik. Dein Buch ist seit zwei Wochen veröffentlicht, was erwartest du denn? Außerdem hast du selbst gesagt, dass nur einmal im Monat überhaupt absolute Zahlen bekanntgegeben werden. Du weißt also gar nicht, ob du dein Buch überhaupt anschieben musst! Und bevor das nicht klar ist, solltest du dein Geld zusammenhalten.«
Vorsichtig legte ich meine Hand auf Caros. Sie ließ es zwar zu, reagierte aber kaum darauf.
»Wir haben November, das Weihnachtsgeschäft läuft«, erwiderte sie kühl. »Ich könnte abwarten, ob es auch für mich gut läuft. Aber was ist, wenn ich mich täusche? Dann ist das Weihnachtsgeschäft rum und ich habe gar nichts.«
»Dann läuft dein Krimi beim nächsten Weihnachtsgeschäft«, tröstete ich sie.
»Beim nächsten ist er nicht mehr aktuell. Produktlebenszyklus und so.«

Langsam zog sie ihre Hand unter meiner heraus. »Und um das zu verhindern, brauche ich auf jeden Fall das E-Book, vielleicht auch die E-Book-Cards.« Sie stand auf und nahm ihr Tablett.

Ihre Entschlossenheit, das Gespräch an dieser Stelle enden zu lassen, erschütterte mich regelrecht. »Aber was ist mit Kino heute Abend?«

Caro schaute mich an, als hätte sie eine begriffsstutzige, rechthaberische Zicke vor sich. »Keine Ahnung. Ich habe heute zu tun.«

»Mensch, Caro!«

Mir kam es vor, als würden alle Anwesenden unserem kleinen Drama zuschauen. Caro rauschte zur Tablettrückgabe und verschwand. Sie hatte sich nicht mal nach mir umgedreht.

An diesem Abend stand ich unangemeldet mit Knabberzeug und Wein vor Caros Tür. Ich hoffte, dass ich nur dieses eine Mal würde nachgeben müssen. Wie dehnbar ich den Begriff »nachgeben« in den nächsten Jahren auslegen würde, konnte ich damals natürlich nicht wissen.

Während ich mit wehem Herzen an die verfallende Kartenreservierung dachte, starrten Caro und ich einträchtig in ihren flackernden Bildschirm. Kommentarlos hatte sie mir die Tastatur überlassen, weil ich mehr von HTML und CCS verstand als sie. Das, wofür sie Stunden gebraucht hätte, schrieb ich in wenigen Minuten zusammen. Nach ein paar Tests in einem Desktop-Programm war das E-Book fertig und Caro zufrieden.

Mit den Worten »Eigentlich müsste man das E-Book noch auf einem E-Reader testen«, schloss ich die Datei.

Caro schluckte. »Den wollte ich mir morgen Abend besorgen.«

Ich erstarrte kurz. »Statt mit mir ins Planetarium zu gehen?«

»Nein, davor.« Ihr entschuldigendes Lächeln beruhigte mich nur bedingt. »Hast du noch ein bisschen Zeit?«

»Wofür?« Der Unterton in ihrer Frage verhieß Unangenehmes.

»Ich würde gern die Druckvorlage für die E-Book-Cards zusammenstellen. Für den Fall der Fälle.« Sie schaute mich so flehend an, dass ich, ohne hinzuschauen, das Grafikprogramm öffnete. Besser nicht darüber nachdenken, dann konnten wir morgen auf jeden Fall ins Planetarium.

Wir werkelten bis nach Mitternacht an dieser dämlichen Vorlage, denn das Cover im Format der Printausgabe passte nicht auf die Klappkarte. Gegen ein Uhr in der Früh schickte Caro die Dateien in der Annahme ab, dass nun alles gut würde. Am nächsten Tag, als ich todmüde im Büro an meinem Schreibtisch hing, rief Caro mich beinahe panisch an: »Die von der Druckerei haben mich angerufen. Die Vorlage hat nicht die richtige Auflösung! Können wir das Planetarium noch mal verschieben?« Was zum Teufel sollte das? Caro wusste, wie sehr ich die Stunde unter der

Kuppel liebte! Warum tat sie mir das an? Aber ich fügte mich. Es war ihre erste eigene Publikation und wenn ich ehrlich war, fand ich es genauso spannend wie sie. Nur dass alles andere darunter litt, störte mich. Manchmal fragte ich mich, ob ich mit Caro oder ihrem Krimi zusammen war.

Also verfiel auch die Kartenreservierung im Planetarium. Statt die Projektion des Sternenhimmels zu genießen, sahen wir schon bald Sterne auf Caros Monitor, weil uns die Augen brannten. Wählten wir die richtige Auflösung aus, fror Caros PC ein. Skalierten wir die Auflösung auf weniger als 300 dpi, wurde der Ausdruck unscharf. Nach zwei Stunden fuhren wir zu mir, korrigierten alles wie von der Druckerei gewünscht an meinem Laptop und schickten die neuen Druckvorlagen los.

Am Plärrer strömen sie gerade glücklich aus dem Planetarium, dachte ich nach einem Blick auf die Uhr. Gleichzeitig ärgerte ich mich, dass ich so unzufrieden war. Es war doch nur dieses eine Mal, bis Caro anhand der Verkaufszahlen sah, dass ihr Buch *kein* Flop war.

Zwei weitere Wochen vergingen, in denen Caro immer verkrampfter reagierte, wenn ich nur das Wort Zahlen dachte. Eines Abends war sie so geistesabwesend, dass ich kurz davor stand, ihr eine Beziehungspause vorzuschlagen. Ja, ich hatte ihr versprochen, den Stress mitzutragen, aber wenn ich gewusst hätte, dass sie regelrecht am Rad drehte! Aber dann verriet sie mir endlich, warum sie so auf diese Veröffentlichung fixiert war.

»Es stimmt nicht, dass ich mich damit arrangiert habe, das schwarze Schaf in der Familie zu sein«, rückte sie nach zwei Gläsern Rosé mit der Sprache heraus. »Ich fühle mich immer noch wie der Realschulversager unter lauter Abitur-Genies. Jeder in meiner Familie, sogar meine beschränkten Cousinen, hat einen sicheren Job und verdient einen Haufen Kohle. Wenn die Familie zusammenkommt, spielt man Ferienhaus-Quartett. Da wirst du vor lauter Whirlpools gar nicht mehr trocken vor Staunen.« Unsicher stellte Caro das leere Weinglas auf ihren Couchtisch. Der Schwips zog sie zusätzlich runter. »Die können sich mit Ämtern brüsten, dass du glaubst, du bist in die Betriebsfeier des Auswärtigen Amtes für Schrebergartenbesitzer geraten.«

»Lauter Attachés für Spießertum und Kleingeistigkeit«, seufzte ich. »Habe ich recht?«

Verblüfft schaute sie mich an. »So habe ich das noch nie gesehen.«

Ich machte eine Geste, die »siehst du?« bedeutete. »Vielleicht haben sie dich zum schwarzen Schaf gemacht, weil du Dinge tust, an die sie nicht mal zu denken wagen. Statt Abitur zu machen oder dir einen anspruchsvolleren Job zu suchen, einfach Bücher zu schreiben.«

Ihre Augen wurden zu Schlitzen. »Findest du Postausfahren etwa anspruchslos?«

Inzwischen hatte ich eine gewisse Routine im Revidieren meiner Aussagen, ohne einen echten Rückzieher zu machen. »Gemessen an dem, was du mit deinem Grips anstellen könntest: ja. Du bist doch total unterfordert auf deinem Scooter.«

»Weil ich mir meinen Grips fürs Schreiben aufhebe«, begründete Caro nicht besonders selbstsicher. »Habe ich dir erzählt, dass einer meiner Cousins heiraten musste, damit er sich nicht mehr mit Männern trifft?«

»Nein«, meinte ich nach kurzem Überlegen. »Ist er zufällig auch ein schwarzes Schaf?«

»Nicht mehr. Eher grau-schwarz meliert.« Sie tastete nach der Schüssel mit den Chips auf meinem Schoß. »Er hat seit Jahren einen Freund neben seiner Ehe. Seine Frau leidet höllisch, würde sich aber niemals scheiden lassen, weil sie die Schande nicht erträgt, dann alles öffentlich machen zu müssen. Dabei weiß längst jeder Bescheid.« Krümel verteilten sich auf Caros T-Shirt. Das brachte mich zum Lachen. »Und da fragst du dich, warum deine Familie nichts mit dir zu tun haben will? Die halten dich bestimmt für ansteckend.«

Nachdenklich bohrte Caro ein paar Chipsreste zwischen den Zähnen hervor. »Oder sie fürchten sich davor, etwas über sich in meinen Büchern zu lesen.«

»Hast du etwa …« Ich wagte nicht, den Satz zu beenden.

Caro zeigte mir einen Vogel. »Ich bin doch nicht lebensmüde! Weißt du, wie viele Anwälte in meiner Familie sind?« Plötzlich grinste sie. »Irgendwie hast du schon recht. Ich könnte auch einer Arbeit mit Gripsfaktor nachgehen. Aber dann hätte die bucklige Verwandtschaft keine Angst mehr vor mir.«

Ein unschlagbares Argument, wie ich fand. Statt zu antworten, legte ich den Arm um sie und genoss es, mit ihr eine Folge unserer BBC-Lieblingsserie anzuschauen. Damals waren es Tier-Dokus. Tiere schrieben oder kauften keine Bücher. Sie wurden geboren, lebten ihr wahnsinnig gefährliches, aber einfaches Leben und starben. Manchmal war die Vorstellung, einen Pinguin oder eine jagende Löwin mit der Kamera zu begleiten, unglaublich verführerisch. Doch dann wollte ich wiederum nicht auf die Sicherheiten verzichten, auf die Caro nichts gab. Sie wusste, dass ihr minimales Gehalt sie später in die Altersarmut führte. Aber machte sie sich deshalb Gedanken? Nein. Sie hielt das Gefühl, im luftleeren Raum zu schweben, irgendwie aus. Bis jetzt.

Und wie war es mit mir? Würde ich die nächste Mini-Krise auch so durchstehen, bis wir wieder einträchtig auf der Couch saßen?

2013

Plötzlich stand Caro in meinem Büro. Ihre Augen schimmerten verdächtig. Selbst Lothar hob beunruhigt den Kopf.
»Was ist passiert?«, fragte er rau, bevor ich den Mund aufmachen konnte.
Wortlos trat Caro an meinen Schreibtisch, zog die Tastatur zu sich heran und gab den Link im Browser ein, den sie von ihrer Lektorin bekommen hatte. Ungläubig starrte ich auf meinen Bildschirm. Die allererste Zahl blinkte in der vormals leeren Tabelle.
»Echt jetzt?« Neugierig, wie er war, hatte Lothar sich hinter meinen Stuhl gestellt. »Du hast 369 Bücher verkauft? Ist das viel?«
Immer noch stumm, nickte Caro.
Ich überlegte, ob ich mich freuen sollte. »Ist das eine endgültige Angabe?«
Caro schüttelte den Kopf. »Das ist nur ein Zwischenergebnis. Die anderen Zahlen kommen bis Ende der Woche.«
»Bravo.« Väterlich klopfte Lothar Caro auf den Rücken. »Dann bist du heute nur hier, um deine Kündigung einzureichen oder wie?«
»Quatsch!« Rasch wischte Caro sich mit dem Handrücken über die Augen. »So bekloppt bin nicht mal ich.«
Zwei weitere Male stand Caro diese Woche in unserem Büro, statt zu ihrer Poststelle zu fahren. Meine innere Stimme wies darauf hin, dass es auch ins Auge gehen konnte. Trotzdem beschloss ich, zu schweigen und mich mit ihr über die neuen Einspielungen zu freuen. Der November schlug mit satten 523 Verkäufen der Printausgabe zu Buche. Mitte Dezember betrug der Zwischenstand bereits weitere 248 verkaufte Exemplare, bis kurz vor den Feiertagen waren es 649 vorab gemeldete Verkäufe.
Was die Zahlen wirklich bedeuteten, merkte Caro erst bei der Weihnachtsfeier der Federknechte. Martin hatte nicht ganz uneigennützig eine Handvoll Online-Redakteure eingeladen. Sie rissen sich wegen des bekannten Verlagsnamens auf Caros Krimi förmlich um sie, statt den säuerlich dreinblickenden Martin und die beleidigte Nathalie zu interviewen. Wilfried und Petra hatten sich derweil still an einen anderen Tisch verzogen. Ihnen war so viel Auftrieb unheimlich.
Wir hatten also allen Grund, zu Weihnachten erst mit Mutti und Antoine, dann mit Tante Rosi auf Caros neues finanzielles Standbein anzu-

stoßen.

»Möge das nächste Jahr genauso erfolgreich weiterlaufen, wie dieses Jahr endet«, deklamierte Tante Rosi feierlich. Ihr langstieliges Champagnerglas stieß klirrend gegen Caros. Sekt schwappte, Tante Rosi kicherte haltlos und ich war mindestens so glücklich wie Caro. Jetzt, wo sie den Sprung geschafft hatte, würde hoffentlich auch ihre Stimmung stabiler. Ich setzte darauf, dass unvorhergesehene Änderungen unserer Freizeitplanungen ab jetzt ausblieben. Caro konnte sich wieder ganz auf uns beide konzentrieren und nebenher den nächsten Krimi schreiben. Dachte ich.

Der Schock kam einen Monat später Mitte Januar. Caro wollte zu mir kommen, damit wir vor dem Kino noch etwas aßen und uns frisch machten. Weil es bei ihr schriftstellerisch so gut lief, gestand ich mir hin und wieder ein wenig mehr Luxus zu, ohne ein schlechtes Gewissen zu haben. Pünktlich um achtzehn Uhr lieferte Daniel, der Problemlöser unter Dr. Mordhorsts Handlangern, einen kleinen Imbiss. Ungefähr um diese Zeit sollte auch Caro eintrudeln. Aber sie kam nicht.

Gegen halb sieben hatte ich schon viermal versucht, sie anzurufen. Im Mobilfunknetz erreichte ich nur die Sprachbox. Unruhig tigerte ich in meiner kleinen Wohnung herum, naschte kleine Portionen des Fingerfoods und überlegte, ab wann es sinnvoll war, die Krankenhäuser abzutelefonieren. Um Viertel vor sieben zog ich mich an, um zu ihr zu fahren. Um sieben stand ich immer noch fluchend neben meinem Auto in der Tiefgarage und trat wie wild gegen den platten Vorderreifen, weshalb ich drei Rückrufe von Caro verpasste.

Ich fand sie weinend unten im Hausflur, als ich ausgelaugt und in großer Sorge um sie in meine Wohnung zurückkehren wollte. Stockend berichtete sie mir auf dem Weg nach oben von einer Katastrophe namens Remission.

»Ich verstehe nur Bahnhof.« Auffordernd schob ich ihr den Teller mit dem angetrockneten Fingerfood hin. Nicht nur, dass Caro völlig durchgefroren war. Sie war so durch den Wind, dass ich den Kinofilm ganz abhakte. Das hier war ein echter Notfall!

Caro schniefte und warf das durchgeweichte Taschentuch in den Mülleimer. »Meine Lektorin war auch ganz bekümmert. Aber sie meinte, es ist durchaus üblich, dass Buchhandlungen die Bücher, die sie nicht verkaufen, zurückschicken.« Sie probierte ein Stück Blätterteig mit Spinatfüllung.

»Aber gleich dreihundert Stück!« Ich war regelrecht entsetzt über die Anzahl. Mir als Einkäuferin gingen Unsummen von nutzlos gebundenem Kapital und vergeudetem Lagerraum durch den Kopf. »Wird in Buchhandlungen nicht nach dem Prinzip des umsichtigen Bestellens gearbeitet?«

»Was weiß denn ich!« Verdrossen stopfte Caro sich das Spinat-Blätterteig-Häppchen in den Mund. »Angenommen, dreißig Buchhandlungen bestellen jeweils zwanzig Exemplare und schicken die Hälfte wieder zurück, da bist du schnell bei dreihundert.«

»Das wird alles zweimal mit LKW durch die Gegend kutschiert und verliert auch noch an Wert! Wo bleibt denn da die Nachhaltigkeit?« Erst kürzlich hatte ich mit Lothar über die Entlastung der Postzusteller diskutiert. Wie konnte man die internen Einzelbestellungen zusammenlegen, ohne dass Chaos entstand?

»Ja, du hast recht. Aber so ist es nun mal.« Erschöpft schloss Caro die Augen. »Meine Lektorin hat gemeint, dass der Januar für Autoren immer schlimm ist. Ich soll einfach nicht hinschauen, wenn die Remissionen abgebucht werden.«

»Ach, die werden dir auch noch abgezogen?«, entfuhr es mir. Aber was regte ich mich auf. Was nicht verkauft wurde, konnte nicht gutgeschrieben werden, und der Autorenanteil fiel dann auch weg.

Verlegen warf Caro einen Blick auf die Uhr. »Schaffen wir es denn jetzt noch ins Kino?«

»Nein. Ich hab 'nen Platten.« Frustriert schob ich mir gleich zwei Käse-Schinken-Teilchen in den Mund und kaute angestrengt. Das war die angenehmste Form des Aggressionsabbaus. »Da fragt man sich echt, wofür wir uns so viel Mühe gemacht haben. Dass die Buchhändler einfach alles locker flockig wieder zurückschicken.«

»Das liegt eher an den Kunden.« Müde rieb Caro sich die Stirn. »Die Lektorin meinte, es könnte bis Ende der Woche noch Einiges abgezogen werden. Eigentlich will ich nicht nachschauen, aber es würde mich trotzdem interessieren, ob inzwischen mehr als 300 Stück remittiert wurden.«

Es war gut, dass ich vorsichtshalber eine Flasche Wein neben meinen Laptop stellte, denn inzwischen waren es rund 400 Remittenden geworden. Da ich wusste, wie nah Caro das alles ging, bewunderte ich regelrecht, dass sie nicht wieder in Tränen ausbrach. Bis Sonntag war ein Drittel der Weihnachtsverkäufe ins Lager zurückgekehrt. In meinem Weinkarton fehlten vier Flaschen Roséwein und Daniel fragte, ob er einen Kochkurs für mich heraussuchen sollte.

Die Ausgaben für die E-Book-Cards hatten sich bisher auch nicht amortisiert. Zwar beinhaltete der Service der E-Book-Cards-Agentur auch den Vertrieb in teilnehmenden Buchhandlungen. Aber die Abrechnung Ende Januar war ernüchternd, egal wie viel Wein Caro und ich tranken. Hier lagen die Bestellungen bei knapp 200 Stück, remittiert wurden 150. Diese unbrauchbar gewordenen Karten, allesamt mit angestoßenen Ecken oder anderen Gebrauchsspuren, wurden Caro nach Hause geschickt, weil sie für den Buchhandel nicht mehr zu gebrauchen waren.

Nur die E-Books, die Caro selbst über die Plattform eines internationalen Distributors angeboten hatte, verkauften sich einigermaßen stabil. Seit November waren pro Monat um die 50 Stück heruntergeladen worden. Beachtlich, wenn man bedachte, dass Caro noch ein Frischling auf dem Buchmarkt war.

Genauso tapfer, wie Caro das Auf und Ab der Verkaufsstatistik wegsteckte, hatte sie an ihrem zweiten Krimi gearbeitet. Ich hatte als Testleserin die undankbare Aufgabe, die zweite Fassung unter die Lupe zu nehmen. Wie erstaunt war ich gewesen, dass Caros zweiter Krimi viel leichter zu lesen war als ihr erstes Manuskript! In der Annahme, damit auch ihre Lektorin zu überzeugen, schickte Caro den fix und fertigen Text Mitte Februar an den Verlag. Umso unvermittelter traf sie die Antwort eine Woche später:

»Leider hat Ihr erster Krimi nicht die Erwartungen des Verlags erfüllt, was wir darauf zurückführen, dass das E-Book parallel auf den Markt gebracht wurde. Auch die Lesermeinungen tendieren eher dazu, weniger positiv auszufallen. Aus diesen beiden Faktoren resultieren unserer Meinung nach auch die übermäßigen Remissionen, sodass wir uns leider nicht in der Lage sehen, Ihren zweiten Krimi zu verlegen. Blablabla.« Caro schloss die E-Mail, die sie von ihrem brandneuen Laptop vorgelesen hatte. »Ich weiß zwar nicht, was an 1000 verkauften Prints innerhalb von drei Monaten auszusetzen ist, aber okay. Es ist nicht mein Verlag.«

Dass es nicht okay war, sah ich an ihren geschwollenen Augenlidern. Aber was sollte man darauf herumreiten?

»Lesermeinungen tendieren eher dazu, weniger positiv auszufallen«, murmelte ich, und: »Übermäßige Remissionen. Was sind das eigentlich für Formulierungen? Kann man das überhaupt so sagen, ohne sich einen Knoten ins Hirn zu machen?«

»Das spielt doch überhaupt keine Rolle«, fauchte Caro mich an. »Die wollen mein Buch nicht und fertig! Du musst jetzt echt nicht mit flachen Witzen anfangen.«

»Aber ernsthaft«, widersprach ich, »so schlimm treibt es nicht mal Lothar, wenn er sich was auf Beamtendeutsch aus dem Kortex wringt.«

Genervt stellte Caro den Laptop weg. »Wenn du so weitermachst, zitiere ich dich in meinem nächsten Krimi!«

»Nur zu. Wenn er sich dann besser verkauft.«

Erstaunt legte Caro den Kopf schief. Mit dem Satz hatte ich mich quasi selbst überrascht. Mir gefiel die Vorstellung plötzlich, dass sie mich mit einem Zitat in einem ihrer Texte verewigte. »Bleiben wir bei den Zahlen. Neben den E-Book-Cards hast du bei diesem einen Online-Händler quasi ohne fremde Hilfe fast 200 E-Books verkauft. Da frage ich mich, wieso du dich aufregst, dass der Verlag deinen zweiten Krimi nicht haben will. Verleg ihn selbst. Da weißt du immerhin, dass es funktioniert.«

»Ich? Eine Selfpublisherin?« Mit einer Mischung aus Fassungslosigkeit und Zustimmung starrte Caro mich an. »Stimmt. Ich habe doch noch 300 nagelneue E-Book-Cards«, flüsterte sie. »Aber was mache ich mit den Printausgaben?«

Kein emotionaler Wirbelsturm, kein tränenreicher Zusammenbruch: Die Erleichterung überkam mich so plötzlich, dass ich die Arme ausbreitete und rief: »Was fragst du mich? Bald ist wieder eine Buchmesse in Leipzig, dort kannst du die Profis fragen!«

Caros Nicken setzte sehr, sehr langsam ein. »Du hast recht«, murmelte sie. »Die werde ich fragen.«

Zu spät fiel mir auf, dass ich mit meinem unbedarften Überschwang eine wertvolle Chance vertan hatte. Statt auf Caro einzuwirken und ihr zu helfen, einen sanften Schlusspunkt hinter ihr seltsames Hobby zu setzen, hatte ich sie auch noch darin bestärkt, weiterzumachen! Dabei war mir der ganze Stress doch längst zuwider. Mir schwante, dass ich meine Unbedarftheit eines Tages würde teuer bezahlen müssen.

***

Dieses Mal planten wir unsere Märzreise zur Buchmesse sorgfältiger. Caro fragte ihren Chef Bernd mindestens dreimal, ob es wirklich in Ordnung war, dass sie so kurz nach dem Ende der Probezeit Urlaub nahm. Jedes Mal lautete die Antwort: »Ja, Herrgott noch mal!«

Seit der Wende war ich vielleicht drei- oder viermal in Weimar gewesen, weil es Teile meiner Verwandtschaft dorthin verschlagen hatte. Aber Leipzig war für mich Neuland. Letztlich enttäuschte mich die, wegen ihrer angeblichen Authentizität hochgelobte, Künstlerstadt. Es gab eine Zeit, da wurden die verfallenen Häuserblöcke und schadhaften Kopfsteinpflasterstraßen als romantisch verklärt. Zwanzig Jahre später fand ich die kilometerlangen Baustellen auf allen Zufahrtswegen nur noch lästig. Entweder stockte der Autoverkehr oder die Straßenbahn. Man kam nicht vorwärts.

Am Freitag quetschten wir uns schon gegen neun Uhr in die Linie 16 zum Messegelände, um zur Öffnung der Hallen vor Ort zu sein. Die zwanzig Minuten mit kichernden Teenagern und verkleideten Cosplayern, deren Kostüme mitunter dreimal so viel Platz brauchten wie ich, waren gelinde gesagt nervenaufreibend. Aber Caro schien Gefallen an der Maskerade zu finden, also bemühte ich mich um heitere Gelassenheit. Trotzdem freute ich mich schon morgens auf die Rückkehr in unsere gemütliche Hotelsuite im sechsten Stock.

So blieb es bis zu unserer Rückreise am Sonntag. Während Caro regelrecht in der Messehysterie badete und gefühlt jedem Messebesucher ihre Visitenkarte überreichte, folgte ich ihr wie ein stummer Kometenschweif. Mal hielt ich ihr etwas zu trinken hin, mal versorgte ich sie mit Essen, wenn wir an einer der Fressbuden vorbeikamen. Anfangs dankte Caro mir noch für meine Aufmerksamkeit. Doch je länger wir durch die Messehallen zogen, desto selbstverständlicher wurde es für sie, dass ich ihr die Wasserflasche reichte, sobald sie die Hand ausstreckte. Den Rest der Zeit lernten wir immer neue Autoren, Lektoren, Korrektoren, Journalisten, Blogger, Verleger, Buchhändler, Dienstleister und Vertriebsexperten kennen, dazu der stetige Strom von Vorträgen, Workshops, Lesungen. Ich weiß, es klingt dämlich, wenn ich mich darüber beschwere, dass es auf der Buchmesse hauptsächlich um Bücher ging. Aber muss man wegen ein bisschen Papier mit Buchstaben drauf wirklich so ausrasten?

Völlig erschöpft von dem Wahnsinn fiel ich am Sonntagabend in mein Bett und schlief fast unmittelbar ein. Am nächsten Morgen bekam ich kaum die Augen auf, so fertig war ich. Aber es half nichts. Im Büro wartete Arbeit auf mich, also quälte ich mich aus den Federn.

Ganz anders Caro: Ungeachtet ihrer Gesichtsfarbe, die zwischen leichengrau und totenblass changierte, strahlte sie vor Zufriedenheit. »Das war bisher deine beste Idee«, begrüßte sie mich in der Kantine und stellte ihr Tablett ab. »Ich habe so viele neue Ideen für den Vertrieb meines E-Books, dass ich heute Nacht kein Auge zugetan habe!«

»Woah«, grunzte ich müde. »Ideen hast du? Und ich weiß immer noch nicht, ob ich heute Morgen meinen Kopf mitgenommen habe.«

Caros anschließender Monolog dauerte die ganze Mittagspause und beinhaltete gewichtige Begriffe wie Margen, Produktzyklen, Diversifikation, Non-Book-Artikel, Lesungen, Klinkenputzen und jede Menge Zahlen. Zu den Namen, die sie einflocht, fielen mir trotz angestrengten Nachdenkens keine Gesichter ein. Hatten wir diese Menschen etwa in Leipzig kennengelernt? Warum erinnerte ich mich nicht an sie? Hatte ich alle unter dem Begriff »Autor« abgespeichert? Und wenn ja, was sagte es über mich aus, dass jeder einzelne vor meinem geistigen Auge in einer grauen Masse aus Gesichtern unterging? Probehalber versuchte ich, mich an die zu den Autoren gehörenden Buchcover zu erinnern. Doch auch damit erlitt ich Schiffbruch. Unmengen an grob zusammengestellten, farblich unausgewogenen Titelbildern stürzten auf mich ein. Ich weiß, das ist gemein. Aber 99 von 100 Covern waren von Laien ohne das nötige Know-how erstellt worden. Ich fand es sehr schade, dass kaum einer dieser neuen Autoren das Geld für einen Grafiker hatte ausgeben wollen. Damit gruben sie ihren eigenen Texten das Wasser ab.

»Hörst du mir überhaupt zu?«

Caros Stimme riss mich aus meiner Lethargie. »Ja, aber ich verstehe mal wieder nur die Hälfte.«

»Ist okay. Würdest du mir denn bei der Umsetzung helfen?«

»Äh …« Verdammt, was hatte sie überhaupt erzählt? »Ja, klar. Wenn nicht unsere ganze Freizeit dafür draufgeht.«

»Keine Sorge.« Beruhigend tätschelte sie meine Hand. »So toll finde ich Bücher nun auch wieder nicht.«

Wir wussten beide, dass diese Behauptung haltlos war. Wenn Caro in ihren vier Wänden Platz gehabt hätte für eine Klosterbibliothek, sie hätte sie eingerichtet!

Derartig beseelt schwebte Caro nach dem Essen in ihre Poststelle. Und ich trollte mich zurück zu meinen Einkaufsstatistiken und Angebotspreisen.

Abends verlangte Mutti nach einem ausführlichen telefonischen Bericht meinerseits. Sie wollte schon seit Jahren auf die Buchmesse in Leipzig, vergaß aber regelmäßig, rechtzeitig Urlaub zu beantragen. Auf ihr atemloses »Und?« konnte ich ihr jedoch nur die farblose Zusammenfassung dreier chaotischer Tage geben: »Es gab jede Menge Bücher, viele davon in meinen Augen unansehnlich, dazu Autoren, die mir ein wenig kopflos vorkamen. Und Cosplayer.«

»Da habe ich mir eine echte Kritikerin herangezüchtet!«, schimpfte Mutti. »Ich will wissen, wie die Atmosphäre war! Was hat Caro erreicht? Konnte sie ihren Verlag davon überzeugen, auch ihren zweiten Krimi zu drucken?«

»Nein, weil sie dort nur kurz hallo gesagt hat.«

»Was?!«, schrillte Muttis Schreckensschrei durch den Hörer. »Hast du sie dabei etwa nicht unterstützt?«

Wurde ich jetzt auch noch für Caros Erfolg und Misserfolg verantwortlich gemacht? »Doch, Mutti, ich unterstütze sie bei der Schreiberei, seit ich sie kenne. Aber da es *ihr* zweiter Krimi ist und sie keinen Wert auf eine weitere Diskussion mit ihrer Lektorin legte, habe ich mich nicht eingemischt.«

»Wenn das keine Folgen hat«, unkte Mutti düster. »Du weißt doch, dass sie von Natur aus introvertiert ist. Sie braucht deinen Support, wo immer es geht.«

»Mutti«, schnarrte ich müde, »wenn Caro wirklich introvertiert wäre, würde sie keine Texte an Verlage schicken, sondern sie in der Schublade verschwinden lassen!«

»Woher willst du das wissen?«, schnappte Mutti. »Also für mich klingt es, als wärst du drei Tage tatenlos hinter ihr hergedackelt, statt ihr Beistand zu leisten. Das finde ich unverantwortlich.«

»Ich hab die verdammte Hotelsuite bezahlt und die Bahnfahrt! Was ist denn daran bitte schön kein Beistand? Ohne mich hätte sie sich den Messebesuch gar nicht leisten können!« Erschrocken hielt ich inne. Dieser Satz entwickelte, während er wie ein böser Fauxpas nachhallte, einen schalen Beigeschmack. Was, wenn Caro nur deshalb mit mir zusammen war?

Mutti schniefte wie jemand, der gerade von einer Erkenntnis getroffen worden war. »Ach so. Das wusste ich nicht.«

»Das weiß so ziemlich niemand außer mir und Caro«, pflichtete ich ihr bebend bei. »Aber das sieht man als Außenstehender meist nicht.«

»Doch. Jetzt, wo du es sagst. Wie viel hast du denn für die Messe ausgegeben?«

»Eine Menge«, antwortete ich knapp. »Ich habe das Geld ja.«

»So habe ich das nicht gemeint.«

»Aber ich. Und ich gebe es Caro gern. Aber ich möchte nicht hören, dass ich sie nicht unterstütze.« Mein Beben wurde stärker. Die letzten Wochen rasten an mir vorbei. Außer über Bücher zu sprechen und Caros Texte zu analysieren hatten wir eigentlich nichts gemacht. Kein Kino, kein Planetarium, Spaziergänge am Pegnitzufer nur, wenn es mir gelang, Caros Unwillen zu durchbrechen. Das war nicht in Ordnung. »Alles in allem hat Caro jede Menge Ideen von der Messe mitgenommen«, fuhr ich äußerlich ruhiger fort. »Die will sie jetzt umsetzen. Und ich werde sie weiterhin dabei supporten.«

»Das weiß ich doch. Ach, Steffi.« Mutti seufzte so schmerzlich, dass mir meine Wut auf sie leidtat. »Bist eine treue Seele. Und keine Ahnung, was in mich gefahren ist, dass ich dich einfach so übersehen habe. Aber ich finde es so furchtbar aufregend, eine Autorin zu kennen, die in den Bestsellerhimmel durchstartet.«

Allein diese Formulierung bereitete mir Bauchweh. Mutti drückte damit jedoch aus, was alle dachten, die nur die fertigen Bücher sahen. Die nicht wussten, wie viele Leute tatsächlich in Mitleidenschaft gezogen wurden, wenn ein Autor ein Buch schrieb. Und welche Wunden das Schreiben bei Freunden wie mir hinterließ.

Wir redeten noch das Übliche und legten auf. Blicklos starrte ich in mein dämmriges Wohnzimmer. Caro hockte zu Hause an ihrem Laptop und stoppelte irgendwelche Werbetexte für ihren zweiten Krimi zusammen. Ob sie zwischendurch an mich dachte? Oder sah sie nur noch sich?

Welche Rolle spielte ich in ihrem Leben eigentlich, seit sie kurz die Luft der großen weiten Bestsellerwelt hatte schnuppern dürfen?

***

Über Nacht verstärkte sich das Gefühl, zu kurz zu kommen. Stundenlang wälzte ich mich in meinem Bett herum, weil mir Caros abendliche SMS plötzlich so belanglos erschien. Dabei hatte sie auch an diesen Gute-Nacht-Gruß ihren besonderen Satz des Tages angehängt. Außerdem hatte sie sich dabei noch nie wiederholt, egal wie sehr sie von ihrer Autorenkarriere eingespannt gewesen war. Klar, dachte ich bitter, weil sie mich vielleicht mehr als Leserin denn als Freundin sieht. Weil ich ihre Geldmaschine bin. Weil ihr die gemeinsamen elf Monate einfach nicht so viel bedeuteten wie mir.

Bis zum Weckerklingeln schlief ich keine drei Stunden und fühlte mich entsprechend zerschlagen. Zum ersten Mal seit meiner Beförderung wollte ich nicht ins Büro. Lothar nahm meinen Anruf, dass ich heute zu Hause blieb wegen Mimimi, stoisch zur Kenntnis.

»Du weißt, was du zu tun hast, wenn es dir nicht besser geht«, sagte er zum Abschied. »Ich verlasse mich drauf, dass du dich an das hältst, was wir vereinbart haben.«

»Klar.« Ich drückte das Gespräch weg. Während meiner Ausbildung hatte ich ein paar miese Wochen gehabt. Als Lothar fand, dass ich lang genug wie ein Schluck Wasser in der Kurve herumgehangen hatte, packte er mich ins Auto und fuhr mit mir zu einem befreundeten Arzt. Der diagnostizierte eine leichte depressive Episode und verordnete mir ein paar psychotherapeutische Sitzungen. Letztlich blieb es beim Erstgespräch, weil mir der Psychologe, den der Arzt mir empfahl, aus unterschiedlichsten Gründen suspekt war. Er ließ mich fast keinen Satz beenden und schloss jeden seiner Monologe mit: »Werden Sie einfach lockerer, dann ist das alles auch nicht so schlimm. Sie haben es eigentlich gut, da gibt's viel schlimmere Biografien.«

Nun. Wenn der Fachmann das sagte, dann brauchte ich wohl doch keine Therapie. Lothar war nicht begeistert von meinem Entschluss, ohne professionelle Unterstützung »einfach lockerer« zu werden. Wie sein Bekannter vermutete er eine handfeste Ursache hinter meiner Verstimmung. Es wäre ihm lieber gewesen, wenn ich ein weiteres Erstgespräch bei einem anderen Therapeuten absolviert hätte. Deshalb nahm er mir das Versprechen ab, dass ich mich selbst in den Hintern trat und zum Arzt ging, wenn ich mich nicht besser fühlte.

Den Vormittag verschlief ich und wurde erst gegen Mittag wach. Verwirrt schälte ich mich aus dem Bett. Die Luft im Schlafzimmer war zum Schneiden, weil ich noch nicht gelüftet hatte. Ich riss das Fenster auf, zog die verschwitzte Bettwäsche ab und stellte mich unter die Dusche. Das half etwas, die Müdigkeit zu vertreiben. Duschen war immer gut.

Wo bist du?

Caro hatte eine SMS geschickt, als ich die Dusche besonders heiß aufgedreht hatte. Oh. Ich hatte ihr gar nicht Bescheid gesagt, dass ich heute nicht in die Kantine kommen würde.

Bin krank, schrieb ich zurück, und weil ihre SMS schon vor einer Viertelstunde angekommen war: *Ich hoffe, du hast nicht mit dem Essen auf mich gewartet.*

Verschämt machte ich ein <3 dahinter. Das nächtliche emotionale Chaos war plötzlich so weit weg wie der Mond und ich kam mir albern vor.

Caro rief auf dem Festnetz an. »Warum sagst du denn nicht Bescheid?«, fragte sie vorwurfsvoll. »Was hast du denn?«

»Grippe oder so. Ich war zu fertig«, versuchte ich, mich herauszureden. »Es hat gerade gereicht, Lothar Bescheid zu geben. Dann bin ich wieder eingeschlafen.« Damit beging ich den Kardinalfehler aller Verliebten. Statt offen darüber zu reden, wie hilflos mich ihre Schreibleidenschaft machte, legte ich ein falsches Lächeln in meine Stimme und hoffte, dass sie nichts merkte. Heute weiß ich, dass ich damit eine der letzten Chancen verstreichen ließ, die Entwicklung in eine andere Richtung zu lenken.

»Ach.« Caro klang ehrlich betroffen. »Ich mache heute früher Schluss und komme bei dir vorbei, damit ich dich ein bisschen pflege, ja?« Ihr Angebot beschämte mich zutiefst. »So schlimm ist es gar nicht mehr«, wiegelte ich ab. »Ich glaube, ich habe das Meiste weggeschlafen. Außerdem musst du doch nach Tante Rosi schauen.«

»Dort war ich heute Morgen schon, weil sie mit der Seniorengruppe zu einem Ausflug wollte.« Sie zögerte. »Und du brauchst mich wirklich nicht?«

Das Lauern auf mein Nein wollte ich nicht hören, und doch schien es klar und deutlich aus ihrer Frage herauszuklingen. Ich wusste ja, wie eilig sie es hatte, wieder zu ihrem zweiten Krimi zu kommen, um ihn zu überarbeiten und ins Internet zu stellen.

»Ich komme klar.« Ich lachte sogar ein wenig. »Wie gesagt, ich habe mich ordentlich ausgeruht und ganz heiß geduscht. Die einsame Bazille, die noch in mir steckt, wird es allein kaum schaffen, mich wieder niederzustrecken.«

»Das hast du schön gesagt. Hab dich lieb und gute Besserung.« Caros Luftkuss flog durch den Hörer zu mir. Er verfehlte mein Herz um Haaresbreite.

Im Bademantel fläzte ich mich auf die Couch und schaltete den Fernseher ein. Zu einer hysterischen Nachmittagstalkshow ließ ich mir zwei Schüsseln von dem getrockneten Früchtemüsli schmecken, das Daniel letztens mit einer Platte Fingerfood vorbeigebracht hatte. Es schmeckte nicht schlecht und ich hätte wohl noch eine dritte Schüssel verdrückt, wenn ich nicht so satt gewesen wäre. Ächzend setzte ich mich auf und starrte hinaus in den Nachmittag. Die Sonne schien, der Verkehr floss unten auf der Straße, irgendwo im Haus hämmerte ein Nachbar Nägel in die Wand. Die Werbepause schickte Träume von ganz weit weg in mein Wohnzimmer, damit ich das dringende Bedürfnis nach Apfelsinensaft und Sonnencreme entwickelte. Es funktionierte. Plötzlich fragte ich mich, warum ich hier hockte und Trübsal blies. Dank Tante Theodora war das Glück für mich nur ein Telefonat entfernt! Ich brauchte bloß die Nummer von Dr. Mordhorst zu wählen. – Etwas später, ich hatte mich in der Zwischenzeit angezogen und den Wohnzimmertisch abgeräumt, breitete Dr. Mordhorst von der Finanzberatung leuchtend bunte Prospekte vor mir aus. In allen Farben strahlten Villen, Bauernhöfe und Strandhäuser das letzte bisschen Grau aus meinen Gedanken.

»Es freut mich, dass Sie sich entschließen konnten, Ihr Vermögen zu investieren«, wiederholte Dr. Mordhorst in der x-ten Variation. »So ein Ferienhaus ist eine unschätzbare Wertanlage, die Ihnen nicht erst im Alter zugutekommen wird.« Er sprach von Finanzierungsmodellen, Anwaltskosten, Provisionen und internationalem Handelsrecht, was in meinen Ohren sehr hübsch klang, ohne dass ich auch nur ein Wort verstand. Mitten in seinem Vortrag schob ich die Prospekte auf dem Tisch herum, schloss die Augen und tippte einfach irgendwohin. Gespannt öffnete ich sie wieder und las: »Ein Haus mit Meerblick an der Costa Calma.«

Dr. Mordhorst hatte zu viel Erfahrung mit der wohlhabenden Klientel, um sich von meinem Auswahlverfahren irritieren zu lassen. Er beugte sich über den Prospekt. »Fuerteventura«, sagte er anerkennend und nickte wie der Wackeldackel, den ich einst auf dem Armaturenbrett im Wagen spazieren gefahren habe. »Noch dazu in einer ruhigen Gegend. Gefällt es Ihnen?«

Ich schürzte die Lippen. »Kann ich mir das Haus anschauen, bevor ich es kaufe?«

»Selbstredend!«, stimmte Dr. Mordhorst überschwänglich zu. »Ich werde mich persönlich um einen Termin bei unserer Dependance in Spanien kümmern und alles Nötige veranlassen. Wann möchten Sie fliegen?«

Der Übermut kitzelte meine Zunge. »Morgen?«, schlug ich vor. Es überraschte mich nicht, dass Dr. Mordhorst erneut nickend zustimmte. »Ich werde sehen, was ich tun kann. Werden Sie allein reisen?«

Ohne darüber nachzudenken, antwortete ich mit einem klaren, lauten: »Ja. Das habe ich mir verdient.«

***

Nur zwei Tage war ich insgesamt unterwegs, alles ordnungsgemäß von Lothar abgesegnet. Ich glaube, er freute sich heimlich, dass ich mit knapp 30 endlich etwas Verrückteres ausprobierte als einen neuen Haarschnitt.

Caro bekam am Mittwochmorgen von mir eine SMS, dass ich erst am Freitag wieder in die Firma käme, weil ich mir »wohl doch etwas Größeres eingefangen« hätte. Sicherlich hätte sie es wahnsinnig aufregend gefunden, dass ich mir einfach so ein Ferienhaus anschauen wollte. Aber das Bedürfnis, den Ausflug vorerst für mich zu behalten, war riesig.

Nach der Besichtigung mehrerer Strandhäuser rief ich sie am frühen Abend an, um mich nach ihrem Tag zu erkundigen. Aufgrund des Zeitunterschieds war es in Nürnberg schon kurz vor halb sieben. Caro hätte ohne Probleme noch bei mir vorbeikommen können, aber ich wimmelte sie wieder ab. Schließlich war ich nicht zu Hause, sondern stand barfuß im Sand an der Costa Calma, Blick aufs Meer inklusive. Trotzdem stimmte sie für meinen Geschmack auch dieses Mal viel zu schnell zu, dass sie mich nicht zu besuchen brauchte. Das Teufelchen auf meiner Schulter flüsterte: »Siehst du? Sie ist schon dabei, dich abzulegen. Vergiss sie, bevor sie es mit dir tut!«

Señor Ramirez von der beauftragten Dependance reagierte auf meine anschließende leichte Verstimmung, indem er mich abends in eine Bodega ausführte und den Latin Lover spielte. Ich fand es ganz lustig, bis mich der Gedanke überfiel, welche weiteren Dienstleistungen hinter seiner Aufmerksamkeit stecken *könnten*, und verabschiedete mich überstürzt.

Am Donnerstagabend wollte ich es endgültig wissen. Bis zur Landung hatte ich meine Beziehung zu Caro um- und umgewälzt. Nach fast einem Jahr hielt ich eine Bewährungsprobe unserer Liebe für angemessen. Ich checkte aus, bummelte in die Ankunftshalle und wählte ihre Telefonnummer. Meines Wissens musste sie gerade zu Hause angekommen sein.

»Hallo, hier bei Würfel?«

»Hier ist Steffi«, antwortete ich so entspannt wie möglich. »Hättest du Lust, heute mit mir am Flughafen zu Abend zu essen?«

»Wieso das denn? Ich habe eigentlich genug zu tun.« Sofort schwang wieder Abwehr in ihren Worten mit.

Ich unterdrückte den aufsteigenden Unmut. »Es wäre mal was Anderes als immer nur Butterbrot und Käse.«

»Mit den Öffis brauche ich eine Stunde bis zum Flughafen. Außerdem ... Ach, egal.«

Ich hatte sagen wollen: »Der Grund ist, dass ich gerade mit dem Flieger aus Spanien komme und mit dir den Kauf eines wunderschönen Hauses mit Meerblick feiern möchte.« Tatsächlich war jedoch mit einem Schlag meine Sorge um Caro wieder da, die sich unter der spanischen Sonne nahezu aufgelöst hatte. »Ist was passiert?«

»Kann man wohl sagen. Ich habe schon wieder Ärger mit so einem homophoben Idioten wie Günther. Diesmal ist es Bernd.«

Die letzten Sonnenstrahlen zerflossen in Wut und Resignation. Wie oft mussten wir so was eigentlich noch hinnehmen?

»Wieso Bernd?«, fragte ich. »Ich dachte, der ist einer von den Guten.«

»Ja, von wegen. Seine heutigen Anspielungen auf Leute vom anderen Ufer war so offensichtlich an mich gerichtet, das hättest du sogar mit zehn Kilo Ohropax in den Ohren nicht überhört.«

»Bist du sicher? Vielleicht gehört noch jemand anders von den Kollegen zur queeren Community und du weißt es bloß noch nicht.«

»Schön wär's!« Sie schniefte. »Als ich ihm mit Meldung beim Betriebsrat drohte, meinte er nur: Kein Wunder, dass euch keiner leiden kann. Ihr Lesben seid alle viel zu empfindlich. Man müsste euch nur mal die richtige Behandlung — du weißt schon.«

»Ist nicht wahr, oder?«, fragte ich entsetzt. »Hast du das schon beim Betriebsrat gemeldet?«

Caros Schweigen sagte mehr, als mir lieb war.

»Es interessiert den Betriebsrat nicht, habe ich recht?«, schloss ich resigniert.

»Nein, so ist es auch nicht. Bernd könnte dafür sogar rausgeworfen werden. Vorausgesetzt, ich bringe Beweise, weil das eine ziemlich harte Anschuldigung ist. Kannst dir vorstellen, dass keiner von den Kollegen das bezeugen will aus Angst, selbst einen Nachteil zu haben.«

»Aber wieso fängt er plötzlich damit an?«

Wieder schwieg Caro. Als ich schon fragen wollte, ob sie überhaupt noch in der Leitung war, flüsterte sie: »So plötzlich kommt das gar nicht. Er wirkte schon länger, na ja, angefressen auf mich.«

»Und warum?« Die Ankunftshalle hatte sich inzwischen geleert. Von draußen näherten sich die nächsten Abholer: aufgeregte Kinder, die ihre Eltern wie Satelliten umkreisten, Männer mit Chauffeursmützen, Frauen in Freizeitkleidung und mit riesigen Sonnenbrillen auf der Nase. Wie gern hätte ich Caro unter diesen Leuten entdeckt, statt nur mit ihr zu telefonieren! Aber der Wunsch, am Flughafen mit ihr zu essen, war angesichts der aktuellen Ereignisse vielleicht ein bisschen viel verlangt.

»Das ging schon vor der Buchmesse los, genauer im Januar«, erinnerte Caro sich in meinem Handy. »Er hat mitbekommen, dass ich schreibe und wollte alles ganz genau wissen. Ich dachte, ich täte ihm einen Gefallen, wenn ich seine Fragen beantworte. Er wirkte so interessiert, als ob er selbst schreibt.«

Oh nein! »Sag bitte nicht, dass du mit ihm auch über Verkaufszahlen gesprochen hast.«

»Doch, weil ich mir nichts dabei gedacht habe«, meinte Caro verzweifelt. »Außerdem standen da die Remissionen noch aus. Wenn ich ihm jetzt erzähle, dass sich ein Drittel der Verkäufe in Luft aufgelöst hat, freut er sich wie ein Rumpelstilzchen. Er ist total neidisch. Aus seiner Sicht verdiene ich mit nichts einen Haufen Kohle.«

Konnte ich Caro kurzfristig mit meinem neuen zweigeschossigen Haus an der Küste von Fuerteventura ablenken? Ich verwarf die Idee wieder. Während ich langsam durch den Ausgang in den trüben fränkischen Frühlingsabend lief, schüttete Caro mir ihr Herz über die letzten zwei Tage aus. Es hatte ganz harmlos am Montag nach der Buchmesse angefangen. Jemand witzelte morgens: »Da kommt ja unsere Bestsellerautorin!« Die unverfänglichen Gespräche über Lieblingsbücher mündeten bis zu Caros Schichtende in allgemeinem Unmut über die Kosten von Schullektüren, aus denen die Sprösslinge der Kollegen kaum etwas fürs Leben lernten. Was nützte es, wenn man den Erlkönig im Schlaf herunterbeten konnte, aber gegen Ende des Monats kaum Geld für Essen übrig war?

Damit hätte es gut sein können. Doch nach den versteckten Kosten für die Schulbildung ging es am nächsten Morgen mit Steuergeldern weiter, die »für die Kunst!« ausgegeben wurden. Caros Einwurf, dass Fernsehfilme ebenfalls kommerzialisierte Kunst seien, heizte die Diskussion nur noch an.

»Fernsehen macht wenigstens Spaß. Aber Bücher darfst du nicht mal im Kamin verheizen wegen der Umwelt!«, rief Kevin, der sonst wegen seines Vornamens im Mittelpunkt des Spotts stand. Die älteren Kolleginnen und Kollegen stimmten begeistert zu.

Bernd beschränkte sich darauf, vor sich hinzuschmunzeln und die Zeit anzumahnen, wenn die Arbeit wegen der Diskussion kurz ruhte.

»Mittwoch ging es dann richtig rund.« Dem Klang ihrer Stimme nach hatte Caro sich wieder gefangen. »Da kam Franziska mit ihrer Tochter an der Hand reingestürmt. Die Tagesmutter der Kleinen war krank geworden und Franziska wusste nicht, wo sie sie lassen sollte. Sie hat mich angegiftet, dass wegen Spinnern wie mir Steuern in irgendwelche Kunstscheiße statt in Betreuungsplätze gesteckt werden. Danach gab es kein Halten mehr.« Ich fuhr zum Bahnsteig der U2 hinunter. Mit jedem Meter wurde der Handy-Empfang schlechter. »Wie meinst du das?« Wenn ich am Fuß der Rolltreppe stehenblieb, konnte ich mit Caro telefonieren, bis die nächste U-Bahn kam. Caro stieß einen Laut aus, den ich als abfälliges Lachen deutete. »Wie werde ich das wohl meinen? Du weißt doch, wie so was eskaliert. Erst sind es die Lehrer, dann ist es das Schulsystem. Dann die ungerecht verteilten Steuergelder und dann die Randgruppen. Franziska zog über ihren Ex-Mann her, was den verheirateten Männern in der Schicht nicht gefiel. Die konterten mit so altbackenen Sachen wie: ›Dann darfst du halt nicht schwanger werden‹ und dass Frauen alle gleich wären. Sie würden nur heiraten, damit sie faul zu Hause bleiben können und kommen deshalb in Scharen aus der Ukraine. Und so weiter.«

»Krass«, befand ich. »Was hat euer Schichtführer dazu gesagt?«

»Nichts, das ist es ja!« Dem Hall nach stand Caro in ihrer kleinen Küche. »Er hätte von Anfang an für Ruhe sorgen müssen. Aber solang die Post rechtzeitig ausgeliefert wird, kriegt der doch den Mund nicht auf!« Flüssigkeit gluckerte. Gerade goss Caro sich ihre Feierabend-Cola ein. Die brauchte sie, um beim Schreiben nicht vor Müdigkeit auf der Tastatur einzuschlafen. »Das hat sich aber Julianka aus Polen nicht gefallen lassen und ist nach Feierabend zum Betriebsrat gegangen. Heute Morgen gab es eine außerordentliche Versammlung für alle, die laut Julianka an der Diskussion teilgenommen haben. Ich war nicht dabei.«

Der nächste Schwung Passanten kam die Rolltreppe herunter. Ich drehte mich hin und her, um auszuweichen. Kurzfristig war die Verbindung weg. Als ich Caro wieder hörte, meinte sie: »Angeblich würde ich mit meinen Staralüren zu viel Unruhe in die Gruppe bringen. Da habe ich Bernd aber was erzählt!«

»Ups«, war alles, was ich sagen konnte, weil die U-Bahn aus Fürth einfuhr. Caros Stimme ging in meinen Versuchen, niemandem im Weg zu stehen, unter. Aber ich konnte mir auch so denken, dass die Kollegen nach dem Rüffel des Betriebsrats einen Sündenbock suchten. Das war einfacher, als sich die eigene Schuld an der Abmahnung einzugestehen.

»Im Laufe des Vormittags hat sich Franziska abfällig über ein schwules Mieterpärchen in ihrem Haus geäußert und mich dabei ganz offen angestarrt. Und seitdem hat Bernd mich zweimal sauglöd von der Seite angemacht, aber so, dass es keiner außer mir hört. Und einen Flyer über Reparativtherapie hat er mir zugesteckt.«

»Wie bitte?« Neben mir zuckte ein älterer Herr zusammen, weil ich vor Schreck laut geworden war.

»Ich dachte, so was passiert nur in amerikanischen Lizenzausgaben.« Caros Stimme wackelte. »Aber das braucht man sich anscheinend gar nicht auszudenken. Das ist real! Aber Betriebsrats-Uwe meinte, den könnte ich auch von woanders haben.«

»Warum reicht der Flyer nicht als Beweis?«, fragte ich fassungslos. Caro seufzte tief. »Es gibt hier öfter Knatsch zwischen Mitarbeitern und Chefs. Betriebsrats-Uwe meinte, dass die Geschädigten inzwischen sofort die ganz großen Geschütze auffahren. Das macht vorsichtig.« Sie schluckte mehrfach. Das war keine Cola, sondern Tränen. Erneutes Gluckern bewies, dass Caro heute nicht mit einem Glas Cola auskam.

»Und warum erzählst du mir das erst jetzt?«, konnte ich mir nicht verkneifen, zu fragen. »Weil du krank zu Hause lagst«, pampte Caro zurück. »Ist es jetzt etwa verkehrt, dass ich auf deine Verfassung Rücksicht genommen habe?«

»Aber ich dachte, wir gehören zusammen und stehen so was auch zusammen durch.« Fernes Pfeifen kündigte die nächste einfahrende U-Bahn an. »Soll ich dich besuchen kommen?«

»Nein, ich muss an meinem Krimi arbeiten. Aber danke für dein Angebot.«

Caros Stimmungsumschwung tat mir im Magen weh. Wieder blockte sie mich ab, wieder musste ich allein mit meinen Gedanken bleiben. Na gut, dachte ich und küsste sie zum Abschied eher halbherzig über das Mobilfunknetz, dann verrate ich eben nichts von meinem Ferienhaus! Wenn Caro so weitermachte, würde ich meinen ersten offiziellen Urlaub an der Costa Calma ganz allein antreten, schwor ich mir enttäuscht, und stieg in die U-Bahn zum Nürnberger Plärrer.

**

Am Freitag trafen wir uns wieder zum Mittagessen, als wäre nichts geschehen. Wie ein altes Paar, das Dinge tat, weil es sie immer getan hatte. Nur kam mir die fröhliche Begrüßung nicht so leicht über die Lippen wie in den letzten Monaten. Die Angriffe in Caros Abteilung beunruhigten mich. Sie mochte eigen und störrisch sein. Aber dass man ihre Privatsphäre derart angriff, nein. So was passierte doch immer nur anderen. Ich hatte angenommen, dass Caro und ich für den Rest der Welt ein ganz normales Paar waren, das den aktuellen Lebensabschnitt miteinander teilte, vielleicht eines Tages auch mehr. Aber da hatte ich mich wohl geirrt.

»Gibt es was Neues?«, fragte ich, weil Caro bis zum Nachtisch kaum etwas gesagt hatte.

Sie schüttelte den Kopf. »Bernd habe ich heute zum Glück noch nicht gesehen. Betriebsrats-Uwe wollte ihn sich heute Morgen schnappen, um abzuklopfen, wie er die Sache darstellt.«

»Klingt doch ganz gut«, meinte ich zuversichtlich.

»Weiß nicht.« Caro starrte den Pudding auf dem Löffel an wie ein fremdes Insekt. »Ich bin davon ausgegangen, dass er nach einer halben Stunde wutschnaubend in der Poststelle steht und mich zusammenbrüllt. Aber er war den ganzen Vormittag nicht da.« Auf ihrer Stirn bildete sich eine steile Falte.

»Ich würde mich nach dem ganzen Mist freuen, wenn ich meinen Chef eine Weile nicht sehen muss.« Vorsichtig kratzte ich die Puddingreste aus der Schüssel.

»Du bist auch nicht ich.« Das war einer von Caros Lieblingssätzen. Heute fiel er mir unangenehm auf. Als ob ich, weil ich anders war, nicht so gut war.

Blödsinn.

»Ich weiß nicht, wie es bei dir ist«, sagte sie in meine Zweifel hinein. »Aber für mich ist das nicht der erste Angriff auf meine Privatsphäre. Eigentlich müsste ich längst aussehen wie ein Bär, weil ich so ein dickes Fell bekommen habe. Aber es wird mit jedem Infragestellen und jedem Angriff schmerzhafter. Egal, ob ich mit dem Täter danach noch zu tun habe oder nicht.« Blicklos starrte sie aus dem Panoramafenster. »Momentan wünsche ich mir, dass Bernd nach der Mittagspause wieder da ist, damit ich nicht weiter darüber nachdenken muss, ob er gute oder schlechte Laune hat. Vielleicht hat er auch gar keine Laune und verhält sich mir gegenüber korrekt. Aber ich weiß es nicht und kann mich nicht drauf einstellen. Das macht mich wahnsinnig.«

Es klang wie ein Zitat aus ihrem aktuellen Krimi, das sie mir kürzlich vorgelesen hatte. Wie bedrückend, dass sie mit einer Aussage ihrer Figuren eine Parallele zu ihrer momentanen Situation herausstreichen konnte. »Klingt ein bisschen wie PTBS«, murmelte ich.

Caro zuckte mit den Schultern. »Vielleicht ist es das. Nur, weil ich nicht in die Norm passe, ist mein ganzes Leben eine einzige posttraumatische Belastungsstörung. Bescheuert, oder?«

So, wie das Wetter heute eher grau vor sich hindümpelte, trübte sich auch meine Stimmung wieder ein. War das etwa die Erklärung für ihren Zwang, schreiben zu müssen? Musste ich es deshalb hinnehmen, auf ewig die zweite Geige für sie zu spielen? Das Gefühl, dass mein Ferienhaus an der Costa Calma niemals einen Platz in ihrem Kopf finden könnte, weil er bereits so angefüllt war mit dem Kampf gegen ihre Widersacher, machte mir das Luftholen schwer. Der Atem floss nicht mehr, ohne über den ersten kleinen Tränenkloß im Hals zu stolpern.

»Verstehe ich nicht.« Unvermittelt schob ich den Stuhl zurück, ohne dass ich meinen Beinen den Befehl dazu gegeben hätte. »Vielleicht muss man manchmal die Augen zumachen und es durchziehen, bis man am Ziel ist.« Meine Hände ergriffen das Tablett mit dem abgegessenen Geschirr. Den letzten Schluck Wasser trank ich im Stehen. »Fährst du heute Nachmittag bei deiner Tante vorbei?«

Mit einer Mischung aus Fassungslosigkeit und Irritation starrte Caro mich an. »Was soll das denn jetzt? Wieso gehst du einfach?«

»Hab noch einen Haufen Zeug auf dem Tisch.« Der Satz kam so leicht, dass ich ihn mir selbst abnahm. Lothar hatte so gut wie alles weggearbeitet. Ich hätte auch gleich nach dem Mittagessen nach Hause gehen können.

»Was ist mit dem Planetarium?« Auch dieser Satz hatte sich selbstständig gemacht, Freitag war Planetariumstag, Punkt. »Normalität hilft gegen PTBS«, erklärte ich und kam mir vor wie von einem anderen Stern. »Ich helfe dir, dich abzulenken.«

»Du machst dich nicht gerade zufällig über mich lustig, oder?« In Caros Augen stiegen Tränen auf. »Ich hab voll den Zoff am Arbeitsplatz und du rennst lieber in deine x-te Sternenprojektion? Ich glaube, es hackt!« Mit jedem Wort wurde sie lauter. Jetzt sprang auch sie auf, schnappte ihr Tablett und rannte fast davon.

Nicht gut, sagte ich mir und wehrte mich trotzdem nicht gegen die Erleichterung, die mich überkam. Denn Caro hatte bei ihrer Flucht ihre ganze erdrückende Autorenpräsenz mit der schwierigen Biografie und der Angst, niemals zu genügen, mitgenommen.

Das Alleinsein tat gut. Sehr, sehr gut.

Langsam bewegte ich mich zur Geschirrrückgabe. Ich überlegte, ob mir ein Besuch in der Eisdiele gefallen könnte.

**

Nach der Mittagspause ruhte ich in mir, als hätte ich nicht gerade ein Stracciatella-Spaghetti-Eis verspeist, sondern einen Mönch aus einem Zen-Kloster.

»Ich glaube, Caro hat sich von mir getrennt.« Vor Erleichterung seufzend ließ mich auf meinen Bürostuhl fallen.

Lothars Kopf ruckte hoch. »Bitte was?« Sofort rauschten die verschiedenen Stadien der Besorgnis über sein Gesicht. Sie gipfelten in einer Packung Taschentücher und der unvermeidlichen Liebeskummer-Diagnose. Wie er die anhand meines unveränderten Gesichtsausdrucks stellen konnte, ist mir bis heute ein Rätsel.

»Brauchst du psychologische Unterstützung?«, war noch sein harmlosester Kommentar. Er pflasterte mich mit Plattitüden zu wie: »Ende eines wichtigen Lebensabschnitts«, »Das Leben geht weiter« und »Wenn du es gar nicht packst, lass dich krankschreiben.« Während ich dasaß und mich fragte, ob mit mir etwas nicht stimmte, weil in mir ein Eisberg zu schmelzen begann.

Ich war wieder allein. Allein! Endlich. Ohne Lothar aus den Augen zu lassen, zog ich meine Tastatur heran und rief eine ganz besondere Seite im Browser auf.

»Lass die Griffel fallen, du musst jetzt nicht arbeiten«, unterbrach Lothar seinen Monolog. »Und ich dulde keine Widerrede!«

Konzentriert las ich die Ankündigungen und scrollte nach unten. »Ich arbeite doch gar nicht.«

»Dann hör gefälligst zu, wenn ich dich tröste!«, schnauzte Lothar mich an. Notgedrungen nahm ich die Hände von der Tastatur. Einen schnauzenden Lothar durfte man nicht unnötig reizen.

»Du musst dich auf jeden Fall intensiv ablenken, damit du nicht in ein Loch fällst«, sagte er, glaube ich, bereits zum zweiten Mal. »Am besten drehst du erst mal eine Runde in der Sonne. Ich war gerade draußen am Kanal. Dort ist es wunderbar warm.«

»Weiß ich. Ich war vorhin bei der Eisdiele.« So unauffällig wie möglich schielte ich auf meinen Bildschirm.

»Gut.« Ein wenig ratlos nickte Lothar vor sich hin. »Willst du noch mal?«

»Muss nicht.« Unauffällig, so dachte ich, schob ich meine Hand wieder zur Tastatur und tippte rasch auf die Entertaste.

»Das habe ich gesehen«, meinte Lothar streng.

Ich nahm es zur Kenntnis.

»Also kein Eis, keine psychologische Krisenintervention. Was mache ich denn dann mit dir?«, fragte Lothar ein unsichtbares Publikum. »Brauchst du einen Mediator für ein klärendes Gespräch mit Caro? Vielleicht kann man noch was retten.«

»Nein, danke«, wehrte ich höflich ab.

»Wie sieht es aus mit: den Rest des Tages freinehmen? Du hast sicher genug Überstunden, die du abbummeln kannst.«

»Hm. Das würde bedeuten, dass wir am Montag mit einem halb vollen Schreibtisch starten.«

»Wenn du krank bist, bist du krank«, wandte Lothar stirnrunzelnd ein. »Die letzten beiden Tage habe ich auch ohne dich überstanden.«

»Aber ich bin doch gar nicht krank. Oder sehe ich krank aus?«

»Nein«, gab Lothar zu. »Aber das ist es ja gerade. Du kommst hier rein, sagst, die Liebe deines Lebens hat mit dir Schluss gemacht und machst weiter, als wäre nichts passiert. Das ist doch nicht normal.«

Da war was dran. »Was schlägst du vor? Soll ich einen Kurs belegen, wie man auf Kommando in eine schwere Depression kippt, wenn die Situation es erfordert?« Auf meinem Bildschirm blinkte der Cursor. Hoffentlich war Lothar bald fertig mit seiner Besorgnis, damit ich meine Reservierung für die Abendvorstellung im Planetarium abschließen konnte.

»Ach, Steffi.« Lothars Seufzer kam von ganz, ganz tief unten. »Ich mache mir ernsthaft Sorgen um dich. Kannst du das nicht wenigstens ein bisschen honorieren?«

Ich lachte verblüfft. Das waren ja ganz neue Töne. »Also, ehrlich gesagt verstehe ich nicht, warum ich dich dafür supporten soll, dass du mich tröstest, obwohl ich mich trotz Trennung super fühle.«

»Aber vielleicht fühlt Caro sich nicht so super«, gab er zu bedenken.

»Aber vielleicht ist mir das gerade piepegal, weil ich mich jetzt nicht mehr mit ihrer beschissenen Schreiberei beschäftigen muss, die mich ganz schön viel Kraft gekostet hat!« Entschlossen wandte ich mich wieder der Kartenreservierung zu. »Da, schau, ich kann jetzt wieder ins Planetarium, ohne auf jemanden Rücksicht nehmen zu müssen. Ich kann spazieren gehen, wann immer ich möchte. Ich kann mir alle Kinofilme anschauen, ohne ein schlechtes Gewissen wegen eines Textes zu haben, den jemand anders unbedingt fertigschreiben muss.«

Ein letztes Mal landete mein Zeigefinger auf der Entertaste. Die Reservierung raste durch den Äther zur Planetariumsdatenbank. Die Reservierungsbestätigung poppte auf. Juchzend riss ich die Arme hoch. »Ich kann tun und lassen, was ich will!« Mit ein paar Clicks fuhr ich meinen PC runter und räumte meinen Schreibtisch ab. Hier war für mich nichts mehr zu tun.

»Also, wenn es dir so gut geht, dann kannst du auch arbeiten«, beschwerte Lothar sich lahm. »Alleine mache ich den Rest hier nicht weg.«

»Ich hab noch Überstunden abzubummeln, schon vergessen?« Ich schnappte mir meine Handtasche aus der Schublade und schob sie mit einem Knall zu. »Ich mache gerade eine ganz normale bipolare Episode durch. Noch bin ich manisch vor Begeisterung, doch in einer halben Stunde heule ich wie ein Schlosshund und denke an Selbstmord. Deshalb brauche ich nun ein paar Tage für mich, um wieder klarzukommen.« Frech grinste ich Lothar an. »Das wolltest du doch hören.«

»Von Verarschen war nie die Rede!«, schimpfte er.

»Wer hat denn damit angefangen?« Mit einem Griff zog ich meine Autoschlüssel aus der Tasche. »Ich verspreche dir, dass ich keinen Scheiß mache. Aber jetzt will ich weg von hier, obwohl es mir gut geht. Verstehst du das?«

Ich konnte es Lothar am Gesicht ablesen, dass er es nicht tat. Aber er resignierte und ließ mich gehen.

Beinahe atemlos von der neu gewonnenen Freiheit kam ich zu Hause an. Unterwegs hatte ich Dr. Mordhorst gebeten, den nächsten Flug von Nürnberg nach Fuerteventura für mich zu buchen. Ich hatte das dringende Bedürfnis, so schnell wie möglich in mein Haus am Meer zurückzukehren. Das heißt, noch gehörte es mir nicht, denn die Anzahlung brauchte ein paar Tage, bis sie auf dem Konto der Immobilienfirma einging. Doch auch darum kümmerte sich der gute Dr. Mordhorst, ebenso wie um das Hotelzimmer, in dem ich mindestens eine Nacht schlafen würde.

Und die Reservierung für das Planetarium?

Kurz stoppte meine Hand in der Luft, mit der ich den Tomatensaft von der Stewardess entgegennehmen wollte. »Ist alles in Ordnung?«, fragte sie verwundert.

Verlegen lachte ich. »Ich hatte kurz Angst, dass ich den Herd nicht abgestellt habe.« Hinter und vor mir wurde gekichert. Dann überlagerte wieder das konstante Summen der Turbinen alle anderen Geräusche. Zufrieden stellte ich die Sitzlehne zurück und schloss die Augen. Wozu brauchte ich eine künstliche Sternenkuppel, wenn ich schon heute Nacht den echten Sternenhimmel bewundern konnte? Worum sollte ich mich sorgen, wo doch bereits ein Chauffeur am Flughafen auf mich wartete, um mich schnell und diskret ins Hotel zu bringen? Und was machte ich mir Gedanken über das Loch, die diese Reise in meinem Konto hinterließ? Ich lebte *jetzt*. Nach meinem Tod konnte ich mit dem Geld nichts mehr anfangen.

Den ganzen Abend wartete ich auf dem Balkon meines Hotelzimmers auf den Anruf von Señor Ramirez, dass ich in mein Haus umsiedeln durfte. Die Zeit wurde mir dank des fantastischen Sonnenuntergangs nicht lang. Wie ein immer schmaler werdender Seidenschal schwebte er über dem Horizont, bis die Dunkelheit ihn verschluckte. Wie wundervoll das Leben doch war! Weit nach Mitternacht ging ich schlafen, weil ich mich nicht von dem wolkenlosen Himmel losreißen konnte. Der echte Sternenhimmel war viel schöner als die Nürnberger Projektion.

Ich erwachte gegen fünf Uhr. Die Sonne blitzte durch die zugezogenen Vorhänge und kündigte den neuen, aufregenden Tag an. So beschwingt wie heute war ich schon lange nicht mehr aus dem Bett gesprungen!

Da es bis zum offiziellen Frühstücksbeginn noch mehr als zwei Stunden waren, schaltete ich meinen Laptop ein und rief meine E-Mails ab. Damals gehörte WLAN bei den meisten Hotels noch zur Luxusausstattung. Entsprechend war mir bewusst, dass ich mit dieser Zusatzbuchung meine Hotelrechnung um etliche Euros erhöhte. Aber was juckte mich das? Ich hatte das Geld. Ich war frei!

Mit fliegenden Fingern tippte ich eine E-Mail an Lothar mit der Info, dass ich nun doch Urlaub bräuchte, weil ich ein Haus auf Fuerteventura gekauft hätte. Ob es okay sei, wenn ich erst am Donnerstag wieder ins Büro käme? Danach informierte ich Mutti über meinen aktuellen Aufenthaltsort. Sie würde aus allen Wolken fallen, weil nicht mal sie etwas von dem Haus an der Costa Calma wusste. Vorsichtshalber schickte ich ihr die Telefonnummer von Señor Ramirez mit, damit er sie beruhigte, falls sie durchdrehte.

Kaum war diese E-Mail unterwegs, trudelte Lothars Antwort ein. »Wusste gar nicht, dass du auch zu den Schlaflosen gehörst«, murmelte ich und klickte die Nachricht auf.

Völlig bekloppt geworden oder was? Komm sofort zurück, damit wir über alles reden können!
Gruß
Lothar

Mit einem Mal verstummte das beständige Rauschen der Wellen. Meine Gedanken wurden gestoppt wie ein Zug, der gegen eine Wand gerast war. Lothars erboster Tonfall in der E-Mail hatte das Kreischen der Bremsen, den Aufprall und das disharmonische Quietschen des Materials übernommen. Ich begriff: Die Katastrophe war für jeden sichtbar, nur nicht für mich. Weil *ich* die Katastrophe für die anderen verkörperte.

Wie erschlagen ließ ich mich auf dem Office-Stuhl zurücksinken. Der Gesang der Wellen kehrte zurück. Eine besonders große Woge spülte die Frage an meinen inneren Strand, was genau geschehen war, seit ich Caro in der Kantine zurückgelassen hatte. Oder hatte sie mich zurückgelassen? So genau wusste ich das gar nicht mehr. Dabei war es doch keine 24 Stunden her, dass wir ...

Unvermittelt setzte der Schmerz ein. Ich sackte noch ein wenig mehr in mich zusammen. Die Last der Einsamkeit entfaltete mit einem Schlag ihr volles Gewicht. Minuten verstrichen, in denen ich davon überzeugt war, einen asthmatischen Anfall zu erleiden, so schwer fiel mir das Ausatmen. Plötzlich begriff ich, dass Caro weg war, wahrscheinlich für immer. Weil ich für sie eine Katastrophe war.

Weinen wären gut gewesen, aber dazu war ich zu erstarrt. Stattdessen antwortete ich Lothar auf meine gewohnt ausdruckslose Art:

Ich bin nicht bekloppt geworden. Ich brauche lediglich ein wenig Zeit. Bitte gib sie mir. Am Donnerstag bin ich wieder im Office.
Freundliche Grüße
Steffi

Danach ging ich ins Bad. Ich duschte so lang und so heiß, dass ich danach aussah wie ein gekochter Hummer. Später rief die Rezeption an, dass mich ein Señor Ramirez in der Lobby erwartete. Es war kurz nach sieben Uhr und, so vermutete ich, auch für Señor Ramirez eine ungewöhnliche Zeit für einen Klientenbesuch. Da ich mich halbwegs wiederhergestellt fühlte, beschloss ich, mit ihm zu frühstücken, um mich von meinem inneren Seebeben abzulenken.

Wie bei unserer ersten Begegnung am Mittwoch war er überaus zuvorkommend und unterhielt mich mit Neuigkeiten aus dem Ort. Wie gern hätte ich mich so begeistert darauf gestürzt wie am Vorabend!

»Señora Fiedler, darf ich Ihnen eine persönliche Frage stellen?« Señor Ramirez sprach perfektes Deutsch mit einem interessanten Akzent, übte sich jedoch grundsätzlich in Zurückhaltung. Umso mehr überraschte mich seine direkte Frage. Ich nickte und versteckte mich hinter meiner Kaffeetasse.

»Gibt es in Ihrem Leben eine Person, die Ihnen so sehr fehlt, dass kein Haus an keinem Strand der Welt Sie darüber hinwegtrösten kann?« Dank seines spanischen Lispelns tat mir diese Frage nicht so weh wie befürchtet. Ich seufzte und nickte.

»Dann wird es Sie freuen zu hören, dass Sie diese Person Ihres Herzens ab sofort in Ihr Haus mit Meerblick einladen können. Denn Ihr Geld ist gestern auf dem Konto der Immobilienfirma eingegangen.« Señor Ramirez lächelte breit. »Ich gratuliere Ihnen, Señora Fiedler. Möge diese Person Ihres Herzens Ihr neues Domizil im Licht des Himmels erstrahlen lassen!«

Hilflos ließ ich mir die Hand schütteln und nahm die Eigentumsurkunde entgegen. Nun hatte ich schon wieder ein Haus und wieder nur mich, um darin zu wohnen. War es Ironie oder schon Masochismus, dass ich vor meinem geistigen Auge ausgerechnet Caro in der Loggia sitzen und auf ihrem Laptop schreiben sah?

»Lächeln Sie, Señora Fiedler«, forderte Señor Ramirez mich fröhlich auf. »Unter der Sonne Fuerteventuras lösen sich Probleme in Luft auf. Kummer ist nur noch halb so groß! Vertrauen Sie mir.«

»Das bringt mir meine Herzensperson nicht zurück«, sagte ich traurig.

Unbeeindruckt lächelte Señor Ramirez weiter. »Wissen Sie, Señora, wer ein Haus kauft, braucht unerschöpflichen Mut. Ich bin sicher, dass Sie eine kleine Portion davon erübrigen können, um sich mit Ihrem Herzensmenschen auszusöhnen.«

»Woher wissen Sie ...«

Ruhe gebietend hob er die Hand. Ich verstummte.

»Lebenserfahrung«, sagte er. »Alles pure Lebenserfahrung. Denken Sie darüber nach.«

Also tat ich, was ich sonst auch getan hätte. Ich folgte dem Rat des Spaniers und dachte nach. Während ich einen Kühlschrank und ein sehr breites Bett kaufte, den Transport zu meinem nagelneuen Haus organisierte, mich im nächsten Supermarkt mit Lebensmitteln eindeckte, bei einem Bekannten von Señor Ramirez außerhalb der Beratungszeiten ein

Bankkonto eröffnete, der wiederum jemanden vorbeischickte, der meine Telefonleitung freischaltete, sodass ich mich telefonisch bei Dr. Mordhorst bedanken konnte, begleiteten mich meine Gedanken an Caro und das Leben, das ich mir vor ein paar Tagen für uns ausgemalt hatte. Hier, unter der spanischen Sonne. So wollte ich leben und nicht anders.

Als Señor Ramirez sich am Nachmittag verabschiedete und ich allein in meinem Haus auf der Loggia saß, fasste ich mir ein Herz. Ich wählte Caros Nummer in Nürnberg. Wir mussten reden.

***

»Verrückt. Einfach verrückt bist du.«

Caros Lachen flog mit dem Funkeln von Myriaden Sternen zu mir auf die Loggia. Zum Dank, dass ich sie am späten Abend doch noch erreicht hatte, schickte ich meinen Gruß mit dem warmen Nachtwind übers Meer zu ihr zurück.

»Beim nächsten Mal reden wir einfach vorher drüber«, fasste ich zaghaft zusammen.

»Ja, bevor du wieder was kaufst, das sich ein normaler Arbeitnehmer nicht leisten kann.«

»Das Haus ist aber wirklich hübsch«, wandte ich vorsichtig ein. »Alles ist sauber weiß gestrichen, die Fußböden sind aus Terrakotta. Eigentlich fehlen nur noch die Möbel und du.«

»Immerhin bin ich auf Platz zwei«, stellte sie trocken fest. »Aber ich fürchte, ich kann mir gerade den Hinflug leisten.«

»Tja, dann solltest du dir hier Arbeit suchen und ganz herziehen.« Wieder hatte mir mein Unterbewusstsein einen Satz in den Mund gelegt, der mir im ersten Moment Angst machte. Wolken drohten in Form von Unwohlsein an meinem inneren Himmel aufzuziehen und das Licht der Sterne zu verdecken. Doch weil Lothar mir eingebläut hatte, dass mit etwas Mut jede Situation zu meistern ist, setzte ich tapfer fort: »Du bist Autorin. Da sollte doch was gehen.«

»Das klingt noch verrückter!«, rief Caro atemlos. »Was soll ich denn als Autorin … Das heißt, eigentlich wäre ich dumm, wenn ich dein Angebot ausschlage«, korrigierte sie sich nüchtern. »Andererseits hat der Schreibort nichts mit meinen Einnahmen als Autorin zu tun. Ich kann im Haus mit Blick aufs Meer genauso auf meinen Büchern sitzenbleiben wie in Nürnberg.«

»Das stimmt. Aber hier ist das Wetter schöner.« Und plötzlich, als hätte ein Dämon einen winzigen, aber bedeutsamen Schalter in meinem Kopf umgelegt, war mir sonnenklar, wie mein Leben mit Caro weiterging: Sie war die Autorin und ich unterstützte sie dabei, mit ihren Büchern Geld zu verdienen. Anders funktionierte es nicht, wenn ich mit ihr zusammenbleiben wollte.

Mein Herz schlug wie wild gegen meine innere Stimme der Vernunft an, die empört die Hände in die Seiten stemmte: Du weißt genau, dass das Unfug ist! Hast du schon vergessen, was nach Caros erster Abrechnung passierte? Wie kannst du dich so blauäugig auf eine unwägbare Instanz wie das Schicksal verlassen? Du weißt nicht mal, ob Caro das Glück gewogen ist oder ob es sie noch mal in die Pfanne haut!

Und trotzdem hatte ich das Unvernünftigste, was ich bis dahin getan hatte, irgendwie hinbekommen, ohne vom Blitz erschlagen zu werden. Mutti hatte sich bisher auch nicht in den nächsten Flieger geworfen, um mich persönlich an den Ohren zu ziehen. Meine Gedanken begannen zu trudeln. Die Gesichter derer, die ich in den letzten Tagen an den Rand des Wahnsinns getrieben hatte, tauchten aus dem Meer auf. Schließlich teilte Señor Ramirez' Gesicht die Wogen. Sein Mund übertönte all die wütenden, fragenden, enttäuschten Stimmen: »Nur Mut. Nur Mut! Nur Mut, nur Mut. Mut. Mut. Mut ...«

»Jetzt du«, unterbrach ich den drohenden Gedankenstrudel. »Was machen deine Kollegen?«

Diesmal seufzte Caro unter der Last des Unmuts, den ihr die Arbeit bereitete. »Bernd spinnt immer noch, aber anders. Er hat den anderen am Freitag kurz vor Schichtende eine Abmahnung angedroht, wenn sie nicht aufhören, sich wegen Sachen zu zoffen, die nichts mit der Arbeit zu tun haben. Und sollte es jemand wagen, einzelne Personen anzugreifen, schmeißt er denjenigen sofort raus.«

Etwas Helles sauste über das Firmament. Ich stand auf und schaute dem Ding nach. »War das etwa auch auf dich gemünzt?«

»Es war *nur* auf mich gemünzt«, erklärte Caro. »Bernd muss dafür sorgen, dass ich in Ruhe arbeiten kann, sonst kriegt er Ärger mit Betriebsrats-Uwe. Der ist noch mal in sich gegangen und hat sich demonstrativ vor mich gestellt. Seitdem bin ich Bernds liebste Mitarbeiterin.« Sie lachte freudlos. »Er hat mich zur Sicherheitsbeauftragten für seinen Bereich ernannt. Am Montag habe ich eine Schulung.«

»Was? Das klingt ja, als wirst du unkündbar.« Ich dachte darüber nach, ob das Leuchten am Himmel eine Sternschnuppe gewesen sein könnte und aus welchem Meteoritenfeld sie gekommen war.

Caro war anderer Meinung: »Oder das ist eine ganz faule Kiste, mit der er mich abschießen will. Er gibt mir mehr Verantwortung, damit ich mehr schwerwiegende Fehler machen kann, für die er mir kündigt.«

»Oder er hat plötzlich ins Lager der Guten gewechselt. Könnte doch auch sein.« Mir fiel kein Meteoritenfeld ein, das zu dieser Jahreszeit in Äquatornähe zu sehen war. Durfte ich mir trotzdem etwas wünschen?

Zum Beispiel, das Caro endlich das bekam, woran es ihr mangelte, nämlich innere Unabhängigkeit.

»Wir werden sehen.« Caro gähnte. »Meine erste Amtshandlung nach der Schulung wird am Dienstag sein, den defekten Wasserkocher in der Abteilungsküche auszutauschen und eine feuerfeste Unterlage zu besorgen. Und weil ich so superkorrekt bin«, ich konnte förmlich hören, wie sie grinste, »lasse ich mir ab sofort jeden Pups, den ich wegen der Sicherheitsbestimmungen anfassen muss, von Bernd quittieren. Ich werde die verdammt beste Sicherheitsbeauftragte von ganz Franken!« Sie kicherte hell.

Ich lachte befreit mit. Endlich hatte sie ihren Humor wiedergefunden.

»Du, ich bin müde, ich würde ganz gern schlafen gehen«, sagte sie, als sie sich wieder beruhigt hatte. »Aber sicher. Gute Nacht, mein Schatz.« Ich schickte ihr einen Kuss durchs Telefon, und Caro beantwortete ihn ebenso.

Bevor ich mich auf meinem neuen Bett ausstreckte, rief ich ein letztes Mal meine E-Mails ab. Mutti ließ mich in ihrer zutiefst besorgt klingenden E-Mail wissen, dass ich jederzeit mit ihr über das reden könnte, was mich umtrieb. Sie war, ohne Übertreibung, bis ins Mark erschüttert, weil sie mich bisher nur als »durchorganisierte, vorhersehbare Persönlichkeit« kannte. Sie wollte mich sogar begleiten, wenn ich zur Abklärung dieser beängstigenden Veränderung die entsprechenden Instanzen aufsuchte. Damit deutete sie mit dem Baseballschläger an, dass ich mich nach meiner Rückkehr schnurstracks bei einem Arzt vorzustellen hätte. Offensichtlich hielt sie meinen Ausbruch für ernst genug, um zu ignorieren, dass ich erwachsen war und selbst entschied, welche Somatologen ich aufsuchte. Wohl oder übel musste ich mir eingestehen, dass ich es genauso gemacht hätte, wenn sie auf einmal ausgebrochen wäre.

Lothar hatte sich nach unserem Telefonat am Nachmittag wider Erwarten nicht mehr schriftlich geäußert, obwohl er zum ersten Mal richtig sauer auf mich war. So sauer, dass er zu Beginn unseres Telefonats erwog, mir eine Abmahnung zu erteilen. Als ich auflegte, wollte er es sich noch mal überlegen, aber zuversichtlich war ich nicht. Ob er schon mit Chefchen Matthäus darüber gesprochen hatte?

Dienstagabend rief Lothar mich schließlich doch an. Er erkundigte sich nach meinem Befinden und informierte mich nebenbei darüber, dass ich keine Abmahnung bekäme. »Dafür kannst du dich bei deiner Mutter bedanken.« Er ließ sich meine Flugnummer und die Ankunftszeit durchgeben und wünschte mir eine schöne letzte Nacht in meinem neuen Domizil.

Normalerweise hätte ich ihn längst eingeladen, den nächsten Urlaub hier zu verbringen, aber mir war nicht mehr danach. Je näher ich Caro in den letzten Tagen wieder gekommen war, umso weiter hatte ich mich innerlich von meinem Mentor Lothar entfernt. Er kritisierte mich wegen meiner spontanen Veränderung, statt zu versuchen, sie zu verstehen. Ich akzeptierte, dass er meine Aktion pubertär fand. Aber damit hatte er mir das Signal zum Abnabeln gegeben. Ich fühlte mich endlich bereit, die Verantwortung für meine Entscheidungen zu übernehmen. So wurde ich meine eigene Herrin und Lothar zu meinem Chef, dem ich auf Augenhöhe begegnen konnte. Was mich nicht davon abhielt, mit großen Schritten auf die echte Katastrophe zuzuhalten.

***

Am Mittwochabend war das Bild in der Ankunftshalle des Nürnberger Flughafens fast das gleiche wie am Donnerstag: Familien mit Kindern, Fahrer mit Schirmmützen, ältere Damen und Herren. Und dazwischen Caro. Sie strahlte, als wäre ich monatelang weg gewesen. Wenn ich ehrlich bin, fühlte ich mich nach meinen zwei Kurztrips auch so. Mein Alltag hatte sich seit dem letzten Dienstag so sehr verändert, als wäre ich gar nicht mehr ich. Kaum zu glauben, dass alles nur passiert war, weil mir Caros Hobby über den Kopf gewachsen war. Caro begleitete mich nach Hause, um mir den Koffer die Treppe hinaufzutragen. An der Wohnungstür blieb sie stehen, lächelte und wartete. Wortlos zog ich sie hinein und schloss die Wohnungstür so behutsam wie noch nie hinter uns.

Zusammen fuhren wir am nächsten Morgen zur Arbeit. Als wir uns vor dem Parkhaus trennten – sie musste in den Nord-Komplex, ich in den Verwaltungstrakt – küssten wir uns zum ersten Mal ganz offen mitten auf dem Fußweg. Die Blicke der vorbeieilenden Kollegen waren uns noch nie so egal gewesen wie an diesem Tag. Die Vorstellung, damit Empörung oder Verlegenheit auszulösen, kribbelte fast ein bisschen im Nacken.

»Mittagessen?« Zärtlich streiften Caros Fingerspitzen mein Kinn.

»Mittagessen«, bestätigte ich. »Wie immer um halb eins?«

»Wie immer.« Caros Blick zog nach rechts, kurz bildete sich eine steile Falte zwischen ihren Augenbrauen. Ich drehte mich um. Angestellte, männlich und weiblich, strömten aus dem Parkhaus an uns vorbei. Es gab also nichts Auffälliges zu entdecken.

Ich wandte mich zu Caro zurück. Ihr Lächeln hatte eine verlegene Note angenommen. »Es macht mich immer noch fuchtig, wenn einer dumm guckt, nur weil wir uns küssen. Irgendwann werde ich mich daran gewöhnen, versprochen.«

»Klar.« Noch einmal ergriff ich ihre Hand, weil ich plötzlich Angst hatte, dass wir irgendwann nicht mehr die Gelegenheit haben würden, uns vor der Arbeit so intensiv zu verabschieden. »Bis später.«

»Bis später. Und viel Glück bei deinem Mitarbeitergespräch.« Winkend lief sie davon.

Ach ja. Das Mitarbeitergespräch.

Mein ehemaliger Mentor erwartete mich schon. Nicht unbedingt sehnsüchtig, weil er, wie ich wusste, ernste Gespräche mit Untergebenen hasste. Aber er musste mich nach meinem selbstgenehmigten Urlaub auf ein paar Dinge hinweisen, damit er etwas in der Hand hatte, falls es zu einer fristlosen Kündigung kam. Also alles reine Formsache, nahm ich an.

»Nur mal zur Info, Madame«, stieg er gleich ohne Begrüßung ein, als ich eintrat, »ich habe bei unserem Chefchen meinen ganzen Charme spielen lassen müssen, damit nicht er derjenige ist, der dir was reindrückt. Noch so ein Ding und ich garantiere dir, ich werde nicht mehr für dich in die Bresche springen. Haben wir uns verstanden?«

Vor seinem Schreibtisch blieb ich stehen. Legte den Kopf schief. Lächelte, weil ich ihn verwirren wollte, denn emotionale Regungen waren auf meinem Gesicht eher selten zu Gast.

»Verstanden. Aber gehen solche Ansagen künftig auch mit ein bisschen mehr Respekt?« Konzentriert hielt ich seinem verwunderten Starren stand. »Das kann ich nämlich mit Anfang dreißig von dir verlangen, lieber Lothar.« Zum allererste Mal machte ich das. Keine Ahnung, ob Lothar nun auch begriff, dass ich nicht seine Tochter und er nicht mein Vater war.

»Geht klar«, sagte er nach einer halben Ewigkeit, ohne mich aus den Augen zu lassen. »Ich werde dann mal arbeiten.«

»Geht klar«, echote ich. »Gab es letzte Woche noch was Besonderes?«

»Außer dass du dir ein Haus gekauft hast? Nö. Aber lass es bitte krachen, wir ersaufen in Vorgängen.«

Es musste kurz nach der Frühstückspause gewesen sein. Als ich wieder ins Büro kam, blinkte das Lämpchen an meinem Anrufbeantworter. Drei Anrufe in zwanzig Minuten? Das war ungewöhnlich. Ich schaltete den Lautsprecher ein. Der erste Anruf war von Caro: »Hallo, hier ist Caro, ich wurde gerade vom Rettungsdienst angerufen. Tante Rosi ist mit Blaulicht ins Martha-Maria-Krankenhaus gekommen. Die Nachbarin wollte ihr die Zeitung bringen und fand sie im Flur hinter der offenen Wohnungstür. Bitte nicht böse sein, dass ich nicht zum Mittagessen komme. Ciao.«

Mir wurde flau im Magen.

Der zweite Anruf war auch von ihr. Sie klang noch aufgelöster: »Bernd ist ein Arsch! Er lässt mich nicht gehen, weil Tante Rosi keine direkte Verwandte ist, sondern nur meine Großtante. Aber ich schwöre, spätestens zur Mittagszeit mache ich hier den Abflug. Ich komme also trotzdem nicht zum Essen. Ciao.«

»Natürlich kommst du nicht zum Essen, du dummes Huhn!«, fluchte ich und drückte zitternd zum dritten Anruf, der ebenfalls von Caro war:

»Bernd lässt mich jetzt doch gehen, aber nur unter großem Widerstand. Hoffentlich nutzt er das nicht gegen mich aus, ich habe ein ganz blödes Gefühl. Ach ja, bitte lösch meine Anrufe nicht, ja? Hab dich lieb. Ich ruf dich an. Ciao.«

Lothar schüttelte den Kopf. »Komischer Kauz, dieser Bernd. Er hat doch genug Leute, die die Arbeit von deiner Caro übernehmen können.«

»Die sind sich nicht grün«, erwähnte ich geistesabwesend. »Meinst du, ich soll Caro wenigstens anrufen? Vielleicht ist sie noch nicht im Krankenhaus und kann den Anruf annehmen.«

Lothar lehnte sich zurück und verschränkte die Hände hinter dem Kopf. »Eigentlich solltest du ihr nachfahren. Aber eigentlich sehe ich es lieber, wenn du hier was wegschaffst und telefonisch mit ihr Kontakt hältst. Ginge das?«

Da war er wieder, der alte Lothar. Egal, was passiert war, er war ein guter Chef und ließ seinen Ärger nicht an mir aus.

»Klar, kein Ding.« Gehorsam setzte ich mich in dem Wissen, dass er mich jederzeit gehen lassen würde, falls ich ihn darum bat. Aber ich hatte seine Geduld wirklich genug strapaziert. Also kniete ich mich in die Arbeit und schrieb Caro immer wieder per SMS an. Sie sollte wissen, dass ich an sie dachte, auch wenn sie nicht da war. Doch sie antwortete nicht. Nach einer Stunde hielt ich meine Sorge um Tante Rosi und sie nicht mehr aus. »Könnte ich vielleicht jetzt schon in die Mittagspause gehen? Ich arbeite das natürlich alles wieder rein.«

Lothar musterte mich und meine hoffentlich erkennbare Bitte in meinen Augen. »Ich gebe dir zwei Stunden. Wenn du über den Tiergarten fährst, brauchst du eine halbe Stunde. Dort ist auf jeden Fall weniger Stau als auf der A3.«

»Danke, Chef!«

So schnell hatte ich mein Büro noch nie verlassen. Doch als ich in den Weg zum Parkhaus einbog, musste ich akzeptieren, dass ich in den nächsten Stunden nicht in meinem Wagen vom Gelände kommen würde. Zwei große Löschzüge der Feuerwehr parkten das Werkstor zu. Überall rannten Männer mit Helmen und in Sicherheitsanzügen herum. Wer wie ich aus einem der Gebäude kam, wurde wieder zurückgeschickt.

»Hier geht's nicht weiter. Wenn Sie zur Straße wollen, müssen Sie sich einen anderen Weg suchen«, blockte ein Hüne in Dunkelblau meinen

Protest ab. »Da können Sie noch so wütend schauen, hier ist Gefahr in Verzug und da lasse ich Sie nicht raus. Punkt.«

Ich holte tief Luft, um ihm ein störrisches »Aber warum denn?« an den Kopf zu werfen, und bekam einen Hustenanfall. Ein Windstoß hatte dicke, ölige Luft herangetragen, die sich ohne Vorwarnung in meinen Hals hängte. Keuchend trat ich freiwillig den Rückzug in die Lobby an, verfolgt von einem Rettungssanitäter, der das Ganze beobachtet hatte und sich enervierend genau nach meinem Gesamtzustand erkundigte. Nicht lang und ich erfuhr, was los war.

»Ein Brand in der Poststelle?«, fragte ich erschrocken. »Aber wie kann das sein?«

»Ich kenne mich zwar eher mit Menschen aus«, meinte der Sanitäter gedehnt. »Aber meiner Erfahrung nach liegt solchen Sachen meist ein Kabelbrand zugrunde. Es könnte sich auch um ein kaputtes Elektrogerät handeln, das weiterbenutzt wurde. Aber da fragen Sie am besten die Profis von der Feuerwehr.«

Ein Kabelbrand oder ein kaputtes Elektrogerät. Wie zum Beispiel ein defekter Wasserkocher. Kurz nachdem Caro Sicherheitsbeauftragte geworden war. Was für ein interessanter Zufall! Vom Lobbyfenster aus konnte ich ein paar Rauchwolken sehen. Allzu groß war das Feuer anscheinend nicht. Dafür, dass es so stank, qualmte es eher beiläufig.

»So was.« Ich hüstelte das Kratzen weg. »Wurde jemand verletzt?«

»Gott sei dank nicht. Die Kollegen waren schnell wie der Blitz draußen. Aber die Poststelle dürfte renovierungsbedürftig sein.« Nachdenklich schüttelte der Sanitäter den Kopf. »Das war richtig gehendes Glück im Unglück.«

Automatisch zog ich das Handy heraus und wählte Caros Nummer. Dieses Mal nahm sie das Gespräch nach dem ersten Klingeln an.

»Steffi, gut, dass du anrufst«, sprudelte sie gehetzt heraus. »Tante Rosi geht es ziemlich schlecht. Ich möchte sie eigentlich nicht allein lassen, aber Bernd schmeißt mich raus, wenn ich ...«

»Caro, wo bist du gerade?«, fragte ich mit Blick auf das Durcheinander auf dem Zufahrtsweg.

Sie stutzte. »Was? Im Martha-Maria-Krankenhaus, das habe ich dir doch auf den Anrufbeantworter gesprochen. Könntest du Bernd sagen, dass ich ...«

»Vergiss Bernd«, unterbrach ich sie wieder. »Der hat andere Sorgen.«

»Was?« Sie fragte so verdutzt, dass mein Gedanke, sie könnte sich hier entgegen ihrer Aussage irgendwo in der Nähe aufhalten, zerfaserte wie eine der vorbeitreibenden schwarzen Wolken.

»Die Poststelle brennt«, sagte ich so gelassen wie möglich. »Hier geht's zu wie im Hexenkessel. Da wird Bernd sich nicht drum scheren, ob du da bist oder nicht.«

»Was?!«, brüllte sie. »Aber warum denn?«

»Wenn ich das wüsste«, murmelte ich. »Ich glaube, das gibt Ärger.« Ich sollte recht behalten.

***

Später wurde ich von der Polizei in der Lobby des Verwaltungstraktes angesprochen. Man hätte davon Kenntnis erlangt, dass ich mit Caroline Würfel bekannt sei, und deshalb hätte man ein paar Fragen an mich. Ich nickte, weil ich mir erstens denken konnte, wer die Polizisten zu mir geschickt hatte – Bernd – und weil es mich ankotzte, dass hier strikt nach allen Regeln des Klischees gespielt wurde. Im Laufe der Befragung verfestigte sich bei mir der Eindruck, dass es im Grunde egal war, was ich den Polizisten erzählte. Caro wurde, wie konnte es anders sein, verdächtigt, etwas mit dem Brand zu tun zu haben. Nicht wegen der Fakten, die man schon gesammelt hatte, sondern weil sie eine andere sexuelle Präferenz hatte als die Norm. Ganz mieses Kino. Aber ich spielte mit und schickte die Polizisten anschließend ins Krankenhaus. Caro rief ich vorher an, nur um zu erfahren, dass Tante Rosi nach wie vor bewusstlos vor sich hindämmerte. Die Ahnung wurde zur Gewissheit, dass sie den nächsten Morgen nicht mehr erleben würde.

Mit Caro hatte ich ausgemacht, dass ich erst am späten Nachmittag nachkommen würde. Das verstand sie sogar, behauptete sie zumindest. Lothar war wieder ganz der verständnisvolle Chef, der mich am liebsten sofort rausgeschmissen hätte, nur damit ich zum Krankenhaus kam. Aber die Löschzüge der Feuerwehr versperrten nach wie vor die Einfahrt des Parkhauses und ich kam nicht an mein Auto. Somit war immerhin mein Schreibtisch leer, als ich um fünf Uhr meinen PC ausschaltete, und die Feuerwehr hatte die Zufahrt auch wieder freigegeben.

Ich blieb die ganze Nacht bei Caro und Tante Rosi. Man hatte die alte Dame in einen leeren Raum der Intensivstation verlegt, den ich heimlich in Sterbezimmer umtaufte. Seite an Seite warteten Caro und ich darauf, dass Tante Rosis immer seltener werdenden, rasselnden Atemzüge ganz ausblieben. Anfangs hatten wir von Zeit zu Zeit einzeln das Zimmer verlassen, um ins Bad zu gehen oder Kaffee zu holen. Gegen Morgen fielen wir in den bereitgestellten Schlafstühlen in einen seltsamen Schlaf-Wach-Zustand. Wir warteten auf den Tod, indem wir uns selbst in einen irrationalen Dämmerschlaf sinken ließen, und warfen einen Blick über den Rand der Dunkelheit, ohne wirklich zu schlafen.

Tante Rosi ging um 4.32 Uhr.

Ihr letzter, krampfhafter Atemzug riss Caro und mich synchron aus dem Schlummer. Stumm hielten wir uns an den Händen, statt das Pflegepersonal zu verständigen. Man würde schon nach uns schauen. Bis dahin wollten wir in Ruhe gelassen werden. Caro nahm still Abschied von der einzigen Verwandten, die Caro so geliebt hatte, wie sie war. Ich schwor allen Dämonen und Göttern und was sich sonst an Seelenkurieren in diesem Raum befand, mein Versprechen an Tante Rosi zu halten und weiterhin auf Caro aufzupassen. Nun hatte sie außer mir niemanden mehr außer ihrem missgünstigen Vater.

Dieses Mal bekam Caro problemlos einen ganzen Tag Urlaub, um das Begräbnis ihrer Tante zu organisieren. Man hatte sie und die Kollegen bereits auf andere Niederlassungen verteilt, bis die Räumlichkeiten der Poststelle wieder instandgesetzt waren. Im Logistikzentrum in Nürnbergs Speckgürtel gefiel es Caro ganz gut und sie sprach mit dem dortigen Chef über eine offizielle Versetzung.

Eine Woche nach Tante Rosis Beisetzung kam Caro ein Gerücht zu Ohren, dass ihre Abteilung zum Ende des Jahres sowieso hätte aufgelöst werden sollen. Der Brand wäre gerade recht gekommen. Das erklärte, warum sich in der ausgebrannten Poststelle noch keine Handwerker hatten blicken lassen.

»Die hohen Herren von der Leitung sparen sich einfach das Geld«, fasste Caro auf ihre trockene Art zusammen. »Aber wenn ich ehrlich bin, lief es bei uns sowieso sehr gemütlich ab. Es wundert mich also nicht.«

»Aber was willst du denn machen, wenn sie dich am Ende des Jahres raushauen?« Ich schüttete mir eine Handvoll Chips in den Mund und krümelte dabei auf mein fleckiges Sofa.

»Mein Vertrag läuft noch bis August nächsten Jahres. So einfach können sie mich gar nicht rausschmeißen.«

Da irrte Caro sich jedoch. Ein paar Tage später wurde sie ins Personalbüro gerufen. Man habe lange darüber nachgedacht, wie alle Beteiligten zufriedengestellt werden könnten. In der Übergangsphase, die nun schon eine Woche andauerte, habe man festgestellt, dass die logistischen Anforderungen, die mit dem Wegfall der Poststelle 3.01 aufgekommen waren, problemlos von anderen Poststellen aufgefangen würden. Somit ergäbe sich ein Personalüberschuss, den man gemäß Sozialplan bereits zu neunzig Prozent umverteilt hätte.

»Die restlichen zehn Prozent betreffen zum Einen mich.« Verdrossen rührte Caro in ihrer Kaffeetasse. »Ich bin Single, habe keine Kinder und auch keine pflegebedürftigen Angehörigen mehr. Sprich: Ich bin jung, ungebunden und ab sofort arbeitssuchend, weil ich statistisch am leichtesten neue Arbeit finde.«

»Hat man dir keine Übergangslösung angeboten?«, fragte ich zwischen zwei Bissen von meinem Quarkteilchen. Nach ihrem Anruf war ich hinaus in den Speckgürtel gefahren. In einer Bäckerei neben dem Großparkplatz am Logistikzentrum nahm ich nun Anteil an Caros erneuter Aussortierung, die ausnahmsweise nichts mit ihrer sexuellen Orientierung zu tun hatte.

»Man sieht davon ab, weil mit mir ein nicht zu leugnender Unruheherd einhergeht«, dozierte Caro. »So hat es die Personal-Tussi ausgedrückt. Ich bin ein Unruheherd. Das hat noch niemand zu mir gesagt.«

»Aber die dürfen dich doch nicht einfach aufgrund einer Vermutung ...«

»Das ist denen egal.« Traurig schob Caro ihre Kaffeetasse weg. »Was noch viel interessanter ist: Die Brandursache wurde gefunden. Jemand hat den von mir aufgestellten, neuen Wasserkocher am Dienstag gegen einen nicht inventarisierten, defekten ausgetauscht und benutzt. Das blöde Ding hat Funken geschlagen und den Küchenunterschrank in Brand gesetzt.« Vor Schreck vergaß ich, weiterzukauen. »Den wird jemand geklaut haben! Hast du dir das Aufstellen des neuen Wasserkochers von Bernd unterschreiben lassen?«

»Ja, und das alte Teil über das Facility-Management entsorgt, wie es in den Firmenrichtlinien steht.« Sie kramte in ihrer Umhängetasche und zog mehrere Bögen Papier heraus. »Da. Alles quittiert, erst von Bernd, dann von der Facility-Frau drüben in der Warenannahme.«

»Und wieso hat dann eure Küche gebrannt?«

Caro hob vielsagend die Augenbrauen. »Angeblich hat Julianka den anderen defekten Wasserkocher am Mittwoch mitgebracht und aufgestellt. Sie hätte das Ding noch im Keller gehabt. Aber es war definitiv nicht nach EU-Standard zusammengebaut und wie gesagt kaputt und ist nach dem vierten oder fünften Benutzen durchgeschmort.«

»Und was bedeutet das letztlich?«

»Es ist einfach blöd gelaufen, zumal Bernd zum Zeitpunkt des Brandes immer noch offizieller Sicherheitsbeauftragter der Poststelle 3.01 war. Er hat vergessen, meine Ernennung weiterzumelden.« Betrübt steckte Caro die Unterlagen wieder in ihre Tasche.»Er kam nach mir zum Gespräch in die Personalabteilung. Er war die anderen fünf Prozent, weil auch wichtigen Unterlagen verbrannt sind.«

»Ach«, meinte ich.

»Ja, unter anderem der Ordner mit den Belegen, dass die Mitarbeiter an der jährlichen Sicherheitsschulung teilgenommen haben. Damit hätte Bernd beweisen können, dass Julianka wusste, dass sie ein nicht zugelassenes Gerät in unsere Küche stellt. Der ausschlaggebende Grund für seine Kündigung ist deshalb«, Caro hob belehrend den Zeigefinger, »dass er ohne die Unterschriften persönlich haftet. Aber ich kann mich irgendwie nicht drüber freuen.«

»Ach, komm, ein bisschen Schadenfreude darf schon sein«, ermunterte ich sie. »Er hat dir das Leben in den letzten Wochen ganz schön schwer gemacht.«

»Schon. Aber dass er so dumm ist, tut mir echt in der Seele weh. Und einen neuen Job brauche ich auch.« Sie klopfte auf ihre Umhängetasche. »Wenn ich den Auflösungsvertrag nicht freiwillig unterschrieben hätte, wäre denen bestimmt was anderes eingefallen.«

»Aber was sagt dein momentaner Chef im Logistikzentrum dazu? Der fand die Idee mit der Versetzung doch auch gut.«

Caro zuckte mit den Schultern. »Davon ist keine Rede mehr. Die Zeiten ändern sich.« Ihr Gebäckteilchen lag immer noch unberührt auf ihrem Teller. »Wenn es verdammt noch mal nicht so schwer wäre, vom Schreiben zu leben, würde ich jetzt in den Sack hauen und Vollzeitschriftstellerin werden.«

»Vielleicht ist es gar nicht so schwer.« Mit dem letzten Bissen meines Quarkteilchens war der Gedanke zurückgekehrt, über den wir bisher noch nicht gesprochen hatten: Tante Rosis Erbschaft. »Demnächst gehen wir doch zur Testamentsverlesung. Danach bist du offizielle Eigentümerin des Hauses. Du könntest es verkaufen und dich mit dem Geld selbstständig machen.«

»Tante Rosis Haus verkaufen? Sag mal, spinnst du?« Caro zeigte mir einen Vogel. »Dazu muss ich es erst mal von Grund auf renovieren. So nimmt das doch keiner. Daran ist jahrelang nichts gemacht worden. Wenn ich an den Dachstuhl denke, wird mir ganz schlecht.« Ihr Seufzen kam aus tiefstem Herzen. »Aber ohne Job ist es kaum möglich. Vielleicht sollte ich das Erbe ausschlagen, bevor das Testament verlesen wird.«

»Kommt nicht in Frage!« Entschieden ergriff ich ihre Hand. »Ich weiß nicht, warum uns das Schicksal immer wieder Häuser vor die Füße wirft. Vielleicht, weil wir endlich darin leben sollen.« Ich zog ihre Hand an meine Lippen und küsste sie. »Zusammen, meine ich«, flüsterte ich und errötete tief. Aufmerksam musterte Caro mich. »Ernsthaft?«

»Ernsthaft. Diese ständige Hin- und Herfahrerei geht mir dermaßen auf den Keks, das kannst du dir gar nicht vorstellen.« Wären wir teil eines englischen Romance-Romans gewesen, hätte ich über mich lesen wollen: She trembled inside of joy and relief. Denn ich bin der lebende Beweis, dass Freude und Erleichterung einen Menschen zeitweise schwächen können.

»Also du und ich in Tante Rosis Haus?«, versicherte Caro sich noch einmal und fing an zu grinsen. »Warum eigentlich nicht?«

***

Schock Nummer eins: Bei der Testamentsverlesung in den Räumen einer renommierten Nürnberger Notarskanzlei war auch Dr. Mordhorst zugegen. Er begrüßte mich in seiner gewohnt zurückhaltenden Art, stellte sich Caro als der Finanzverwalter ihrer Tante vor und ließ sich auf den Stühlen an der Wand nieder. So klein konnte die Welt sein.

Zu meiner Schande muss ich gestehen, dass ich ein wenig erschrak, als der vollstreckende Notar eintrat. Er hieß Dr. Bischoff und war eine Frau mit kantigen Gesichtszügen und erstaunlich männlichem Timbre in der Stimme. Frau Dr. Bischoff überbrachte Schock Nummer zwei. Caro war zwar laut Testament als letzte direkte Verwandte Alleinerbin, aber nicht so, wie Tante Rosi es ihr jahrelang erzählt hatte. Das Haus ging nur in Caros Eigentum über, wenn sie es mit einem Anteil des hinterlassenen Barvermögens in Höhe von fünfzigtausend Euro renovierte. Dafür hatte sie ab Verlesung des Testaments zwei Jahre Zeit. Wurde sie nicht aktiv, fiel das Haus an die Stadt mit der Auflage, daraus ein Wohnhaus für bedürftige Familien zu machen.

»So was geht?«, fragte ich verblüfft.

Frau Dr. Bischoff und Dr. Mordhorst nickten einstimmig.

Was nicht für die Renovierung benötigt wurde, sollte Caro zusammen mit weiteren hundertfünfzigtausend Euro plus Zinsen in Tranchen als monatliche Rente ausgezahlt werden, bis das Geld aufgebraucht war.

»Das sind insgesamt zweihunderttausend Euro«, platzte ich heraus.

Caro war blass geworden. »Kann ich ein Glas Wasser haben, bitte?«, flüsterte sie.

Eilfertig reichte Dr. Mordhorst ihr ein Glas, als hätte er nur darauf gewartet. Caro stürzte das Wasser die Kehle hinunter. »Das Haus kommt auch noch dazu.«

»Darüber hinaus verfüge ich, dass Dr. Mordhorst von der Finanzagentur Nuremberga meiner Nichte das Bankfach in der Niederlassung der Banco Helvetica in Zürich offenlegt, sobald die Renovierung des Hauses abgeschlossen wurde.«

Frau Dr. Bischoff schaute auf, weil Caro ein kläglicher Laut entkommen war. »Brauchen Sie eine Pause?«

Doch Caro wedelte ungeduldig, dass sie fortfahren sollte.

Viel kam nicht mehr. Nach dem Händeschütteln zum Abschied war es vorbei.

»Oh Gott, ich bin reich«, murmelte Caro im Vorraum. »Was mache ich denn mit dem ganzen Geld?«

Dr. Mordhorst, der uns still gefolgt war, räusperte sich. »Darüber könnte ich Sie bei einem persönlichen Gespräch ausführlich informieren.«

Nach ein paar Tagen voller enthusiastischer Unterredungen mit Dr. Mordhorst und Frau Dr. Bischoff konnte Caro ihr Glück immer noch nicht fassen. Ab sofort bekam sie eine monatliche Leibrente in Höhe von fünfhundert Euro. Die Renovierung wollte sie zum Teil selbst vornehmen und den restlichen Betrag in ein gewinnbringendes Projekt investieren.

»Warum verwendest du das Geld nicht auch für deine Lebenshaltungskosten?«, fragte ich sie eines Freitagabends, als wir müde auf ihrem Balkon in der Maisonne saßen. »Dann müsstest du dir auch keinen zusätzlichen Job suchen, sondern könntest endlich so viel schreiben, wie du willst.«

»Mir kommt der Gedanke immer noch utopisch vor«, gestand Caro. »So was passiert doch nur in Büchern und nicht im echten Leben. Außerdem steht erst mal das Dach an. Tante Rosi hat es vor zehn Jahren auf Holzwürmer kontrollieren lassen, weil es nachts unter der Zimmerdecke immer laut wurde. Aber da war nichts.« Sie krauste die Stirn. »Und ich habe immer noch keinen Plan, wie man ein Buch gewinnbringend zum Laufen bringt.«

»Dann krieg es doch raus!«, lachte ich. »Wenn du es jetzt nicht tust, wann dann?« Erstaunlich, welche Wandlung ich durchlaufen hatte, seit ich Caro zum ersten Mal in dem Trekking-Laden begegnet war. Ich mochte immer noch ritualverhaftet oder von mir aus auch zwanghaft agieren. Aber was Risiken betraf, hielt ich mich inzwischen für schmerzbefreit. Wer nicht wagt, der nicht gewinnt!

»Du meinst wirklich, ich soll es versuchen?«, versicherte sie sich. »Dann schreite ich gleich zu meiner ersten Amtshandlung als baldige Vollzeitautorin: Möchtest du mich morgen Abend zum Autorenstammtisch der Federknechte begleiten?«

»Ich hatte meinen Antrittsbesuch doch schon letztes Jahr«, wehrte ich verlegen ab. »Mit denen ist doch nichts los. Das sagst du selbst.«

»Aber ich habe gehört, dass dieser Vertriebstyp regelmäßig vorbeischaut. Der hat vielleicht den einen oder anderen Tipp für mich, wie ich meine künftigen Bücher besser verkaufen kann. Verstehst du?«

»Nur wegen dem willst du dir den Samstagabend versauen?«, maulte ich. »Wozu brauchst du mich denn dabei?«

»Du bist die Chef-Einkäuferin von uns. Ich brauche dein kritisches Einschätzungsvermögen, ob der Vertriebler was taugt.«

»Buchvertrieb ist was völlig Anderes als das, was ich mache.«

»Aber du kannst besser mit Zahlen umgehen als ich«, insistierte Caro ungnädig. »Und ich kenne den Buchmarkt. Zusammen sind wir ein unschlagbares Duo!«

Caro schaute mich so bittend an, dass ich einwilligte. Aber ich hatte Caro ermuntert, ins kalte Wasser zu springen, also musste ich das jetzt auch durchziehen.

Der Vertriebler tauchte am nächsten Abend nicht beim Stammtisch auf. Dafür zeigte Martin sich grimmig überrascht, dass es Caro und mich noch gab. Seine Frau Nathalie zollte ihr respektvollen Neid dafür, dass sie »einfach so!« zu Geld gekommen war. Petra und Wilfried schwiegen hauptsächlich zu unseren Neuigkeiten, rückten aber gnädig die Telefonnummer des Vertrieblers raus. Der schleppenden Unterhaltung entnahm ich, dass Petra mit ihm in regem Kontakt stand und auch irgendetwas Größeres mit ihm plante, das Wilfried unterstützte. Wie üblich konnte Martin es nicht auf sich sitzen lassen, dass jemand etwas Interessanteres als er im Portfolio hatte. »Ich könnte eine Blogpost-Serie mit dir machen«, bot er Caro an. »Wir zeichnen deinen Weg in die Unabhängigkeit nach. Wie fändest du das?« Klar, dass Caro diesen Vorschlag annahm! Während sie sich eifrig mit Martin über erste Ideen austauschte, erkundigte ich mich bei Nathalie, wie ihre Titel liefen.

»Gut«, antwortete sie knapp. Logisch, was sonst.

»Und das Buch, das Martin letzten Sommer bei diesem Verlag veröffentlicht hat?«

»Beim Jubelmondverlag«, korrigierte Nathalie mich schroff. »Das war wohl ein Fehlgriff. Die haben so gut wie gar nichts für sein Buch getan. Es ist gnadenlos abgesoffen. Wir launchen es zur Frankfurter Buchmesse selbst.«

»Bei einem anderen Verlag?«, heuchelte ich Interesse. Dass ich dem arroganten Martin und seiner eitlen Frau den Bauchklatscher gönnte, musste ich ihr nicht auf die Nase binden.

Mit einem Kopfnicken deutete Nathalie ans Fußende des Tisches. »Bei Petras Verlag.«

Petra hatte einen Verlag? Ob der das Richtige für sie war? »Wäre der auch was für Caros Bücher?«

Petra hob den Kopf, als erwachte sie aus dem Tiefschlaf. »Caro schreibt Krimis. Ich mache nur Fantasy.« Wunderbar, diese Mitteilsamkeit, spöttelte ich im Stillen und gab auf. Ab da schwieg ich wie Wilfried. Was war in diese Gruppe gefahren, dass sie plötzlich vor Aktivität strotzte?

Auch Caro konnte diese Frage nicht beantworten. Aber die Adresse des Vertrieblers stimmte sie überaus zuversichtlich und deshalb war ihr die Frage nach dem Warum sowieso herzlich egal. Wenigstens war der Abend für sie positiv verlaufen. Und deshalb verbannte ich die Warum-Frage in die hinterste Ecke meines Kopfes.

***

Im Juni zogen wir in Tante Rosis Haus um. Weil wir unser Glück noch nicht genug strapaziert hatten, fanden sowohl Caro als auch ich sofort Nachmieter für unsere Wohnungen. Künftig verbrachten wir die Abende unter dem Rosenbogen, den Caros Tante vor Jahren im Gärtchen hinterm Haus gepflanzt hatte. Umgeben von den gepflegten Buchsbaumhecken warteten wir, bis die Sterne über uns blinkten, tranken Wein oder Cola und konnten kaum glauben, wie gut es uns ging.

Im Erdgeschoss veränderten wir nicht viel, denn wir konnten uns nicht von Tante Rosis wuchtigen Echtholzmöbeln trennen. Viele Jahre hatte Caro sich gut darum gekümmert, warum sollten wir sie wegwerfen? Nur den alten Herd tauschten wir gegen Caros Induktionsherd aus, weil er noch so gut wie neu war. Am schönsten fand ich das alte Küchenbuffet im Flur, in dessen Schubladen ich abends meinen Kleinkram verstaute. Mutti hätte es beim ersten Besuch vor Bewunderung fast nicht ins Wohnzimmer geschafft, so hingerissen war sie davon.

»Hast du noch mehr von dem alten Zeug geerbt?«, fragte sie Caro mit glänzenden Augen. »Du musst wissen, ich bin eigentlich gelernte Möbelkauffrau. Als junge Frau dachte ich immer, dass ich später mein eigenes Antiquariat eröffne.«

»Du wärst aber keine gute Antiquarin geworden, so schlecht, wie du dich von etwas Altem trennen kannst«, warf ich lachend ein. »Wo ist eigentlich dein Monsieur Garibaldi?«

Muttis Gesichtsausdruck verdüsterte sich. »Bei seiner Ex-Frau. Dauerhaft. Ich hab ihn rausgeschmissen. Er konnte nicht von ihr lassen und da habe ich einen Schlussstrich gezogen.« Sie atmete durch. »Soviel dazu, ich könnte mich nur schwer von etwas trennen!«

»Oh Gott, das wollte ich nicht«, stammelte ich erschrocken.

Mutti schüttelte beruhigend den Kopf. »Er hat immerhin dein Haus gut an den Mann gebracht. Damit hat er seine Aufgabe eigentlich schon vor über einem Jahr erfüllt. Na ja. Es hat nicht sollen sein.« Sie straffte die Schultern und lächelte uns an. »Wo ist der Wein? Ich habe etwas von alten Flaschen und Verkostung in Erinnerung.«

Wir becherten gut und brachten Mutti und uns selbst auf erfreulichere Gedanken. Zum Beispiel stand bei mir im Herbst die nächste Beförderung an. Lothar wollte mittelfristig kürzer treten und in ein paar Jahren in Altersteilzeit gehen. Er hielt die Gelegenheit für günstig, mir einen Teil seines Bereichs abzutreten, sodass ich mich bald Teilableitungsleiterin nennen konnte. Damit war auch eine Gehaltserhöhung verbunden, für die mir dieses Mal sofort ein Verwendungszweck einfiel. Schließlich wollte das Haus auf Fuerteventura abbezahlt werden.

»Und was macht das Leben als selbstständige Schriftstellerin?«, fragte

Mutti nach dem zweiten Glas Wein.

»Es wird langsam.« Der gläserne Fuß von Caros Weinglas klirrte auf dem dunkelbraunen Esstisch. »Mein Büro habe ich schon fast fertig eingerichtet, im ersten Stock mit Blick über die Gärten.«

»Ich meinte«, sagte Mutti ungeduldig, »wie du mit deinem neuen Krimi vorankommst.«

Konzentriert fuhr Caro mit dem Zeigefinger am Rand des Glases entlang. »Ich sagte doch, mein Büro ist fast fertig.«

Verblüfft wanderte Muttis Blick von Caro zu mir. »Büro? Was will sie denn damit?«

Ich zuckte mit den Schultern. »Ordnung ist der halbe Roman. Stimmt doch, Caro?«

»Auf jeden Fall.« Sie erwiderte Muttis Blick eher zurückhaltend. »Momentan habe ich andere Prioritäten.«

»Das verstehe ich nicht.« Zur Unterstreichung stellte Mutti ihr Glas fest auf den Tisch. »Wie kann man mit so viel freier Zeit andere Prioritäten haben? Du wolltest doch schreiben.«

»Schreiben ist aber nicht alles.« Caro setzte sich zurecht. »Man muss die Bücher auch verkaufen. Sonst bleibt die schönste Idee unbekannt.«

»Deine Freundin spricht in Rätseln«, meinte Mutti. »Oder bin ich schon zu beschickert, um sie zu verstehen?«

»Caro meint«, versuchte ich zu erklären, »dass sie einen Buchvertrieb aufgetan hat und alles in die Wege leiten muss, damit die erste Printausgabe ihres zweiten Krimis im Herbst in den Läden liegt.«

Dankbar lächelte Caro mich an. »Genau. Das meine ich.«

»Ach so.« Mutti schien zufrieden und schob mir ihr Glas hin. Ich spendierte ihr noch ein halbes vom Rosêwein, dann war aber endgültig Schluss. »Kriegt man denn so einfach einen Vertrag mit einem Buchvertrieb?«

»Es ist nicht verkehrt, wenn man die richtigen Leute kennt«, räumte Caro ein. »Ein Autorenkollege hat mir einen Kontakt vermittelt. Übermorgen bekomme ich Besuch von Herrn Schuller. Er bespricht mit mir die Rahmenbedingungen.« Caro zögerte. »Und den Vertrag will er auch gleich mitbringen.«

Das war neu. »Der hat es aber eilig. Er hat dein Buch doch noch gar nicht gesehen.«

»Er will alles mit einem Aufwasch erledigen. Kann ich noch Wein?« Sie reichte mir ihr Glas und schaute mich so seltsam von unten an. Das machte mich stutzig. Eigentlich wollte ich ihr nichts mehr geben, aber wenn der Wein ihre Zunge löste und sie sich nebenbei über Kleinigkeiten wie Vertragsabschlüsse ausließ ... Auf jeden Fall wollte ich wissen, was genau Caro den ganzen Tag in ihrem neuen Büro organisierte.

Beim Einschenken gluckerte der Wein lustig in der Flasche. »In einem Aufwasch heißt, er wirft den Vertrag auf den Tisch, du unterschreibst und er geht wieder?«, erkundigte ich mich beiläufig.

Caro nahm einen großen Schluck. »So ungefähr hat er es ausgedrückt.« Ihre Zunge war definitiv schon zu schwer für den Wein, der gerade durch ihre Kehle rann. »Aber ich unterschreibe natürlich nicht einfach so. Dazu kenne ich mich viel zu wenig mit der Materie aus. Ich warte, bis du aus der Arbeit kommst, damit du ihn dir anschauen kannst.«

»Den Schuller oder den Vertrag?« Hart stellte ich die Flasche zurück auf den filigran geschmiedeten Servierwagen. Ich reagierte immer noch angefressen, wenn sie mich, ohne mich zu fragen, in ihre Aktivitäten einband. Aber da ich mir selbst versprochen hatte, sie zu unterstützen, schluckte ich diese Kröte. Ich würde später noch mal mit ihr darüber sprechen, dass ich so etwas gerne mit längerem Vorlauf erfuhr.

»Beide. Ich bin mir immer noch nicht sicher, wenn es um Zahlen geht. Und du kennst dich viel besser mit solchen Typen aus.« Sie schenkte mir ein beschwipstes Lächeln. »Bitte verzeih, dass ich dir noch nichts davon gesagt habe.«

Selbst Mutti merkte, dass es zwischen uns unangenehm knisterte. Wenn ich jetzt mit Caro diskutierte, würde sie sich nur unnötig aufregen oder Partei ergreifen, aber in diesem wie in unzähligen anderen Fällen natürlich nicht für mich. »Schon gut.« Besänftigend tätschelte ich ihre Hand. Sie glühte regelrecht. Ich beschloss, den Abend an dieser Stelle zu beschließen und Mutti in die Straßenbahn zu setzen. »Wann hast du denn deinen Termin mit Herrn Schuller?«, fragte ich Caro zum Glück noch, als ich Mutti schon in die Jacke half.

»Morgen um zehn.«

Entgeistert reichte ich Mutti ihre Handtasche. »Was? Das heißt ja, du sitzt morgen den ganzen Tag mit diesem Schuller hier herum und wartest auf mich.«

»Vielleicht kannst du früher Schluss machen«, überlegte Caro. »Kurz nach der Mittagspause oder so.«

»Wenn ich das mache, reißt Lothar mir den Kopf ab. Die Quartalsabrechnung steht an, da kann ich nicht einfach den Nachmittag freinehmen.« Mein Versprechen in Ehren, aber so interessant fand ich die Buchbranche auch wieder nicht, dass ich es mir mit meinem Chef verscherzte!

»Dann trefft euch doch wie früher in der Mittagspause und Caro bringt den Schuller mit«, säuselte Mutti mit schwerer Zunge. »Du kannst dir den Vertrag anschauen, Steffi, und du musst dich nicht den ganzen Tag um diesen Vertriebstypen kümmern, Caro. Die sind nämlich in der Regel ziemlich langweilig.« In Erinnerung an junge Jahre lächelte sie fast wehmütig. »Ich kannte mal einen, der hat Bürostühle vertrieben …«

»Is gut nu', ich bringe dich raus«, herrschte ich sie an. »Bevor du auch den Rest meines Tages verplanst!«

Bei meiner Rückkehr räumte Caro schuldbewusst ein, dass sie den Termin ziemlich unüberlegt ausgemacht hatte, und bat mich um Verzeihung.

Natürlich nahm ich ihre Entschuldigung an, denn früher oder später hätte ich mich sowieso damit beschäftigen müssen. Ich schickte Caro ins Bett und räumte noch das Esszimmer auf. So war das wohl, wenn man mit einer Künstlerin zusammenlebte, sinnierte ich vor mich hin. Man diskutierte mit ihr nicht nur tiefschürfende Aspekte, die das Leben ausmachten, sondern musste auch mit Überraschungen umgehen können.

***

Mit einem lauten »Erzähl!« empfing mich Lothar nach der Mittagspause. »Ich will alle Details! Wird deine Caro jetzt nicht nur noch reicher, sondern auch noch scheißberühmt?« Ich blies die Wangen auf, warf meine Handtasche in die Rollcontainerschublade und knallte sie zu. »Wenn nur die Hälfte von dem stimmt, was dieser Herr Schuller erzählt hat, ja.«

»Wahnsinn. Das Glück kackt echt nur auf die großen Haufen.« Mit spitzen Fingern nahm Lothar ein Orangenachtel, um es geräuschvoll auszulutschen. Die Haut warf er angewidert zurück auf den Teller. Jeder pflegt halt seine Eigenheiten. »Allerdings«, fuhr ich fort und meldete mich nebenbei an meinem PC an, »macht der auf mich einen seltsamen Eindruck.«

»Zwischenfrage: Kennst du einen Vertriebler, der nicht seltsam ist?« Dem nächsten Orangenachtel wurde genüsslich der Garaus gemacht.

»Das nicht. Die müssen ihr Zeug ja irgendwie loswerden.« Dreimal hatte ich das Passwort falsch eingegeben und griff zum Telefon. Das Treffen mit Herrn Schuller hatte mich so verunsichert, dass mir nur noch die Admins weiterhelfen konnten. »Der Schuller-Typ hat viele tolle Sachen gesagt und wahnsinnig beeindruckende Statistiken vorgelegt. Caro hat vor Begeisterung fast gesabbert. Und trotzdem habe ich das Gefühl, dass man ihn nicht zu packen kriegt.« Der Admin meldete sich und schaltete mich wieder frei. Zehn Sekunden später loggte ich mich ein. »Das klingt alles einen Hauch zu gut.«

»Sagt dir das dein Einkaufs-Teilabteilungsleiterinnen-Gespür?« Orangensaft spritzte über Lothars Tisch. Grummelnd stand er auf und holte einen feuchten Lappen vom Waschbecken.

»Denke schon.« Die Statistiken der letzten Quartalsabrechnung poppten auf dem Bildschirm auf. »Aber der Vertragstext war in Ordnung.«

»Hat Caro schon unterschrieben?« Mit großen Bewegungen wischte Lothar den Tisch ab und traf den Teller mit den Orangen. Er rutschte gegen den Ablagestapel, zwei Achtel hopsten auf die Tischplatte. Missbilligend schüttelte Lothar den Kopf, als wollte er die Orangenstücke tadeln. »Das Obst ist auch nicht mehr das, was es mal war. Rebellisches Pack!«

»Ich habe Caro gesagt, dass man mindestens eine Nacht drüber schlafen soll, bevor man so was unterschreibt.« Ich zog die unterste Schublade des Rollcontainers auf. Den Vertrag hatte ich bei der Verabschiedung eingesteckt, weil ich ihn mir in Ruhe in der Nachmittagspause anschauen wollte. Das Händeschütteln, Jürgen Schullers breites Lächeln und die Noch-einen-schönen-Tag-Wünsche hallten durch meine Erinnerung. Dafür, dass er den Auftrag so gut wie in der Tasche hatte, war mir sein Lächeln zu bemüht erschienen. Aber warum?

»Der Schuller arbeitet seit Jahren mit einer Druckerei zusammen«, sagte ich langsam, »hat natürlich grundsätzlich immer beste Konditionen für seine Kunden rausgehandelt und kriegt in Produktionskernzeiten vor den Buchmessen noch einen zusätzlichen Sonderrabatt, wenn er auf ein Mindestgesamtauftragsvolumen kommt.«

»Langes Wort, aber klingt gut«, warf Lothar mit vollem Mund ein.

»Ja, für mich auch. Aber ich will das nicht nur erzählt haben, sondern konkrete Zahlen für einen konkreten Auftrag.« Auch Caro hatte ein Angebot für ihren nächsten Krimi angefordert, aber da druckste Herr Schuller plötzlich herum. »Das könnte er erst zwei Wochen vor der Messe sagen, quasi nach Ende der Anmeldedeadline aller seiner Kunden. Dann würde er einen großen Auftrag von der Druckerei kalkulieren lassen und durch die Gesamtanzahl der Bücher teilen.«

Hinter Lothars Stirn arbeitete es, wie die tiefen Stirnfalten verrieten. Ganz langsam leckte er sich die Lippen, während er nachvollzog, was ich gerade gesagt hatte, und kam zu der gleichen Frage, die ich auch Herrn Schuller gestellt hatte: »Wie geht das denn? Bei Büchern ist doch jeder Titel ein individuelles Produkt.«

»Das hätte ich auch gern gewusst, aber das konnte er ohne Datenbank leider nicht sagen. Aber die wäre auf seinem Laptop und der hätte just gestern den Geist aufgegeben.«

»Passt bloß auf, dass der euch nicht die Hosen auszieht«, knurrte Lothar. »Vertriebler, die ohne belastbare Zahlen zum Termin erscheinen, hab ich gefressen!«

Ich nickte. »Ich kann mir momentan auch nicht vorstellen, wie diese Druckerei sein riesiges Gesamtauftragsvolumen innerhalb von zwei Wochen produzieren und an die Auftraggeber ausliefern will. Das konnte er uns aber auch nicht erklären.«

Das letzte Stück Orange verschwand in Lothars Mund. Schmatzend leckte er sich jeden Finger einzeln ab. »Dann ist er nichts wert.«

Verlegen blätterte ich durch den Vertrag. »Meine Rede. Aber Caro hat so viele Hoffnungen in diesen Vertriebler gesetzt.« Ich schob den Vertrag über den Tisch zu Lothar hinüber. »Bis Ende der Woche habe ich ein verbindliches Angebot für Caros nächsten Krimi angefordert. Der Schuller hat griesgrämig geschaut und eingewilligt.«

Nebenbei überflog Lothar den Vertriebsvertrag. »Wer garantiert dir, dass er keine Märchenzahlen liefert?«

»Angebot ist Angebot. Wenn er versucht, da was zu drehen, kann ich ihn nach allen Regeln der Kunst festnageln.« Bekümmert hob ich die Schultern und ließ sie wieder fallen. »Auf so was kann ich zwar verzichten, aber wenn es Caro weiterhilft ... Letztlich zählt das Ergebnis.«

Der Vertrag segelte auf meinen Tisch zurück. »Das ist ein Standardvertrag, oder?«

»Ja.« Teils erleichtert, weil Lothar die Sache wie ich sah, aber immer noch genügend besorgt steckte ich den Vertrag wieder in meine Handtasche. »Da drin wird auch die Druckerei genannt. Ich werde dort ein Vergleichsangebot anfordern, damit ich eine Basis habe, sofern dieser Schuller was rüberwachsen lässt.«

»Wieso noch der Aufwand, wenn du sowieso nicht damit rechnest?«, fragte Lothar zu Recht.

»Wegen Caro«, meinte ich hilflos. »Vielleicht haben wir uns heute auch alle nur falsch verstanden und der Vertriebstyp ist in Wirklichkeit eine ganz tolle Nummer.«

Lothar schüttelte den Kopf. »Das klingt wie halb gare Gefühlsduselei. Und dass du überhaupt erwägst, darauf einzugehen! Wenn ich nicht wüsste, dass du bisher gute Arbeit geleistet hast, würde ich mir das mit der Teilbeförderung noch mal überlegen.«

»Wart's ab. Ich halte dich auf dem Laufenden«, versprach ich und kümmerte mich um die Quartalszahlen. Da konnte ich mir aufgrund meiner Erfahrung wenigstens sicher sein.

Schon am nächsten Tag kam das Angebot der Druckerei per E-Mail. Die Preise erschienen mir moderat, waren aber für eine Privatperson kein Pappenstiel.

»Tausendfünfhundert für eine Fünfhunderter-Auflage!«, flüsterte Caro entgeistert, als ich ihr abends den Ausdruck zeigte. »Und ich weiß nicht mal, ob die sich überhaupt verkaufen.«

»Nur Mut«, sagte ich ruhig. »Wenn du mit deinem Buch den Gewinn machst, den du dir erträumst, war es die Investition wert.« Um gegenüber der Druckerei nicht den Verdacht aufkommen zu lassen, dass ich an Schullers Vertriebspraktiken zweifelte, hatte ich einen Fantasiebuchtitel, Muttis Name und Adresse angegeben und kurzfristig eine kostenlose E-Mail-Adresse erstellt.

Was soll man sagen? Schullers Angebot kam nicht. Stattdessen versuchte er von Dienstag bis Freitag, Caro am Telefon zu überreden, den Vertrag ohne Angebot zu unterschreiben. »Wenn sein Auftragsvolumen zur Buchmesse wirklich so hoch ist, frage ich mich, warum er wegen meiner lächerlichen tausendfünfhundert Euro so viel Zeit verfeuert«, maulte sie. Und doch schwang so viel Sehnsucht in ihrer Beschwerde mit, dass die knallharte Verhandlerin in mir zurücktrat. »Vielleicht kriegst du raus, wer noch mit ihm zusammenarbeitet«, überlegte ich laut. »Dann kannst du dich mit demjenigen austauschen.«

»Na, Martin hat ihn mir doch empfohlen, weil er mit dem Schuller einen Vertrag über drei Buchtitel hat«, klärte Caro mich auf. »Martin ist ein Korinthenkacker hoch zehn. Wenn sogar er unterschreibt, dann hat die Sache Hand und Fuß.«

Das konnte ich beim besten Willen nicht als Pro-Argument gelten lassen. »Wirklich? Und wenn er das nur sagt und in Wirklichkeit mit dem Schuller was drehen will? Immerhin hast du was, was er nicht hat.«

»Was denn?«

»Die Buchveröffentlichung bei dem großen Schuppen in Frankfurt.« Mir war nicht begreiflich, wieso Caro nicht selbst darauf kam.

»Aber er hat doch auch was in einem Verlag veröffentlicht, in diesem, wie heißt er? Jubelmondverlag.«

»Klar. Aber den kennt außer ihm und Nathalie und ein paar hartgesottenen Fans keine Sau außerhalb Nürnbergs.« Ich klappte meinen Laptop zu und schob ihn auf die andere Seite des Esstischs. Das Display flimmerte heute wieder stärker, meine Augen brannten schon. Es wurde Zeit, sich nach etwas Neuem umzusehen. »Nathalie hat gesagt, dass der Verlag seinen Roman nicht ordentlich beworben hat und sie es gemeinsam als Selfpublisher versuchen wollen.«

»Das habe ich gar nicht mitbekommen.« Müde massierte Caro sich den Nacken. Ihre dunklen Haare lockten sich bei der sommerlichen Wärme stärker als im Winter. »Oh Mann. Dass es so stressig ist, wenn man sein eigener Herr sein will, hätte ich nicht gedacht.«

»Weil du den ganzen Tag fast ausschließlich in deinem Büro sitzt.« Ich begann, ihre Schultern zu kneten. »Meine Güte. Du hast Muskeln wie Beton. Im negativen Sinn. Wenn ich dein Arzt wäre, würde ich dir dringend raten, dir ein Hobby zu suchen.«

»Die Schreiberei ist mir Hobby genug«, protestierte Caro müde.

»Ja, ja.« Flüchtig küsste ich ihr linkes Ohr. »Aber zur Ruhe musst du trotzdem kommen. Sonst weißt du irgendwann nicht mehr, wen du noch um die Ecke bringen könntest.«

Eine ganze Weile massierte ich ihre Schultern, dann den oberen Rücken, schließlich ihre Hände, weil sie über Schmerzen in den Handwurzelknochen klagte. »Wenn das mal kein beginnendes Karpaltunnelsyndrom ist!«, quakte ich wie Kermit der Frosch. »Morgen ruhst du dich einen Tag aus, damit das klar ist.«

»Aber ich muss mich endlich um die Buchhaltung kümmern«, wandte Caro schwach ein.

»Mach es doch wie Nathalie und hau am Ende des Jahres alles zusammen.« Fürsorglich massierte ich Caros Hände mit dem Mandelöl ein, das sie so mochte.

»Und wenn sich ein Betriebsprüfer anmeldet?«

Ein Tropfen Öl hatte sich auf die Tischplatte verirrt. Hastig wollte ich ihn wegwischen und verteilte ihn dadurch weiter. »Dann meldet sich eben ein Betriebsprüfer an. Bis er auf der Matte steht, klopfst du deine Finanzen in die Tastatur.«

»Und wenn ich gerade eine Deadline einhalten muss und gar keine Zeit habe?« Mit jeder Und-wenn-Frage war Caros Stimme schriller geworden.

Ich fing an zu lachen, zugegebenermaßen hilflos, weil ich mir nicht vorstellen konnte, dass dieser Fall überhaupt eintrat. Caro hatte noch nicht mal Umsatz gemacht. »Dann bin ich da und helfe dir!« Und weil ich jedem weiteren Einwand zuvorkommen wollte, nahm ich sie in die Arme und sagte: »Und jetzt Schluss damit. Es ist Freitag. In der Spätvorstellung läuft ein toller Anime-Film. Ich lade dich ein!«

»Bin total müde. Ich schlafe bestimmt im Kinosessel ein.« Wie zur Bestätigung riss Caro den Mund auf und gähnte.

»Hauptsache, du entspannst dich.« Auffordernd hielt ich ihr die Hand hin. Nur sehr zögerlich ergriff Caro sie und stand auf. »Na gut. Weil du es bist.« Es klang alles Andere als begeistert, aber mir genügte es. Ich hatte schließlich nicht vor, schon wieder in den alten Trott zu verfallen und nur zu Hause herumzuhocken.

***

Das Wochenende kam und ging. Der Kinobesuch bewirkte, dass Caro am Samstag nur in ihr Büro im ersten Stock ging, um das schmutzige Geschirr herauszuholen. Am Sonntag lag sie bis mittags im Garten in der Sonne, um ein bisschen Farbe im Gesicht zu bekommen. Zwischendurch brachte ich ihr Tee oder eins von den Blätterteigteilchen, die wir zusammen gebacken hatten. Sie machte große Bissen und schlürfte den heißen Tee mit Genuss.

»Wenn ich mir die Zeit nehme und einfach gar nichts mache«, sagte sie, wenn sie gerade nicht kaute, »dann frage ich mich ernsthaft, warum ich so scharf aufs Schreiben bin. Da muss ich doch jedes Wort dreimal umdrehen und habe am Abend Rückenschmerzen.«

Vor einem Jahr hätte ich gesagt: »Dann mach doch was anderes.« Aber Caros Explosionen hatten mich gelehrt, dass ich ihre Berufung besser nicht kritisierte, auch wenn ich ihre Selbstkritik noch so berechtigt fand. Oft hatte ich mich gefragt, ob ihr dadurch die Aussichtslosigkeit ihres Herzenswunsches aufging und sie den Halt verlor, den sie sich über Jahre mühsam aufgebaut hatte. Aber warum musste es ausgerechnet die Schreiberei mit ihren Mühen und der damit verbundenen Einsamkeit sein? Sie hatte noch so viele andere Fähigkeiten und heimliche Talente, mit denen sie sich verwirklichen konnte! Aber gut. Ich war keine Autorin, sondern die stille Beobachterin, die das nicht nachvollziehen konnte. Vielleicht werde ich es nie bis auf den letzten Punkt ergründen. Ich bin deshalb nicht traurig.

Also lächelte ich nachsichtig, lehnte mich in meinem Liegestuhl zurück und genoss den Klang ihrer Stimme.

Mitte Juli verriegelten wir in unserem Nürnberger Domizil sorgfältig alle Fenster und Türen, schnappten unsere Koffer und nahmen ein Taxi zum Flughafen. Für zwei Wochen ging es nach Fuerteventura. Erstens musste ich damit anfangen, die teuren Raten für mein Haus an der Costa Calma abzuwohnen. Zweitens hatte Caro bisher nur Fotos gesehen. Drittens hatte Señor Ramirez mir mitgeteilt, dass sich pünktlich zur Hauptsaison wieder mehr Gesindel in der Nähe von unbewohnten Häusern herumtrieb. Ich sollte nach dem Rechten sehen, was er natürlich auch tat, aber es wäre schade, wenn ich den Sommerurlaub nicht auf der Insel verleben würde. Damit hatte er recht.

Dieses Mal achtete ich stärker auf die Kosten. Den von Señor Ramirez angebotenen Chauffeur lehnte ich dankend ab. So üppig war meine Gehaltserhöhung auch nicht, dass ich im Urlaub zusätzlich tausend Euro aus dem Fenster werfen konnte. An der Costa Calma lag zudem alles in der Nähe meines Häuschens. Wir wollten uns sowieso viel draußen aufhalten, wozu also einen Chauffeur engagieren?

Wie erwartet war Caro hingerissen von dem Haus. Sie meinte zwar, ich hätte es ihr größer beschrieben, als es in Wirklichkeit war, aber sie verliebte sich sofort in die blended weißen Wände und den braunen Terrakottaboden. In der ersten Nacht schliefen wir auf der Loggia mit Blick in den wolkenlosen Sternenhimmel und dem Rauschen der Wellen in den Ohren. Ich dachte mir nichts dabei, weil der Balkon nach hinten hinausging, nicht zur Straße. Unser deutscher Nachbar Stefan, 68, Rentner,

Bluthochdruck und viel zu viel Berufserfahrung im Upper Management, belehrte uns umgehend am nächsten Vormittag, »dass man so was« in dieser Straße nicht so gern sähe. Es würde »gewisse Wünsche bezüglich der Freizügigkeiten wecken«. Nun! Wenn wir schon für Unruhe sorgten, weil wir angezogen auf dem eigenen Balkon schliefen, dann mussten wir das akzeptieren. Für alles andere fühlten Caro und ich uns nämlich viel zu wohl hier.

Die ersten Tage lungerten wir entweder am Strand herum oder kühlten in unserem Häuschen unsere sonnengebadete Haut. Beinahe täglich ging das halbe Quarkregal im nahen Supermarkt auf unser Konto. Wir mischten Hautmasken mit verschiedensten natürlichen Ingredienzen. Bald wehte ein laktosehaltiger Basisgeruch durch die Küche, den wir mit den Gerüchen unserer mehr oder weniger ausgeprägten Kochkünste überdeckten. Er war unsere kreative Antwort auf die regelmäßig links und rechts angeworfenen Gasgrillschiffe, auf denen in der sogenannten Sommerküche ganze Rinderherden zum Verzehr zubereitet wurden. Selbst wenn Merle und Peter aus Crailsheim und Stefan, 68, mit seiner Frau Jutta sich nicht als Deutsche vorgestellt hätten, wären wir spätestens gegen Abend von allein auf ihre Nationalität gekommen.

»Mich ekelt der permanente Fett- und Grillfleischgeruch«, beschwerte Caro sich zu recht bei mir. »Müssen wir das wirklich ertragen? Das ganze Haus riecht danach.«

»Nein, müssen wir nicht«, beruhigte ich sie. »Als du gestern schon geschlafen hast, hat sich Merle auch schon bei Peter beschwert, dass er sie nicht immer mit Fleisch vollstopfen soll.« Ich blinzelte Caro vergnügt zu. »Ab heute gibt es bei ihnen nur noch Gemüse, glaube ich. Und Stefan und Jutta fliegen morgen nach Hause.«

»Perfekt!« Genüsslich drehte Caro sich auf ihrem Handtuch auf den Bauch und starrte aufs Meer hinaus. »Dieser Urlaub macht mich richtig schön träge. Was hältst du davon, wenn wir heute Abend was anderes machen, als am Strand in den Wellen zu spazieren? Am besten was, wo ich dich anfassen kann, ohne dass jemand blöd schaut.«

»Was meinst du mit anfassen?«, entfuhr es mir erschrocken.

Frech blinzelte Caro zu mir hoch. »Tanzen. Gegenüber vom Supermarkt ist eine Tanzschule. Die veranstalten heute einen Abend für Paare. Was sagst du?«

Zweifelnd schaute ich an mir hinunter. Fleckige Dreiviertel-Shorts und ein ausgeleiertes T-Shirt waren quasi meine Standardgarderobe.

»Oh je, da muss man sich bestimmt schick anziehen.«

»Dann machst du das eben«, beschloss Caro.

»Aber ich habe nichts eingepackt!«

»Dann besorgen wir dir was Schickes!«

»Aber ...«

»Keine Widerrede!«, kommandierte Caro und schleifte mich in der Einkaufsstraße zu einem Damenbekleidungsgeschäft.

Die sympathische Inhaberin Julietta hatte anscheinend einen sechsten Sinn, denn sie erkannte auf Anhieb, dass wir ein Paar waren. Aber es war ihr wohl egal, solang wir nur genug Geld daließen. Auf ihre zuvorkommende Weise verpasste Julietta mir ein Wahnsinns-Outfit für den Tanzabend, das ich sogar in der Arbeit tragen konnte, ohne überzogen schick zu sein. Sie wies uns darauf hin, dass wir bei der Veranstaltung trotz unserer Partnerschaft nicht vor den Avancen der Männerwelt sicher seien. »That's the way it is«, streute sie in fließendem Englisch hin und wieder ein, und dass wir uns bei Bedarf an Pedro wenden sollten, den DJ. Der würde uns schon helfen. Damit befeuerte sie nicht unbedingt meine Freude auf den Tanzabend. Aber Caros Spaß am Ausgehen musste gefördert werden. Ich schluckte den bitteren Beigeschmack hinunter und versuchte, entspannt zu bleiben.

Und dann geschah etwas, das man ein Wunder nennen könnte. Zuerst fiel es mir gar nicht auf, als wir ein paar Stunden später den schummrigen Tanzsaal im Erdgeschoss betraten. Die Party war schon im Gange. Gerade wurde ein aktueller Dancefloor-Heuler bei moderater Lautstärke gespielt, die riesige Discokugel an der Decke drehte sich. Überall flackerte und glitzerte es. Durch die großen geöffneten Terrassenfenster drang das Rollen der Wellen herein und dämpfte die Atmosphäre angenehm ab. Niemand lachte schrill, keiner feuerte einen anderen an, so viele Shots in sich hineinzukippen wie möglich. Alles in allem war es sehr gediegen.

Plötzlich zog Caro mich auf die Tanzfläche. »Huch!«, rief ich und wollte mich befreien, da legte sie bereits die Arme in Tanzhaltung um mich und führte mich sicher zwischen den anderen Paaren hindurch. Mich, die noch nie einen Anfängerkurs für Standardtänze belegt hatte!

»Spinnst du?«, keuchte ich erschrocken und machte einen weiteren Versuch, mich aus ihren Armen zu winden.

»Warum?«, rief sie und lachte. »Wenn du das noch nie gemacht hast, dann bringe ich es dir bei!«

»Doch nicht hier vor all den Leuten!« Panisch riss ich meine rechte Hand aus ihrer.

Da begriff Caro. Zu meinem Entsetzen kam sie ganz nah an mich heran, schaute mir tief in die Augen und flüsterte: »Schau dich doch mal um. Hast du den Regenbogen auf dem Plakat nicht gesehen?« Mit dem Kopf deutete sie auf die anderen Paare. Mir fielen die sprichwörtlichen Schuppen von den Augen. Elegante Frauen tanzten mit Frauen, dezent zurechtgemachte Männer mit Männern. Wie hatte ich das bloß übersehen können?

Widerstandslos ließ ich mich ab da von Caro in die Grundlagen des Standardtanzes einweihen. Am nächsten Tag würde ich meine Füße nicht mehr bewegen können, aber das war mir egal. Wir tanzten!

Die Avancen der Männer, vor denen uns Julietta gewarnt hatte, gingen zum Glück an uns vorüber. Lediglich einmal bekam ich mit, dass der DJ sein Pult verließ, um einen Mann hinauszuwerfen, der das offensichtliche Nein einer anwesenden Frau nicht respektierte. Aber auch das lief eher unterhalb der Wahrnehmungsgrenze ab. Mir war, als wäre diese Tanzschule ein Ort, an dem wir uns sicher fühlen konnten.

»Meinst du, hier gibt es Crashkurse für Feriengäste?«, fragte ich Caro auf dem Heimweg.

Sie grinste müde. »Bestimmt. Ich würde mich echt gern einschreiben.«

Also schrieben wir uns als eines von zwanzig anderen Paaren ein. Praktischerweise entkamen wir so Peters neuem Faible für gegrilltes Gemüse mit Hackfleisch. Bis zum Abend vor dem Rückflug lernten wir alles, was man über lateinamerikanische Standardtänze wissen musste. Trotz Pedros heißem Bemühen, uns neben den Grundschritten auch Anmut zu vermitteln, sahen wir wohl nicht besonders elegant aus. Wir beschlossen, unsere Kenntnisse zu Hause zu vertiefen, weil Caro großen Gefallen daran fand, das Tanzbein zu schwingen. Und über noch etwas sprachen wir.

»Bestimmt ist es wunderschön, auf der Loggia zu sitzen und zu schreiben.« Immer wieder ließ Caro den Blick übers Meer schweifen, das an unserem vorletzten Urlaubstag mürrisch grau wirkte. »Zu Hause ist zwar noch eine Menge zu tun ...« Sie warf mir einen raschen Blick zu. »Und du hattest es nur beiläufig erwähnt, aber ... Ginge das? Dass ich eine Weile auf dein Haus hier aufpasse, während du in Nürnberg bist.« Sie zögerte. »Weil mein Krimi nicht so recht vorankommt. Du weißt schon.«

Meine Hände begannen zu kribbeln wie vor einem heftigen Migräneanfall. Nicht nur bildlich gesprochen lähmte mich das Entsetzen. »Natürlich. Ich werde dich vermissen«, hörte ich mich sagen. Dabei hätte ich mich in den Allerwertesten beißen mögen, dass ich diesen Gedanken vor Wochen ohne nachzudenken ausgesprochen hatte! Und auch die Möglichkeit, einen Rückzieher zu machen, konnte ich plötzlich nicht mehr in Betracht ziehen. Weil ich, perplex, wie ich in diesem Moment war, meinte, aus Liebe zu Caro auf sie verzichten zu müssen.

»Das hoffe ich«, flüsterte Caro. »Trotzdem würde ich es gern probieren. Alles, was ich zu erledigen habe, kann ich über das Internet machen.«

Die Realistin in mir knickte ein. Wir wussten beide, dass Caro hier auch nicht produktiver werden würde als in Nürnberg. Seit dem Abend mit Mutti hatte sie vielleicht zehn Seiten Text verfasst, nicht viel für sechs Wochen, wie sie bekannte. Deshalb hatte Caro ihren Laptop mitgenommen, um den Rückstand aufzuholen. Drei Seiten hatte sie jeden Tag mindestens tippen wollen. Vorweisen konnte sie nach zwei Wochen an der Costa Calma insgesamt vier. Davon bestand die Hälfte aus Notizen. Es lag glasklar auf der Hand, dass Caro eine Auszeit wollte. Von mir! Aber für wie lang?

»Nur das mit dem Gutenachtkuss wird schwierig.« Sie schniefte. »Wären zwei Wochen für den Anfang okay?«

»Für den *Anfang?!*«, keuchte ich. »Ist das die heimliche Option zur unendlichen Verlängerung oder was?«

»Nein! Aber es soll sich doch lohnen.« Verlegen spielte sie mit dem Gürtel ihres Leinenkleides. »Sagen wir, maximal zwei Wochen. Aber wenn ich nicht täglich schreibe, bis die Tastatur qualmt, komme ich sofort zurück. Ich schwöre!«

Caro war in diesem Augenblick der allerliebste Engel, der mir zwischen Rucksäcken und Schlafsackwürsten vor die Füße gesegelt war. Ihr Anblick wirkte wie Balsam auf mein wehes Herz. Wie hätte ich ihr da widersprechen können? Ergeben stimmte ich zu.

In dieser vorerst letzten gemeinsamen Nacht verwehrte mein heimlicher Kummer dem Schlaf den Zutritt, während Caro so entspannt wie nie neben mir träumte.

***

Mein erster Weg nach der Landung am Nürnberger Flughafen führte mich in den Duty-free-Shop. Ich kaufte eine Flasche übertereuerten Malt-Whiskey und gönnte mir trotz mittäglicher Rushhour ein Taxi. Dabei wäre ich wegen der Baustellen auf der B4 mit der U-Bahn viel schneller zu Hause gewesen. Wenn mich die Sehnsucht nach Caro schon jetzt so runterzog, wie sollte es erst in zwei Wochen sein, wenn sie zurückkehrte? Baumelte ich dann schon an einem Balken auf dem Dachboden?

Ich tat, was Mutti in Momenten höchster Verzweiflung auch tut: Kaum hatte ich die Koffer ausgeleert und die Waschmaschine angeworfen, fing ich an, das Haus zu wienern. Auf den Dachboden kletterte ich nur, weil ich den Gedanken nicht ertragen konnte, ihn bei meiner Putzaktion auszulassen. Wenigstens den Boden wollte ich fegen. Ich ging so energisch ans Werk, dass ich in den aufwirbelnden Staubwolken einen Hustenanfall erlitt und eine Pause einlegen musste.

Schnaufend hockte ich auf dem wackeligen Küchenstuhl, den Caro »demnächst« aufhübschen wollte, so wie sie »demnächst« noch zahlreiche andere Dinge im Haus zu tun hatte. Zum Beispiel drückte sie sich seit Wochen davor, diesen wunderschönen Dachboden zu entrümpeln und ein Angebot für den Ausbau einzuholen. Gleichzeitig sollte ein Sachverständiger den Zustand der Dachbalken überprüfen. Nicht, dass wirklich der Holzwurm eingezogen war! Ich starrte auf die lieblos abgestellten Möbel und kaputten Elektrogeräte vergangener Jahrzehnte. So viel war hier noch zu tun.

Eine Unebenheit an der Längsseite des Daches irritierte mich. Mit etwas Mühe schob ich den Sperrmüll zur Seite und hoffte, dass meine Tetanusimpfung noch aktiv war. Jemand hatte ein schmales Stück des Daches abgeteilt und provisorisch mit einem Brett verschlossen. Man bemerkte das Abteil nur, wenn man auf dem alten Küchenstuhl saß und das Licht günstig durch das kleine runde Dachfenster auf der schmalen Seite fiel. Der Verschlag war vielleicht 50 Zentimeter breit, einen Meter hoch und anderthalb Meter lang, das Brett ließ sich problemlos zur Seite ziehen. Dahinter war nichts außer Staub und Spinnweben.

Nach einem weiteren Hustenanfall schob ich das Brett wieder an seinen Platz und das Gerümpel davor. Bei Gelegenheit musste ich Caro fragen, ob ihre Tante den Verschlag genutzt hatte.

Danach widmete ich mich mit Hingabe dem ersten Stock. Viel zu schnell war mein Schlaf- und Arbeitszimmer staub- und gerümpelfrei. Ich konnte der Versuchung nicht widerstehen, auch in Caros Büro durchzufeudeln. Schränke, Bilderrahmen und Fensterbank waren rasch abgewischt. Blieb noch ihr Schreibtisch.

Im Nachhinein schämte ich mich, dass ich meine Misstrauen nicht sofort als solches benannte, sondern den Staub auf der Ablagefläche des Tisches vorschützte, in dem ich übrigens keine schlimmen Geheimnisse entdeckte. Voller Unbehagen schlich ich danach immer wieder an Caros Schlafzimmer vorbei, bis ich mich selbst nicht mehr ertrug. Ja, ich war verunsichert und rasend eifersüchtig, wenn ich daran dachte, dass Caro sich heimlich mit einer anderen in meinem Haus treffen könnte! Dass ihr Krimi nur ein Vorwand war, um mich nach Strich und Faden auszunutzen. Und wenn ich ihr zu langweilig wurde, fand sie im Handumdrehen eine neue Lebensgefährtin. Denn sie war kontaktfreudig, klug, hübsch und im Gegensatz zu mir innerlich völlig unabhängig von anderen Menschen!

Nach zwei Stunden Rastlosigkeit wurde ich von Heißhunger gebeutelt. Und der Kühlschrank war immer noch leer! Außerdem hatte ich völlig vergessen, Caro Bescheid zu sagen, dass ich gut zu Hause angekommen war. Doch meine Hand gefror auf dem Weg zu meiner Hosentasche, in der mein Handy steckte. Der hässliche Gedanke, dass Caro mich auch längst hätte anrufen können, füllte plötzlich meinen Kopf aus. Ermattet knickte ich dort, wo ich stand, zusammen und brach in Tränen aus. Es dauerte eine ganze Weile, bis es mir auf der harten untersten Treppenstufe zu unbequem wurde. Warum verhielt ich mich eigentlich so seltsam? War das noch echte Liebe? Hatte ich mich in eine von Caros dramatischen Heldinnen verwandelt, die ohne ihre andere Hälfte nur noch von einem Augenblick zum nächsten taumelte? Oder war ich schlicht hungrig?

»Reiß dich zusammen«, sagte ich laut. Erst mal das Gesicht waschen, dann konnte ich immer noch weitersehen. Erwartungsgemäß tat das kalte Wasser nicht nur wegen der Hitze gut, die unser kompaktes Badezimmer ausfüllte. Ich musste ganz schön unterzuckert sein, dass mich die Trennung von Caro zu derart absurden Gedanken verführte.

Erschöpft, aber ruhiger ging ich in den hinteren Garten, an den ich bisher keinen Gedanken verschwendet hatte. Dr. Mordhorsts mobiler Gärtnerservice hatte sich für eine Stange Geld gut um das winzige Geviert gekümmert. Der Rasen war nicht ganz so saftig grün wie vor dem Abflug nach Fuerteventura, aber das war okay. Die Buchsbaumhecke sah ein wenig mitgenommen aus, aber auch das ging bei der sommerlichen Hitze für mich in Ordnung. Bienen summten durch das Blumenbeet, das Caro angelegt hatte. Spatzen krakeelten im Schatten der Hecke. Die Steinplatten unter meinen Füßen fühlten sich angenehm glatt an. Alles war so friedlich. Entschlossen griff ich zum Handy und tippte eine SMS an Caro.

Bin gut angekommen. Werde mich den Rest des Tages mit Migräne ins Bett legen. Melde mich heute Abend. Kuss :*

Leichten Herzens drückte ich auf den Send-Button. Meinen erleichterten Seufzer konnte man bestimmt bis hinauf zur Spitze des Sinnwellturms hören.

Ich ging noch mal aus dem Haus, um den Kühlschrank mit dem Nötigsten zu füllen. Anschließend setzte ich mich in die Badewanne und schaute mehrere Folgen meiner Lieblingsfernsehserie. Dazu verzehrte ich eine Pizza mit extra viel Käse und kam mir ziemlich asozial vor. Aber der penetrante Salami-Käse-Geschmack lenkte mich perfekt ab.

Dreimal ließ ich warmes Wasser nachlaufen, bis ich mich aufgeweicht in den Garten schleppte. Auch hier rüsteten die Nachbarn zum sommerlichen Barbecue mit Gästen. Aus den anderen Gärten quollen erste fettgeschwängerte Rauchschwaden, gemischt mit überlauten Begrüßungen, bemüht vorgetragenen Scherzen und Lachsalven. Freitagabend in Deutschland: einfach anstrengend.

Mit einer Portion Vanilleeis mit Schokostreuseln blendete ich die krampfige Heiterkeit aus und blickte in den Himmel. Kondensstreifen kreuzten das Azur. Einer von den Vögeln, die dort oben herumflogen, war bestimmt auf dem Weg zu Caro. Noch immer saß der Stachel tief, dass sie nicht hier war, obwohl ich Caros Argumentation nach wie vor verstehen konnte. Trotzdem war nicht zu übersehen, dass sich ihre Vorstellungen von unserem Zusammenleben nicht mehr ganz mit meinen deckten. Dabei lebten wir abzüglich Urlaub erst einen Monat zusammen.

Und wir liebten uns! Doch das bedeutete nicht, dass ich meine Träume aufgeben wollte. Caro sollte immer bei mir sein, nicht dort, wo ich sie nur mit Mühe oder gar nicht erreichen konnte. Sie war mein Lichtblick in einer Welt, die mich vorher nur als die unscheinbare Single-Frau mit halbwegs beruflichen Ambitionen wahrgenommen hatte. Wenn überhaupt! Wäre Lothar nicht gewesen, hätten meine lieben Mitmenschen mich bisher komplett übersehen. Und dass wir uns nach Lesart der Psychologen »lesbisch« zueinander verhielten, kam für die anderen noch erschwerend hinzu. Selbst Mutti verwendete in dem Zusammenhang hin und wieder die Wendung »Rebellion gegen bestehende Konventionen«. Für mich war es der einzige Weg, glücklich zu werden oder zumindest zufrieden zu sein.

Und damit es Caro auch gut ging und sie bei mir entspannt und gesund bleiben konnte, musste sie anscheinend schreiben, was sie hoffentlich allein in meinem Haus tat. Womit ich wieder am Ausgangspunkt meiner Überlegungen angelangt war. Aber es tat nicht mehr so weh wie noch vor ein paar Stunden, und das war gut so.

Nebenan wurde Musik eingeschaltet. Nicht mein Geschmack, aber es veranlasste mich dazu, Caro anzurufen. Ich wollte ihre Stimme hören.

***

Lothars Akten klatschten auf den Tisch. Fast wäre ich vor Schreck vom Stuhl gesprungen, so sehr erschrak ich. »Was soll das denn?«, empörte ich mich. »Ich arbeite!«

»Lüg doch nicht so dreist.« Noch einmal hob Lothar den Aktenstapel drohend hoch. »Ich mache hier so lang Krach, bis du mir erzählst, was mit dir los ist. Mit so einem Gesicht kommt man doch nicht aus dem Urlaub!«

»Entschuldige bitte?« Ich konnte förmlich spüren, wie mir vor Wut Hörner auf der Stirn sprossen. »Was ist das denn für ein Ton, den du hier anschlägst? Und was hast du auf einmal an meinem Gesicht auszusetzen?«

»Wenn du nicht mit der Sprache rausrückst, hau ich die Akten immer wieder auf den Tisch«, fasste Lothar ruhig zusammen. »Und du bist schuld. Kapiert?«

»Nein! Und bin ich nicht! Such dir gefälligst einen Therapeuten!« Ermattet sank ich auf meinem Stuhl zurück. Meine eigene Empörung ließ mich schwindeln.

»Dort schleife ich dich heute noch hin, wenn du …«

Ich schoss hoch, weil mich eine Welle der Wut ergriff. »Hier kann man nicht arbeiten, ohne dass du dich in meine Angelegenheiten einmischst! Gehen wir einen Kaffee trinken!«, befahl ich.

Wir legten einen strammen Marsch zu unserem Stammcafé zurück. Bei der Hitze war Kaffee das Letzte, was ich vertrug, aber Lothars knallender Aktenstapel war wirklich keine Alternative. Stockend versuchte ich, ihm bei einem schwachen Milchkaffee weiszumachen, dass es mir mit Caros Solo-Urlaub auf Fuerteventura gut ging und ich in mir selbst ruhte wie ein Zen-Mönch. Viel fehlte nicht und Lothar hätte mich ausgelacht.

Vornehm, den kleinen Finger abgespreizt, stellte er seine Mokkatasse auf den Tisch. »Meine herzallerliebste Steffi. Ich habe dir schon während der Ausbildung mit der fristlosen Kündigung gedroht, wenn du versucht hast, mich anzulügen. Du stehst so knapp davor«, er zeigte mit Daumen und Zeigefinger eine winzige Distanz an, »rauszufliegen. Aber ich bin ein guter Vorgesetzter und gebe dir eine zweite Chance, mir die Wahrheit und nichts als die Wahrheit zu sagen.«

»Du bist aber nicht mein Beichtvater«, widersetzte ich mich trotzig. »Ich bin erwachsen und kann meinen Gefühlshaushalt selbst organisieren!«

Natürlich konnte Lothar dem problemlos etwas entgegensetzen: »Ich bin dein Chef und für den reibungslosen Ablauf der Arbeitsprozesse zuständig. Das, was du heute schon weggeschafft hast, hätte auch ein Kleinkind auf Chinesisch mit 'nem Buntstift zusammengeschrieben.«

»Auf einer ergonomischen Tastatur?« Eisern hielt ich seinem prüfenden Blick stand.

»Klar«, sagte Lothar entschieden. »Weil das Kleinkind nämlich nicht so dämlich wäre, sich die ganze Zeit zu verstellen und total zu verkrampfen.« Plötzlich packte er meine Schulter. »Habt ihr euch wieder getrennt? Sag mir ruhig alles. Du kannst ganz offen reden.«

Unwirsch schüttelte ich ihn ab. »Nein, haben wir nicht und wenn, ginge es dich nichts an.«

Lothar ließ mal wieder nicht locker: »Aber warum bist du dann so daneben?«

»Ich bin nicht …« Mir versagte die Stimme und es wurde ein bisschen dunkler im Café. Dachte ich. In Wirklichkeit kochten die Emotionen der letzten 48 Stunden in mir hoch und ergossen sich in aller Öffentlichkeit als Tränenstrom. Ich konnte nichts anders tun, als Lothars Taschentücher bis auf das letzte in der Packung vollzuheulen. Ich bin sicher, dass er kein Wort von dem verstand, was ich zwischen den Schluchzern hervorstieß. Lothar begriff trotzdem alles. Er handelte und schickte mich erst mal auf die Gästetoilette.

Als ich zurückkam, legte er sein Handy neben seine leere Mokkatasse. »Wir warten hier, bis deine Mutter da ist.«

»Du hast sie angerufen?«, fragte ich nicht gerade begeistert.

Schulterzuckend meinte Lothar: »Ich hatte noch ihren Kontakt eingespeichert. Von deiner Azubinenzeit. Wollte ausprobieren, ob sie noch die gleiche Nummer hat.«

»Und was hast du ihr gesagt?« Schwerfällig ließ ich mich auf den Stuhl fallen.

»Dass sie dich abholen soll, weil du krank vor Sehnsucht nach Caro bist.« Damit hatte mein Chef den Nagel auf den Kopf getroffen. Und auch mir ging ein Licht auf, dass es so nicht weitergehen konnte. Caro war ein eigenständiger Mensch. Und ich war es eigentlich auch. Ich bildete mir lediglich ein, dass ich wie ein Gänseblümchen auf dem Asphalt vergehen müsste, wenn sie nicht da war. Nur wusste ich noch nicht, was ich gegen das Gefühl der Machtlosigkeit tun konnte.

»Und wie geht es dann weiter?«, erkundigte ich mich schwach.

Wieder zuckten Lothars Schultern. »Das machst du am besten mit deiner Mutter aus. Weil du recht hast damit, dass du erwachsen bist. Ich bin bloß für die richtigen Hinweise zuständig. Und die Arbeitsprozesse. Mehr nicht.«

Noch eine Erkenntnis traf mich an diesem heißen Nachmittag im August wie ein Vorschlaghammer. Lothars Schultern waren nicht mehr so breit wie während meiner Ausbildung. Sie wirkten zwar noch sehnig und kräftig, gleichzeitig aber auch schmaler. Verwundert legte ich den Kopf auf die Seite, was nicht ganz so elegant wie bei Caro aussah.

»Du ziehst dich quasi freiwillig aus meinen Angelegenheiten zurück?«

»Genau.« Ganze Rudel von Fältchen tanzten um seine Augen. Seit wann hatte er diese Strahlenkränze? War wirklich schon viel Zeit vergangen? War nicht nur ich erwachsen, sondern Lothar auch älter geworden? Nicht, dass ich vergessen hatte, dass er arbeitsmäßig bald kürzer treten wollte. Nur hatte ich verdrängt, dass mit dem Erreichen des Rentenalters der Mensch zum Kreis der Senioren gehörte. Was bedeutete, dass Lothar bald ging und nicht mehr für mich da war.

Neue Tränen stiegen mir in die Augen. Plötzlich hatte ich das Gefühl, von einer ganzen Epoche meines Lebens Abschied nehmen zu müssen. Das waren immerhin mehr als zehn Jahre.

Forschend musterte Lothar die erneute emotionale Veränderung, die sich auf meinem Gesicht abzeichnete. »Was ist jetzt schon wieder?«

Hilflos schüttelte ich den Kopf. War ich sonst stets zu bequem gewesen, mich auszudrücken, fehlten mir nun die Worte für das, was in mir vorging. Ich hätte Begriffe wie »Verlustangst« oder »Einsamkeit« herauspressen können. Nur hätte Lothar sie mit Sicherheit im Zusammenhang mit Caro und somit falsch verstanden. Außerdem dauerte es noch ein paar Stunden, bis selbst ich verstand, welche Nuss mein Unterbewusstsein mir wieder zu knacken gab.

Mutti stieß nach einer Weile zu Fuß zu uns. Wir mussten zurück zum Firmenparkhaus, damit wir mit meinem kleinen, alten Punto zu ihr fahren konnten. Sie wollte mich nicht wieder in Caros leeres Haus unterhalb der Nürnberger Burg bringen, in dem mein Liebeskummer ihrer Meinung nach unweigerlich zur Katastrophe führte. Bei ihr zu Hause musste ich mich bequem auf ihre Couch setzen und eine Tasse schwarzen Tee mit Milch trinken. Nein, ich sollte nicht ständig übertreiben: Ich bat sie aus eigenem Antrieb um den Tee. Und auf ihrer alten Couch, auf der ich nach wie vor gern sitze, kam mir auch die bitter benötigte Erkenntnis, was mit mir los war. Ich sprach darüber, dass Lothar für mich die ganze Zeit wie ein Vater gewesen war. Mehr als Freundschaft wäre ab dem Zeitpunkt, in dem er die Firma als Teilzeitrentner verließ, nicht mehr möglich. Damit büßten wir unsere gemeinsame Welt ein. Mit Lothar würde ein Stück Familie gehen.

»Tja, dann solltest du zusehen, dass beizeiten jemand nachrückt«, schloss Mutti aus meinem Monolog. »Beziehungsweise es würde auch reichen, wenn du einsiehst, dass längst jemand nachgerückt ist.«

Unbehaglich veränderte ich meine Sitzposition. »Du meinst Caro?«

Muttis bedächtiges Nicken beantwortete meine Frage. »Auch wenn sie gerade nicht da ist, hat sie die Position des Lebenspartners längst eingenommen.«

»Schon klar, aber ...«

»Wenn es dir wirklich klar wäre«, unterbrach Mutti mich erstaunlich ruhig, »hättest du bereits für äußere und innere Sicherheit gesorgt.«

»Kannst du aufhören, mich mit deinen Rätseln zuzuballern?«, bat ich. »Ich bin total müde und momentan nicht ganz fit!«

»Das sind wir wohl alle nicht«, brummte Mutti und ich war nicht sicher, ob sie wirklich so gelassen war, wie sie vorgab. »Mach endlich Nägel mit Köpfen. Heirate Caro, am besten sofort.«

Wie vom Donner gerührt starrte ich sie an.

»Oder du trennst dich von ihr, weil du sonst kaputtgehst vor lauter emotionalen Übersprungshandlungen«, vervollständigte Mutti nachdenklich. »Und du lernst, auf eigenen emotionalen Füßen zu stehen.«

»Ich werde mich doch nicht von Caro trennen!«, brüllte ich. »Was glaubst du eigentlich?«

»Dann bleibt wohl nur noch eine Hochzeit«, gab Mutti stoisch zurück. Wie immer, wenn ich verwirrt war, übernahm mein Körper das Kommando, bevor mein Kopf reagieren konnte. Ich wuchtete mich von der Couch hoch. »Du hast doch ein Rad ab. Eine Hochzeit! Am besten noch mit Standesamt und großem Essen und weißem Kleid oder wie?«

»Mit zwei weißen Kleidern«, korrigierte Mutti mich sanft. »Wenn ihr das wollt.«

»Aber Mutti, wir können doch gar nicht heiraten! Ich bin aus der Kirche ausgetreten. Und wir sind zwei Frauen!«

»Ihr könnt eine Lebenspartnerschaft beim Standesamt eintragen lassen. Das wäre in meinen Augen das Vernünftigste.« Entspannt faltete sie die Hände auf dem Bauch. »Es geht auch ganz ohne Kleid, in Jeans und T-Shirt oder so. Je nachdem, wie das Wetter ist.«

Inzwischen zitterte ich am ganzen Körper, ohne sagen zu können, warum. Denn Muttis Idee war richtig gut! Aber die Veränderung dahinter wirkte wie ein Schock auf mich. »Ich fahre jetzt besser nach Hause«, stieß ich mit bebender Stimme hervor. »Ich muss morgen wieder arbeiten, sonst schleift Lothar mich zum Psychologen.«

»Ein weiser Mann, dein Chef. Wirklich schade, dass er in Altersteilzeit geht.« Langsam folgte sie mir zur Wohnungstür. Warm und fest umarmte sie mich, bis ich glaubte, sie würde mich erst in ein paar Minuten loslassen. »Fahr vorsichtig und denk drüber nach, okay?«

»Okay.«

Winkend ging ich die Treppe hinunter, eine Geste, mit der ich mich jahrelang von ihr verabschiedet hatte. Ein Horror, dass mir diese zahllosen Kleinigkeiten plötzlich so stark auffielen. So eingefahren wollte ich doch gar nicht sein! Aber alles in mir und um mich herum schien mich mit Gewalt darauf aufmerksam machen zu wollen, dass es Zeit für einen großen Schritt in Richtung Zukunft war. Und dass ich mich, wenn ich mich innerlich weiterhin gegen Neuerungen jeder Art sträubte, dauerhaft in diesen instabilen Zustand zwang.

Denn noch etwas schien an diesem Augustabend sonnenklar: Einerseits wollte ich die Caro aus der Poststelle wiederhaben, die stets in meiner Nähe und verfügbar gewesen war. Andererseits wollte ich sie aus Liebe mit allen Kräften dabei unterstützen, als Autorin erfolgreich zu sein. Aber dafür musste ich den Mut für die Frage aufbringen, ob sie mich genauso sehr liebte wie ich sie. Ob sie mich für immer an ihrer Seite haben wollte … weil mir ihr Wunsch, allein auf Fuerteventura zu bleiben, vor Angst die Luft zum Atmen nahm.

***

Diese Woche musste ich mich allein um unseren Garten kümmern. Fast jeden Abend hatte ich meine liebe Not, unser Haus gegen Kotto zu verteidigen. Wenn ich nicht aufpasste, drang der fette Nachbarskater in unsere Küche ein und machte den Kühlschrank auf. Wäre Caro da gewesen, hätte sie sich köstlich darüber amüsiert, wie er versuchte, uns auszutricksen. Sie war wie ihre Tante der Meinung, dass man Gäste bewirten sollte, egal ob man sie eingeladen hatte oder nicht. Sie kaufte sogar Leckerlis für Kotto, die nun er Abend für Abend schnurrend und gurgelnd von mir einforderte.

»Herrje«, sagte ich, weil das Caros Begrüßung für Kotto war. Schließlich wollte ich mich mit Leib und Seele auf sie einlassen, vielleicht sogar Gefallen an Kottos Attacken finden. Ich stellte die Kanne mit dem Frischwasser für die Vogeltränke ab und ging hinein, ohne Kotto aus den Augen zu lassen. Er sollte ja nicht auf die Idee kommen, sich an mir zu reiben! Mein Bedarf an einer durch ihn ausgelösten Katzenhaarallergie tendierte gegen null.

Sorgfältig drückte ich die Terrassentür hinter mir zu. Der Gedanke, einfach drinzubleiben, kam auf. Draußen war es sowieso noch viel zu heiß, da konnte es ein noch so schöner Freitagnachmittag sein.

In der Küche auf der Arbeitsfläche lagen drei faltige Äpfel herum. Bisschen Kokosmilch und Zitrone dazu und noch die Blaubeeren, bevor sie verdarben. Das ergab bestimmt einen leckeren Smoothie für mich.

Gedankenverloren ließ ich den Mixer mal lauter, mal leiser aufheulen. Weil das Sirren des Motors etwas Meditatives hatte, ließ ich ihn länger laufen als nötig. Vielleicht vertrieb ich damit Kotto, den Fellstinker, und ich musste ihm seine Leckerlis doch nicht geben. Das Sirren klang mir noch in den Ohren nach, als ich mir bereits das zweite Glas einschenkte.

Dideldidel-piep. Dideldidel-piep-piep. Dideldidel-piep-piep-piep.

Driii …

In der Ferne quakte ein Anrufbeantworter. Eine verzerrte Stimme sprach hektisch. Die Aufnahme endete mit einem Krachen.

Driiieee!

Herrje!

Erschrocken stellte ich das Glas in die Spüle und sprintete in den Flur. Das war *unser* Anrufbeantworter! Vier entgangene Anrufe, vier Sprachnachrichten wurden mir angezeigt. Bevor ich sie abrufen konnte, klingelte mein Handy. Irgendwo. Weit weg. Ich drehte mich wie ein Kreisel, ohne das Klingeln lokalisieren zu können.

Dann: der Garten! Ich hatte es auf dem Tischchen in der prallen Sonne gelassen.

Fluchend riss ich die Terrassentür auf und stürzte hinaus. Mein Handy glühte förmlich, so heiß war es geworden. Das Klingeln mochte digital sein, aber die Lautsprecher-Hardware hatte hörbar gelitten. Auf den Fingerspitzen balancierte ich das heiße Handy ins Wohnzimmer. Bevor es mir die Fingerkuppen versengte, warf ich es im hohen Bogen aufs Sofa. Beleidigt klingelte mein Handy weiter.

Gerade noch so sah ich Kottos Schwanz um die Ecke verschwinden. Idiotischerweise brüllte ich: »Kotto! Komm sofort zurück!« Aber da verriet mir das hektische Poltern auf der Holztreppe schon seine Flucht in den ersten Stock. Und dazu klingelte mein Handy wie eine verschmurgelte Kakadu-Stimme.

In Bruchteilen von Sekunden musste ich mich entscheiden. Sollte ich den Kater oben in die Enge treiben oder mich darauf verlassen, dass ich oben alle Türen zugemacht hatte? Auf den Dachboden konnte er nicht, denn der Einstieg war nur über eine ausklappbare Leiter erreichbar. Oder sollte ich lieber den Anruf annehmen?

Ich tat Letzteres und erwischte Caro, bevor sie auflegte. »Tut mir leid, hier ist gerade der Teufel los!« Das Blut donnerte wegen der Aufregung wie die Niagarafälle durch meine Ohren.

»Kannst du mich abholen?«, schrie sie. »Ich bin seit einer halben Stunde am Flughafen in Nürnberg!«

»Warum?«, schrie ich, zugegebenermaßen sinnlos.

»Weil ich dich vermisst habe!«

»Rrrwwwaaauu!« Ein maunzendes Fellknäuel flog an der Wohnzimmertür vorbei. Kotto war wieder heruntergekommen!

»Ja, aber erst muss ich das Mistvieh einfangen!« Todesmutig hechtete ich in den halbdunklen Flur und trat auf etwas Weiches, das davonzischte.

»Schrei nicht so, ich kann dich ganz gut hören!«

»Dann schrei du aber auch nicht!« Das dunkle Knäuel, das wie Kotto fauchte und schrie, donnerte gegen die Eingangstür. Ich überließ meinem Körper das Kommando. Mit zwei Sätzen sprang er durch den Flur. Meine freie Hand riss die Tür auf.

Aus dem Stand machte Kotto einen gewaltigen Satz in den heißen Augustabend und verschwand um die Hausecke.

»Ich komme! Bleib, wo du bist!«, brüllte ich ein letztes Mal in den Hörer, rannte zur Terrassentür, verriegelte sie sorgfältig von innen.

Keine Sekunde zu früh! Kotto schoss um die Ecke und stoppte beleidigt auf unserer Terrasse.

»Hau ab!« Mein Abschiedsgruß kam aus tiefstem Herzen. Zur Verstärkung schnitt ich eine fürchterliche Grimasse. Kottos Nackenhaare wuchsen in den Himmel, dann schoss er endgültig davon.

»Steffi! Steffi, was ist passiert?!«

Keuchend hob ich das Handy ans Ohr. An den Fingerknöcheln hatte ich mir die Haut aufgerissen, sie bluteten leicht. »Nichts. Ich habe nur wie angekündigt Kotto rausgeschmissen.« Meine Zunge war furchtbar trocken. Ich schluckte. »Gib mir zwanzig Minuten, ja? Dann bin ich bei dir.« Das Gespräch drückte ich so lässig weg, wie Django den Trigger durchzog. Kein Grund zur Panik. Caro war wieder da. Alles war wieder gut. Und dass Kottos Hausbesuche aufhören mussten, würde ich ihr auch irgendwie beibringen.

***

»Also, das Meer hilft auch nicht gegen deine Schreibblockade«, fasste ich gegen Mitternacht zusammen. »Und jetzt?«

»Keine Ahnung.« Ächzend richtete Caro sich auf dem Sofa auf und griff nach der Weinflasche. »Langsam bin ich mit meinem Latein wirklich am Ende. Mein Leben lang habe ich mir gewünscht, dass ich endlich genug Zeit zum Schreiben habe. Jetzt kann ich vierundzwanzig Stunden am Tag tun und lassen, was ich will, nur fehlt mir die Motivation, die passenden Wörter zu finden.« Gluckernd füllte sie ihr Glas mit Roséwein und nippte daran. »Und die Dienstleister, auf die man sich verlässt, lösen sich einfach in Luft auf.«

Als sie nachschenken wollte, nahm ich ihr die Flasche ab. »Ja, es ist blöd, dass der Schuller sich nicht gemeldet hat, aber Saufen ist auch keine Lösung. Wie wäre es, wenn du dich erst mal um die Renovierung kümmerst?«

Caros Kopf sank nach hinten auf die Sofalehne. Blicklos starrte sie zur Decke, als würde sie jeden Moment einschlafen. Vorsichtshalber wand ich ihr auch noch das Glas aus den warmen Fingern. »Ja. Die Renovierung.« Sie gähnte. »Ich muss Handwerker finden und Angebote einholen. Wobei ich so gar nicht der Typ für Zahlen bin.«

Nicht schon wieder der Zahlen-Typ-Spruch! »Momentan bist du definitiv der unterbeschäftigtere Typ von uns beiden«, brummte ich müde. »Renovier das Haus, dann siehst du weiter.«

»Und wenn ich gar nicht mehr ans Schreiben denke?«, wandte Caro empört ein. »Dann habe ich mich ein Leben lang umsonst nach etwas gesehnt, das ich in Wirklichkeit gar nicht wollte!«

Interessanter Gedanke, fand ich. »Dann kannst du ein Buch drüber schreiben, wie es ist, wenn man sein Leben lang schreiben wollte und dann feststellt, dass man auch ohne leben kann.« Für diesen Satz erntete ich einen bitterbösen Blick. »Na ja«, verteidigte ich mich lahm, »dann hast du immerhin ein Thema, über das du schreiben kannst.«

»Ich bin Unterhaltungsautorin, keine Philosophin.« Ärgerlich angelte

Caro nach der Weinflasche.

»Schon mal über einen Genrewechsel nachgedacht?« So schnell wollte ich nicht aufgeben. »Philosophie wäre was, wofür sich das Weintrinken lohnt. Oder du steigst passend zu deinen Krimis auf härtere Sachen um. Scotch. Gin. Whiskey. Was trinken Bestsellerautoren zur Inspiration?«

»Was weiß ich!« Schwankend hielt Caro die Flasche ins Licht. Viel war nicht mehr drin. Sie setzte sie an und trank. Schmatzend löste sich das Glas von ihrem Mund. »Soweit ich weiß«, sie leckte sich die trockenen Lippen, »schreiben Autoren mit bekanntem Alkoholproblem Thriller oder Horror. Weintrinker schreiben eher Liebesromane.«

»Klingt doch gut.«

Ihr nächster scheeler Blick beinhaltete fette Spuren von »Jetzt spinnst du wohl komplett!«

Wir redeten noch eine Weile ergebnislos herum und gingen dann ins Bett. Kottos Fauchen und Kreischen hinderten mich daran, den verdienten Schlaf zu finden. Dem Radau nach ließ er seine Wut an unserer Terrassentür aus. Damit lieferte er den Beweis, dass wir ihn aus unserem Garten verbannen sollten.

***

Der nächste Morgen begann mit dem Gedudel von Caros Handy. Fröhlich vibrierte es auf dem Nachtkästchen herum, bis Caro endlich wach genug war, den Anruf anzunehmen. Martin, der verkappte Bestsellerautor, ließ sie wissen, dass sich die Federknechte außer der Reihe am Sonntag zum Brunch auf der Insel Schütt trafen. Ob wir geruhten, ebenfalls teilzunehmen?

»Äh, wann? Halb elf?«, fragte Caro verschlafen. »Und warum am Sonntag? Sonst trefft ihr euch doch immer samstags.«

»Es lässt sich leider nicht anders einrichten.« Martins Stimme schnarrte laut genug aus dem Hörer, dass auch ich ihn klar und deutlich verstehen konnte. »Jürgen und Annegret kommen persönlich wegen der Angebote vorbei.«

»Wer?«

»Jürgen Schuller und Annegret Wertkamp, die Besitzerin der Druckerei, in der Jürgen sich eingemietet hat.« Martins Erklärung kam wie immer ein wenig von oben herab. »Sie wollen alles für die Frankfurter Buchmesse in trockene Tücher packen.« Seit dem Flop mit seinem Buch brachte er seine Metaphern so oft wie möglich in den täglichen Dialogen unter. Wahrscheinlich erstickte er sonst daran.

Ächzend drehte Caro sich auf die andere Seite. »Jetzt schon?«

»Wir haben August, Mädchen!«, ließ er sie die ganze Wucht seiner Überlegenheit spüren. Sein Gebrüll zwang mich, die Augen aufzumachen. »Da werden die letzten Druckdeals geschlossen und dann geht es los! Hast du deine Anfrage denn schon bei Jürgen platziert?«

»Schon vor Wochen.« Die Matratze bewegte sich, als Caro, plötzlich wach geworden, die Beine aus dem Bett schwang. »Er hat sich bisher nicht dazu herabgelassen, mir ein Angebot zu schicken oder sich sonst wie zu melden. Deshalb habe ich das Thema längst abgehakt.«

Daraufhin quoll ein wahrer Redeschwall aus Caros Handy. Sie verließ das Schlafzimmer. Ich sah mich genötigt, ebenfalls aufzustehen, um das Schlimmste zu verhindern.

Doch schon beim Betreten der Küche spürte ich, dass ich zu spät kam. Verträumt starrte Caro aus dem Küchenfenster, den Blick hinauf zur Wetterspitze des Sinnwellturms gerichtet. Das umklammerte Handy war ihr Rettungsring, Martin quäkende Stimme die Antwort auf ihr SOS.

Himmel, Gesäß und Zwirn! Caro würde doch nicht etwa ...

»Also am Sonntag um halb elf«, fasste sie zusammen. »Ich werde da sein. Reservier bitte für Steffi mit, ja? Danke, du bist ein Schatz! Bis dann.«

Das verzückte Lächeln auf ihrem Gesicht verstörte mich regelrecht. »Sag nicht, du willst am Sonntag den Vertrag mit Schuller doch noch unterschreiben?«

»Wieso nicht?« Entspannt drückte sie auf dem Display herum. »Martin meint, Jürgen war vor Ort stark eingespannt und deshalb verhindert.«

»Was heißt da ›vor Ort stark eingespannt‹? Die Druckerei sitzt quasi nebenan in Fürth! Da wird er doch in sechs Wochen eine Angebotsanfrage aus Nürnberg beantworten können. Per E-Mail!« Nein, bremste ich mich, ich musste Ruhe bewahren. Wenn ich Caro anschrie, schaltete sie bloß auf stur. Es war nur erschreckend, wie einfach sie umzustimmen gewesen war. »Bringt er denn dein Angebot mit?«

»Wahrscheinlich. Wie viel Kaffee möchtest du? Zwei Tassen wie sonst?«

Zwei Tassen Kaffee später hatte Caro sich türenknallend in ihr Büro zurückgezogen. Ich saß alleine vor meinem Teller mit den Rührei- und Baconresten. Im Nachhinein konnte ich nicht sagen, an welcher Stelle unser Gespräch eskaliert war. Aber mein Rat, sich nicht auf Schuller einzulassen, weil ich ihn immer noch für ein faules Ei hielt, hatte definitiv nicht positiv gefruchtet. Erst viel später gestand Caro mir, dass sie sich in ihren unternehmerischen Fähigkeiten von mir angegriffen fühlte. Sie reagierte in dieser Zeit generell sehr empfindlich auf Kritik, egal aus welcher Richtung. Ich nahm an, dass sie so viele Hoffnungen in den Vertrieb gesetzt hatte, dass sie für die Fakten vorübergehend blind geworden war. Der Erfolg als Bestsellerautorin stand für sie über allem. Dagegen kam ich mit Vernunft nicht an.

Die Spuren von Kottos nächtlicher Zerstörungswut brachten uns notgedrungen wieder zusammen. Wir erledigten stumm die Wochenendeinkäufe und fuhren anschließend beim Baumarkt vorbei. Damit normalisierte sich die Stimmung zwischen uns. Ganz beruhigt war Caro erst, als ich vor dem Regal mit der wetterfesten Ölfarbe einwilligte, sie zum Brunch mit Schuller und den Federknechten zu begleiten. Ganz wohl war ihr trotz ihrer Verbohrtheit immer noch nicht. Abends gingen wir zeitig schlafen, nicht ohne uns zu versichern, dass wir uns nach wie vor innig liebten und uns von niemanden übers Ohr hauen ließen, egal was dieser Jürgen Schuller morgen versprach.

Der Sonntag begann mit einem frühen Regenschauer, dem mörderische Wärme folgte. Alles tropfte und dampfte, als hätte jemand Nürnberg kurzfristig an den Amazonas verlegt. Kotto hatte sich in der Nacht nicht in unseren Garten getraut. Anscheinend hatte ihm die frisch gestrichene Terrassentür genauso gestunken wie uns.

Ein wenig aufgeregt war ich schon, als wir Hand in Hand durch das sommerliche Nürnberg zu unserem Treffpunkt auf der Insel Schütt spazierten. Das Restaurant, das entfernt an eine spanische Bodega erinnerte, war um diese Zeit bereits von hungrigen Familien überrannt worden. Wie sie wohl reagierten, wenn ich gezwungen war, Jürgen Schuller und die ominöse Druckerei-Chefin mit meinem Verhandlungsgeschick lautstark an die Wand zu kalkulieren? Denn auch ich wollte, dass Caro den finanziellen Erfolg hatte, der ihr zustand. Dabei sollten ihr keine überteuerten Druck-Erzeugnisse im Weg stehen. Außerdem war es meines Erachtens der einzige Beitrag, den ich leisten konnte: verhandeln, bis der Arzt kam.

Bis auf uns und Jürgen (mit dem hatte ich auch nicht gerechnet) hatten sich schon alle eingefunden, obwohl es erst Viertel nach zehn war. Ich vermutete dahinter ein bewusstes Manöver. Denn seit dem Erscheinen von Caros erstem Krimi bei dem großen Publikumsverlag gehörte sie nicht mehr richtig zu den Federknechten. Da konnte Martin noch so oft bei uns anrufen, um mit ihr den kommenden »Release« zu besprechen. Nathalies Mund war wie sonst verkniffen. Daneben ragte Martin wie ein Fels in der Brandung auf und dozierte laut genug für die Meistersingerhalle. Petra und Wilfried hockten in der Ecke so eng zusammen, dass sie sich einen Platz hätten teilen können. Daneben lachte, nickte und löffelte Annegret Weinbauer ihr hartgekochtes Frühstücksei. Die verheißungsvolle Ledermappe neben ihrem Teller nahm optisch den halben Tisch ein. Die Druckerei-Chefin machte einen offenen Eindruck auf mich und streckte mir sofort die Hand über den Tisch hin, als sie mich erblickte. »Hallo, ich bin Annegret. Bist du die Bestsellerautorin?«

Verdattert ergriff ich ihre Rechte und schüttelte sie. »Wegen der Brille oder was?« Meine Wangen fingen an zu glühen.

Caros helles Kichern nahm mir den Schreck. »Nein, ich bin die Autorin, aber ohne Bestseller. Nenn mich Caro!«

Annegrets Hand entglitt meiner. Stattdessen packte sie Caros und zog sie energisch neben sich. »Du kommst zu mir! Wir haben viel zu besprechen.«

Widerspruchslos ließ Caro die Behandlung über sich ergehen. Meine anfängliche Sympathie für Annegret verpuffte. War es Eifersucht, die den Abstand zwischen den beiden kleiner erscheinen ließ, als er in Wirklichkeit war? Zögernd ließ ich mich auf dem letzten freien Stuhl nieder und grüßte nickend in die Runde. Nathalie und Petra erwiderten mein Kopfnicken kaum. Wilfried schickte mir ein depressives Blinzeln. Martin schwallte ohne Luft zu holen weiter auf die anderen ein, die mich nicht weiter beachteten. Ich war so gut wie nicht anwesend.

»Jürgen ist wohl verhindert?«, fragte ich nicht ohne Ironie.

»Siehst du doch«, unterbrach Martin seinen Monolog und wandte sich wieder ab.

Grund genug, sich dem Frühstücksbuffet zu widmen.

Ich packte mir den Teller ordentlich mit Toast, kleinen Würstchen und Spiegeleiern voll. Da Caro sich sofort von Annegret in ein Gespräch hatte verwickeln lassen, versorgte ich sie mit gebutterten Brötchenhälften mit Marmelade und Honig. Dazu holte ich uns beiden große Tassen mit frisch aufgeschäumtem Milchkaffee. Und verkniff mir ein Grinsen, weil Nathalie Martin mit biestigen Blicken bedachte. Denn er warf lieber mit Verkaufszahlen herum, als sich um seine Frau zu kümmern.

»Und ihr?«, versuchte ich, mit Petra und Wilfried ins Gespräch zu kommen.

»Alles gut soweit.« Petra lächelte schwach an mir vorbei. Wilfried nickte.

»Aha«, sagte ich abwartend.

»Wir sind mit den Messevorbereitungen ausgelastet«, sagte Wilfried plötzlich. »Wir gehen als Aussteller nach Frankfurt.« So viel hatte ich ihn noch nie am Stück sagen hören.

»Oha«, probierte ich eine Variation. »Das klingt teuer.«

»Ist es auch«, mischte Natalie sich ein. Ihre Basisunzufriedenheit gewann spürbar an Präsenz. »Der Stand kostet ein Monatsgehalt. Und wir brauchen noch die Bücher.« Mit einem Kopfnicken deutete sie zu Annegret hinüber, die selbstvergessen mit Caro ratschte. »Deshalb sind wir hier.«

»Habt ihr zusammengelegt?« Die Würstchen fand ich ein wenig zu kross gebraten. Der Toast war dagegen genau richtig.

Bevor Nathalie sich dazu äußern konnte, erwachte Petra. Anders kann ich es nicht beschreiben, denn in der sonst so trägen Frau schien etwas aufzubrechen. »Wir haben ein Friendship-Fundraising gemacht. Sonst wäre die Finanzierung des Standes nicht möglich gewesen.«

Bevor ich wieder »Aha« sagte, steckte ich mir lieber noch etwas von dem Spiegelei in den Mund.

Nun war Nathalie schneller. »Ja, so kann man das auch nennen. Jeder von uns hat Geld beigesteuert für Petras Stand. Wenn Caro auch was ausstellen will, muss sie sich als Mitausstellerin anmelden und einen Teil der Standgebühr tragen.« Sie hob die linke Augenbraue. Mir war klar, dass dies das Fragezeichen zu ihrer Aussage war. Jedoch hatte Caro mir versprochen, kein Geld für Dinge auszugeben, über die sie sich im Vorfeld nicht detailliert erkundigt hatte, auch wenn es ihr Geld war. Und soweit ich wusste, hatte sie sich die Teilnahmebedingungen der Frankfurter Messe noch nicht durchgelesen.

»Dazu hat uns die Druckerei ein unschlagbares Angebot unterbreitet«, riss Petra das Wort wieder an sich. »Annegret beteiligt sich finanziell am Stand und stellt extra für die Messe Sonderausgaben in hoher Auflage her.«

»Das bedeutet, wir haben tolle Bücher für wenig Geld und können die Buchhändler am Messestand auf uns aufmerksam machen«, schoss Nathalie wieder dazwischen.

»Auf meinen Verlag«, korrigierte Petra sie mit einem seltsamen Unterton in der Stimme.

»Ja, den auch«, stimmte Nathalie missmutig zu.

Verwundert ließ ich das Besteck sinken. »Das scheint dir nicht zu gefallen.«

»Weil es so teuer ist.« Um Nathalies Mund bildete sich eine grimmige Falte. »Und die Finanzierung ...«

Unter dem Tisch polterte es, oben drauf wackelte alles. Flammende Blicke gingen zwischen Petra und Nathalie hin und her. Hatte Petra etwa gerade versucht, Nathalie vors Schienbein zu treten?

Bedächtig legte ich Messer und Gabel an den Tellerrand und wischte mir die Finger an meiner Serviette ab. »Du wolltest gerade was zur Finanzierung sagen, Nathalie.«

Annegrets fröhliche Stimme brach abrupt ab. Erschrocken schaute Caro zu mir herüber.

Mein Gefühl sagte mir, dass ich gleich Caros Traum von einem funktionierenden Vertrieb plus Druckerei zerstören würde. Denn das Verhalten ihrer Schreibkumpanen war gelinde gesagt seltsam.

»Ach, ich hab die Schnauze endgültig voll!«

Zu unser aller Erstaunen erhob sich der ruhige Wilfried und drängte sich an Petra vorbei. »Macht euren Scheiß ohne mich!«, rief er und verschwand. Petra wurde leichenblass, Nathalie schluckte schwer, und selbst Martin büßte seine Selbstsicherheit ein. »Das kann er doch nicht machen«, stammelte er.

Nur Annegret blieb ruhig. »Tja.« Sie leerte ihre Kaffeetasse. »Dann will ich dich mal aufklären, liebe Caro.« Ein harter Zug legte sich auf ihre freundliche Miene. Den brachten die Verkäufer, die uns besuchten, auch mit. Ich stellte mich auf Unannehmlichkeiten ein.

»Jürgen hat dir vor Wochen einen Vertrag zukommen lassen. Hast du ihn dabei?« Ihr Business-Gesicht hatte selbst für mich etwas Abstoßendes.

Caro schüttelte den Kopf. »Nein.«

»Hast du ihn eventuell schon unterschrieben?«, fuhr Annegret fort.

Alarmiert richtete Caro sich auf. »Das geht nur mich und Jürgen etwas an.«

»Da irrst du dich, liebe Caro. In diesem Fall ist es auch mein Baby.« Auf Annegrets Wangen stahlen sich zornige Flecken. »Es geht um das Mindestgesamtauftragsvolumen, das meine Druckerei produzieren wird. Davon hast du sicher schon gehört!«

»Ach, du Schande«, entfuhr es mir.

»Wir reden von mindestens zweitausend gedruckten Hardcovern«, dozierte Annegret unverdrossen. »Deine Schreibkollegen haben bereits Aufträge über jeweils vierhundert Stück erteilt.«

»Weil Petra zu dumm war, bei Jürgen auf ein verbindliches Angebot zu bestehen«, giftete Nathalie.

Mir schwante Böses. Die Gesichter der Schreibknechte bestätigten das. »Hast du das etwa nicht gemacht?«, fragte ich vorsichtig.

Petra wirkte allen Andeutungen zum Trotz gefasst. »Ich bringe alle Bücher zur Messe in meinem Verlag heraus«, sagte sie steif. »Ich habe mich darauf verlassen, dass Jürgen meinen Budgetrahmen bei der Angebotserstellung berücksichtigt. Das hatte er mir versprochen. Und das möchte ich zu meiner Verteidigung noch mal ausdrücklich anführen.« Wütend setzte sie sich zurecht. »Das ist in Deutschland aufgrund der Vertragsfreiheit möglich! Mündlich geschlossene Verabredungen sind gesetzlich bindend und ...«

»Halt doch endlich dein dummes Maul!«, brüllte Martin. Seine flache Hand krachte zwischen Teller und Tassen. Besteck scheppterte. Es ging im Lärm der anwesenden Familien unter. »Keine Ahnung von Business, aber sich aufführen wie eine feine Dame! Mach mal Platz hier.« Er scheuchte Annegret zur Seite und drängte sich ebenfalls hinaus.

»Oh«, war alles, was Caro dazu sagte.

Nun fing auch Petra an, ihre Sachen zusammenzuräumen.

»Moment.« Energisch packte ich ihr Handgelenk. »Wehe, du haust jetzt auch ab! Was ist hier los?« Aus den Augenwinkeln sah ich, dass die Katastrophe in Caros Bewusstsein Gestalt annahm. Sie schaute zwischen Nathalie, die nur rot vor Wut war, und der kühlen Annegret hin und her. »Und ich will alles wissen!«, fuhr ich Petra an.

Plötzlich kicherte Nathalie. »Was soll der Geiz! Ich erzähl's dir, Frau Finanzminister, bevor noch jemand stiften geht.« Sie bedachte Annegret mit einem schmerzerfüllten Blick. »Jürgen hat uns alle durch die Bank gelinkt und Petra ist drauf reingefallen. Er hat uns niedrigste Niedrigpreise pro Stück versprochen, ohne jemals Zahlen zu liefern. Wie bei dir, Caro«, rief sie Caro über den Tisch zu. »Aber wir waren alle ein bisschen zu gierig und haben trotzdem die Verträge unterschrieben, statt auf konkrete Angebote zu bestehen.« Sie schüttelte den Kopf über ihre eigene Dummheit. »Martin und ich haben zusammen sogar doppelt so viele Exemplare bestellt, weil wir dachten, wir sparen damit richtig Geld. Pustekuchen.«

Obwohl es nicht um mein oder Caros Geld ging, wurde mir einen Moment schlecht vor Angst. »Was kosten denn zweitausend Hardcover?«

»Rund zehntausend Euro«, sagte Annegret. »Und Papier und Farben sind schon bestellt und geliefert, weil Jürgen mir die unterschriebenen Aufträge weitergeleitet hat.«

»Oje, oje, oje«, jammerte Caro mitfühlend. »Wo ist er überhaupt?«

Annegret zuckte mit den Schultern. »Keine Ahnung. Ich habe ihn rausgeschmissen, er war sowieso nur Mieter. Und angezeigt habe ich ihn. Aber wie das so ist: Er ist auf und davon und könnte den Schaden sowieso nicht bezahlen. Und meine Versicherung weigert sich, ihn zu übernehmen.«

Mir ging nach und nach ein ganzer Kronleuchter auf. »Also zehntausend Euro, dazu der Messestand, das macht für jeden von euch rund zweieinhalbtausend Euro, oder?«

»Für mich und Martin insgesamt fünftausend«, sagte Nathalie.

»Und wenn Caro mitmacht, wären es ein bisschen weniger als 2300 Euro«, ergänzte Annegret. »Wenn ich auf 2500 Stück erhöhe, dann könnte ich noch mal um 30 Cent beim Stückpreis runtergehen und ...«

»Um es kurz zu machen: Das kann ich mir als Kleinverlegerin nicht leisten!«, unterbrach Petra sie dramatisch. »Weder elftausend Euro noch zweitausend und ein paar kleine. Aber Annegret will den Auftrag nicht stornieren.«

»Warum auch?«, empörte sich die Druckerei-Chefin. »Kulanz ist kein Ding der Unmöglichkeit, aber gleich so viel Geld! Ich kann mir das doch auch nicht aus den Rippen schneiden.«

»Aber wenn das Geschäft aufgrund eines Betrugs zustande gekommen ist?«, versuchte ich, zu vermitteln.

Um uns herum verstummten die Frühstücksgeräusche allmählich. Die ersten Mittagsgäste trudelten ein. Schüsseln und Platten des Buffets wurden nach und nach ausgetauscht.

Caro schniefte. »Das klingt wirklich übel. Aber wie komme ich hier ins Spiel?«

Ein Schimmer trat in Petras Augen, der mich unwillkürlich nach meinen Taschentüchern greifen ließ. »Du könntest Teilhaberin in meinem Verlag werden oder deinen nächsten Titel bei mir veröffentlichen. Willst du?« Es fehlte nicht viel und sie wäre wie bei einem Heiratsantrag auf die Knie gefallen!

Es war Zeit für Caros Lieblingsgeste. Sie kippte den Kopf und lächelte nachdenklich. Ein großer Moment kündigte sich an. Das Karma war bereit, den Schreibknechten alle Sticheleien gegen Caro zurückzuzahlen. Noch war nicht klar, ob Caro die Chance wahrnahm oder wie sonst zurücksteckte, weil sie sich vor der Einsamkeit fürchtete.

»Aber du verlegst doch nur Fantasy«, sagte Caro sanft. »Und ich schreibe Krimis. Außerdem müsste ich erst die Bilanz sehen, bevor ich mich an irgendwas beteilige.«

Yes! Mir ging das Herz auf. Caro war über ihren eigenen Schatten gesprungen und hatte sich endlich behauptet! Vor Freude ballte ich die Hände unter dem Tisch zu Fäusten.

»Und bevor ich einen Auftrag platziere«, wandte sie sich an Annegret, »möchte ich mir generell ein paar Druckbeispiele anschauen. Nicht, dass ich Schund in Tüten kaufe.«

»Damit das klar ist, ich produziere keinen Schund!«, schrillte Annegret empört. »Was glaubst du denn, wer du bist mit deinem popeligen Krimi?«

Da war sie wieder dahin, die geschäftsmäßige Freundlichkeit.

»Was willst du außerdem mit vierhundert Büchern, wenn du keinen Vertrieb an der Hand hast?«, gab Nathalie völlig unerwartet zu bedenken. Ihre Schützenhilfe überraschte mich ehrlich gesagt, Caro nicht minder.

»Eben«, stimmt sie zu. »Was soll ich damit?«

Für uns war es Zeit, zu gehen. Ich stand auf. »Sorry, wenn wir euch nicht weiterhelfen können. Aber das ist echt strange. Kommst du, Caro?«

Caro ließ sich nicht anmerken, was aus ihrem Traum nach Unabhängigkeit geworden war. Sie räumte ihre Sachen zusammen und winkte nach dem Kellner.

Nach dem Bezahlen gingen wir noch eine Weile an der Pegnitz spazieren. Das Ganze musste erst mal sacken.

»Dass Petra wirklich so dumm war«, sagte Caro auf der Höhe des Denkmals am Prinzregentenufer. »Und Martin auch. Und Nathalie!«

»Das muss die blanke Gier gewesen sein«, vermutete ich. »Und diese Annegret ist erst ein harter Brocken! Statt den Schaden abzuschreiben oder das Papier für andere Aufträge zu verwenden, eiskalt darauf zu bestehen, dass sie ausgeführt werden.«

»Wer weiß, womit sie zu kämpfen hat.« Caro ließ mich los und hopste auf und ab, um ihre Schultern zu lockern, wie ich dachte.

»Ja, und dann Nathalie, die hat mich echt überrascht«, sagte ich, »die hat dich doch sonst immer auf dem Kieker. Heckt sie was gegen dich aus oder wird sie auf ihre alten Tage ein guter Mensch oder …«

Plötzlich tasteten Caros Hände nach meinen Schultern. Sie war stehengeblieben und schaute mich ganz merkwürdig an. »Danke, dass du dabei warst«, flüsterte sie heiser. Das eine oder andere Tränchen hatte sich in ihre Worte verirrt. Schon lag mir die besorgte Frage auf der Zunge, ob alles in Ordnung war, da …

»Möchtest du meine Frau werden?«

Ihre heißen Hände glitten zu meinen eiskalten Fingern. Zitternd nahm sie sie in ihre und streichelte sie zart. Ich spürte es lediglich am Rande meiner Wahrnehmung, denn mit einem Mal bestand die Welt nur noch aus ihren Augen.

»Ja«, stieß ich heiser hervor. »Ja, ich will.«

***

Ein Regenbogen aus Konfetti, Ballons und Luftschlangen spannte sich über unseren Himmel. Menschen lachten und tanzten in den Straßen und auf verirrt erscheinenden Faschingslastern. Die Stadt feierte unsere Liebe mit dröhnender Discomusik unter dem tiefblauen Augusthimmel. Vor Liebe und Entsetzen zitternd, hätte ich brüllen mögen: »Wir heiraten!« Immer wieder: »Wir heiraten.« Bis meine Kehle nur noch ein angstvolles Flüstern von sich gegeben hätte. Caro hatte mit dieser einen unschuldigen Frage in mir das Unterste zuoberst gekehrt. Verrückt hätte ich werden können. Nicht nur liebte mich die einzige Person auf der ganzen Welt so sehr, wie ich sie liebte, sondern sie war bereit, ihr Leben mit mir zu teilen. Nun hatte ich alles Himmlische dieser Welt gekostet. Sollte es zum Äußersten kommen, konnte ich ab sofort glücklich sterben. Die Wogen des Nürnberger Christopher-Street-Days trugen uns zurück über den Burgberg und sicher hinunter zu unserem kleinen, feinen Stadthaus. Stundenlang kochten, aßen und besprachen wir in unserer angenehm kühlen Küche, wen wir zu unserer Feier einladen wollten. Doch je länger wir redeten, desto mehr Namen strich Caro wieder von der Liste. Schließlich war nicht mal mehr jemand übrig, um als Trauzeuge dabei zu sein.

»Nur wir beide? Können wir das wirklich bringen?«, fasste Caro ihr Unbehagen in Worte. »Deine Mutter wird sicher beleidigt sein. Und mein Vater ... Klar würde er sich über eine Einladung freuen, aber nur, damit er sie ausschlagen kann.«

»Und wenn wir meine Mutter und Lothar nur zur Zeremonie ins Rathaus einladen und sie hinterher nach Hause schicken?« Die Worte auszusprechen, tat mir gut. Richtig erschien es mir trotzdem nicht. Ich kam mir wie der größte Egoist auf der ganzen Welt vor. Aber diesen wichtigen Tag wollte ich allein mit Caro verbringen.

»Klingt machbar«, meinte Caro nach einer Weile. »Und hey, es ist unsere Angelegenheit. Im Grunde geht es niemanden etwas an, wenn wir uns gemeinsam für ein neues Steuermodell entscheiden.«

»Ganz so prosaisch musst du es nicht ausdrücken«, beschwerte ich mich scherzhaft. Und Caro legte den Kopf schief und lächelte.

Am 10. September 2013 gaben wir uns am Vormittag im Nürnberger Rathaus das Ja-Wort. Mutti und Lothar saßen still hinter uns im Trauzimmer, machten ein paar Fotos und ließen uns den Rest des Tages allein verbringen. Nach der Trauung gingen Caro und ich essen und schauten uns einen langen, langen Art-House-Film im Kino an. Dazu aßen wir so viel Popcorn, dass unsere Zähne danach aus Mais zu bestehen schienen, und versiegelten das Ganze mit süßer Bio-Limonade. Mit zweimal »Drei im Weckla« beschlossen wir unseren Hochzeitstag im Sonnenuntergang auf der Freiung der Nürnberger Burg. So begann er, unser Bund fürs Leben.

***

Der Spachtel kratzte über die Wand, bis der Gips das Loch ausfüllte. Caro trat einen Schritt zurück und betrachtete ihr Werk. »Fertig.« Der Mischbecher landete auf der Fensterbank. Gedankenverloren wischte sie sich die Finger an der Latzhose ab.

»Na ja, wir müssen die Wand noch streichen«, sprach ich aus dem Gefühl heraus, sie vor irgendetwas retten zu müssen. Sie wirkte zwischen den frisch renovierten Wänden verloren und müde.

»Hm.« Unzufriedenheit schwang in ihrem Brummen mit. »Und dann sind wir fertig mit dem Renovieren.«

»Wie wir es geplant haben.« Vorsichtig zupfte ich ihr getrocknete Gipskrümel aus den Haaren. »Jetzt freu dich doch mal.«

»Ach, warum denn?« Caro wandte sich ab und sammelte Pinsel, Spachtel, Schraubenzieher und was wir sonst noch für die Arbeit gebraucht hatten in den leeren Farbeimer. »Jetzt habe ich nichts mehr zu tun!«

Nicht. Schon. Wieder. Ich verbiss mir einen ironischen Kommentar und half ihr lieber beim Aufräumen. Die letzten zwei Wochen hatten den warmen Sommer in einen bunten Herbst verwandelt. Noch wurde es draußen tagsüber bis zu zwanzig Grad warm. Auch in den Nächten fielen die Temperaturen noch nicht unter die 10-Grad-Grenze. Dafür pendelte sich Caros Stimmung seit Tagen wieder um den inneren Gefrierpunkt ein. Und ich hatte keine Ahnung, woran es diesmal lag.

»Du könntest den Führerschein machen«, sagte ich ins Blaue hinein. »Dann bist du nicht immer auf die Öffentlichen oder dein Fahrrad angewiesen.« Caro zog eine Schnute und schwieg.

»Ich sage es nicht gern«, fuhr ich nach einer Weile fort, »aber deine emotionalen Schwankungen sind auf Dauer ganz schön anstrengend. Ich finde, du solltest mit deinem Hausarzt darüber sprechen.«

»Ts«, machte Caro. »Weil?«

»Weil ich dich geheiratet habe und nicht das, was ich eine Dauerrutschpartie auf sehr dünnem Eis nennen würde, wenn ich Psychiater wäre.«

»Aha.« Wütend krachte der große Borstenpinsel in den Eimer.

»Und das finde ich auch nicht in Ordnung«, fuhr ich fort, innerlich bebend vor Anspannung. »Du frisst schon wieder was in dich hinein und lässt es unbewusst an mir aus.«

Caros Hand stoppte auf dem Weg zum Tapeziermesser. »Findest du?«

Ihrer Antwort war nicht zu entnehmen, welche Richtung ihre Gegenfrage einschlug. Es bedurfte einer kleinen Portion Tapferkeit, um deutlich »Ja!« zu sagen.

Langsam stellte sie den Eimer auf die Abdeckplane. »Tut mir leid. Ich kann mir selbst nicht erklären, warum ich so unzufrieden bin. Ich habe alles, was ich mir gewünscht habe. Eine Frau, ein Haus ...«

»Zwei«, korrigierte ich sie. »Unser spanisches Strandhäuschen.«

»Genau. Zwei Häuser. Genug Geld, um die Renovierung dieser Bude zu stemmen.« Mit einer Geste umfasste Caro das Zimmer. »Und es ist sogar noch ein Batzen Geld übrig, weil wir das Meiste selbst gemacht haben.«

»Vielleicht«, tastete ich mich vorsichtig vor, »solltest du dich doch wieder an dein Manuskript setzen.«

»Was?« Sie lachte überrascht. »Hast du vergessen, dass ich beschlossen habe, es nicht fertigzuschreiben?«

Nein, natürlich nicht! Behutsam stellte ich den Mischbecher zu den anderen Werkzeugen im Farbeimer und nahm Caro in den Arm.

»Ich habe auch nicht vergessen, dass du vor ein paar Tagen die Schreiberei ganz an den Nagel hängen wolltest, weil deine Schreibblockade schon so lang dauert. Aber ich kann mir das beim besten Willen nicht vorstellen.« Halt suchend lehnte ich meine Stirn gegen ihre dunklen Strähnen. Farbsprengel hatten sich hineinverirrt. »Mag sein, dass du ohne finanziellen Druck keinen Ehrgeiz aufbringst, wirklich eine bekannte Autorin zu werden. Aber so geht es doch auch nicht.«

»Ts«, machte Caro wieder, diesmal aus tiefstem Herzen unglücklich. »Eigentlich dachte ich, dass du dich darüber am meisten freust. Keine Treffen mehr mit den Schreibknechten oder anderen durchgeknallten Autorengruppen, keine Messebesuche mehr. Nur noch Costa Calma und Nürnberg und alles ganz easy angehen lassen.«

»Aber das passt einfach nicht zu dir. Und so, wie du derzeit drauf bist, bist du mir auch ein ganzes Stück ferner.« Blut schoss mir in die Wangen. Fast hätte ich gesagt: So mag ich mich gar nicht weiter auf dich einlassen. Der Gedanke hatte etwas Ambivalentes.

Sie musterte mich unter ihren Augenbrauen hervor. Meine verschluckten Worte hatte sie trotzdem herausgehört. »Verstehe ich«, sagte Caro. »Ich kann mich momentan überhaupt nicht leiden. Ich ohne Schreiben, das ist fast wie eine Drohung, dass demnächst das Universum explodiert.«

»Eben«, stimmte ich erleichtert zu. »Deshalb meinte ich ja, dass du dich mit einem von diesen Psychoklempnern unterhalten solltest. Vielleicht geht es danach wieder.«

»Ach was. Selbst wenn ich danach wieder schreiben kann, ist es für die Frankfurter Buchmesse längst zu spät.« Sie entzog sich mir vorsichtig und ging ins Bad, um das Werkzeug abzuwaschen.

Ich folgte ihr. »Aber für das Weihnachtsgeschäft nicht!«, rief ich. »Und für dich auch nicht.«

»Und wenn es nichts bringt, das Gespräch mit einem Psychomenschen?« Sie hielt den großen Borstenpinsel unter das fröhlich sprudelnde Wasser. Unwillkürlich musste ich lachen. »Und wenn du es erst mal ausprobierst? Du klingst schon fast wie ich. Ich bin hier die Miesmacherin, nicht du!«

Reglos starrte Caro sich im Badezimmerspiegel an. »Ja, aber du kannst im Gegensatz zu mir schon was vorweisen.« Auch diesen Satz hatte sie in den letzten Wochen mantraartig wiederholt. Warum hatten Künstler nur so furchtbare Selbstzweifel?

»Und du hast dich schon ganz früh entschieden, auf Sicherheiten zu pfeifen und es durchzuziehen.« Ich stellte den Wasserhahn ab. »Darum beneiden dich ganz viele Leute, die gern aussteigen würden, aber nicht wissen, wie sie ihr Leben mit wenig oder gar keinem Geld geregelt kriegen.«

»Irgendwie tröstet mich das überhaupt nicht. Ich mache das auch nur, weil ich mit meinen Romanen Geld verdienen will. Da unterscheide ich mich keinen Deut von einem anderen Schreibtischtäter.« Sie reichte mir einen Stofflappen. Still trocknete ich die Spachtel ab und legte sie zu den Pinseln auf die Heizung.

»Normale Schreibtischtäter machen die Vorgänge fertig, die auf ihrem Tisch landen«, sagte ich etwas unbedacht in unser Schweigen hinein.

Caro nickte. »Weil sie müssen. Sonst kriegen sie kein Geld und Ärger.«

»Wie du. Wenn du deinen Text nicht fertig schreibst, verdienst du hundert pro auch kein Geld und machst dir die ganze Zeit selbst Ärger.« Das Eis, auf dem ich mich bewegte, wurde mit jeder kleinen Provokation dünner. Viel fehlte nicht mehr und Caro rauschte türenknallend davon. War ihr genervtes Seufzen etwa schon die Einleitung zur Explosion?

»Okay, Commander, ich habe verstanden.« Sie schüttelte ihre Haare aus. Getrocknete Farbflöckchen rieselten auf die Badezimmerfliesen. »Du kümmerst dich ums Abendessen. Ich schreibe bis morgen früh den blöden Niederrhein-Krimi fertig.«

»Schaffst du das denn?«, rutschte es mir heraus.

Caro richtete sich auf. Da war er wieder, der Funke, der sie an den Schreibtisch trieb. »Bis nächsten Freitag überarbeite ich alles. Danach lade ich den fertigen Krimi bei einer von diesen komischen Distributionsplattformen hoch. Deal?«

»Deal«, antwortete ich überrumpelt. »Aber wieso denn so plötzlich?«

»Weil mich der Krimi verdammt noch mal nervt! Ich will endlich meine Ruhe haben.«

Mit diesen Worten stapfte Caro an mir vorbei. Die Tür zu ihrem Büro fiel ins Schloss, das vertraute Piepsen ihres hochfahrenden Laptops ertönte, gefolgt vom energischen Klackern der Tastatur. In den nächsten Stunden verließ sie ihr Büro nur, um sich aus der Küche etwas zu essen oder zu trinken zu holen.

Mitten in der Nacht wachte ich auf, weil etwas neben mir auf die Matratze geplumpst war.

»Fertig«, ächzte Caro und schlief fast übergangslos ein. Erleichtert kuschelte ich mich an sie und schloss die Augen.

Bereits um halb acht war sie wieder auf den Beinen, um sich von mir zu verabschieden. Zweimal rief ich vom Büro an, zweimal würgte sie mich mit den Worten ab: »Ich kann dir jetzt nicht zuhören, ich sitze am Klappentext!«

»Hast du dir schon was für das Cover überlegt?«, wagte ich zu fragen.

Mehrere Schrecksekunden verstrichen.

»Ich schaue nachher nach einem Premade«, antwortete Caro endlich. »Und jetzt lass mich bitte weitermachen.«

Auf dem Nachhauseweg kaufte ich genug Schokolade für eine Fußballmannschaft und zwei Flaschen von Caros Lieblings-Rosé-Wein. Gnädig ließ Caro mich alles in ihrem Büro abladen, bevor sie mich hinauskomplimentierte. Ich zögerte.

»Was?«, fragte sie gereizt.

»Hast du heute schon eine Pause eingelegt? Oder geduscht?«, fragte ich, obwohl ihre geschwollenen Augen Antwort genug waren.

»Nö.« Sofort heftete sie den Blick wieder auf den Bildschirm. »Vor mir liegen noch zweihundert Seiten. Wenn ich Freitag fertig sein will, habe ich für so was keine Zeit.«

»Aber ...«

»Kannst du mich bitte weitermachen lassen!«

Bevor ich ging, kippte ich das Zimmerfenster auf. »Ich bin im Wohnzimmer«, verabschiedete ich mich und schlich die Treppe hinunter.

Bevor ich ins Bett ging, lauschte ich an Caros Bürotür. Dahinter herrschte Schweigen. Sacht drückte ich die Klinke hinunter und schob die Tür auf, um Caro nicht zu erschrecken. Sie schlief friedlich in ihrem Lieblingssessel. Vorsichtig nahm ich den laufenden Laptop von ihren Knien, deckte Caro zu, sicherte die Textdatei auf zwei USB-Sticks und schlich hinaus.

Am nächsten Morgen taumelte sie auf einen schnellen Kaffee in die Küche. Vorsichtig sog ich die Luft ein, als sie an mir vorbei zum Kühlschrank wankte. »Ich kann die Heizung im Bad einschalten. Dann hast du es schön warm beim Duschen.«

»Willst du damit sagen, dass ich stinke?«

»Eventuell.«

Gierig stürzte Caro eine Tasse Milch hinunter. »Dann wäre es wirklich lieb von dir, wenn du das Bad heizt.« Sie fröstelte. »Was gibt es denn zum Frühstück?« Bevor ich ging, richtete ich ihr ein Tablett mit ein paar Leckereien. Verabschieden konnte ich mich nicht, weil Caro bereits lang und ausgiebig duschte.

Kurz nach zehn rief sie in höchster Panik an, weil die letzte Version ihres Krimis von der Festplatte verschwunden war. Ich beruhigte sie und schickte ihr die Version, die ich am Vorabend auf meine Sticks gesichert hatte, per E-Mail.

»Wie geht es denn voran?«, fragte ich, um ihr zu signalisieren, dass ich mich nicht nur oberflächlich für ihr Projekt interessierte.

»Ich muss die letzten überarbeiteten Seiten noch mal lesen, weil ich fürchte, dass ich ganz viele schlimme Sachen übersehen habe.« Caro klang alles andere als glücklich.

»Meinst du denn, du schaffst die Überarbeitung bis Freitag?«

Lothar warf mir einen interessierten Blick zu. Es war wieder Zeit für die dröge Quartalsabrechnung, da war ihm wie mir jede Abwechslung recht.

»Weiß nicht.« Aus dem Hörer drang ein Schnüffeln. Caro weinte leise. Sie war fix und fertig. »Ich habe nur noch knapp achtzig Seiten. Aber es zieht sich so. Und ich muss noch die Korrektur machen. Und überhaupt.« Sie schnäuzte sich. »Am liebsten würde ich alles hinwerfen und nie wieder auch nur einen einzigen Satz tippen.«

Irgendwo in meinem Kopf öffneten sich zwei Türen. Durch die eine fiel mattes Licht. Dahinter wartete tiefe Ruhe, aber auch Agonie. Hinter der anderen gleißte verheißungsvoller Sonnenschein. Zum zweiten Mal war Caro bereit, eine Kehrtwende einzulegen, um sich von ihrer Passion, dem Schreiben, zu verabschieden. Ich brauchte sie nur an der Hand zu nehmen und in das matte Licht zu führen, um das Projekt vor der Vollendung und ihr Hobby für immer zu begraben. So, wie ich es mir lange Zeit gewünscht hatte. Doch das wollte ich plötzlich nicht mehr. Denn ich war es doch gewesen, die sie in den letzten Tagen darin bestärkt hatte, den Krimi abzuschließen, damit sie ihn endlich herausbringen konnte. Bisher markierte die Veröffentlichung für mich den Abschluss einer anstrengenden Lebensphase. Doch während ich Caros belegter Stimme am Telefon lauschte, begriff ich, dass es mir um etwas ganz anderes ging.

»Ach, Caro.« Neue Energie durchströmte mich, keine Ahnung, woher sie kam. »Du weißt doch selbst, dass das Aufgebenwollen dazugehört. Das war bei deinem ersten Krimi ›Am Ende tot‹ genauso. Ich bin sicher, dass du die letzten Seiten schaffst. Wenn nicht am Freitag, dann bis Sonntagabend.« Für den nächsten Satz musste ich tief Luft schöpfen, denn das Begreifen meiner Absicht hinter meinem Verhalten setzte sich wie eine Mauer in mir zusammen. Ich musste sie durchbrechen, obwohl ich spürte, dass sie meinen Zwang, der sich letztlich daraus ergab, hätte verhindern können. »Ich kann die Abschlusskorrektur für dich machen. Und du ruhst dich derweil aus. Okay?«

»Okay«, flüsterte Caro. »Danke. Ich liebe dich.«

»Ich liebe dich«, hauchte ich.

Wir legten auf. Verdammt. Gerade waren wir durch die Tür ins trügerisch-gleißende Licht gegangen. Weil wir es beim ersten Mal auch so gemacht hatten. Ich liebte Caro, und Caro war Schriftstellerin. Sie veröffentlichte Bücher. Wenn sie es nicht mehr tat, was blieb dann noch von ihr übrig? Wurde sie am Ende ein anderer Mensch? Andererseits: Wäre sie einfach nur Caro, hätte sie auch mehr Zeit für mich. Tage, in denen sie nur knapp dem Zusammenbruch entging, weil ich sie auffing, wären dann Geschichte. Aber bräuchte sie mich dann überhaupt noch, wenn ich sie nicht mehr retten musste?

Schaudernd kehrte ich meinem Gedankenspiel den Rücken. Die Quartalsabrechnung wartete. Sie bedeutete finanzielle Sicherheit, genau wie Caros Tätigkeit als Schriftstellerin mich emotional an einen Ort brachte, wo ich mich sicher fühlte. Aber das war doch Wahnsinn. So dachten nur Psychopaten ... Doch nun gab es für uns kein Zurück mehr.

Dann zerfloss alles in grauem Nebel. Caro hatte es tatsächlich geschafft, die Überarbeitung bis zum Abend abzuschließen. Erschöpft hatte sie ein Abendessen für uns beide zubereitet. Danach setzte ich mich mit meinem Laptop ins Wohnzimmer und begann, ihren Krimi zu korrigieren. Sie saß in ihrem Büro und bereitete die Buchwerbung vor. Wir bildeten eine Einheit, einen Organismus, der in getrennten Sektionen zusammenarbeitete, was für mich heute verrückt klingt, aber damals fantastisch war. Schließlich unterstützte ich Caro darin, so zu bleiben, wie ich sie kannte und liebte.

Freitagabend, kurz nach dreiundzwanzig Uhr. Müde ließ ich den Kopf auf die Rückenlehne fallen. Caro wollte letzte Hand an den Text legen, sobald ich mit der Korrektur fertig war. Jedoch konnte ich mich vor Erschöpfung kaum noch rühren. Dabei hatte ich nur lesen müssen, was sie sich mühsam ausgedacht und formuliert hatte. Sie tippte gerade den letzten der Posts, mit denen sie ihren Blog bestücken wollte, als ich den Kopf zu ihrer Bürotür hineinsteckte und »fertig« krächzte.

Nach ein paar selbst auferlegten Stunden Schlaf setzte Caro sich zum letzten Mal an ihren Text, besserte aus, formulierte um, band schließlich alles in eine Datei ein und lud sie mit einem schicken Premade-Cover bei einem Online-Vertrieb hoch.

Danach schliefen wir bis weit in den nächsten Tag hinein.

**

Keine Ahnung, wo Caro die Gelben Seiten herausgekramt hatte, mit denen sie am späten Sonntagvormittag in der Küche am Tisch saß. Erschöpft blätterte sie eine hauchdünne Seite nach der anderen um.

Ich schaute ihr über die Schulter. »Was suchst du denn?«

»Einen Therapeuten. Ich will nie, nie wieder so einen Höllenritt erleben wie in der letzten Woche. Ich muss echt bekloppt gewesen sein.« Konzentriert las sie einen Eintrag nach dem anderen. »Oder soll ich mich lieber ganzheitlich beim Heilpraktiker durchchecken lassen?«

Konsterniert wandte ich mich der Kaffeemaschine zu. »Wieso denn ein Heilpraktiker? Soll der deine Seele freizaubern?«

»Quatsch. Aber ich bin nicht verrückt, sondern nur ein wenig neben der Spur wegen der blöden Schreiberei.« Gedankenverloren massierte sie sich den Nacken mit der freien Hand. »Vielleicht muss ich mich wirklich komplett neu orientieren. Es gibt so viele andere Themen da draußen, mit denen ich mich auseinandersetzen kann, statt drin zu hocken und zu schreiben.«

Bestürzt hielt ich beim Abzählen der Kaffeemessbecher inne. Sie konnte doch nicht einfach so aufhören, ausgerechnet jetzt, wo wir gemeinsam ihre Schreibblockade überwunden hatten. Meine innere Sicherheit bröckelte spürbar. Wenn mir nichts einfiel, würde Caro mich ebenfalls über kurz oder lang infrage stellen.

»Na ja.« Zitternd leerte ich den letzten Löffel in den Kaffeefilter. »Du kannst sicher das eine oder andere neu entdecken, aber ganz würde ich das Schreiben nicht sein lassen. Immerhin machst du es schon eine Weile. Und du hast dir auch schon was aufgebaut.«

»Stimmt. Einen Pressplatten-Schreibtisch zum Beispiel und ein Bücherregal von Ikea.« Klatschend landeten die Gelben Seiten auf dem Küchentisch. »Dafür habe ich gerne auf einen einträglichen Job, Rentensicherheit und einen Freundeskreis verzichtet.« Kritisch musterte sie die Ärmel ihres abgewetzten Bademantels. »Wer braucht schon Kleidung ohne Löcher oder täglich drei gesunde Mahlzeiten, wenn man ganz easy von Luft, Liebe und Literatur leben kann?«

»Mensch, Caro!«, machte ich meinem Ärger Luft. »Weißt du eigentlich, dass du gerade auch meine Arbeit wegwirfst?«

»Nur, weil du einmal mitgeholfen hast, brauchst du dich nicht aufzuführen!«, schrie sie wutentbrannt.

Eine Weile bestimmte das Schnorcheln und Rülpsen der Kaffeemaschine die Geräuschkulisse. Weil mir beim besten Willen nichts einfiel, womit ich Caro beruhigen konnte, tat ich das, was mir am leichtesten fiel: Ich sorgte für Normalität. Es war Sonntag, was machten wir sonntags um diese Zeit?

»Ich gehe Brötchen holen und bereite das Frühstück vor. Du kannst solang duschen, wenn du möchtest.« Die Worte hatte ich irgendwie an dem Kloß in meinem Hals vorbeigequetscht. »Dann essen wir gemütlich und dabei besprechen wir, wie es für dich weitergeht, ja?«

Reglos starrte Caro vor sich hin. »Ich will nicht mehr schreiben«, sagte sie stur. »Aber eine Dusche und was zu essen sind trotzdem keine schlechte Idee.« Mit versteinerter Miene stakste sie an mir vorbei. Sie musste gespürt haben, wie bedrohlich ich ihren Wunsch nach Veränderung empfand. Natürlich hätte ich auch sofort mit ihr darüber reden können. Aber meine Ängste kamen mir selbst irrational und lächerlich vor. Sie sollte mich nicht für eine Psychopatin halten.

Das Thema »Therapeut, ja oder nein?« hatten wir beim Frühstück rasch abgehakt. Caro wollte sich ab Montagfrüh durch die ellenlange Auflistung in den Gelben Seiten telefonieren. Dann würde sie in aller Ruhe durch die Nürnberger Innenstadt spazieren, in den kommenden Tagen die verschiedenen Parks besuchen und nur das tun, wonach ihr der Sinn stand. Meiner Meinung nach hatte sie sich diese Auszeit redlich verdient. Aber sie freute sich in meinen Augen nicht richtig darüber. Man hätte meinen können, ihr käme diese Pause ungelegen.

Die nächsten Tage kamen und vergingen gänzlich undramatisch. In unserer Kommunikation tat sich ein schwarzes Loch auf. Nun, da Caro nicht mehr schreiben wollte, war es sinnlos, über Krimis, Bücher und die bevorstehende Buchmesse in Frankfurt zu sprechen. Aber was gab es noch? Nach wie vor interessierte ich mich für historische Stätten, Kunstausstellungen, Museen und Astronomie. Wie gern wäre ich am eintrittsfreien Mittwochabend mit Caro durch das Germanische Nationalmuseum geschlendert, aber sie wollte nicht. Ersatzweise spazierten wir an der fünf Kilometer langen Stadtmauer entlang, beginnend auf dem Burgberg. Weil es auf dem Weg lag, kehrten wir für einen japanischen Anime-Film ins Cinecitta ein und setzten danach unseren Weg fort, bis wir wieder auf dem Burgberg ankamen. Die frühe Dunkelheit und die feuchte Kälte machten klar, dass der September sich dem Ende entgegen neigte. Weil wir trotz der vorgerückten Stunde noch nicht nach Hause wollten, schlenderten wir zur Brücke über den Burggraben und schlugen den Weg hinauf zur Freiung ein. Den Blick über die nächtliche Stadt mussten wir uns mit ein paar unermüdlichen Touristen aus Süd- und Osteuropa, Asien und den USA teilen.

»Meinst du, du kriegst im Oktober Urlaub? Ich könnte ein bisschen Sonne vertragen.« Wenn Caro sprach, stiegen Atemwolken auf.

Ich fröstelte. »Auf Fuerteventura ist es jetzt auch nicht wärmer.« Urlaub im Herbst kam mir nicht richtig vor. Wir hatten doch erst im Sommer zwei Wochen an der Costa Calma verbracht.

»Unsinn. Dort hat es fünfzehn bis zwanzig Grad und eine Sonnenstunde mehr.« Umständlich suchte Caro nach einem Taschentuch und putzte sich die Nase. »Wir könnten auch wieder mehr tanzen.«

»Dazu müssen wir nicht nach Fuerteventura fliegen. Außerdem ist jetzt erst mal Lothar dran. Der hat seinen Wanderurlaub im Hunsrück schon vor Monaten eingetragen.« Caros Vorschlag traf mich unvorbereitet. Bisher hatte ich noch keine Gelegenheit gehabt, mir mein Haus am Meer im Herbst vorzustellen. Ich brauchte Zeit, um zu überlegen, was wir dort für die kalte Jahreszeit alles benötigten. Es nützte nichts, das Haus mit billigem Krempel vollzustellen und bei jedem Besuch etwas für viel Geld reparieren zu lassen. Es mussten solide Sachen her, Möbel aus Vollholz, sorgfältig geknüpfte Teppiche, bruchsicheres Geschirr. Man sollte sich auf sein Hab und Gut verlassen können.

»Schade«, kommentierte Caro. »Mir ist kalt. Lass uns nach Hause gehen.«

Von hier oben war es nur ein Katzensprung zu unserem Domizil. Ich ging ins Bett, denn am nächsten Morgen musste ich früh aus den Federn. Caro setzte sich noch für ein Weilchen ins Wohnzimmer, wie sie sagte, um zur Ruhe zu kommen. Später schreckte ich auf, als sich die Matratze senkte. Der Wecker zeigte kurz nach vier Uhr, der neue Tag würde bald beginnen. Neben mir seufzte Caro und schlief ein. Das wiederholte sich ein paar Male, auch an den Wochenenden. Erst wunderte ich mich, dann nervte es, jedes Mal davon aufzuwachen. Schließlich fragte ich mich, ob Caro noch etwas anderes plagte.

»Warst du eigentlich schon bei einem Therapeuten?« Ich wollte nicht zu besorgt klingen, um nicht Caros Unmut zu erregen. Sie war seit dem Abend auf der Freiung sehr still geworden und reagierte mitunter überraschend heftig.

»Morgen gehe ich zu einer Psychotante in der Rosenau.« Nachdenklich stocherte sie in ihrem Selleriesalat herum. Seit Neuestem gab es jeden Abend zu den belegten Broten irgendetwas aus Pflanzen, mariniert mit Essig und Öl. »Wir werden sehen, ob es etwas bringt.«

»Gib ihr eine Chance«, bat ich.

Sie lächelte. »Keine Sorge. Notfalls wandert das Gespräch in meinen Recherchepool.«

Caros Recherchepool, ihr heiliger Ideengral, aus dem sie stets Begebenheiten und Überraschungen für ihre Romane gezogen hatte. Auch er lag nun brach.

»Heute wurden übrigens die E-Book-Cards für den zweiten Krimi geliefert.« So etwas wie verzweifelter Schwung kam in Caros Stimme auf. »Willst du sie mal sehen?«

Überrascht legte ich mein Butterbrot auf den Teller. »Ich wusste gar nicht, dass du welche bestellt hast.«

»Das war an dem Abend, als ich den letzten Krimi hochgeladen habe. Da war ich noch zuversichtlich.« Sie holte einen mittelgroßen Karton aus dem Flur und stellte ihn auf den ungenutzten dritten Küchenstuhl. Vorsichtig nahm sie die oberste der cellophanierte Karten heraus und klappte sie auf. »Fünfhundert Stück. So viel Müll für nichts und wieder nichts.« Verächtlich warf sie sie zurück in den Karton. »Eigentlich kann ich den Kram so, wie er ist, in die Tonne hauen.«

Ich dachte an die unbrauchbar gewordenen Karten ihres ersten Krimis, die in einem Karton in der Ecke unseres Schlafzimmers verstaubten. Es wäre reine Geldverschwendung gewesen, wenn diese Karten das gleiche

Schicksal ereilte. Rasch schob ich Caros Hände zur Seite und griff nun ebenfalls in den Karton. »Mann, Caro, die sind doch total schön! Wenn ich katholisch wäre, würde ich sagen: Wegwerfen kommt einer Sünde gleich.«

»Danke, dass du mich trösten willst.«

»Gerne.« Der nächste Gedanke stieg wie eine heiße Lavablase auf. Ich musste ihn unreflektiert aussprechen, sonst wäre ich innerlich verglüht. »Lass uns morgen Abend die Buchhandlungen in der Innenstadt abklappern. Vielleicht gefallen die Karten nicht nur mir.«

Caro zögerte, legte den Kopf erst auf die eine, dann auf die andere Seite. »Die hatte ich eigentlich als Give-away gedacht.«

»Was?«

»Ja, weil E-Books doch keine richtigen Bücher sind«, erklärte sie langsam. »Und ich will keine echten Bücher verschenken. Da dachte ich, das wäre eine gute Alternative.«

»Quatsch. Die werden verkauft wie andere E-Book-Cards auch. Wie teuer ist dein E-Book denn?«

Aber Caro winkte ab. »So viel kommt bei dem Verkauf bestimmt nicht rum. Ich werde die Karten verschenken.«

Mit der Fingerspitze fuhr ich den Titel auf dem Papier nach. Allmählich war ich Caros konsequente Selbstverleugnung leid. »Weißt du, was mich an der Sache stört? Du tust nicht mal so, als ob du um deinen Traum kämpfst.«

»Der Traum hat sich als Seifenblase erwiesen und ist geplatzt.« Das sollte wahrscheinlich Caros letzter Satz zum Thema E-Book-Cards sein. Sie klappte den Karton zu und trug ihn zurück in den Flur. »Ich sollte mir ein realistisches Ziel suchen.«

Die Tränen ließen sich kaum noch zurückhalten. Nein, so funktionierte das nicht! Nicht, nachdem ich alles ausgehalten und sie darin unterstützt hatte, etwas Eigenes zu kreieren, damit sie endlich zufrieden mit sich und der Welt war.

Vier-, fünfmal schnaubte ich energisch. Die Tränen mussten weg, sonst war das Gespräch gestorben! Zum x-ten Mal war ich an dem Punkt, die Dinge einfach laufenzulassen und zu akzeptieren, dass Caro plausible Gründe hatte, sich zu verändern. Sicher hatte sie sich die Entscheidung alles andere als leicht gemacht. Nur hatte sie mich meiner Meinung nach nicht genügend einbezogen. Weil sie wohl nicht nur einmal gespürt hatte, dass ich sie nicht ganz ernst nahm.

Bisher.

Doch jetzt ging es nicht nur um Caros Zukunft als Nicht-mehr-Schriftstellerin, sondern auch um die anderen Veränderungen, die sich damit einstellten. Und meine Angst, dass unsere Ehe es zwar aufs Papier geschafft, aber in Wirklichkeit keine andere Basis als unsere Ambivalenz zur Schreiberei hatte: Caro liebte die Schriftstellerei, gab sie aber wegen anhaltender Erfolglosigkeit auf. Ich hasste es, dass Caro schrieb, weil ich eifersüchtig auf die Buchstaben war, die uns so viel Zeit stahlen. Ich hätte glücklich sein müssen, dass sie bereit war, sich einen anderen Lebensinhalt zu suchen. Aber bereits jetzt wussten wir nicht, worüber wir uns sonst unterhalten sollten. Es war nicht mehr wie zu Beginn unserer Partnerschaft, wo alles schön war, solang wir es zusammen taten. Das hier war der langweilige Alltag. Gnadenlos war zutage getreten, dass unsere gemeinsamen Interessen lediglich Gefallen waren, die man der anderen erwies, um sie für sich zu begeistern. Und jetzt noch das immer wiederkehrende Gesprächsloch. Das packte ich nicht.

»Ich muss dir was gestehen«, sagte ich leise.

Caro runzelte die Stirn und kam in die Küche zurück. »Was denn?«

»Wenn ich morgens im Stau auf der Stadtautobahn stehe, beneide ich dich darum, dass du hier in deinem gemütlichen Büro sitzt. Dass du so arbeiten kannst, wie du es dir immer gewünscht hast. Und das wirfst du einfach so weg, ohne alles ausgeschöpft zu haben, was geht.« Ich deutete auf die Karte in meiner Hand. »Die hier zum Beispiel. Warum willst du sie denn nicht verkaufen? Da steckt Arbeitszeit drin. Lebenszeit! Du hast ein Recht darauf, dafür Geld zu verlangen. Das ist nicht bloß eine popelige Werbemaßnahme. Verstehst du? Die ist was wert.«

»Aber dafür müssen die Karten auch gekauft werden«, unterbrach Caro mich, »und dafür müsste sie in den Buchhandlungen auslegen und der Buchhandel ist den E-Book-Cards gegenüber eher skeptisch, weil die Kunden sie nicht annehmen und …«

»Genau das meine ich.« Ich seufzte. »Lieber plapperst du nach, was du täglich in deinen fünfzig Autorenforen liest, statt es selbst zu versuchen. Du hast dieses Haus, Zeit und Geld, worauf wartest du noch?«

Interessiert verschränkte Caro die Arme vor der Brust. »Bist du unter die Motivationstrainer gegangen oder wo kommt das her?«

»Ich meine es ernst. Hast du schon mal deine Bücher persönlich in den Buchhandlungen auf Kommission angeboten?«, bohrte ich nach. »Oder hast du wenigstens mal daran gedacht?«

»Nein«, gab Caro zu. »Weil ich schon ganz oft gelesen habe, dass Buchhändler Bücher von Selfpublishern nicht auslegen.«

»Das heißt, du hast diese Info niemals nachgeprüft?«

»Ach, Steffi.« Müde sank Caro auf ihren Stuhl und biss in ihr Käsebrot. »Wie viele Bücher von Selfpublishern hast *du* denn schon in Buchhandlungen auslegen sehen?«

Nein. Nein! Ich wollte einfach nicht hinnehmen, dass sie wieder aufgab! »Wieso liegen denn keine aus? Wahrscheinlich, weil alle Selfpublisher lieber zu Hause sitzen und jammern, statt den einen Buchhändler aufzutun, der ihr Buch toll findet und es seinen Kunden anbietet!«

»Aber …«

Meine Wut schoss hoch, weil Caro mir gedanklich nicht folgen wollte. »Und wieso erzählst du mir ständig, dass E-Books keine richtigen Bücher sind? Da steht auch Text drin oder irre ich mich?«

»Aber das sinnliche Erlebnis fehlt!«, rief Caro verzweifelt. »Frag doch mal die Leser, was die dazu sagen. Die wollen mit allen Sinnen lesen! Die wollen riechen und anfassen und hören und …«

Doch nun kam ich richtig in Fahrt. Erst kürzlich hatte Caro eine Statistik des Buchhandels studiert, in der es um Marktanteile von E-Books und Printausgaben ging. »Und wie erklärst du dir dann, dass im letzten Jahr über zehn Millionen E-Books im Online-Handel umgesetzt wurden, obwohl angeblich kein E-Book dazu in der Lage ist, dem Kunden ein sinnliches Leseerlebnis zu bescheren?« Caro schwieg verdattert. Es wurde Zeit, meinen Trumpf auszuspielen. »Und kannst du dich zufällig noch daran erinnern, dass in dieser Statistik zum ersten Mal auch der Anteil der Selfpublisher-Titel aufgeführt wurde? Es gibt sogar Berichte über deutsche Selfpublisher-Bestsellerautoren!« Die Kerzenflamme auf dem Esstisch blakte hoch und riss meine Wut mit. Dann fiel sie wieder zusammen und leuchtete, als wäre alles in Ordnung.

»Stimmt«, gab Caro zu. »Daran habe ich gar nicht mehr gedacht.«

»Siehst du?« Zitternde Erleichterung durchflutete mich. »Das bedeutet, dass es möglich ist, als Selfpublisher genug Geld zum Leben zu verdienen.«

»Das weiß ich. Die Frage ist, ob ich auch das Zeug dazu habe.« Die Selbstzweifel standen Caro ins Gesicht geschrieben, aber in ihren Augen glitzerte auch so etwas wie Hoffnung.

Beherzt legte ich die E-Book-Card neben ihren Teller. »Du solltest es auf jeden Fall probieren. Ich unterstütze dich dabei. Weil ich an dich glaube.«

Gut, das fand selbst ich ein wenig dick aufgetragen. Aber wenn das der Stoß war, den Caro brauchte, um in die Puschen zu kommen, dann waren US-amerikanische Serienfloskeln in Ordnung.

»Also du tingelst mit mir durch die Buchhandlungen und bietest mit mir die E-Book-Cards an?«, vergewisserte Caro sich.

Ich nickte. »Zum Beispiel. Wenn es dir weiterhilft. Morgen nach der Arbeit kann ich loslegen.«

Aus dem Glitzern in Caros Augen wurde lebendige Begeisterung. Plötzlich war der Druck, eine neue Aufgabe zu finden, bei ihr wie weggeblasen. Nach dem Abendessen setzten wir uns in ihr Büro und stellten eine Liste aller infrage kommenden Buchhandlungen im Bereich Nürnberg-Fürth-Erlangen zusammen. Caro nahm sich das Nürnberger Stadtgebiet vor. Da die Moorenbrunner Niederlassung relativ günstig an der Autobahn lag, wollte ich nach Feierabend alles abklappern, was mit den Öffentlichen umständlich oder gar nicht erreichbar war.

Zwei Wochen waren wir gut ausgelastet. Tagsüber arbeitete ich mit Lothar in unserem Büro, abends fuhr ich bei zwei bis drei Buchhandlungen vorbei. Wie Caro vorausgesagt hatte, hielt sich das Interesse der Buchhändler in Grenzen, aber so gut wie alle gaben Caros E-Book-Cards eine Chance. »Im Weihnachtsgeschäft kann man manchmal die kuriosesten Titel verkaufen, nur weil die Leser Geschenke brauchen«, vertraute mir eine Buchhändlerin an. Wahrscheinlich hatte sie das nicht böse gemeint, aber der Satz hatte im Hinblick auf Caros Krimi-Karte einen seltsamen Beigeschmack.

Das Erstgespräch bei einem psychologischen Berater mit Zulassung nach Heilpraktikergesetz überzeugte Caro nicht davon, dass sie dort Antworten auf ihre Fragen finden konnte. Sie vereinbarte weitere Erstgespräche mit anderen Therapeuten, bis sie bei einer Psychotherapeutin landete, die nur Privatpatienten behandelte. »Sie ist nett und wir können ganz locker ratschen«, hatte Caro ihre Wahl begründet und gleich einen festen Wochentermin mit vereinbart. Der Stundensatz, den Caro als Privatpatientin vorstreckte, verschlug mir erst mal die Sprache, aber wenn es half!

Die restliche Zeit streifte Caro durch die Stadt, verteilte E-Book-Cards in Buchhandlungen, studierte das Angebot des Bildungswerks und ließ die Tage an sich vorüberziehen. Trotzdem war nicht zu übersehen, dass sie nach wie vor auf den großen Durchbruch hoffte. Genau wie ich. Damit wir eine große gemeinsame Sache hatten, die unsere Beziehung am Leben hielt. Doch egal, wie viele Blogposts Caro zu ihren beiden Krimis verfasste, in welchen Foren sie sich über ihre neueste Strategie ausließ, welchen Rezensenten oder Buchblogger sie mit dem Hinweis auf die Veröffentlichung in dem großen Publikumsverlag auch anschrieb: Ihr neuer Krimi wurde höflich als eine der täglich knapp 300 Buchveröffentlichungen zur Kenntnis genommen und darüber hinaus ignoriert. Der Erfolg wollte sich einfach nicht einstellen. Auch die Halbjahresabrechnung des großen Verlags über ihren ersten Krimi hatte anfangs wesentlich besser ausgesehen.

Caro wurde geradezu schmerzhaft schweigsam. Die depressive Verstimmung ergriff so heftig von ihr Besitz, dass mir angst und bange wurde.

Die Gespräche mit der Therapeutin schlugen offensichtlich nicht an. Doch Caro wollte nicht davon lassen, weil sie ihr trotzdem etwas zu geben schienen, während ich hilflos und mit leeren Händen danebenstand. Ich wurde das Gefühl nicht los, Caro trotz aller Bemühungen längst verloren zu haben.

***

Der erste Advent bescherte Caro und mir traditionell eine Einladung zum Sonntagskaffee bei Mutti. Obwohl Caro alles tat, um die Traurigkeit abzuschütteln, war es ein trauriges Beisammensein. Am zweiten Advent kam Mutti deshalb zu uns mit dem Ergebnis, dass Caro sich nach einer Weile wegen einer heftigen Migräne zurückzog.

»So kann das doch nicht weitergehen«, murrte Mutti. »Warum unternimmt ihre Therapeutin denn nichts?«

Nicht nur im Stillen gab ich ihr recht. »Keine Ahnung. Aber ich glaube, nicht mal Caro weiß, was mit ihr los ist. Wie soll ihr dann eine Fremde helfen?«

»Ich finde es trotzdem fahrlässig. Wenn jemand so daneben ist, kann man doch versuchen, ihn mit Tabletten auf den richtigen Weg zu bringen.« Sie schenkte sich Kaffee nach. »Oder Caro geht eine Weile in ein Sanatorium, bis es ihr wieder bessergeht.«

»Ach, Mutti!«, stöhnte ich. »Sanatorien gibt es nur noch in furchtbar langweiligen Schullektüren oder Filmen, die um die Jahrhundertwende spielen.«

Mutti ließ sich jedoch nicht von diesem Gedanken abbringen. »Was spricht denn bitte schön gegen eine Kur?«

»Zum Beispiel Caros Alter«, begann ich. »Auf Kur fahren nur alte Tanten.«

Trotz der Situation musste Mutti lachen. »Quatsch mit Soße! Und jetzt Schluss damit. Sieh zu, dass Caro eine Kur bekommt, damit sie endlich wieder lachen kann!« Damit befahl sie mir klipp und klar, dass ich mich noch mehr um meine Frau kümmern sollte. Ich hätte es getan, wenn ich gewusst hätte, wie.

Am Montag sprach ich mit Lothar darüber, über Weihnachten bis in den Januar hinein Urlaub zu nehmen. Die Zeit wollte ich mit Caro in unserem Haus am Meer verbringen, Sonne tanken, die Seele baumeln lassen, eventuell einen weiteren Tanzkurs belegen. Denn hieß es nicht, dass Sonnenlicht ein wirksames Gegenmittel bei depressiven Verstimmungen war? Caro stimmte meinem Vorschlag ausdruckslos zu. Während ich unsere Flüge buchte, buk sie einen Schokoladenkuchen.

»Vom 25. Dezember bis zum 19. Januar? Das sind knapp vier Wochen«, stellte sie mit Blick auf die Flugdaten fest. »Ich weiß gar nicht, ob ich so viel Sonne vertrage.«

»Wird schon werden.« Zärtlich fuhr ich mit den Fingerspitzen über ihre Wange. »Im Herbst wolltest du doch noch in die Sonne.«

»Auch wieder wahr.« Der Timer am Backofen piepste, der Kuchen war fertig. Caro stand auf und ging hinunter in die Küche. Morgen würde sie mir ein Stück davon als Frühstück einpacken. Und ich würde allein am Stehtisch in der Ecke beim Kaffeeautomaten stehen und mich bei jedem Bissen daran erinnern, dass wir vor etwas mehr als einem halben Jahr unsere Frühstückspause noch gemeinsam gehalten hatten.

Die Verkaufszahlen von Caros Krimis stagnierten indes. Ganze vier Leute hatten eine Printausgabe ihres neuen Krimis gekauft. Dem gegenüber standen zwanzig verkaufte E-Books. Bei dem Verlagskrimi sah es nicht besser aus, berichtete sie mir ein paar Abende später.

»Es ist, als würde sich die komplette Leserschaft von mir abwenden. Ich bekomme nicht mal mehr Freundschaftsanfragen auf den Social-Media-Plattformen. So uninteressant bin ich geworden.«

»Aber hast nicht du mir erzählt, dass die Weihnachtszeit für Selfpublisher ganz schrecklich ist?«, versuchte ich, diesen Gedanken zu relativieren.

»Ja, aber da ist mir das noch nicht so auf die Nerven gegangen. Da hatte ich auch noch ein Einkommen und so was wie ein soziales Umfeld.« Nachdenklich nippte sie an ihrem selbst gepressten Litschi-Mandarinen-Saft. Seit November lag ihr Interesse eindeutig auf Zitrusfrüchten.

Ernst nickte ich. »Damals hattest du auch noch kein Haus und keine hunderttausend Euro auf der hohen Kante. Und verheiratet warst du auch noch nicht.«

Sie bedachte mich mit einem langen Blick. »Vor ein paar Wochen hätte ich darüber gelacht, oder?«

»Denke schon.«

Wortlos stand sie auf und ging hinaus. Ich hörte die Tür ihres Büros ins Schloss fallen. Es klang nicht so, als ob sie bald wieder zu mir herunterkommen würde. Eigentlich hatten wir eine Flasche Ginger Ale köpfen wollen.

Caro bat mich, sie zum nächsten Termin mit ihrer Therapeutin zu begleiten, damit sie mich auch kennenlernte. Ich willigte ein, denn ich hoffte auf Antworten. Nach dem Termin war ich gelinde gesagt verwirrt. Nach meiner Vorstellung hätten wir ein Gespräch zu dritt führen sollen. Tatsächlich hatte die Therapeutin, sobald ich einen Satz begann, mich mit einer Frage unterbrochen. Bei den ersten beiden Fragen hatte ich kurze Antworten eingeschoben, um danach meinen Satz fortzuführen, doch schließlich verstummte ich. Diese Therapeutin hörte einfach nicht auf, mich mit Fragen zu bombardieren. Caro war es nicht anders ergangen, und so hatten wir uns nach einer halben Stunde verabschiedet.

Wie benebelt stand ich in der Dezemberkälte vor dem Praxisgebäude. »Ist die immer so?«

»Ja. Heute war die letzte probatorische Sitzung. Meiner Meinung nach braucht die Therapeutin eine Behandlung, nicht ich. Ich verrate dir was.« Caro wirkte ziemlich entschlossen. »Da gehe ich nicht mehr hin, und zu einem anderen Therapeuten gehe ich auch nicht. Die haben doch alle ein Rad ab!«

Die nahe Ampel sprang auf Grün. Wagen aller Kategorien fuhren an und brausten an uns vorbei. Ich zog Caro die Treppe hinunter in die Rosenau, um mich von dieser seltsamen Zusammenkunft freizulaufen. »Was wird aus deiner depressiven Verstimmung?«

Nachdenklich kickte Caro ein paar Steinchen aus dem Weg. Zwei dick vermummte Radfahrer flitzten um uns herum. Eine Frau mit Kinderwagen zog eilig an uns vorbei. Dabei redete sie beruhigend auf das aufgeregt brabbelnde Baby im Wagen ein. Eine Weile sah Caro ihr nach. »Mit ein bisschen Sonne wird das schon wieder. Hoffe ich.«

»Und wenn nicht?«

»Dann gehe ich auf keinen Fall wieder zu der da oben!« Wütend schlug sie die Schuhspitze gegen einen Tannenzapfen. Im hohen Bogen flog er davon. »Weil ich was Besseres zu tun habe, als zuzulassen, dass uns ständig jemand über den Mund fährt!«

Mehr hatte sie dazu nicht zu sagen? »Aber es muss einen Auslöser geben. Du bist doch nicht aus heiterem Himmel depressiv geworden. Ich hatte gehofft, dass du die Ursache mit der Therapeutin herausarbeitest und das in den Griff bekommst.«

Doch Caro ging nicht darauf ein. Mit raschen Schritten durchquerte sie den Park und begleitete mich bis zu meinem Auto, das ich vor den Hesperidengärten geparkt hatte.

»Viel Spaß mit Lothar«, sagte sie zum Abschied. Ich wäre am liebsten bei Caro geblieben, aber sie wollte sowieso nicht mit mir reden.

Dann saß ich allein in meinem Auto und brachte es nicht fertig, den Zündschlüssel zu drehen. Meine Stellung als Teilabteilungsleitung erschien mir plötzlich lächerlich. Es mochte ein großes Zeichen von Wertschätzung sein, dass ich über ein Monatsbudget von mehreren zehntausend Euro entscheiden durfte. Aber solang ich meiner Frau in ihrem Kummer nicht helfen konnte, war das für mich alles nichts wert.

Mein Handy klingelte. Mutti rief an. »Wie war das Gespräch?«

»Kurz gesagt, verwirrend«, gab ich zu. »Caro will die Therapie auch nicht fortsetzen. Die Therapeutin ist ... speziell.«

»Na ja, dann findet ihr eben eine andere Lösung.« Mutti hatte genauso wenig Lust wie ich, sich länger als nötig mit diesem Thema zu beschäftigen. »Bist du zufällig noch in der Nordstadt? Könntest du für mich ein Buch im Dürerhaus abholen? Ich habe dort was bestellt und das ist jetzt geliefert worden.«

Ein Abstecher in die Innenstadt half mir vielleicht, den Kopf freizukriegen, bevor ich ins Büro fuhr. »Brauchst du es dringend?«

»Natürlich, sonst würde ich dich nicht bitten, es mir noch heute Abend vorbeizubringen. Wärst du so lieb?« Natürlich war ich so lieb. Mutti war schließlich meine liebste Mutter. Ein paar Stunden später — Lothar hatte mich früher nach Hause geschickt, das Buch lag sicher auf Muttis Couchtisch und ich war schon wieder auf dem Rückweg — dachte ich immer wieder daran, wie sehr sie sich über das Buch über mittelalterliche Sticktechniken gefreut hatte. Unaufhörlich plapperte sie darüber, dass sie sich am nächsten Morgen im Handarbeitsgeschäft mit den nötigen Materialien eindecken und bis zum Frühjahr nichts als sticken wollte.

»Das Buch wäre ein tolles Weihnachtsgeschenk gewesen, wenn du einen Ton gesagt hättest«, hörte ich mich in meiner Erinnerung sagen. Aber Mutti hatte nur übermütig gelacht und gemeint, dass sie für mich die teuren Sachen aufgehoben hätte, eine Liste bekäme ich im Lauf der nächsten Woche.

Die teuren Sachen. Und die blanke Freude darüber, dass man etwas kaufen konnte, was ihr gefiel. Einfach so.

Plötzlich war es offensichtlich, was ich tun musste, damit auch Caro wieder lachte. Ich brauchte bloß andere mit ihren Büchern zu beschenken. Zwar hatte ich keinen blassen Schimmer, wer diese anderen sein sollten, denn Freunde hatte ich nicht, nur Kollegen. Aber sie waren ein guter Anfang.

Ohne weiter darüber nachzudenken, steuerte ich die nächste Buchhandlung in Gostenhof an, die laut unserer Liste Caro bestückt hatte. Ich fand sogar einen Parkplatz vor dem Laden. Ein paar Minuten später fuhr ich rund vierzig Euro ärmer nach Hause. In meiner Lederhandtasche steckten zehn cellophanierte E-Book-Cards, genauso viele, wie Caro auf Kommission dort gelassen hatte. Am nächsten Tag würde ich sie meinen Mitarbeitern feierlich als Weihnachtsgeschenk überreichen.

Das war nur ein kleiner Teil meines Weihnachtsgeschenks für Caro.

***

Es war so einfach! Und trotzdem lag auf der Hand, dass ich meine Frau mit dieser Aktion betrog. Mein Gewissen ließ mich an diesem Abend öfter verstummen oder schweigen als in den letzten Monaten. Caro, immer noch in ihrer nachdenklichen Phase gefangen, gab mir zu verstehen, dass sie es auch spürte: Mit mir stimmte etwas nicht. Ich redete mich mit Weihnachtsblues und allgemeiner Erschöpfung heraus, streute noch ein paar Gedanken zu einem Vorgang im Büro ein, der sich bei der Abwicklung als problematisch erwiesen hatte.

»Und um deinen Zustand mache ich mir natürlich auch Gedanken«, schloss ich meinen schleppenden Monolog.

Caro schmunzelte. »Du redest wie jemand, der bald Vater wird und nicht mit der Schwangerschaft seiner Frau umgehen kann. Dabei bin ich gar nicht schwanger.«

»Ich bin einfach reif für die Insel«, murmelte ich verlegen. Das war nicht verkehrt, aber auch nur ein Teil der Wahrheit.

Am nächsten Tag war ich die Erste im Büro und organisierte mir aufdringlich kitschiges Geschenkband. Beim entspannten Weihnachtskaffeetrinken, mit dem Lothar und ich still gegen die überteuerten Weihnachtsessen rebellierten, überreichte ich jedem meiner Mitarbeiter eine E-Book-Card mit verunglückter Schleife. Meine nicht vorhandenen DIY-Fähigkeiten überdeckte ich mich überambitionierten Lobreden und fantastischen Wunschvorstellungen für das kommende Jahr.

Ich hätte schwören können, dass mein Punto nach Dienstschluss selbstständig den Weg zu einer kleinen Buchhandlung im Stadtsüden fand. Rein zufällig lagen dort E-Book-Cards für Caros zweiten Krimi »Stirb im Morgengrauen« aus. Und auch hier erstand ich alle noch vorhandenen zehn Karten und verkündete fröhlich: »Das ist doch mal ein schönes Geschenk für die Kollegen. Es ist klein, man kann etwas damit anfangen und dem Buchhandel ist auch geholfen!«

Die Buchhändlerin musste mich für eine überdrehte Abteilungsleiterin der mittleren Führungsebene halten, so verdutzt schaute sie mich an. »Ehrlich gesagt sind Sie die erste Kundin, die überhaupt nach den Karten gefragt hat«, meinte sie. »Ich persönlich hätte mich an Ihrer Stelle für einen anderen Titel entschieden, aber die Geschmäcker sind halt verschieden.«

Ihre Aussage über Caros Krimi traf mich unerwartet hart. »Dann lesen Sie wohl eher Liebesromane?«

Unentschlossen wiegte sie den Kopf hin und her. »Nein, eigentlich liebe ich Krimis, aber der hier erscheint mir, sagen wir: unfertig.«

Verdutzt schaute ich auf die Karten in meiner Hand. »Das klingt, als hätte ich die Karten lieber nicht kaufen sollen.«

»Das will ich damit nicht sagen«, widersprach sie hastig. »Aber dass ich diese Karten im Sortiment habe, ist eher eine Tat für das goldene Buch vom Nikolaus. Die Autorin tat mir so leid, weil sie ganz verzweifelt wirkte. Sie hat die Karten selbst vorbeigebracht.« Mit gerunzelter Stirn musterte ich die Karten in meiner Hand. »Ist es denn nicht üblich, dass Autoren ihre Bücher selbst vorbeibringen?«

»Ach, was!« Die Buchhändlerin winkte verächtlich ab. »Das ist eine von diesen Selfpublishern. Ich persönlich nenne die Leute Glücksritter, weil die nicht mal einen anständigen Vertrieb im Rücken haben. Die wenigsten können sich ein ordentliches Lektorat leisten! Die wollen aus nichts Geld machen.«

Das verhasste Zittern setzte wieder ein. »Also, ich finde den Klappentext und das Cover ganz hübsch.« Was in diesem Moment nicht mehr ganz der Wahrheit entsprach. Schließlich war die Buchhändlerin Profi!

»Na ja, wenn es Ihnen gefällt, ist es auch in Ordnung.« Offensichtlich war es ihr unangenehm, dass ich ihr auf den Zahn fühlte. »Kennen Sie die Autorin etwa?«, fragte sie plötzlich.

»Nein. Ich bin im Internet über ihre Website gestolpert.« Wenn ich mich hierauf wie auf ein Vertretergespräch einließ, ging es eigentlich. Vertreter lästerten gern über Produkte, für die sie nicht genug Provision zu bekommen glaubten, damit die Kunden mehr von den teuren Artikeln kauften. Das Zittern ebbte ab und nahm den aufsteigenden Ärger mit. Ich blieb ruhig und konnte mir vielleicht unbemerkt Tipps für Caros nächsten Roman holen.

Die Buchhändlerin schaute sich noch einmal um, ob sich nicht doch ein Kunde hinter einem Bücherberg verbarg. Dann winkte sie mich näher heran. Neugierig beugte ich mich über den Tresen.

»Das hier zum Beispiel.« Sie nahm mir eine Karte aus der Hand und drehte sie um. »Das ist doch kein richtiges Seitenlayout, oder?« Ihr dicker Finger tippte auf eine Zeile im Klappentext. »Da passen ganze Butterbrote zwischen die Wörter! Ein bisschen Silbentrennung wäre wirklich nicht verkehrt gewesen. Oder hier!« Diesmal fand ihr kleiner Finger etwas, was sich mir nicht sofort als Fehler offenbarte.

»Da gehört ein ganz altmodischer Genitiv hin«, erklärte die Buchhändlerin wichtig. »Nicht der Neffe von Onkel Heinz, sondern Onkel Heinz' Neffe. Aber so was interessiert Selfpublisher nicht. Die meinen, nur weil sie fünfhundert Seiten auf einer Tastatur geschrieben haben, sind sie schon Schriftsteller.«

So leid es mir in diesem Moment für Caro und mich tat: Die Buchhändlerin hatte recht! »Heinz mit Apostroph, oder?«, versuchte ich, die gelassene Kundin zu bleiben, die ich nicht mal mehr ansatzweise war.

»Ja, mit Apostroph. Aber der vermurkste Genitiv ist mir fast lieber, weil die meisten Selfpublisher das falsche Zeichen einsetzen.« Missbilligend schob die Buchhändlerin die Brille hoch.

Ich verstand nicht. »Was kann man denn bei einem Apostroph falsch machen?«

»Alles! Zum Beispiel, indem man einen Akzent macht, so einen kleinen Strich auf einem Buchstaben. Wie im Französischen. Nur ohne Buchstabe drunter.« Ein Ausdruck huschte über das Gesicht der Buchhändlerin, den ich nicht deuten konnte. »Ich will Ihnen um Gottes willen nicht Ihren Kauf schlecht reden, immerhin verdiene ich daran.«

»Es kommt mir aber fast so vor«, gab ich unsicher zu.

»Nein, bloß nicht! Ich bin schon still.« Sie machte eine Geste, mit der sie sich pantomimisch den Mund versperrte und den Schlüssel wegwarf. Als ob es dafür nicht schon zu spät war!

»Was ist Ihnen denn noch aufgefallen?«, fragte ich in einem Anflug von produktivem Masochismus. Hier konnte ich etwas für Caro lernen, ob ich wollte oder nicht.

»Das Cover«, kam es wie aus der Pistole geschossen. »Das spricht mich absolut nicht an. Wenn ich einen Krimi kaufe, erwarte ich was Düster-Dramatisches, nicht so ein komisches Dings hier.« Sie tippte auf den Revolver in der Mitte des Covers. »Der ist so schlecht gephotoshopt, das fällt sogar mir auf.«

Die Ladentür ging auf, der nächste Kunde kam.

»Nichts für ungut. Aber bedenken Sie das beim nächsten Kauf«, flüsterte die Buchhändlerin. »Oder noch besser: Kaufen Sie lieber das gedruckte Buch, daran verdiene ich mehr!«

Verdattert verabschiedete ich mich und fuhr nach Hause. Was war das denn bitte für ein Verkaufsgespräch gewesen? Und warum zum Teufel hatte diese dumme Buchhändlerin meine Freude am Cover zerstört? Ich konnte ihr schlecht sagen, dass Caro einem Grafiker dafür über hundert Euro bezahlt hatte. Nachdenklich fuhr ich nach Hause. Bevor ich ins Haus ging, nahm ich die Karten noch einmal aus der Tasche und betrachtete sie. Es stimmte, der Revolver war schlecht verblendet und die Schriftart passte nicht zum Titel. Aber die Karten waren nun mal gedruckt, ich hatte sie gekauft und musste Caro beim nächsten Buch einfach vehementer beraten.

Am nächsten Abend suchte ich erneut eine Buchhandlung von unserer Liste auf und kaufte wieder den kompletten Bestand von Caros E-Book-Cards. Aus einer Laune heraus bestellte ich zusätzlich eine gedruckte Ausgabe. Die Buchhändlerin – denn es war wieder eine Frau, kein Mann, als wäre der Buchhandel eine Frauendomäne – fragte nach der ISBN und verzog das Gesicht. »Das wird schwierig.«

Verwundert hob ich die Augenbrauen. »Aber an Ihrer Tür hängt doch ein Schild, dass Sie jedes gelistete Buch mit ISBN für Ihre Kunden bestellen können.«

Genervt stützte die Buchhändlerin sich am Verkaufstresen ab. »Das stimmt schon, solange es sich um eine deutsche ISBN handelt. Aber das hier ist eine amerikanische und ich müsste erst recherchieren, wo ich den Titel beziehen kann. Das geht wahrscheinlich nur beim großen A und dort bestelle ich aus Prinzip nichts.«

»Das große A?«

»Amazon.«

Ich nickte wissend. »Und wenn Sie es direkt bei der Autorin probieren?« Sie musterte mich, als ob ich nicht alle Tassen im Schrank hätte. »Aber Sie haben doch jetzt die E-Book-Cards, was wollen Sie denn noch mit dem richtigen Buch?«

»Die Karten will ich verschenken«, schwindelte ich, »und das Buch ist für mich. Ich bin eher der haptische Typ.«

»Ach so. Na, dann schaue ich schnell ins Büro, ob ich die Adresse der Autorin hinterlegt habe. Die Karten verkaufen wir nämlich nur auf Kommission.«

Seltsame Frau, dachte ich, denn erst vorgestern hatte Caro die Lieferscheine für die Karten durchgesehen. Ich war mir sicher, dass sie auch für die Auslage in dieser Buchhandlung einen Lieferschein mit unserer Adresse im Kopf ausgeschrieben hatte, um später die Verkäufe abrechnen zu können.

Eine Weile hörte ich die Buchhändlerin nebenan räumen und leise fluchen. Ordnung schien nicht ihr Ding zu sein. Noch genervter als vorher kehrte sie zurück und reichte mir einen Zettel. »So, schauen Sie, hier ist die Adresse der Autorin. Jetzt können Sie sie direkt anschreiben. Vielleicht gibt's noch ein Autogramm dazu.«

Mir blieb die Spucke weg, wie unbedarft sie mit ihren Lieferantendaten umging. Wenn das unser Datenschutzbeauftragter mitbekommen hätte, wäre er umgehend mit einem Anwalt hier aufgetaucht und hätte den Laden zugemacht, dreifache Klage wegen Verstoßes gegen das Datenschutzgesetz inklusive!

»Eigentlich wollte ich das Buch über Sie beziehen, weil ich gehört habe, dass es dem stationären Buchhandel wegen dem großen A so schlecht geht.« Errötend verstummte ich. Hoffentlich hatte ich mich mit diesem Fachterminus nicht selbst enttarnt!

Die Buchhändlerin schüttelte den Kopf. »Keine Chance. Das ist ein Selfpublisher-Titel. So was wird nicht über den Bücherbus geliefert. Die Auslieferung dauert mindestens zwei Wochen. Kontaktieren Sie die Autorin, das geht schneller!«

Wieso zwei Wochen? Die Buchhandlung war keine fünfhundert Meter Luftlinie von unserem Haus entfernt, man konnte das Buch sogar zu Fuß in unter dreißig Minuten vorbeibringen! »Das wäre für mich kein Problem.«

»Es könnte auch länger dauern«, schob die Buchhändlerin nach kurzem Zögern nach. »Dann wäre es erst nach Weihnachten da.«

Meine Nasenspitze begann zu kribbeln, ein untrügliches Zeichen, dass mein Blutdruck stieg. »Ich will das Buch nicht verschenken, sondern selbst lesen.«

Sie musterte mich mit zusammengekniffenen Augen. Und ich war verwirrt, weil sie das Buch partout nicht für mich bestellen wollte.

»Ich will ehrlich zu Ihnen sein«, machte sie einen letzten Versuch, mich umzustimmen. »An dem Buch verdiene ich wahrscheinlich zehn Cent oder gar nichts, weil ich die Lieferkosten berappen muss. Ich will Ihnen aber auch nicht mehr für das Buch berechnen, obwohl ich den Preis schon arg niedrig finde. Wir Buchhändler verdienen an so was nichts.« Dass sie von Caros Buch sprach, als wäre es wertlos, tat mir in der Seele weh.

»Wären Sie bereit«, sie beugte sich über die Verkaufstheke, »zehn Bücher für einen Euro mehr pro Stück zu kaufen? Dann könnte ich Ihnen auch die Lieferkosten erlassen.«

Nun verschlug es mir regelrecht die Sprache. Und wie ärgerlich, dass ich nachher nicht mit Caro darüber reden konnte. Denn dann wäre herausgekommen, dass ich ihre Karten zurückgekauft hatte.

»Nein«, sagte ich entschieden. »Dann bestelle ich vielleicht doch lieber beim großen A, wenn es für Sie so schwierig ist.«

Das Gesicht der Buchhändlerin verzog sich noch mehr. Bevor sie davon bleibende Schäden zurückbehielt, verabschiedete ich mich und floh zu meinem Wagen. Einen Euro mehr als der reguläre Kaufpreis. War denn die Buchpreisbindung nur ein Wort? Und Lieferkosten für den Kunden, obwohl dick und fett auf dem besagten Schild im Schaufenster »kostenfreie Lieferung« stand!

Eigentlich war das Verhalten der Buchhändlerin Grund genug, mit dem Rückkauf der E-Book-Cards aufzuhören. Andererseits wollte ich wissen, ob alle Buchhändler so ablehnend auf Selfpublisher reagierten. Aber ich musste mir etwas einfallen lassen, damit ich nicht nur sinnlos meine Zeit und mein Geld verplemperte.

Statt die Sache zu begraben, bevor ich Caro ein peinliches Geständnis machen musste, fuhr ich in den folgenden Abenden die restlichen Buchhandlungen an und kaufte alles auf, was von Caros E-Book-Cards noch vorhanden war. In einer Buchhandlung tauchte ich versehentlich zweimal auf und wurde prompt von der Buchhändlerin wiedererkannt.

»Sagen Sie, sind Sie vielleicht selbst die Autorin?«, fragte sie lauernd, als ich mich enttäuscht darüber ausließ, dass alle Karten ausverkauft waren. Irgendwie bekam ich es hin, sie konsterniert von oben bis unten zu mustern. »Sehe ich etwa aus wie jemand, der den ganzen Tag allein im stillen Kämmerlein hockt und Bücher schreibt?«

»Äh, nein, aber ...«

»Dann fragen Sie auch nicht so einen Blödsinn! Ich mag das Buch und verschenke gerne E-Books. Das ist dank der Karten endlich möglich!« Herrisch fuhr ich mir durch die Haare, eine Geste, die ich sonst nie bemühte, und fragte scheinbar beherrscht: »Wann erwarten Sie die nächste Lieferung?«

Betreten faltete die Buchhändlerin die Hände auf der Verkaufstheke. »Bisher sind die Karten nicht so gut gegangen, dass ich sie nachbestellen musste.«

Ich zog die Augenbrauen hoch. Bei Lothar sah es immer besonders streng aus und ich hoffte, dass es bei mir die gleiche Wirkung hatte. »Und die Printausgabe? Haben Sie die zufällig da?«

»Ich bedaure«, bedauerte die Buchhändlerin. »Aber ich könnte das Buch bestellen, wenn Sie möchten.«

»Dann hätte ich gerne drei.« Die Idee war plötzlich in meinem Kopf. Angenommen, ich bestellte drei Bücher und kaufte dann nur zwei, was passierte mit dem anderen? Wurde es ausgelegt oder sofort zurückgeschickt? »Wie lange wird es dauern, bis die Bücher eintreffen?«

Konzentriert hackte die Buchhändlerin auf ihrer Tastatur herum. »Maximal eine Woche, weil die Autorin selbst ausliefert.« Sie blickte auf. »Wären Sie bereit, die Lieferkosten zu übernehmen?«

»Lieferkosten?«, rief ich so schrill, dass ein Pärchen in der Ecke mit den Sprachlehrbüchern zusammenzuckte. »Aber in Ihrem Schaufenster steht doch, dass Sie keine Lieferkosten berechnen!«

»Also keine Übernahme der Lieferkosten«, seufzte die Buchhändlerin. »Aber das ist nicht schlimm. Vielleicht wird der Titel ein Renner und dann rechnet sich das alles auch irgendwie für mich.« Sie tippte und tippte und rang sich schließlich ein halbes Lächeln ab. »Die Bestellung ist raus. Kann man Sie irgendwie erreichen, wenn die Bücher da sind?«

Absurd war kein Ausdruck für das Gefühl, das mich überkam, als ich ihr fast unsere Festnetznummer genannt hätte. Heute wäre ich dankbar dafür, wenn der Schwindel wegen meiner Nachlässigkeit schon damals aufgeflogen wäre. Aber zu der Zeit überwog die Erleichterung, dass mir noch rechtzeitig meine Mobilfunknummer eingefallen war. Hoheitlich schwebte ich danach davon und machte auf dem Bürgersteig noch einmal kehrt. Zurück im Laden, fragte ich: »Wissen Sie zufällig, wo es noch E-Book-Cards gibt?«

Die Buchhändlerin nannte mir nach einigem Zögern eine Adresse. Hoffentlich ärgerte sie sich darüber, dass nicht sie mir noch etwas hatte verkaufen können.

Im nächsten Laden im Stadtsüden entdeckte ich die Karten im Ständer zwischen den anderen schon beim Eintreten. Alibimäßig zog ich eine heraus, betrachtete sie und zählte unbemerkt nach. Erwartungsgemäß waren noch alle zehn Karten da. Doch statt auch hier den Bestand aufzukaufen, änderte ich meinen Plan.

»Sagen Sie, kann man dazu auch die gedruckte Ausgabe bestellen?«, fragte ich den Verkäufer — ja, es war tatsächlich ein Mann! — und wedelte ein wenig mit der Karte. Innerlich stellte ich mich auf eine Diskussion über die Lieferdauer, die zu bestellenden Stücke und die Übernahme der Lieferkosten ein. Vielleicht äußerte er sich zur Abwechslung wieder kritisch über das Cover.

»Kein Problem, wie viele Exemplare wollen Sie?«

»Nur eins.«

Der Buchhändler tippte und tippte in seinen PC, runzelte die Stirn, tippte erneut, kratzte sich im Bart und verkündete: »Ich muss dort mal anrufen. Moment.«

Entfernt ertönte kurz darauf Caros Stimme in den Abstufungen matt, erschrocken, fröhlich. Der Buchhändler orderte fünf Exemplare. »Lieferung bis morgen Abend?« Er warf mir einen Blick zu.

Wie es sich für eine gute Kundin gehörte, nickte ich zustimmend.

»Passt. Bringen Sie die Rechnung mit? Dann können wir gleich Kasse machen.« So ging es also auch! Vor Erleichterung über diesen Pseudoerfolg kaufte ich trotzdem alle zehn E-Book-Cards und machte, dass ich nach Hause kam.

Es war nicht einfach, zu Caros Bericht über die eingegangene Bestellung die richtige Miene zu machen. Auch jetzt hätte ich ihr reinen Wein einschenken können. Aber ihre Augen glitzerten endlich wieder und ihre Wangen waren rosig, weil sie glaubte, dass endlich jemand auf ihr Buch aufmerksam geworden war. Unmöglich, diesen Moment mit der Wahrheit zu zerstören.

Am nächsten Abend erzählte sie mir strahlend vor Glück, dass eine Abfrage bei den anderen Buchhandlungen weitere Verkäufe erbracht hätte. Zufrieden zeigte sie mir die Ausgangsrechnungen. Ich tröstete mich heimlich damit, dass sie knapp sechzig Prozent des Verkaufspreises eingenommen hatte und es nur noch eine Woche bis Heiligabend war. Dann endete das Weihnachtsgeschäft und ich konnte aufhören, Caros Bücher zu kaufen. Dachte ich.

2014

Den Heiligabend verbrachten wir mit Mutti und ihrer Plastiktanne aus den 1970er Jahren. Sie hatte sie bei ihrem Auszug von ihren Eltern bekommen, die sie hatten wegwerfen wollen. Dieses Plastikteil hatte demnach auch meine kindliche Vorstellung von Weihnachten geprägt. Ich wurde misstrauisch, wenn ein geschmückter Weihnachtsbaum nicht quietschte, wenn ein Luftzug durchs Zimmer ging, und wenn man statt eines kompletten Astes nur einzelne Nadeln in den Fingern hatte, sobald man daran zog. Die Plastiktanne war die letzte Repräsentantin meiner Kindheit. Neben ihr fühlte ich mich sicher. In ihrem Schatten war ich davon überzeugt, dass ich die kleine Schummelei mit Caros Büchern in den nächsten Wochen auslaufen lassen konnte, ohne dass Caro mich verließ.

Vor allem hoffte ich darauf, dass ich dann der Abneigung gegen Caros Schreibambitionen wieder nachgeben konnte. Denn trotz ihrer strahlenden Augen wog mein Ärger über das Verhalten der Buchhändler stets schwerer und weckte den alten Groll. Meine Vernunft fragte zu recht, warum ich den Zirkus mitmachte. Denn Caro war auch mit mir glücklich gewesen, als es mit ihren Büchern gar nicht gut lief. Und wenn sie die neuerliche Enttäuschung über den kurzen, aber im Grunde fruchtlosen Erfolg erlitt, wäre es sicher ein Leichtes, ihr das Leben als Schriftstellerin endgültig auszureden. Ich gebe zu, ich sehnte mich immer noch nach den gemeinsamen Stunden im Planetarium und in den Ausstellungen der Museen, in denen es nur um den Augenblick und nicht um fiktive Figuren ohne Sinn und Verstand ging.

Am 25. Dezember flogen Caro und ich mit der ersten Maschine nach Fuerteventura. Sonnige 24 °C empfingen uns am Flughafen. Caro hatte darauf bestanden, statt des wieder verfügbaren Chauffeurs einen Mietwagen zu nehmen und die Stunde bis zur Costa Calma selbst zu fahren. Ich begrüßte es, dass sie trotz des plötzlichen Geldstroms vorsichtig blieb.

Doch kaum waren wir in unserem Häuschen mit Blick aufs Meer angekommen, sah ich förmlich, wie in ihrem Kopf die Gedanken losratterten. Sie ging von Raum zu Raum und rief: »Hier könnte die Wand noch ein bisschen Schmuck vertragen!« oder: »Wieso hast du hier eigentlich keine Bücherregale?« Oder: »Jeder Raum sollte über mindestens ein gemütliches Sitzmöbel verfügen.« Erst bei dem Satz: »Sobald die Geschäfte öffnen, gehen wir neue Einrichtung kaufen«, zuckte ich zusammen.

»Aber Caro«, versuchte ich, sie auf andere Gedanken zu bringen, »warum willst du denn dein frisch verdientes Geld sofort wieder ausgeben? Wenn ich du wäre, würde ich erst mal die Vorsteuer davon entrichten und mir dann eine ordentliche Geldanlage suchen. Falls es so bleibt.«

»Was meinst du mit ›falls es so bleibt‹?«, fragte sie verwundert.

Ich wusste nicht, dass dieses Gespräch eine der letzten rar gewordenen Chancen war, den eingeschlagenen Weg zu verlassen. Ich hätte Caro daran erinnern sollen, dass nach dem Weihnachtsgeschäft bis zur nächsten Buchmesse die Geschäfte eher schlecht bis gar nicht liefen. So hatte sie es mir vor einem Jahr erklärt und diesen Umstand bisher notgedrungen akzeptiert. Dieses Mal wartete ich bereits inständig auf die Flaute. Denn sie würde mir erlauben, meine sinnlosen Rückkäufe einzustellen und wieder zu meiner ursprünglichen Abneigung gegen Caros Schreiberei zurückzukehren.

Ich hätte sagen sollen: »Weil es utopisch ist, anzunehmen, dass es so bleiben wird, weil ein Leben von der eigenen Kunst im Grunde unmöglich ist.«

Doch meine Zunge und meine Lippen weigerten sich, meinem Verstand zu gehorchen. Meine Augen waren stärker. Sie zeigten mir eine zu allem entschlossene Caro mit einem begeisterten Funkeln in den Augen, roten Wangen und einem entwaffnenden Lächeln.

»Keine Ahnung«, hörte ich mich sagen, »vielleicht habe ich gerade wieder meine Feigling-Phase.« Entschuldigend hoben sich meine Schultern, ich grinste verschämt und ließ mich von Caro küssen. Im Nachhinein war ich immer wieder versucht zu sagen, dass sie Mitverantwortung für mein Handeln trägt. Aber das wäre gelogen. Ich war in den entscheidenden Momenten zu feige, mich umzuentscheiden.

Wir kauften nicht ein, sondern überlegten, welche unserer Nürnberger Möbel sich hier auch gut machten. Da war zunächst einmal Tante Rosis Buffet. Einerseits liebte Caro es und pflegte es mit beängstigender Hingabe. Andererseits konnte sie sich nach wie vor nicht mit Tante Rosis Tod abfinden. Mit ihr war die letzte Verwandte gestorben, die noch mit Caro gesprochen hatte. »In einer neuen Umgebung wird es mich nicht mehr so stark an Tante Rosi erinnern«, mutmaßte Caro, »weil es in einem anderen Kontext hier steht. Und dazu die Eckbank und der alte Ecktisch aus der Küche. Was denkst du?«

»Klar, warum nicht. Aber die Frachtkosten werden ein Vielfaches ihres Materialwertes betragen«, gab ich zu bedenken.

Doch Caro lächelte nur. »Das ist es mir wert. Notfalls nehme ich was von der hohen Kante.«

Sie redete auch davon, mit einem Teil ihrer Erbschaft die Raten des

Hauses auf Fuerteventura abzuzahlen. »Ich wohne hier mit dir und wir wollen alles gemeinsam machen. Also zahle ich auch meinen Teil dazu«, beschloss sie. Einen Anruf später leitete Dr. Mordhorst von Nürnberg aus den Geldtransfer an die spanische Bank ein. Der Rest des für die Renovierung des Hauses vorgesehene Betrages wurde umgebucht. Fünf Minuten hing das Wort »Gütertrennung« in der Luft, bis Caro es lässig beiseiteschob. »Ich habe dich geheiratet, weil ich dich liebe. Da wäre Gütertrennung in meinen Augen wie der Betrug mit deiner besten Freundin. Geht gar nicht!«

Für diese Leichtigkeit liebte und liebe ich sie immer noch. Dennoch wollte ihre Sorglosigkeit nicht bleiben. Nach einer Woche war der Schatten trotz ausgedehnter Spaziergänge am Strand unter spanischer Sonne wieder da, als sie ihre E-Mails durchging. Das Weihnachtsgeschäft war vorbei, also blieben die Nachbestellungen aus (glaubte sie). Wider Erwarten hatten sich auch die Platzierung ihrer Titel auf den großen Online-Plattformen nicht zum Positiven verändert. Dort interessierte sich nach wie vor kaum jemand für ihre E-Books.

»Ist es wirklich wegen der blöden Rankings?«, entfuhr es mir am Abend auf der Loggia. »Wieso machst du dein Wohlbefinden ständig von Zahlen abhängig?«

»Weil es nicht nur Zahlen sind«, belehrte sie mich mit dunklen Augen. »Es ist schon nett, dass die Nürnberger mich nun wahrgenommen haben. Aber die großen Dinger drehst du nur online.«

Am liebsten hätte ich mir die Haare gerauft. Zu meinem eigenen Entsetzen überging ich den Ärger, aus Wut wurde in Bruchteilen von Sekunden Zorn. Ich sprang auf und rannte ins Haus, es ging nicht mehr anders.

»Steffi!«, rief Caro mir so unglücklich von der Loggia nach, was allein mir schon ins Herz schnitt. Schlimmer war jedoch, dass ich endgültig anerkennen musste, wie sinnlos meine Hoffnungen auf das Ende von Caros Schreibliebe waren. Egal, was ich auch tat, ich würde niemals dagegen ankommen. Wenn ich Caro behalten wollte, musste ich mitspielen.

Ohne darüber nachzudenken, schloss ich mich in unserem Schlafzimmer ein und holte meinen Laptop aus dem Schrank. Ich hatte mit Lothar abgesprochen, mich einmal am Tag bei ihm zu melden, damit wir schwierige Vorgänge klären konnten. Nun wurde mein Laptop zum wichtigsten Instrument meines Betrugs. Ich meldete mich beim ersten Online-Buchhändler an und kaufte von jedem von Caros E-Books ein Exemplar.

Klopfen an der Tür ließ mich aufschrecken.

»Steffi, ist alles in Ordnung?« Noch immer klang Caro tiefunglücklich, aber dieses Mal wegen mir! In dieser Minute war ich der größte weibliche Schuft auf der ganzen Welt.

»Ja, alles in Ordnung«, antwortete ich so grantig wie möglich. Sie sollte nicht hören, wie dick der Kloß in meinem Hals mal wieder war. »Bitte lass mich noch eine Weile allein.«

Stille.

»Brauchst du wirklich nichts?«, fragte sie besorgt.

»Nein. Ich will nur ... Ich muss nachdenken.«

»Gut.« Draußen entfernten sich ihre Schritte. Eine Tür klappte.

Der nächste Atemzug fiel mir unendlich schwer. Dann eröffnete ich bei einem weiteren Online-Händler ein Konto, hangelte mich durch die etwas umständliche Konto-Eröffnungsprozedur und kaufte die selben E-Books noch einmal. Um auf Nummer sicher zu gehen, bestellte ich alle Titel gleich mehrfach als Printausgaben mit. Ich wusste, dass ich mit dem letzten Klick alle Chancen auf eine Rückkehr zur Normalität verspielt hatte. Aber ich konnte nicht über die Alternative nachdenken, besser: Ich *wollte* es nicht mehr. Die Alternative war doch, dass Caro bei jeder neuen depressiven Episode für mich unerreichbarer wurde.

Obwohl die Ausbeute für Caro nach meinen Kurzschlussbestellungen lediglich dreißig Prozent betrug — in Summe knapp 33 Euro — erwachte leider ihr Ehrgeiz wieder, weiterzuschreiben. Auf ihrem Laptop, den sie aus Gewohnheit eingepackt hatte, schlummerten noch ein paar unfertige Krimi-Skripte.

»Angenommen, das ist keine Glückssträhne«, begründete sie ihre Entscheidung, »sondern ein Zustand, der sich auf Dauer etablieren lässt. Dann wäre es doch geradezu strafbar, nicht weiterzumachen.« Eifrig vertiefte sie sich in Sätze, die sie vor Jahren hingetippt hatte. Bis zum Mittagessen war sie für mich nicht mehr ansprechbar. Stumm leidend kaufte ich ein und kochte etwas, das an Bratkartoffeln und Spiegelei erinnerte. Caro schlang es unbesehen in sich hinein und verschwand wieder auf der Loggia. Ich stand allein mit dem schmutzigen Geschirr in der Küche und sagte mir: Du musst zusehen, wie du mit der Situation fertig wirst. Schließlich hast du dir den Schlamassel auch eingebrockt.

Zwei Tage verzichtete ich eisern auf weitere Buchbestellungen. Am dritten hielt ich es nicht mehr aus, als ich Caro auf der Loggia überraschte. Sie hatte die Verkaufszahlen kontrolliert und natürlich keinen Zuwachs verzeichnen können. Mit dem bekannten leeren Blick starrte sie aufs Meer hinaus.

Ich bestellte.

Lothar teilte ich auf seine verwunderte E-Mail mit, warum in den letzten Tagen so viele Bücher für mich ins Büro geliefert worden waren, dass das alles seine Richtigkeit hätte: »Caro beschäftigt sich mit Buchsatz und Grafikdesign. Wenn wir zu Hause sind, lasse ich die Bücher wieder zu uns liefern.«

Er hakte leider nicht noch mal nach. Das hätte mich eventuell zur Besinnung gebracht.

Am Ende unseres Urlaubs hatte Caro ihren nächsten Krimi komplett überarbeitet, ein Premade-Cover ausgesucht, aber noch nicht gekauft, und war bereit für die nächste Veröffentlichung. Zufrieden setzte sie sich am ersten Tag nach unserem Rückflug ans Text-Layout. Ihrer Meinung nach hatte sie es »ganz gut hingekriegt«. Es mochte ihrer Ungeduld geschuldet sein, dass sie meine leisen Ratschläge weitestgehend ignorierte. Denn auch ich war im Urlaub während ihrer Schreibphasen nicht untätig gewesen, weil mir die Lästerei der ersten Buchhändlerin noch nachging, und hatte mir im Internet alles Mögliche zum Thema Buchlayout angelesen. Demnach hatte Caro in ihrem zweiten Krimi fast keinen Fehler ausgelassen. Und ich stellte mir die Frage, ob es vielleicht an der dilettantischen Aufmachung lag, dass die Leser vor dem Kauf ihrer Bücher zurückschreckten.

Doch bei Caro stieß ich wie gesagt auf taube Ohren. Das ist in meinen Augen auch jetzt noch ihr einziger Fehler, der mich bereits damals zu einem weiteren Schritt in die falsche Richtung bewog. Wenn sie nicht auf mich hören wollte, musste jemand anders nachhelfen.

***

Meine Arbeitspausen waren seit Caros Ausscheiden aus der Firma dröge geworden. Somit bot meine Idee, wie ich sie zu einem ordentlichen Buchsatz bekehren konnte, eine gewisse Abwechslung. Am zweiten Arbeitstag nach unserem Urlaub deckte ich mich morgens beim Bäcker mit Brötchen, Plundern und Knabbereien ein, um über den Tag zu kommen. In der Frühstückspause legte ich eine neue E-Mail-Adresse bei einem Provider an und verfasste erste Sätze für eine kurze, objektive Rezension. Um die Mittagszeit ließ ich Lothar allein in die Kantine gehen. Derweil formulierte ich im Büro die nicht besonders positive Rezension aus und postete sie unter Caros Buch. Bei der ersten Rezension klopfte mein Herz fürchterlich, danach wurde es besser. Schließlich half ich Caro damit. Hoffentlich.

Am Abend war Caro ungewöhnlich still. Sie zog sich nach dem Abendessen in ihr Büro zurück, weil sie noch letzte Hand an ihren dritten Krimi legen wollte. Ich sagte dazu nichts, sondern schaute zufrieden eine seichte Komödie im Abendprogramm an.

Am Mittwoch verfuhr ich genauso: In der Frühstückspause legte ich die nächste E-Mail-Adresse samt Account bei einem Online-Händler an und machte mir Notizen, in der Mittagspause lud ich die nächste Rezension hoch. Dieses Mal legte ich viel Gefühl in den Text, sprach von einem großartigen Spannungsbogen, interessanten Figuren und einer überraschenden Auflösung. Nur das Buchlayout wurde auch in diesem Text für gewöhnungsbedürftig befunden. Weil ich dieses Mal viel schneller fertig war, setzte ich den Text mit kleinen Abwandlungen bei einem weiteren Online-Buchhändler unter Caros Buch.

Auch an diesem Abend zog Caro sich in ihr Büro zurück. Noch um elf Uhr in der Nacht war das Klicken ihrer PC-Maus bis in den Flur zu hören. Bei Gelegenheit musste ich ihr eine neue besorgen. Die alte war so laut, sie hinderte mich am Einschlafen. Oder meldete sich mein Gewissen?

Lothar zog irritiert die Augenbrauen hoch, als ich ihn am Donnerstag zur Mittagszeit schon wieder versetzte. »Machst du eine Diät oder was soll der Mist?«

»Das sind Vorbereitungen für Caros Geburtstag«, log ich.

»Was bereitest du denn vor?«, fragte Lothar, neugierig wie eh und je. Oder misstrauisch?

»Ist privat. Guten Hunger.« Demonstrativ winkte ich ihm zu und hieb mit den Fingern regelrecht auf meine PC-Tastatur ein. Bei Lothars Rückkehr hatte ich zwei neue Accounts mit zwei sehr kurzen Rezensionen bestückt und sie auf zwei weiteren Plattformen untergebracht. Meine Mohnschnecke hatte ich darüber vergessen.

»Das muss ja eine Riesenfeier sein, die du für Caro planst.« Interessiert beugte Lothar sich über mich. »Sind das alles Gäste?«

Erschrocken schaute ich auf. Seelenruhig studierte Lothar meine Fake-E-Mail-Adressliste auf dem Bildschirm. »Ja«, sagte ich, weil mir auf die Schnelle nichts anderes einfiel.

»Aha.« Er kniff die Augen zusammen. »Und was steht in der Spalte? Müssen die alle ihre Passwörter angeben, damit sie mitfeiern dürfen?«

Mist, Mist, Mist! »Ja, so ungefähr.« Nachdrücklich klickte ich das Dokument zu und zog meine Mohnschnecke zu mir heran. »Mahlzeit!«, rief ich und biss kräftig in das Gebäck.

Lothar fand mein Verhalten seltsam. Er sprach mich aber nicht darauf an, wie er es früher getan hätte, sondern beobachtete mich den Rest des Tages genauer.

Caro freute sich über die neue PC-Maus, die ich ihr an diesem Abend mitbrachte, war darüber hinaus jedoch sehr schweigsam. Ich konnte mir zwar denken, dass meine Rezensionen der Grund dafür waren, wusste jedoch nicht, welche Konsequenzen sie daraus zog.

»Wie läuft es mit der Veröffentlichung?« Ich knabberte an meinem Käsebrot.

»Gut«, meinte Caro beiläufig. Ihr Gesicht sprach eine andere Sprache. »Ich hab ein bisschen Trouble mit dem Layout.«

»Beim Cover oder wie?«, fragte ich mit vollem Mund. So fiel es nicht auf, dass meine Stimme zitterte.

Sie kratzte sich an der Stirn. »Ich hab ein paar Rezensionen zu meinem zweiten Krimi bekommen. Die Leser finden meinen Buchsatz seltsam. Da bastele ich gerade ein bisschen herum.«

Meine Aktion trug erste Früchte! »Aber heißt es nicht, dass man keine Rezensionen über sein eigenes Buch lesen soll, weil man sich dann nur ärgert?«

»Es heißt auch, dass man keine Grimassen schneiden soll, weil das Gesicht so stehenbleiben könnte«, spöttelte Caro. »Natürlich lese ich Rezensionen. Wie soll ich denn sonst erfahren, was die Leser denken?«

»Hm«, machte ich zustimmend. »Und was machst du jetzt?«

»Ich layoute die Printausgabe von ›Stirb im Morgengrauen‹ neu und lade sie spätestens morgen hoch, hoffe ich.« Sie stand auf. »Dann mache ich mal weiter.«

»Soll ich dir helfen?« Mein Mund war wie ein ungesicherter Revolver losgegangen.

Bei Caro traf ich damit voll ins Schwarze. »Gerne!«, freute sie sich.

Ade, du seichte Komödie im Abendprogramm, die ich mir eigentlich hatte anschauen wollen ... Wenigstens taumelten wir gegen Mitternacht gemeinsam ins Bett und schliefen wie die Steine bis zum Weckerklingeln.

Lothar freute sich, dass ich ihn am Freitag in der nächsten Mittagspause wieder in die Kantine begleitete. Ich hatte mir einen Tag Rezensionspause verordnet und nicht bedacht, dass er mich nun bezüglich Caros Geburtstag ausquetschen würde. Ich erinnere mich nicht mehr, was ich ihm erzählte, aber es genügte ihm.

»Wie gefällt Caro eigentlich das Leben als Schriftstellerin?«, fragte er auf dem Rückweg ins Büro.

»Ganz gut, denke ich.« Ich schlüpfte durch die Tür, die Lothar mir aufhielt, in die Gebäudelobby und lief zum Aufzug.

»Und wo laufen ihre Bücher besser, in den Buchhandlungen oder online?«

Ich blies die Wangen auf. »Das kann man nicht so genau sagen. Mal läuft es hier besser, mal dort.« Das Blut schoss mir in die Wangen. Wenn man es ganz genau nahm, liefen ihre Titel nirgendwo auch nur ansatzweise. Laut Verkaufszahlen war ich nach wie vor die einzige »Leserin« von Caros Büchern.

Lothar nickte mitleidig. »Vor Weihnachten habe ich mal was von ihr in einer Buchhandlung stehen sehen. Ich hab aber nichts gekauft, weil ich keine Krimis lese.«

»Soll ich dir trotzdem ein Exemplar mitbringen?« Die Aufzugtüren öffneten sich. Ich blieb stehen.

»Wenn es keine Umstände macht.« Unschlüssig betrat Lothar den Aufzug. »Ich bezahle es auch.«

»Das musst du nicht. Wir haben Freiexemplare einkalkuliert«, schwindelte ich und dachte an die ungeöffneten Kartons mit Caros Büchern, die ich seit ein paar Tagen spazieren fuhr. Sie stellten die groteske Ausbeute unseres vierwöchigen Urlaubs dar. Lothar hatte sie fein säuberlich an der Wand hinter meinem Schreibtisch aufgereiht, und ich hatte sie am Montag in meinem Kofferraum deponiert. Dreißig Pakete mit je zwei Büchern rutschten dort in jeder Kurve über-, unter- und durcheinander. Ab der nächsten Woche würde ich meine Lieferungen nach der Arbeit bei einer Tankstelle in der Nähe der Firma abholen können.

»Komme gleich nach!« Ich rannte hinaus in den beginnenden Graupelschauer und fragte mich, ob meine Bestellungen zu Caros Wohl noch gesund waren oder ob ich mir doch mal in den Kopf schauen lassen sollte. Andererseits hatte ich so immer ein Stück ihrer Arbeit dabei. Das war doch gut, oder? Dann konnte ich sie bei einer sich bietenden Gelegenheit weitergeben.

Lothar nahm ein Exemplar von »Am Ende tot« entgegen und musterte mich über seine Lesebrille. Dafür bekam er von mir ein unverbindliches Lächeln. Mit Kennermiene blätterte er es durch, nickte, brummte etwas oder grinste kurz. Egal, ob ihm gefiel, was er las, in diesem Buch würde er keine Setzfehler finden!

»Würdest du es für mich signieren lassen?«, fragte er plötzlich.

Ich konnte förmlich spüren, wie das Blut aus meinen Wangen wich. Signieren lassen bedeutete, ich musste Caro das Buch vorlegen. Da sie ein paar Autorenexemplare gekauft hatte, würde sie wissen wollen, warum ich es ohne zu fragen aus ihren Beständen genommen hatte. Ich würde mit »Hmpf« antworten und …

»Klar«, sagte ich und nahm das Buch zurück. »Morgen bekommst du es.«

»Danke schön.« Lothar schien sich darüber zu freuen. Dann wandte er sich endlich wieder der Arbeit zu.

Meinen Frieden hatte ich deswegen noch lange nicht. Vor meinen Augen tanzten die Kartons in meinem Kofferraum. Was, wenn Caro morgen einfiel, dass wir mit dem Auto irgendwohin fahren sollten, wofür wir den Kofferraum brauchten? Wenn sie die neunundzwanzig verschlossenen Kartons entdeckte? Und die Kartons öffnete und darin ihre Bücher fand? Mein Puls begann schon wieder zu galoppieren. Ich brauche ein Lager, dachte ich. Ein Lager für Caros Bücher! Oder ich schenke ihr endlich reinen Wein ein ... Oder, durchfuhr es mich siedend heiß, ich benutze den vergessenen Verschlag unter dem Dach, bis sich eine andere Lösung auftut!

Kurz nach zwei Uhr schützte ich eine spontane Kopfschmerzattacke vor und verabschiedete mich von Lothar. Heute besuchte Caro wie jeden Freitagnachmittag Tante Rosis Grab auf dem Westfriedhof. Beiläufig hatte sie erwähnt, dass sie sich danach seit Dezember regelmäßig mit Nathalie auf einen Kaffee traf. Ich überlegte, ob ihre bisherige Verheimlichung rechtfertigte, dass ich ihre Bücher im Dachboden vor ihr versteckte. Hieß es nicht Auge um Auge, Zahn um Zahn? Übrig blieb jedoch nur, dass auch sie mich mit Kleinigkeiten hinterging.

In dieser Nacht wälzte ich mich stundenlang im Bett herum. Über meinem Kopf lagerten die heimlich bestellten Bücher im Verschlag und ließen mich nicht zur Ruhe kommen. Neben mir schlummerte Caro, denn sie hatte in den letzten Stunden die neue Version ihres alten und den Buchblock des neuen Krimis hochgeladen. Für sie war die Sache erledigt. Auf mich wartete der nächste Berg an Bestellungen. Zum ersten Mal fragte ich mich, wo das alles noch hinführen sollte.

Gegen drei Uhr morgens hielt ich es nicht mehr aus. Leise stahl ich mich aus dem Bett. In meinem kleinen Zimmer setzte ich mich mit verschwollenen Augen an meinen Laptop. Ich wusste, dass die nächste Rezension, die ich als fiktive Fremde schreiben würde, so falsch war, wie sie es nur sein konnte, denn sie würde Caros Ehrgeiz befeuern. Zugleich formulierte ich die vorweggenommene Entschuldigung an Caro. Ich schrieb meine ganze Liebe hinein, lobte Caros Stil, das Cover, die Figurengestaltung, einfach alles, worüber man als begeisterter Leser nur schreiben kann. Der einzige Mensch, dem ich damit half, war ich selbst, denn ich wurde von Satz zu Satz ruhiger. Plötzlich war es ganz leicht geworden, mit der größten Lüge meines Lebens zu atmen, zu essen und zu schlafen.

Gelassen wie ein Zen-Mönch schickte ich die Rezension ab und fand kurz darauf den Weg in erholsame Träume.

***

Zum Glück wollte Caro auch an diesem Wochenende nirgendwo hinfahren, um Geld auszugeben. Sie bevorzugte es aufgrund ihres beruflich bedingten Bewegungsmangels, zu Fuß im nahen Einkaufszentrum alles zu besorgen, was wir am Wochenende benötigten. Beschwingt federte sie neben mir her ins Stadtzentrum, während ich mich vor Müdigkeit kaum auf den Beinen halten konnte. Dennoch gab ich mir Mühe, die gemeinsame Zeit zu genießen, in der mal nicht von Büchern, Margen und anderen Autoren die Rede war. Sogar Lothars Bitte um ein rezensiertes Exemplar konnte ich vorbringen, ohne dass sich danach wieder alles nur um Bücher drehte. Fast kam es mir so vor, als hätte Caro das Interesse daran von heute auf morgen verloren. Aber sie freute sich natürlich, dass sie die fehlerhafte erste Auflage ersetzt hatte und der zweite selbstverlegte Krimi bereits in den Startlöchern stand.

Zur Feier des Tages aßen wir in einem Touristenlokal zu Mittag, wo die Preise angenehm und die Tische nur zur Hälfte besetzt waren. Um uns herum wurde entweder gegessen oder kitschige Souvenirs verglichen. Erwartungsgemäß dokumentierten japanische und chinesische Touristen jede Minute ihres Europaurlaubs. Sie lächelten in digitale und Handykameras und trieben die Kellnerinnen zur Verzweiflung, wenn ein Selfie-Stick sich plötzlich wie ein Schlagbaum in den Durchgang senkte. Nicht nur einmal mussten sie mit ihren beladenen Tabletts im vollen Laufen abbremsen.

»Herrschaftszeiten!« Gerade noch konnte eine Kellnerin die Teller festhalten, bevor sie vom Tablett segelten. »Haltet's mir halt ned immer euer Gschlamp vor die Nosn!«

Eingeschüchtert entschuldigte sich darauf die komplette Besatzung am Tisch in unverständlichen asiatischen Worten.

Gebannt hatte Caro den Vorgang verfolgt. »Was kostet eigentlich so ein Handy mit Touchscreen?«

»Zu viel«, brummte ich. »Was willst du denn damit?«

»Ich muss mir was Gutes tun.« Energisch wischte sie die Soßenreste mit einem Stück Kartoffel auf und schob es in den Mund. »Ich hocke den ganzen Tag in der Bude rum und kriege nichts mit von der Welt, da kann ich mir mal was gönnen.«

»Da wäre eine Mitgliedschaft in einem Sportverein sinnvoller.« Ich trank den letzten Schluck Limonade und winkte der nächsten freien Kellnerin.

»Vielleicht will ich aber nicht immer nur was Sinnvolles machen. Vielleicht will ich auch genießen!«, rief Caro aufgebracht.

»Aber warum brauchst du dazu ein Smartphone?«, fragte ich wieder. »Was ist denn an deinem Motorola schlecht?«

»Es ist alt und gefällt mir auch nicht mehr sonderlich«, meinte Caro prompt. »Was nützt mir außerdem das ganze schöne Geld, das ich verdiene, wenn ich es nicht ausgebe?«

»Du meinst die monatliche Rente, die dir deine Tante vermacht hat«, korrigierte ich sie unbedacht.

Ausdruckslos fixierte Caro mich. »Und das Geld, das ich mit dem Verkauf meiner Bücher einnehme«, fügte sie beherrscht hinzu. »Ich weiß, das ist nicht viel, aber ich werde den Teufel tun und wie eine Glucke drauf sitzenbleiben. Das letzte Hemd hat keine Taschen!«

»Aber ...«

»Nein, Steffi.« Ihre heiße Hand landete auf meiner. »Ich habe lang genug gespart und darauf gewartet, dass ich ein bisschen Glück habe mit meiner Herzenssache. Jetzt ist es endlich soweit. Aber wer kann schon sagen, ob es ein Dauerzustand ist oder ob es wieder anders wird?«

Unwillkürlich begannen meine Lippen zu zittern. »Eben. Deshalb sind solche Ausgaben in meinen Augen völlig sinnlos.«

»Und ich sage«, Caro hob plötzlich die Stimme, »dass man feiern soll, wie die Feste fallen. Und ich will mir etwas leisten, was teuer ist und was ich für meine Arbeit verwenden kann! Zum Beispiel, wenn ich unterwegs bin, dann kann ich ...«

»Dann könntest du auch das alte Motorola benutzen!«, fiel ich ihr ins Wort.

»Aber ich will nicht!« Ihre Finger lösten sich von mir. Es war wie ein Schock. »Ich will nicht immer bescheiden und langweilig tun. Soll ich ehrlich sein? Ich finde es geil, dass andere Autoren vor Neid grün werden, wenn ich erzähle, wie viele Bücher ich in einer Woche verkauft habe!«

Der Boden unter meinen Füßen drohte zu schmelzen.

»Ich finde es geil, wenn sie fragen, wie ich das gemacht habe und ich einfach sage: keine Ahnung. Aber anscheinend treffe ich den Nerv der Leser!« Vertraulich beugte sie sich zu mir über den Tisch. »Beim letzten Autorenfrühstück ist Nathalie vor Wut so weit gegangen, dass sie meine Verkaufszahlen schwarz auf weiß sehen wollte. Aber ich konnte sie ihr nicht zeigen, weil ich meinen Laptop nicht dabei hatte.«

»Genau, du könntest doch deinen ...«

Caro ließ mich nicht ausreden: »Ich bin doch nicht bekloppt und schleppe ständig meinen Laptop mit mir herum!« Dass sie mir einen Vogel zeigte, tat mir weh.

»Was für ein Autorenfrühstück überhaupt?«, versuchte ich, mir Gehör zu verschaffen. »Gehst du mit diesen Lappen etwa frühstücken, nachdem sie dich jahrelang wie Lepra behandelt haben?«

Wieder starrte Caro mich an, als müsste sie erst abwägen, was sie mir sagen konnte und was nicht. Der Schmerz wurde tiefer.

»Nathalie hat mich schon letztes Jahr dazu eingeladen. Ich wollte mir die Sache in Ruhe anschauen.« Ziellos begann sie, auf der Tischplatte herumzumalen. »Das Frühstück war vorgestern Vormittag. Hatte ich dir das nicht erzählt?«

»Nein, hast du nicht!« Nun wurde ich laut. »Und schön, dass ich auch davon erfahre!«

Zum Glück warf mir in diesem Moment die Kellnerin den Kassenbon vor die Nase. Alles, was noch an Worten nach draußen gedrängt hatte, verpuffte in einer Wolke aus Normalität. Ich zog mein Portemonnaie aus meiner Handtasche, bezahlte, gab ordentlich Trinkgeld und stand auf.

»Wo willst du denn hin?«, fragte Caro verdattert.

»Was soll ich noch hier?«, entgegnete ich böse. »Wir sind doch fertig, oder?« Fertig mit allem, dachte ich bitter enttäuscht. Wieso hatte Caro plötzlich Geheimnisse vor mir?

Ich wollte nicht auf sie warten und stapfte hinaus auf den Marktplatz, die Straße zur Burg hinauf. Die Urlaubsfreude der Touristen links und rechts machte mich rasend vor Zorn. Hatten die kein Zuhause? Mussten sie ihre Flausen mit Gewalt in unser Leben bringen? Und warum genügte ich Caro nicht mehr, sodass sie sich ohne mein Wissen mit anderen amüsierte?

»Halt«, sagte ich laut zu mir und hielt an. »Das geht in die völlig falsche Richtung!«

Jemand prallte gegen mich, ich strauchelte und fing mich wieder.

»Wieso bleibst du denn stehen?«, beschwerte Caro sich hinter mir, die Worte zum Bersten angefüllt mit Tränen.

»Darf ich jetzt nicht mal mehr stehenbleiben, wenn ich es für richtig halte?«, schnauzte ich zurück.

Der Unterkiefer klappte Caro hinunter. In Zeitlupe brach sie in Tränen aus. Sie machte auf dem Absatz kehrt und rannte zum Markt zurück.

Verdammt. Verdammt, verdammt, verdammt! Und das alles nur wegen ein paar Büchern.

Zwischen den Marktbesuchern verlor ich Caro aus den Augen und irrte eine Weile durch die Einkaufszone der Innenstadt, zu konfus, um einen klaren Gedanken zu fassen. Was sollte ich jetzt tun? Ich wusste nur, dass ich Caro auf der Stelle reinen Wein einschenken musste, bevor ich verrückt wurde und sie mich zu hassen begann. Schließlich kam mir der Gedanke, dass sie sich gerade ein Smartphone kaufen könnte. Aber wo? Im nächsten Elektrogroßhandel fand ich sie. Ich kam dazu, als der Verkäufer ihr eine ungeöffnete Packung mit dem Gerät zeigte, das sie sich ausgesucht hatte.

»Caro!«

Sie reagierte nicht.

»Caro, bitte hör mir zu.«

»Ich höre dir doch zu«, meinte sie schroff, den Blick stur auf das Paket gerichtet.

Ich stand kurz davor, vor ihr auf die Knie zu gehen und sie um Verzeihung zu bitten. Damit es wieder so wurde wie vor meinen fingierten Buchkäufen und wir nicht mehr wegen Nichtigkeiten aneinandergerieten.

Doch plötzlich bröckelte ihre Ablehnung. Caro hob den Kopf, als hätte sie eine innere Stimme gehört. »Es tut mir leid«, sagte sie aus heiterem Himmel und zog mich an sich, ohne mich anzuschauen.

Ich ließ es verblüfft geschehen. »Was?« Ihre dunklen Strähnen kitzelten in meinem Mund.

»Dass ich so unbeherrscht war.« Sie ließ mich los. »Bitte sei mir nicht mehr böse.«

»Soll ich Ihna des Päckla etzadla zur Kassa tragn oder ned?«, schaltete sich der Verkäufer mit seiner urfränkischen Freundlichkeit ein.

»Ja, natürlich«, meinte Caro zerstreut. Bittend schaute sie mich an. »Es tut mir unsagbar leid, dass ich es mit dem Schriftstellerdasein so übertrieben habe. Ich hätte dich damit nicht belasten dürfen. Und gleichzeitig habe ich dir wichtige Details nicht erzählt, weil ich sie für nebensächlich hielt. Damit ist jetzt Schluss.«

»Was?« Ich verstand immer noch nicht. Verdattert folgte ich ihr zur Kasse.

»Ich ...«

Die Kassiererin zog das Paket über den Scanner, nannte einen schwindelerregenden Preis, Caro bezahlte mit einer Kreditkarte, die mir auch neu war. Auf unserem langen Spazierweg nach Hause redete Caro wie ein Wasserfall. Sie hatte nach dem Desaster mit Jürgen Schuller nicht, wie ich angenommen hatte, monatelang zu Hause gesessen und die Wände angestarrt. Im November war sie Nathalies und Petras anhaltenden Einladungen zum Autorenfrühstück »ohne Männer« gefolgt. Anfangs war es ihr wie eine der fruchtlosen Zusammenkünfte der Schreibknechte vorgekommen. Nach und nach hatten Nathalie, Petra und Caro jedoch Pläne gefasst: Nathalie wollte Martin dazu bringen, endlich die sogenannte Blogtour mit Caro zu starten und ein Interview mit ihr zu führen, das auf namhaften Buchbloggerseiten erscheinen sollte. Ein gemeinsamer Roman sollte verfasst, Buchhandelskontakte gemeinsam genutzt werden.

»Nathalie und Petra haben einen Ausstellerstand für die nächste Leipziger Buchmesse angemietet«, berichtete sie, »worüber ich sowieso heute mit dir sprechen wollte. Es ist in letzter Zeit so viel passiert, dass ich gar nicht mehr nachgekommen bin mit dem Denken und dem Machen.« Vorsichtig tastete sie nach meiner Hand. »Das alles haben wir wirklich erst vorgestern besprochen. Das musst du mir glauben.«

Am liebsten wäre ich weggerannt. Alles in mir schrie: Niemals! Heute weiß ich, dass ich mit der Situation, meinen Emotionen und Caros Zusammenfassung überfordert war. Ich schaltete ab. Nicht mal nicken konnte ich.

»Das bedeutet«, fuhr Caro fort, als ich stumm neben ihr herlief, »dass noch mehr Leser meine Bücher kaufen werden. Steffi, das ist nicht nur ein Traum, sondern Realität!« Das erste vorsichtige Glitzern seit Wochen glomm in ihren Augen.

Mein Begreifen setzte verzögert ein. Andere Leser, die Bücher kauften, hieß, ich war nicht mehr allein für Caros psychische Gesundheit zuständig. Es bedeutete auch, dass ich das Spiel mit ihren Büchern nicht bis in alle Ewigkeit weiterführen musste. Aber so hatte ich Caro dazu gebracht, einflussreichere Leute auf sich aufmerksam zu machen. Nur deshalb wurde real, was ich ihr vor wenigen Minuten noch als Betrug hatte beichten wollen. Ich würde guten Gewissens den Mantel des Schweigens über das breiten können, was ich getan hatte.

»Das ist doch schön«, sagte ich schwach. »Ganz wunderbar ist es. Ich freue mich für dich.« Hölzern nahm ich sie in die Arme und wartete auf das gute Gefühl, mich ihr wieder ganz hingeben zu können. »Ich liebe dich.«

»Ich liebe dich auch«, flüsterte sie.

**

Die Auswirkungen der Ereignisse äußerten sich am Sonntag in einem echten Migräneanfall, den ich im abgedunkelten Schlafzimmer verschlief. Jede halbe Stunde schaute Caro nach mir, brachte mir Tee und Zwieback und flüsterte mir liebe Worte zu. Ihre Fürsorge tat mir unbeschreiblich gut. Ich war glücklich.

Im Laufe der folgenden Woche äußerte sich Lothar lobend über Caros zweiten Krimi, was mir nicht half, aus meiner ungewohnten Verzückung herauszukommen. Ich kam mir trotz aller Glücksgefühle vor wie eine Drahtseilartistin. Nur ich wusste, dass ich mich in der Luft ohne Balken nicht mehr lange würde halten können. Alle anderen dachten hingegen, meine Schritte wären so sicher, wie sie aussahen. Mir blieb nichts anderes übrig, als gute Miene zum hoffentlich nicht mehr ganz so bösen Spiel zu machen.

Nach außen begrüßte ich Caros neuesten Vorschlag, vom dritten Krimi Exemplare für den Buchhandel und die Leipziger Buchmesse drucken zu lassen. Innerlich bebte ich vor Angst davor, welche Konsequenzen dieser Vorratsdruck trotz Nathalies und Martin Unterstützung für mich hatte. Angenommen, ihre Hilfe zündete nicht, was wurde dann aus Caros seelischer Verfassung? Musste ich dann noch mehr Bücher kaufen und einlagern?

Wider alle Vernunft erklärte ich mich auch noch bereit, in meiner Freizeit die gedruckten Kommissionsexemplare an Buchhandlungen zu verteilen, die Caro »klargemacht« hatte. Bevor die Bücher ausgeliefert wurden, kaufte ich noch alle übrigen E-Book-Cards in den Buchhandlungen auf. Dank Caros Recherchen wusste ich, wann Aushilfen und wann die Chefs anwesend waren, wer mich kannte und wer nicht.

Die Angebotseinholung bei diversen Druckereien überließ Caro mir. Die gestaffelten Preise für unterschiedlich hohe Auflagen trieben mir die Tränen in die Augen. Zufällig stieß ich auf eine Druckerei hinter der polnischen Grenze, die nicht nur das beste Preis-Leistungs-Verhältnis bot (Hardcover! Druck und Lieferung innerhalb einer Woche! Nur 30 Prozent Anzahlung!), sondern auch Bücher einstampfte und den Wert des eingestampften Papiers gutschrieb. Den Betrag konnte man beim nächsten Auftrag geltend machen. Ziemlich geschickte Kundenbindung, fand ich, die mein Lagerproblem gleich mitlöste.

Aber erst Caros Abneigung gegen alles, was mit Zahlen zu tun hatte, ermöglichte es mir, die Vorgänge nach Belieben zu lenken. Anfang Februar setzte ich mich an die Steuererklärung für das Vorjahr. Schon bald raufte ich mir vor Verzweiflung über ihre chaotische Buchhaltung die Haare. Caro leistete praktisch keinen Widerstand, als ihr anbot, künftig den »Krempel mit den Rechnungen«, wie sie es nannte, für sie zu übernehmen. Dabei hatte ich auch den anstehenden Druckauftrag im Auge. Sobald ich alles überwachte, würde ich ihr etwaige Gutschriften auf den Rechnungen nicht erklären müssen, sondern konnte sie ihr als satten Preisnachlass verkaufen. Sie musste lediglich die Anzahlung und später den Restbetrag für den polnischen Druckauftrag überweisen.

»Und wohin mit den Büchern?«

Mein Zeigefinger, bereit zum Absenden der Bestellung, schwebte über der Maustaste. »Welche Bücher?«, fragte ich abwesend.

»Na ja, wenn die Bücher geliefert werden, müssen wir sie doch irgendwo lagern.« Caro machte einen recht zerknirschten Eindruck. »Eigentlich hätte ich den Dachboden längst entrümpeln sollen. Dann hätten wir jetzt kostenlosen Lagerplatz.«

Mir wurde heiß vor Schreck. »Dort oben herrschen keine stabilen Temperaturen. Die Bücher könnten schimmeln«, widersprach ich. »In den anderen Räumen ist kein Platz. Vielleicht sollten wir privaten Lagerraum anmieten?«

»Das ist bestimmt total teuer!«, wehrte Caro erschrocken ab. »Oje, was mache ich denn jetzt? Ohne Lager kann ich die Bücher nicht drucken lassen. Aber ich brauche die Bücher für die Buchmesse!«

Keine zehn Minuten später tat ich im Internet die Seite einer überregionalen Firma auf, die Stauraum in einem stillgelegten Nürnberger Fabrikgebäude für Privatleute anbot. Das Ganze war anmietbar via Online-Formular und kostete knapp siebzig Euro im Monat. »Das sollte doch zu stemmen sein, oder?«, verkündete ich verhalten fröhlich. Vor meinem geistigen Auge sah ich schon Büchertürme in einem finsteren Lagerabteil in schwindelerregende Höhen wachsen.

»Ich hoffe es«, flüsterte Caro.

»Das kriegen wir schon hin.« Mit einem Klick mietete ich einen fünf Quadratmeter kleinen Lagerraum für Caro am zentralen Omnibusbahnhof und konnte endlich den Druckauftrag für die Buchmesse abschicken. Heimlich überlegte ich schon, wie ich die neuen Bücher im Lager nach und nach so umschichten konnte, dass ich die von mir gekauften Exemplare dort unbemerkt unterbrachte. Schließlich war der Dachbodenverschlag bald voll, wenn ich weiterhin so viel bestellte. Es ging mir auch gar nicht mehr darum, Caro nicht zu verlieren. Gegen ihre depressiven Phasen konnte ich sowieso nichts ausrichten. Es war eher das Bedürfnis, den momentanen Zustand aufrechtzuerhalten, egal wie unnötig ich mich damit unter Druck setzte. Kühl betrachtet brauchte ich das Lager demnach dringender als Caro. Verrückt, nicht wahr?

Und alles lief wie geschmiert. Dachte ich.

Längst brach mir bei meinen Schwindeleien nicht mehr der Schweiß aus. Ich brauchte auch keine Euphemismen mehr, um mir mein Tun schönzureden. Ich tat, was ich für nötig hielt und sonnte mich in meinem Erfolg, wenn Caro sich über Buchverkäufe freute. Hin und wieder schrieb ich noch eine Rezension, wenn ich eine neue Verkaufsplattform entdeckte oder ein Forum, in dem sich Blogger austauschten. Dort erwähnte ich Caros Bücher beiläufig und zog dann weiter. Schließlich stand Martin schon in den Startlöchern. Seine Social-Media-Aktionen, die Caros erste Messeteilnahme als Ausstellerin begleiteten, würden mir bald eine gewaltige Last von den Schultern nehmen.

Je näher die nächste Buchmesse in Leipzig rückte, desto aufgeregter agierte die Buch-Community. Jeder schien jeden kennenlernen zu wollen. Caro ließ sich erwartungsgemäß davon anstecken und plante die Belegung ihrer zwei Regalbretter, die Nathalie ihr an ihrem Stand abtrat, fast jeden Tag aufs Neue. Martin kam zweimal bei uns vorbei, um mit Caro den Ablauf der Blogtour zu besprechen und endlich das versprochene Interview zu führen. Zwei Tage vor der Messe postete er es auf seinem Blog. Aber da wurde man von der Aufregung, die durch die Leser- und Autorenschaft brandete, bereits förmlich weggerissen. Die fünf Blogger, die nach Martins Posts weitere Beiträge über Caros Krimis brachten, gingen in der Werbekanonade der kleinen, mittleren und großen Verlage unter. Zusätzlich aktivierten die ersten annehmbaren Frühlingstemperaturen selbst die faulsten Social-Media-Nutzer. Entweder hatte ich das Gefühl, online mit kitschigen Frühlingsfotos überschüttet zu werden, oder ich ertrank in Empfehlungen für tausendundeine Neuerscheinung.

Entmutigt von der schieren Masse an überflüssigen Informationen widmete ich mich lieber wieder Caros erstem Messeauftritt und bläute ihr ein, möglichst viele Termine an ihrem Stand zu planen.

»Was für Termine denn?«

»Na, Kontakte zu Journalisten, Vertrieblern, anderen Autoren. Und Verlegern!« Ich musterte meine Liebste scheel. War Caro wirklich so naiv zu glauben, dass die wichtigen Leute automatisch zu ihr kamen?

»Was ist mit Petra und Nathalie, haben die ihre Kontakte aktiviert? Termine ausgemacht? Ein Standprogramm geplant?«, fragte ich. »Ihr könnt doch nicht vier Tage herumstehen und hoffen, dass euch jemand besuchen kommt.«

»Das weiß ich ehrlich gesagt nicht«, gab Caro zerknirscht zu.

»Dann kümmere dich darum. Du gibst eine Menge Geld aus, das irgendwie wieder reinkommen muss.« Der Satz klang nicht unbedingt richtig aus meinem Mund.

Caro stand auf. »Ich glaube, ich werde mich mal mit dem Ausstellerkatalog auseinandersetzen. Da sollten sich genügend Dienstleister finden lassen.«

»Gute Idee!«, rief ich ihr nach, als sie in ihr Büro hinaufstieg.

***

Die Messe begann für uns schon am Abend vor der offiziellen Eröffnung mit einem verpatzten Essen in einem chinesischen Restaurant. Petra, Wilfried, Martin und Nathalie waren am Vormittag allein mit einem Transporter voller Bücher vorgefahren, um Petras Verlagsstand zu dekorieren. Caro und ich starteten erst nach dem Mittagessen Richtung Leipzig. Am Abend wollten wir alle zusammen die erste gemeinsame Messe als Aussteller gebührend feiern. Das bedeutete, ich konnte in Ruhe essen und Kraft tanken, während sich die anderen für die vier Messetage hochputschten. Caro hatte diese Motivation dringend nötig. In den letzten Tagen war sie trotz aller Vorbereitungen beinahe an der Frage verzweifelt, ob eine Messeteilnahme wirklich die richtige Werbemaßnahme war.

Pünktlich saßen Caro und ich in dem von Nathalie vorgeschlagenen Restaurant im Leipziger Stadtteil Mockau. Wir bestellten ein Menü für zwei Personen und warteten auf die anderen.

»Wir gehen viel zu selten aus«, sagte Caro plötzlich. »Das muss sich unbedingt ändern.«

Ich biss mir auf die Lippen, um nicht zu sagen: Dann hör doch endlich mit der verdammten Schreiberei auf! Denn ich war es gewesen, die Caro im letzten Herbst angetrieben hatte, ihren Krimi fertigzuschreiben. Hastig nippte ich an meiner Cola. »Man vergisst im Alltag so schnell, dass man sich auch mal was gönnen muss.«

Caro legte den Kopf schief und lächelte. Mir schossen die Tränen in die Augen. Wie absurd, hier zu sitzen und so zu tun, als müsste man nur einen wöchentlichen Abend abseits von Zuhause einplanen und alles wäre wieder in Ordnung!

»Ich habe darüber nachgedacht, ob wir uns der Nürnberger Queer-Community anschließen sollten«, sagte Caro. »Wir haben uns irgendwie total isoliert. Dabei würde ich mich wahnsinnig gern mit Gleichgesinnten austauschen.«

Der Kellner brachte die Vorsuppe, ich probierte einen Löffel und verbrannte mir die Zunge. »Wir sind zwar anders als die Norm, aber deshalb müssen wir uns nicht gleich in einer speziellen Gesinnungsgruppe erneut isolieren. Ist in unserem Fall ›Gesinnung‹ überhaupt das richtige Wort?«

»Vielleicht können wir uns dort Tipps holen«, meinte Caro. »Rechtlich kenne ich mich zum Beispiel überhaupt nicht aus, was es neben der Lebenspartnerschaft sonst noch für uns gibt.«

»Dann frag lieber Frau Dr. Bischoff von der Testamentsverlesung, ob sie dir einen genderfähigen Anwalt nennen kann.« Ich würde wahnsinnig gern wieder mal Muttis Nudelsuppe essen, dachte ich.

»Genderfähig!« Caro lachte. »Gute Idee, das werde ich machen.« Sie warf einen Blick auf ihr Smartphone. Eine Falte bildete sich zwischen ihren Augenbrauen. »Schon zwanzig nach. Wo bleiben denn unsere lieben Hauptaussteller?« Unpünktlichkeit konnte sie auf den Tod nicht leiden.

»Ruf Nathalie an, dann weißt du es.« Ich wollte mir die Suppe nicht von Caros unterschwelliger Ungeduld verderben lassen.

Unangenehm berührt schaute Caro sich um. »Hier im Restaurant? Das ist doch total unhöflich.«

»Dann geh vor die Tür«, knurrte ich. Caro verschwand. Irgendwann, so hoffte ich, würde ich verstehen, warum Autoren unbedingt berühmt werden wollten, sich aber nicht trauten, ganz normale Alltagsdinge öffentlich zu tun. Zum Beispiel auf der Straße mit einem scheißteuren Handy zu telefonieren, obwohl einem jeder dabei zuschauen konnte. Waren Buchveröffentlichungen etwa keine bewussten Schreie nach Aufmerksamkeit? Und erst der komplette Messestand mit allen veröffentlichten Werken, um den sich morgen wahrscheinlich Hunderte Besucher drängten!

Der Hauptgang wurde serviert. Ich versuchte, einen Blick auf die Straße zu werfen. Dick vermummt stand Caro vor dem Eingang des Restaurants und telefonierte angespannt. Das war hoffentlich der Aufregung vor der Messe geschuldet.

»Alles Asche!«, sagte sie, als sie sich kurz darauf auf ihren Stuhl plumpsen ließ. »Die anderen kommen nicht.« Wütend schaufelte sie sich klebrigen Reis und süßsaueres Gemüse auf den Teller. »Wir sehen uns erst morgen auf dem Messegelände.«

Spontan knurrte mein Magen vor Ärger und auch noch ein bisschen vor Hunger. »Was ist denn jetzt schon wieder los?«

»Petra ist nicht nach Leipzig gekommen. Nathalie und Martin mussten allein fahren.« Sie spießte eine unschuldige Paprika auf und schob sie sich in den Mund. »Petra hat Nathalie heute Morgen angerufen und ihr gestanden, dass sie sich den Transporter nicht leisten kann. Daraufhin haben Nathalie und Martin alles in ihren Fiat gepackt und sind losgebrettert. Sie haben den Stand dekoriert und mussten noch die Restgebühr für die Elektrik abdrücken.« Energisch vermischte Caro Soße und Gemüse mit dem Klebereis. »Immerhin habe ich jetzt drei ganze Regalbretter nur für meine Bücher.«

»Und warum musst du erst anrufen, damit sie dich aufklären?«, fragte ich entrüstet.

»Weil ...« Caro hielt inne. »Keine Ahnung. Jedenfalls ist Petra pleite, weil sie bei Annegret Wertkamp trotz der Preise vier Buchtitel als Fünfhunderter-Auflage hat drucken lassen, alles für die Messe. Angeblich hat sie nicht mal versucht, was anderes auszuhandeln! Dann hat sie irrsinnig viel Geld für ihren Webauftritt ausgegeben, noch das Geld für den Messestand vorgeschossen und tonnenweise Give-aways herstellen lassen, Lesezeichen, Leseproben, solches Zeug. Anscheinend wollte Petra alles richtig machen und hat den Überblick verloren.« Allmählich beruhigte Caro sich. Sie nahm sich von dem gebratenen Schweinefleisch.

Wie elektrisiert saß ich vor meinem leeren Teller. Den Überblick verloren! »Aber wie kann man denn nach vier Druckaufträgen pleite gehen?«, fragte ich.

»Indem man produziert, aber nichts verkauft, weil man sich nicht um die Absatzkanäle kümmert. Hm, lecker.« Caro nahm sich noch Gemüse.

Kurz schwankte der Stuhl unter mir.

»Und indem man seinen Hauptsponsor nicht dazu zwingt, seinen Anteil am Stand zu bezahlen, sondern sich ständig vertrösten lässt.« Ein böses Grinsen glitt über Caros Gesicht. »Nathalie ist nämlich nicht ganz unschuldig an Petras Pleite. Sie wollte den Stand mit allem Drum und Dran zur Hälfte mitfinanzieren und hat es nicht getan.«

Auch das noch! Das Knurren meines Magens wurde von meinem Ärger erstickt. Mir drohte der Appetit zu vergehen. »Also haben wir uns die Mühe ganz umsonst gemacht?«

»Nein, wo denkst du hin? Ich verkaufe meine Bücher auch ohne Petra und Wilfried!" Entschlossen spießte Caro das Schweinefleisch auf. "Wilfried hat sich übrigens von Petra getrennt und macht jetzt was anderes. Schreiben ist ihm zu blöd geworden, hat er angeblich gesagt. Wir sind nur mit Nathalie und Martin am Stand. Das kann man aushalten, finde ich.«

Von wegen »können«. Wir mussten es aushalten, denn es ging nach wie vor um Caros Zukunft als Schriftstellerin! Wir mussten hier so viele Bücher wie möglich verkaufen, neue Abnehmer finden, Kontakte knüpfen, Caro endlich bekannter machen, damit ich nicht ihre einzige Käuferin blieb! Aus dem schwankenden Tisch wurde ein Blackout, die Welt versank in Schwärze. Als Möblierung und Caro wieder auftauchten, saß ich mit zur Decke verdrehten Augen und offenem Mund auf meinem Stuhl. Wie viel Zeit war vergangen?

»Ja, so habe ich auch geschaut.« Unbeeindruckt wie selten mampfte Caro auf der anderen Seite des Tisches. »Es schmeckt übrigens wirklich sehr lecker, hast du schon probiert?«

Pleite. Pleite. Pleite.

Privatinsolvenz.

Und verlassen hatte er sie auch noch!

Zitternd nahm ich mein Besteck auf und aß ein paar Bissen. Caro ließ ich reden, damit sie nicht merkte, dass das Entsetzen mich regelrecht überrollt hatte. Der Hunger kehrte zum Glück rasch zurück, sodass ich meine Fassade aufrechterhalten und genug Empörung mimen konnte, ohne mich zu verraten. Es gelang mir sogar, mit Caro ein angeregtes Gespräch zu führen, nur worüber weiß ich nicht mehr. Meine gute Miene zum bösen Spiel hatte allmählich einen Oskar verdient.

Da wir in einem chinesischen Restaurant saßen, wurden uns am Schluss die unvermeidlichen Glückskekse serviert. Caro konnte über die Sprüche lachen, weil sie so ungelenk klangen. Ich erlag beinahe dem nächsten Verzweiflungsschub.

»Man muss eine Tür schließen, um eine andere zu öffnen«, las Caro feixend vor. »Und was hast du?«

»Die Wahrheit ist mehr wert als tausend Orden«, murmelte ich.

»Na dann!« Leichthin winkte Caro dem Kellner, damit er die Rechnung brachte, und zückte ihr Portemonnaie. »Ich zahle«, verkündete sie vergnügt.

Nein, dachte ich schwach, ich zahle. Du weißt es nur noch nicht.

***

Die Messe wurde für mich zu einer langen, quälenden Aneinanderreihung von kräftezehrenden Tagen, an denen ich kaum lächelte, mir die Beine in den Bauch stand und mich einmal mehr wunderte, was für ein Zirkus um ein paar Bücher gemacht wurde.

Schon die Eröffnung am ersten Tag kam einem Vorgeschmack auf die Hölle gleich. Von weitem riskierte ich einen Blick zu den Glastunneln, die die Hallen mit dem Hauptgebäude verbanden. Dort warteten die Besucher dicht an dicht hinter der Absperrung. Ihre Gier nach Büchern und Zerstreuung legte sich wie Smog auf die Halle. Ich hasste sie, noch bevor ich mit dem ersten Besucher gesprochen hatte. Sie waren für mich die Verkörperung von Caros übersteigertem Bedürfnis nach Aufmerksamkeit. Nur deswegen genügte ich ihr nicht, oder? Gleichzeitig brauchte ich diese verdammte Bande, damit sie mir half, meinen Betrug an Caro zu beenden, bevor mir mein Leben komplett entglitt.

Die Absperrungen wurden geöffnet, der Mob walzte in die Halle. In ersten Moment wollte ich schreien und winken und alle an den Stand zerren, damit sie alles aufkauften, was wir mitgebracht hatten. Im nächsten hätte ich jeden einzelnen eigenhändig erwürgen können, damit sie mir Caro ließen. Ich hatte doch nur sie!

»Schluck Wasser?«

Nathalie hielt mir eine Plastikflasche hin. Dankbar trank ich meine befremdlichen Gedanken ganz tief hinein in den Bauch. Dort grummelten und gurgelten sie und beruhigten sich schließlich.

Hilfe. Ich brauchte Hilfe.

Ich zwang mich, mich auf das zu konzentrieren, was um mich herum vorging. Caro hatte auf den letzten Drücker Termine mit Vertretern zweier großer Buchvertriebsfirmen ergattert. Sie hatte mir erklärt, dass Sortimenter gegen eine monatliche Gebühr komplette Buchbestände einlagerten und sie per Bücherbus an den stationären Buchhandel auslieferten. Buchhändler konnten Bücher dort zentral bestellen und zahlten nur einen Bruchteil der Lieferkosten. Sie mussten auch nicht so lang auf die Lieferung warten, als wenn man sie per Post verschickte. Mit diesen Rahmenbedingungen wurde ein Buchtitel für den stationären Buchhandel wesentlich attraktiver. Doch beide Vertreter, die Caro an den Stand eingeladen hatte, winkten sofort ab, als sie ihre Krimis zwischen Nathalies historischen Erotikromanen und Martins Fantasy-Reihe entdeckten.

»Was sind das denn für Cover? Die sprechen mich kein bisschen an«, lautete das einhellig harsche Urteil. Das hatte ich schon mal gehört.

»Sie sollen auch nicht mit den Covern sprechen, sondern die Bücher verkaufen«, erwiderte Caro tapfer. Dafür erntete sie immerhin Gelächter, aber keinen Vertrag. Sie schluckte diese Kröte und hoffte auf bessere Zeiten.

Nathalie verteilte die Give-aways, die sie gestern Morgen bei Petra abgeholt hatte. Kisten mit unnützem Kleinzeug stapelten sich in dem winzigen Unterschrank, der zur Standausstattung gehörte. Caro und ich halfen Nathalie, die Tonnen von Zeug unter die Leute zu bringen, und hielten eisern Lesezeichen, Aufkleber, Notizbücher und Kugelschreiber in die Menge. Die Besucher griffen nach allem, ohne hinzuschauen und steckten es in riesige Taschen, auf denen die Logos großer Verlage prangten. Standhaft stemmte ich mich gegen die Vorstellung, dass sie auch Caro packten und in einer dieser Taschen wegschleppten.

Frauen schienen in den Augen der Besucher generell nur für Sauberkeit und Ordnung am Stand zuständig zu sein. Mehrere Besucher drückten Caro kommentarlos ihren Müll in die Hand oder warfen ihn in den Stand. Auch sonst waren eher rüde Umgangsformen üblich. Und selbst mir, die am liebsten gar nichts mit den Büchern zu tun gehabt hätte, tat es in der Seele weh, wie manche Besucher mit den ausgestellten Büchern umgingen. Mein persönliches Highlight war ein Mann, der aussah wie der personifizierte Beamte. Er nahm einen von Nathalies Erotikromanen in die Hand, blätterte ihn von vorn bis hinten durch, wobei er jedes Mal seinen Zeigefinger anleckte, und warf das Buch zurück ins Regal. Dann griff er nach dem nächsten Roman.

»Könnten Sie bitte sorgfältiger mit meinen Büchern umgehen?«, bat Nathalie ihn. »Ich möchte sie auch anderen Lesern anbieten können.«

»Sie wollen diesen Dreck noch anderen Leuten anbieten?«, rief der Mann entsetzt. »Am Ende wollen Sie das Zeug auch noch verkaufen! Schämen Sie sich denn gar nicht?« Wütend knallte er das Buch auf den Boden und verschwand in der Menge. Hätte er das mit Caros Büchern gemacht, wäre ihm eine saftige Ohrfeige von mir sicher gewesen!

»Hat man so was schon erlebt?« Empört stemmte Nathalie die Hände in die Seiten. »Was erlaubt der sich denn?«

Martin, der Baum von einem Mann, der mit dem Rücken zu uns gestanden hatte, drehte sich langsam um. »Der war halt kritisch«, meinte er lapidar. »Kann man nichts machen.«

»Du hättest eingreifen können«, schlug Caro mit belegter Stimme vor.

Doch Martin zuckte nur mit den Schultern. »Sind ja nicht meine Bücher.«

Ab da kochte Nathalie innerlich vor Wut.

Eine Besucherin verscherzte es sich mit Caro, weil sie stur bezweifelte, dass sie die ausgelegten Krimis geschrieben hatte, obwohl Caros Name dick und fett auf jedem Cover stand. »Frauen können keine Krimis schreiben«, wiederholte die Besucherin monoton, bis Caro es aufgab. Davon unberührt schoss Martin im Sekundentakt Fotos von den durchströmenden Menschenmassen, als wäre das hier eine Safari und keine Messe.

Überhaupt machte er einen durch und durch desinteressierten Eindruck. Er half nicht mal mit, das unsägliche Werbematerial zu verteilen.

»Was sagst du eigentlich zu Petras Verlagspleite?«, versuchte ich, ihn in ein Gespräch zu ziehen und später dazu zu animieren, sich wenigstens um die Flyer zu kümmern.

»Dumm gelaufen.« Er hob den Fotoapparat und drückte ab. Klick.

Mehr hatte er dazu nicht zu sagen? Ich deutete auf seine Fantasy-Romane. »Und was wird aus deinen Büchern?«

»Ich werde sie wieder selbst vertreiben.« Klick. »Ich habe meine Quellen.« Klick.

»Und Nathalies Bücher?«

Martin ließ den Fotoapparat sinken und musterte mich von oben herab. »Die soll sich mal schön selbst um ihren Krampf kümmern.«

Ich hielt seinem Blick stand. »Da, Flyer. Verteilst du die?«

»Kein Bedarf.« Zwei lange Schritte brachten ihn vor den übernächsten Stand, wo er seine Knipserei fortsetzte.

Na, danke auch fürs Gespräch!

Und immer wieder verirrten sich durchziehende Bettelmönche zu uns. Ich nannte sie im Stillen so, weil mir das quäkende Gejammer um eine Buchspende, vornehmlich vorgetragen von älteren Damen und desorientierten Schülern, auf die Nerven ging. Wofür wurde nicht alles gesammelt: belletristische Schul-, Gemeinde- und Kirchenbibliotheken, ökumenische Bücherschränke, kommunale Bücherbasare für Teenager mit Leseschwierigkeiten, Fachbuchsammlungen und ein kommunistisches Antiquariat. Die Qualität der Bücher wurde teilweise naserümpfend von den Bettelmönchen kommentiert, weil Nathalie und Martin nur Softcover-Bücher anboten. Caro musste sich dagegen Kritik gefallen lassen, weil sie »Krimi-Schund mit Hardcovern tarnte«. Ein Familienvater fand es untragbar, dass an unserem Stand nur zwei Genres angeboten wurden, aber keine Kinder- oder Kochbücher. Und wie wäre es denn mal mit Gedichtbänden?

Manche Bettelmönche taten sich beim Abgreifen der Give-aways besonders hervor oder steckten Bücher ein, ohne sie zu bezahlen, wenn man nicht aufpasste. Hier gingen Caro, Nathalie und ich jedoch rigoros vor. Mit schrillen Stimmen forderten wir die Diebe in spe dazu auf, die Bücher sofort wieder auszupacken, sonst käme die Polizei! Eine Frau, die Caro am Wickel hatte, beschwerte sich danach lautstark, dass sie bei namhaften Verlagen bereits zwei große Einkaufsbeutel mit Buchspenden eingesammelt hätte. Wir sollten uns »wegen der paar Kröten« gefälligst nicht so anstellen! Schließlich wäre sie für einen guten Zweck unterwegs, nämlich die Seniorenbibliothek in einem Stift für besonders schwere Pflegefälle! Ich erlaubte mir, die Frage zu stellen, ob sie das irgendwie belegen könnte und ob die besagten Senioren überhaupt noch in der Lage waren, selbst zu lesen. Das verärgerte die Frau so, dass sie grußlos davonrauschte.

»Nur Bekloppte«, stellte Martin, der sich wieder zu uns gesellt hatte, fest und knipste munter weiter.

Bücher kaufen wollte an den vier Messetagen kaum jemand. Vielleicht lag es an der ablehnenden Ausstrahlung der Autoren, allen voran Nathalies, wohingegen Caro mit Resignation glänzte. Sie war heillos überfordert und ich hoffte, dass wir das Abenteuer Messe damit ein für alle Male abhaken konnten. Ob sie sich auch fragte, was wir hier eigentlich machten? Warum opferte sie sich für eine derart zerstörerische Sache auf? Warum tat ich es? Und warum musste ich bei jedem der wenigen Bücher, die Caro trotz der widrigen Umstände verkaufte, nachrechnen, wie viel Prozent dieses Buch an Caros Gesamtumsatz ausmachte? Der Gesamtumsatz, den bisher nur ich geleistet hatte! Im Kopf überschlug ich meine Bestellungen der letzten Monate, rechnete die Ausgaben für die E-Book-Cards dazu und kam auf eine entsetzlich hohe Summe. Aber nein, ich durfte mich von meiner Angst nicht mitreißen lassen, sondern musste nach der Messe alles fein säuberlich auf Papier ausrechnen und endlich einen Entscheidung zugunsten meiner eigenen Gesundheit treffen! Doch es wurde von Tag zu Tag schwieriger, abends nicht vor lauter Frust zu brüllen, wenn Caro stolz verkündete: Ich habe zwölf Bücher verkauft. Das ist ein Gewinn von rund fünfzig Euro!«

Ein lächerlicher Tropfen auf dem heißen Stein ...

Ein Trost war, dass Caros Vorrechnerei auch Nathalie aus der Fassung zu bringen schien. Sie und Martin hatten dreihundert Bücher mitgebracht und nicht viel mehr verkauft als Caro. Dazu Petras Kapitulation als Verlegerin und die Kosten für die Messe, die mit Sicherheit noch ein großes Loch in ihre Bücherkasse rissen, sobald Nathalie ihren Anteil für den Messestand bezahlte. Vielleicht kam ich finanziell sogar besser weg? Natürlich tat ich das, ich hatte meine Reserven von der Erbschaft. Aber bei Nathalie und Martin ging es nur um Geld. Und ich, ich hatte den richtig schlimmen Betrug begangen, denn ich spielte mit Caros Gefühlen!

Und Martin stand daneben und grinste überheblich. Oder er verdrückte sich gleich woandershin. Aber am Ende des letzten Messetages erwischte es endlich auch ihn. Die Besucherströme waren versickert. Die Aussteller versuchten halbherzig, die letzten Bücher an die wenigen Besucher zu bringen. Für mehr waren sie viel zu erschöpft. Alle sehnten das Ende der Messe herbei.

»Dann wollen wir mal«, verkündete Martin plötzlich fröhlich. »Ich hole die Bücherkartons. Halt mal.« Er hielt Nathalie seine Kamera hin und erstarrte.

»Kannst sie mir ruhig geben«, nörgelte sie. »Ich lasse sie schon nicht fallen!«

Martin reagierte nicht.

Irritiert folgte ich seinem Blick zum Regal. Dort, wo vier Tage lang seine Fantasy-Romane in den Regalen gelegen hatten, klaffte eine Lücke.

»Wieso steht denn da nichts?«, fragte Martin verärgert. »Ich habe doch gesagt, dass die Regale immer voll sein müssen!«

Nathalie zuckte müde mit den Schultern. »Weil ich keine neuen Bücher hingestellt habe. Es lohnt sich kaum noch, in zwanzig Minuten geht hier das Licht aus.«

Damit gab Martin sich nicht zufrieden. »Und wo sind die Bücher hin?«

»Was weiß ich, im besten Fall verkauft!« Nathalie nahm ihm den Fotoapparat ab. »Geh jetzt und hol die Kartons, damit wir …«

»Im besten Fall verkauft? Von wem?« Stirnrunzelnd schaute er der Reihe nach mich, Caro und Nathalie scharf an.

»Ich war's nicht«, sagte seine Angetraute. »Es sind kaum noch Leute hier, an wen hätte ich was verkaufen sollen?«

Caro und ich wechselten einen Blick. »Wir haben in der letzten halben Stunde auch nichts verkauft«, meinte ich vorsichtig.

Martin demonstrierte daraufhin anschaulich, wie es aussah, wenn jemandem die Gesichtszüge entgleisten. »Dann wurden sie geklaut«, schlussfolgerte er messerscharf. »Wo sind die Tagesabrechnungen?«

Mit einem lauten Seufzer öffnete Nathalie ihre Umhängetasche und zog ihre Inventurliste heraus. »Bitte schön. Verzähl dich nicht.«

Minutenlang war Martin nicht ansprechbar. Fieberhaft rechnete er die Tagesverkäufe seiner Buchtitel zusammen und zählte die Exemplare im Unterschränkchen nach. Das Resultat betäubte ihn, als hätte ihm jemand mit einem Hammer auf den Kopf gehauen.

»Mir fehlen sage und schreibe insgesamt fünfundvierzig Bücher«, verkündete er mit glasigen Augen. »Fünf-und-vier-zig! Alle weg, geklaut!«

»Quatsch.« Nathalie zwirbelte eine ihrer blonden Strähnen um den Finger. »Es war doch immer jemand am Stand, wie soll denn da jemand geklaut haben?«

Hektisch wedelte Martin mit den Inventurlisten. »Ich hatte sechzig Bücher pro Titel dabei!«, schrie er. »Nur zwanzig pro Titel wurden verkauft.

Und es fehlen fünfundvierzig! Das ist allerübelster Diebstahl! Wo ist die Polizei?«

Damit war die Messe für uns alle gelaufen. Zum Glück ertönte bald der Schlussgong. Ich gebe zu, dass ich Schadenfreude verspürte, als wir die Bücher abräumten und verpackten. Nathalie und Martin hatten Caro so oft behindert oder kleingemacht, dass der Diebstahl in meinen Augen beinahe gerechtfertigt war.

Martin war davongerannt, um sich beim Hallenmeister über die skandalösen Zustände zu beschweren. Mir kam es seltsam vor, dass Nathalie trotzdem entspannt wirkte, vielleicht sogar entspannter als an allen anderen Messetagen. Eher beiläufig sprach ich sie darauf an, als Caro zur Toilette unterwegs war. Als hätte sie nur darauf gewartet, flüsterte Nathalie: »Von wegen, jemand hätte Martins Bücher geklaut! Ich hab sie an die Sammler verschenkt, die mir nicht von der Pelle gerückt sind. Soll seine Idioten-Fantasy doch in den ganzen privaten Bibliotheken verrotten!«

»Aber der finanzielle Verlust trifft doch auch dich«, flüsterte ich ehrlich entsetzt zurück.

»Geschenkt«, winkte Nathalie ab. »Die Abreibung war nötig! Nur, weil er mal einen Titel in einem kleinen Verlag veröffentlicht hat, braucht er sich nicht aufzuführen wie ein König! Und kein Wort zu niemandem, auch nicht zu Caro, verstanden?« Sie zwinkerte mir zu und kümmerte sich um die restlichen Bücher.

Nie wieder Messe!

***

Aber der Wahnsinn war noch nicht zu Ende.

Zwei Tage nach der Messe hockte Nathalie abends auf unserem Sofa und berichtete von den neuesten Verfehlungen der anderen Schreibknechte. Damit war mein Feierabend auch gelaufen, den ich eigentlich in aller Ruhe mit Caro hatte verbringen wollen. Leider war das, was Nathalie erzählte, wirklich interessant, sodass ich im Türrahmen des Wohnzimmers stehenblieb, um zuzuhören.

»Petra hat sich mit der Buchmesse derart übernommen, dass sie ihre Eigentumswohnung nicht abbezahlen kann.« Hastig schüttete Nathalie den Rest des Roséweins in sich hinein. Automatisch griff Caro nach der Weinflasche auf dem Tisch und schenkte ihr nach.

»Meinen Anteil am Messestand habe ich ihr heute in bar vorbeigebracht«, fuhr Nathalie fort. »Aber das ist natürlich nur ein Klacks im Gegensatz zu dem, was sie sonst noch an Schulden begleichen muss.«

»Hat Wilfried sie deshalb verlassen?«, fragte Caro.

»Ja. Ein Vierzigtausend-Euro-Kredit für eine Wohnung ist kein Pappenstiel. Und dann noch die Produktionskosten für den Verlag.« Angewidert schüttelte Nathalie den Kopf. »Jetzt will sie Martin und mir auch noch die Druckkosten für unsere Bücher in Rechnung stellen, damit sie keine Privatinsolvenz anmelden muss. Was kann ich dafür, dass sie gleich fünfhundert Stück pro Titel drucken lässt? Kannste dir nicht ausdenken.«

»Krass«, hauchte Caro fasziniert. »Die arme Petra. Kann man denn so viel Unglück aushalten, ohne verrückt zu werden?«

Ganz blödes Thema! Rasch ging ich weiter in die Küche, um mir ein kaltes Abendessen zusammenzusuchen. Aber Nathalies Stimme war laut und durchdrang das alte Holz der Essensdurchreiche zum Wohnzimmer. »Willst du dir die Wohnung nicht mal anschauen? Mit deinen Bucherfolgen kannst du sie dir doch bestimmt locker leisten.«

Vor Schreck hätte ich beinahe den ganzen Tellerstapel aus dem Hängeschrank gerissen. Caros ungläubiges Lachen machte es nicht besser: »Was um alles in der Welt soll ich denn mit einer Eigentumswohnung? Wir haben doch das Haus!«

Das »wir« tat mir in der Seele gut, rettete die Mortadella aber nicht vor dem Absturz. Mit einem fetten Platschen landeten zwei Scheiben auf den Fliesen. Schade, dass wir keinen Hund hatten, jetzt musste ich mich bücken und sie aufheben.

»Das wäre doch die ideale Altersvorsorge«, pries Nathalie Caro die Idee weiter an. »Bis zur Rente lebt ihr hier im Haus. Danach zieht ihr in Petras Eigentumswohnung, die ihr über die Jahre abbezahlt und altersgerecht umbauen lasst.« Nathalie zögerte. »So lange könnt ihr sie an Petra vermieten.«

»Das klingt für meinen Geschmack trotzdem zu teuer, aber danke für den Tipp«, hörte ich Caro sagen. »Warum sagst du das überhaupt? Bist du seit Neuestem Petras Maklerin?«

»Das ist bloß ein Freundschaftsdienst.« Nathalies Kichern klang schrill und ein bisschen falsch. »Wir Autorinnen müssen doch zusammenhalten!«

Verdattert ließ ich das Brotmesser sinken. Den Freundschaftsdienst hätte ich Nathalie vielleicht mit 2 Promille Alkohol im Blut abgenommen, aber jetzt – keine Chance!

»Da sagst du was, es gibt viel zu wenig Gemeinschaftsgefühl unter den Autoren«, stimmte Caro zu. »Vielleicht sollte ich mir die Wohnung doch mal anschauen.«

»Das solltest du wirklich, die Wohnung ist ein Juwel!«, jubelte Nathalie.

Mir wurde flau im Magen. Ich nahm meinen Teller mit dem Wurstbrot und meinen Heidelbeersaft und zog mich in mein Zimmer zurück. Wenn ich mir das Gesäusel noch länger anhören musste, explodierte irgendwann mein Kopf!

Beim Frühstück am nächsten Morgen weihte Caro mich in ihren Tagesplan ein: »Ich werde meine Bücher heute in die Buchhandlungen in Laufnähe bringen. Drei wissen schon Bescheid, die anderen werde ich mit Kaltakquise von mir und meinen Büchern überzeugen.« Ihre Wangen leuchteten vor Tatendrang. »Und danach gehe ich auf einen Sprung bei Petra vorbei.«

»Willst du dir etwa die Wohnung anschauen?«, fragte ich alarmiert.

Caro zuckte mit den Achseln. »Schauen kostet nichts.«

Wir wussten beide, dass Caro nicht nur schauen wollte. Nathalie hatte sie gestern noch eine Stunde bearbeitet. Das wusste ich, weil ich gehört hatte, wie sie sich später unten verabschiedete. »Eine zusätzliche Wohnung können wir uns nicht leisten«, sagte ich entschieden. »Ich zahle mindestens noch zehn Jahre das Haus auf Fuerteventura ab, und dieses Haus ist auch noch nicht fertig renoviert! Außerdem wäre es Petra gegenüber echt unfair.«

Angriffslustig hob Caro den Kopf. »Was ist daran unfair, wenn wir ihr helfen, ihre Schulden zu tilgen?«

Caros Antwort entsetzte mich, gelinde gesagt. »Was ist das denn für eine opportunistische Scheiße?«, blaffte ich sie an. »Einem Menschen jahrzehntelang die vormals eigene Wohnung zu vermieten, um ihn im Alter auf die Straße zu setzen, ist das unmenschlichste Wohnmodell, von dem ich je gehört habe!«

Betroffen ließ Caro die Schultern sinken. Sekundenlang spürte ich nur das Kribbeln meiner Wut in meinen Armen und Beinen. Wie konnte Caro nur so blauäugig Nathalies Vorschlag übernehmen?

»Ich schaue mir die Wohnung trotzdem an.« Trotzig trank sie einen großen Schluck Kaffee. »Und keine Sorge, ich werde nicht gleich einen Kaufvertrag unterschreiben. Ich will nur mit Petra reden!«

Den nächsten Satz schluckte ich lieber. »Hab Spaß«, wünschte ich ihr stattdessen und fuhr ins Büro.

Am frühen Nachmittag hob Lothar den Kopf und musterte mich streng. »Hast du dir in Leipzig eine Grippe eingefangen? Du siehst aus wie der Tod auf Socken.«

»Tue ich das?« Eisern konzentrierte ich mich auf die Einkaufsstatistiken des ersten Quartals, um zum x-ten Mal ein Diagramm daraus zu erstellen.

»Ja, tust du. Willst du früher gehen?«

»Ich muss die Auswertung morgen früh Chefchen vorlegen.« Außerdem lenkten die gewohnten Tabellen von dem gefährlichen Pulsieren in meinen Schläfen ab. Eine Migräne kündigte sich an.

»Die Auswertung hat bis Freitag Zeit.«

»Kein Bedarf.« Der erste Schmerzblitz schoss durch meinen Kopf. Vielen Dank auch.

»Wenn du meinst! Es ist deine Gesundheit.« Lothar wandte sich wieder seinem Bildschirm zu. »Ich hätte die Auswertung für dich fertiggestellt. Ich weiß noch, wie das geht.« Er grinste.

Das Angebot klang gut, um nicht zu sagen: verlockend. Eigentlich hatte Lothar recht.

Dramatisch seufzend schloss ich die Augen und legte den Kopf in den Nacken. »Okay, dann erst mal danke. Und bis morgen.«

»Recht so«, nickte Lothar zufrieden. »So gefällt mir das schon besser! Ich will meine Stelle einer gesunden Nachfolgerin vererben, haben wir uns verstanden?«

»Haben wir.« Beim Aufstehen wurde mir schwindelig, die Migräne übernahm das Kommando. Steine aus Lava pulsierten von meinem Nacken in den Hinterkopf. Einigermaßen aufrecht schaffte ich es noch bis zu meinem Auto und ließ mich auf den Fahrersitz fallen. Dann musste ich mich erst minutenlang sammeln, bevor ich den Motor anließ und den Wagen langsam aus dem Parkhaus manövrierte. Ich wusste zwar, wie heftig Migräne werden kann, aber diese Intensität war neu. Woher kamen die höllischen Schmerzen? Mein letzter Anfall vor ein paar Wochen war nicht annähernd so schlimm gewesen.

In einem Café gönnte ich mir einen Espresso. Er half zum Glück auch dieses Mal gegen die Schmerzen. Meine Nackenmuskulatur entspannte sich, ich konnte freier atmen. Als ich wieder im Auto saß und losfuhr, war mein erster Impuls, ins Büro zurückzukehren und mich um die Auswertung zu kümmern. Ich setzte den Blinker und fuhr auf die Kreuzung zu. Die Ampel sprang auf Gelb, dann auf Rot, die Wagen vor mir bremsten ab und hielten an. Ich bildete das Schlusslicht in einer mittellangen Nachmittagsautoschlange.

Dann kam mir der Gedanke, dass ich eigentlich was anderes zu tun hatte. Statt nach links setzte ich den Blinker nach rechts und reihte mich auf der entsprechenden Abbiegerspur ein. Einmal pro Woche fuhr ich die Packstation auf dem Parkplatz eines Supermarktes an. Hierher ließ ich meine Bestellungen seit dem Fuerteventura-Urlaub liefern, weil die Tankstelle, die ich mir ursprünglich ausgesucht hatte, von zu vielen Bekannten aufgesucht wurde. Nathalie und Petra zum Beispiel, die in der Nähe wohnten.

Mit drei mittelgroßen Paketen im Kofferraum fuhr ich weiter zu Caros Buchlager im Stadtnorden. In der Mittagspause hatte sie mir eine SMS geschrieben, dass sie sich am Nachmittag mit Petra und Nathalie traf. Demnach bestand keine Gefahr, dass ich ihr im Lager begegnete. Ich brauchte ewig, bis ich zwanzig Bücher so auf die verschiedenen Bücherstapel auf der Palette verteilt hatte, dass der Zuwachs nicht sofort auffiel. Irritierend war, dass die Einbände leichte Farbunterschiede aufwiesen, was wohl daran lag, dass sie von verschiedenen Druckereien hergestellt worden waren. Aber egal, wie ich die Bücher sortierte, allzu lange würde ich das nicht mehr machen können. Spätestens, wenn Caro ihren Lagerbestand für die Steuererklärung nachzählte, flog ich auf. Bis dahin musste ich mir etwas einfallen lassen.

Die Wirkung des Espressos ließ nach. Ich beschloss, dass mein Bett jetzt genau der richtige Ort war, um mich von dem selbst auferlegten Stress zu erholen. Zu Hause angekommen, informierte ich wiederum Caro per SMS, dass ich mich hinlegte und sie Ginger Ale mitbringen sollte. Caro antwortete, dass sie noch zwei Buchhandlungen mit Nathalie und Petra aufsuchte, um alle Bücher loszuwerden, und deshalb erst gegen sechs Uhr nach Hause käme.

Das klang vielversprechend, half aber nicht gegen die stärker werdende Migräne. Schmerzgeplagt wälzte ich mich im Bett herum, vor Augen die wachsenden Bücherberge, dazu die schreckliche Vorstellung, dass Caro den Bestand schon in den nächsten Tagen überprüfen könnte. Was, wenn die Buchhandlungen ihre Bücher erfolgreich verkauften und Caro im Lager feststellte, dass sich der Anfangsbestand nicht verändert hatte? Es half nichts, ich musste mir einen Überblick verschaffen, wie viele Bücher ich schon dazugekauft hatte. Davon hing die Entscheidung ab, was ich als nächstes tun würde.

Ergeben stemmte ich mich aus dem Bett und wankte in mein Zimmer. Ich fuhr den PC hoch und suchte meine Bestellbestätigungen aus dem E-Mail-Postfach zusammen, rechnete eine Weile herum und kam auf über zweihundert gedruckte Bücher. Eigentlich erstaunlich, dass sie im Lager zwischen den anderen Büchern noch nicht auffielen. Dazu kamen fast siebenhundert E-Books, die ich täglich über meine unterschiedlichen Accounts gekauft hatte, und zweihundert E-Book-Cards aus den Buchhandlungen. Anhand dieser Zahlen konnte ich schwarz auf weiß belegen, wie sehr ich Caro liebte und wie bescheuert ich war. Ich musste die Sache beenden! Das Pulsieren der Migräne gab mir recht. Aber sollte ich wirklich schon aufhören, nur weil es Caro seelisch endlich besser ging?

Die Entscheidung fiel schnell. Mit ein paar Klicks mietete ich ein weiteres Minilager im Nürnberger Süden an. Ich musste die zugekauften Bücher so schnell wie möglich umräumen, am besten noch vor dem nächsten Wochenende. Es ging um nicht weniger als unsere Beziehung!

Fast blind vor Migräne kehrte ich ins Bett zurück. Heute schaffte ich es nicht mehr, denn Caro würde in einer Stunde zu Hause sein und ich war

offiziell krank. Vielleicht auch noch morgen ... Oder ich nahm bei Lothar einen Tag Urlaub und erzählte Caro, dass ich ins Büro fuhr.
Ja, so sollte es funktionieren.

***

Eiskalt küsste ich Caro am nächsten Morgen zum Abschied und fuhr zu ihrem Lager am Zentralbahnhof. Sie blieb heute zu Hause, weil sie sich um das nächste Manuskript kümmern wollte, das sie in der Schublade hatte. Allein die Vorstellung, dass sie es schon bald veröffentlichte, sorgte für Schauer des Entsetzens auf meiner Haut. Gleichzeitig wurde mir meine Macht bewusst. Bei meinen täglichen Bestellungen brauchte ich es nach der Veröffentlichung nur zu ignorieren, um ihr als allumfassende Leserschaft verstehen zu geben, dass dieser Krimi nicht gut war. Würde ich das übers Herz bringen?

Eine halbe Ewigkeit räumte ich Bücher aus dem Lager in meinen schmalen Kofferraum. Einen Teil musste ich auf der Rückbank deponieren. Zusätzlich wickelte ich sie in meine alten Babydecken, die ich immer dabei hatte, damit ich die entstandenen Bücherquader anschnallen konnte. Danach hing die Hinterachse des Puntos gefährlich tief über dem Asphalt. Mir stand der Sinn jedoch nicht danach, zweimal zu fahren, auch wenn sich mit dem Gewicht der Bücher Bremsverhalten und Kurvenlage veränderten. So aufmerksam wie nie hielt ich die Geschwindigkeitsbegrenzungen ein, fuhr ganz rechts und blinkte bereits einen halben Kilometer, bevor ich abbog, damit mir niemand auffuhr oder ich angehalten wurde. So brauchte ich vom Bahnhof bis zum Lager hinter dem Franken-Center fast eine halbe Stunde statt zehn Minuten.

Das angemietete Lagerabteil war kleiner als Caros Buchlager, und natürlich hatte ich nicht daran gedacht, eine Auflage mitzubringen. Wenn ich die Bücher auf den nackten Boden legte, würden sie Feuchtigkeit ziehen und schimmeln, was ich laut Mietvertrag vermeiden musste. Kurzerhand trennte ich mich von meinen Babydecken und stapelte die Bücher darauf. Das musste reichen, bis ich eine richtige Auflage mitbrachte.

Nach der Plackerei fühlte ich mich rechtschaffen erschöpft, konnte mich jedoch nicht dazu entschließen, wieder nach Hause zu fahren. Dort konnte ich mich lediglich ins Bett legen, um keinen Verdacht bei Caro zu erregen. Aber wenn ich ins Büro fuhr, schaute Lothar wieder blöd und stellte mir komische Fragen. Manchmal glaubte ich, er könnte mir an der Nase ansehen, wenn ich schwindelte. Wobei »schwindeln« in diesem Fall euphemistisch ausgedrückt war.

Mangels Entscheidungsfähigkeit setzte ich mich auf die nächste Parkbank in eine windgeschützte Ecke und rief Lothar an. Ich behauptete, dass ich in unserem Garten in der Sonne säße in der Hoffnung, die Migräne verschwände in der Sonne. Er ratterte im Gegenzug runter, was bisher im Büro gelaufen war, wir trafen ein paar Absprachen und beendeten das Gespräch. Nichtsdestotrotz wummerte mein Herz wie nach einem Hundert-Meter-Sprint, obwohl ich nach außen emotionslos geblieben war. Caro hatte dieses Verhalten als "schizoid" in ihrem Recherchepool vermerkt. Musste ich mir darum auch noch Sorgen machen?

Ich beschloss, dass ich mich auch an einem anderen Tag sorgen konnte. Heute wollte ich nichts fühlen. Stattdessen fuhr ich in zwei Buchhandlungen in den äußeren Bezirken, suchte, fand und kaufte je zwei von Caros Büchern. Auf dem Weg zurück ins Zentrum kam ich an einem der letzten modernen Antiquariate vorbei. Auf dem Gehweg lagen Bücher in Kisten und auf Tischen aus. Einer Eingebung folgend, suchte und fand ich einen Parkplatz in einer Seitenstraße und konnte unauffällig die vier Bücher zwischen Hardcover von Konsalik und Simmel schieben. Erst danach kehrte ich nach Hause zu Caro zurück und legte mich mit der Begründung, dass es mir wieder schlechter ging, ins Bett.

Im Schutz des Schlafzimmers redete mir ein, dass alles in bester Ordnung war. Ich überbrückte schließlich nur die Zeit, bis Caros Messeteilnahme als Ausstellerin Früchte trug und die Werbemaßnahmen griffen. Morgen zum Beispiel wollte sie sich in die S-Bahn setzen und weitere Buchhandlungen in den Orten aufsuchen, die man gut mit den öffentlichen Nahverkehrsmitteln erreichte. Nathalie wollte dafür sorgen, dass Martin die Blogtour für Caro wiederholte. Zusammen mit Petra dachte Caro über Lesungen in den Nürnberger Cafés nach. Irgendwann würde Caro damit echte Leser gewinnen.

Irgendwann! Und bis dahin war ich da.

**

Der zusätzliche Tag im Krankenstand hatte die unangenehme Erinnerung an den Dachbodenverschlag geweckt. Früher oder später würde Caro sich dazu aufraffen, den Raum dort oben zu entrümpeln. Bis dahin mussten meine Errungenschaften des Fuerteventura-Urlaubs verschwunden sein, denn das Einstampfen konnte ich erst beim nächsten Druckauftrag veranlassen. Aber es schien unmöglich, die Bücher unbemerkt aus dem Haus zu schmuggeln. Caro war eigentlich immer zu Hause, wenn ich auch da war. Und an den Freitagnachmittagen, an denen sie zum Grab ihrer Tante fuhr, wurde ich immer häufiger von Migräneattacken heimgesucht. Teilweise waren sie so schlimm, dass jede Bewegung heftige Übelkeit verursachte und ich mich den Rest des Tages ins abgedunkelte Schlafzimmer zurückziehen musste.

Ergaben sich zufällig Zeitfenster, zum Beispiel, wenn Caro abends duschen ging, wurde ich zur wahngeplagten Psychopatin. Auf Zehenspitzen schlich ich auf den Dachboden in der Hoffnung, dass das Wasserrauschen verdächtiges Poltern oder das Ächzen der alten Holzbohlen überdeckte. Gleichzeitig deutete ich jeden Schatten in jeder Ecke als Caros Silhouette, die mich in flagranti ertappte. Trotzdem sehnte ich abends die halbe Stunde herbei, die Caro im Bad brauchte, damit ich, von Ängsten geplagt, ein Stockwerk über ihr die Bücher an mich raffen und sie im Kofferraum des Puntos verstecken konnte.

Am Folgetag holte ich nach dem Büro meist noch die neuen Büchersendungen am Supermarktparkplatz ab. Inzwischen kannte man mich dort wahrscheinlich als die Frau, die das ganze Jahr »Adventskalender an der Packstation« spielte. Regelmäßig öffnete ich drei bis fünf Türen, holte kleine und mittlere Pakete heraus und warf sie in den Kofferraum meines Puntos. Der protestierte immer öfter mit einem unzufriedenen Ächzen. Dem musste ich bei Gelegenheit auf den Grund gehen.

Als mein Lagerabteil beim Franken-Center schon zu einem Viertel gefüllt war, fiel mir auf, wie dämlich es doch war, die Bücher unter Verschluss zu halten. Damit half ich auf lange Sicht weder Caro noch mir. Denn so, wie die Verkaufszahlen sich entwickelten, war ich immer noch Caros einzige Interessentin. Trotz Messe, Blogtour, Interview und unzähligen Werbeposts verirrten sich nur wenige zusätzliche Exemplare in die Verkaufsstatistik.

»Die vergammeln hier doch bloß«, brummte ich eines schönen Nachmittags Anfang Mai in dem düsteren Abteil. Inzwischen redete ich auch ganz gern mit mir selbst, damit ich mich nicht so allein fühlte. Ich unternahm einen kleinen Spaziergang im Bereich um das Franken-Center herum. Im Erholungsbereich legte ich auf mehreren Bänken Exemplare zum Mitnehmen aus. Je einen Band pro Titel deponierte ich auf dem Briefkasten einer Kirchengemeinde. Und weil Freitag war, mein Kopf nicht ziepte und Caro am Nachmittag nicht zu Hause auf mich wartete, beschenkte ich anonym zwei weitere Gemeindehäuser mit Leihbibliothek und vergaß auch das »Haus der Heimat« in Nürnberg-Langwasser nicht.

Am Abend durchforstete ich das Internet nach öffentlichen Bücherschränken. Die wenigen Bücherschränke, die es im Jahr 2014 schon gab, fuhr ich regelmäßig an und legte Caros Bücher hinein, vorausgesetzt, die Bücher der letzten Tour waren nicht mehr da. Die privaten Bibliotheken im Großraum Nürnberg, Fürth und Erlangen erfreuten sich ab Mitte Mai einer Bücherspende. Die Anschreiben dazu erledigte ich in meinen Pausen im Büro, sodass Caro davon nichts mitbekam. Nach und nach weitete ich das Spendengebiet bis in den Spessart aus und freute mich, wenn Dankesschreiben zurückkamen. Hätten sich die Verkaufszahlen auch endlich ohne mein Zutun entwickelt, wären mir wahrscheinlich vier von fünf Migräneanfällen erspart geblieben.

Und dann quittierte auch noch mein lieber, alter Punto den Dienst. Nach einer Tour zum Franken-Center stotterte mitten auf der Münchner Straße auf einmal der Motor. Der Wagen rollte aus und blieb stehen. Zwei männliche Mittvierziger halfen mir, den Punto von der Kreuzung auf den Parkplatz an der Meistersingerhalle zu schleppen. Nach dem Satz: »Sagen Sie Ihrem Mann, dass er ein Abschleppseil mitbringen soll, der weiß dann schon Bescheid«, wurde aus meiner Dankbarkeit schlagartig Ernüchterung. Da war es wieder, das Klischee der schwachen Frau, die ohne Mann nicht zurechtkam! Ich tat gut daran, ab da die Ohren auf Durchzug zu stellen. Denn die beiden ließen kein verbales Klischee aus, bis Mutti mit ihrem klapprigen Golf und Caro auf dem Beifahrersitz auf den Parkplatz röhrte. Sie war es auch, die mich zur nächsten Werkstatt schleppte.

»Du hättest dir längst ein neues Auto zulegen können«, schimpfte sie draußen vor der Montagehalle und hieb damit in die gleiche Kerbe wie Caro. »Wieso hast du noch keinen Firmenwagen geleast? In deiner Position ist das doch eher die Regel als die Ausnahme!«

»Weil es Schwachsinn ist«, murrte ich. »Jeden Monat zahle ich mindestens dreihundert Euro, nur damit ich nach zwei Jahren eine neue Kiste vor der Tür habe, für die ich weiterzahle.«

»Aber du fährst immer das neueste Modell«, gab Caro zu bedenken.

»Und wo bleibt die Nachhaltigkeit? Das ist doch bloß eine indirekte Subventionierung der Autoindustrie. Ohne das Leasingmodell wäre bei den deutschen Autobauern schon längst Schicht im Schacht!« Stumm gestand ich mir ein, dass gerade ich die Klappe nicht zu weit aufreißen sollte. Meine Bücherkäufe waren nämlich alles Andere als nachhaltig und stellten die nahezu hundertprozentige Subvention einer wirtschaftlich unfruchtbaren Tätigkeit dar.

»Also willst du dir lieber wieder eine alte Dreckschleuder kaufen«, stellte Mutti zusammenfassend fest. »Auch gut. Es ist dein Geld, das du in den Werteverfall steckst.«

»Ha-ha«, machte ich freudlos. Im Stillen konnte ich mein Glück jedoch kaum fassen, dass mein Punto die Tour zum Lager am Franken-Center noch mitgemacht hatte. »Hättest du trotzdem die Güte, uns nach Hause zu fahren?«

»Ja, die habe ich«, schnappte Mutti. »Steigt ein!«

Zum Glück fragte Caro nicht, warum ich nicht die Route über die B4 genommen, sondern mich durch den Feierabendverkehr am Dutzendteich gequält hatte. Bei allem Organisationsgeschick wäre mir auf die Schnelle keine wasserdichte Ausrede eingefallen.

Zu Hause zog ich mich knurrig zurück, obwohl Caro sich mit mir neue Autos im Internet anschauen wollte. Ehrlich gesagt wäre mir ihre Nähe auch lieber gewesen als das, was mich in der Einsamkeit meines Zimmers erwartete: der Kassensturz. Seit dem Weihnachtsurlaub gab ich Geld aus nach dem Motto: »So lange der Automat Geld ausspuckt, ist etwas auf dem Konto.« Ich wusste schlicht und einfach nicht, ob und wie tief ich Ende Mai 2014 in den Miesen steckte, weil ich mich nicht darum gekümmert hatte, und ob überhaupt Geld für ein neues Auto da war.

Mit einem Klick wurde der Segen des Online-Bankings zum Fluch. Meine Augen brannten so rot wie die Zahlen, die auf meinem Bildschirm flimmerten. Himmel, da wurde man ja blind vor Schreck! Wann war mir die Sache dermaßen entglitten? Andererseits: Ich hatte konsequent ignoriert, dass dreihundert E-Books zusammenkommen, wenn man täglich mit zehn Accounts jeweils ein E-Book kauft. Multipliziert mit dem Preis von 3,99 € kosteten sie zusammen fast 1.200 €. Dazu kamen die sechzig Printausgaben zu 9,99 € für knapp 600 €. Das war mein komplettes Nettogehalt. Und ich hatte es nicht nur einmal ausgegeben, sondern seit Januar regelmäßig. Insgesamt knapp 10.400 €, die ich in nutzlosen Büchern angelegt hatte.

Nein, nicht nutzlos, korrigierte ich mich bebend, sondern um Caro glücklich zu machen. Erst vor ein paar Tagen hatte sie mir freudestrahlend erzählt, dass sie schon über 7000 € mit ihren Büchern eingenommen hatte. Das sei eine Wahnsinnsmotivation, weiterzuschreiben!

»Wie schön für dich«, hatte ich schwach erwidert und ihr weiterhin viel Glück beim Bücherschreiben gewünscht. Wie verrückt durfte man werden, um die Liebe seines Lebens glücklich zu machen?

In meiner Verzweiflung rief ich Dr. Mordhorst an, den Finanzverwalter meines Vertrauens, der rund um die Uhr für mich zuständig war. Auch an diesem Freitagabend nahm er sich für mich Zeit, beruhigte mich und vereinbarte einen Termin für den kommenden Montag. Er wäre auch am Samstag vorbeigekommen, aber das wollte ich nicht. So sehr schämte ich mich vor mir selbst und vor Caro. Immerhin traute ich mich nach dem Telefonat wieder hinunter zu ihr.

Sie saß im Wohnzimmer und schaute fern. Einladend klopfte sie neben sich auf die Couch. »Wieder besser?« Damit meinte sie meine Trauer über den Verlust meines geliebten Puntos.

»Geht so.« Ich schniefte. »Am Montag will der Mordhorst mit mir über alternative Finanzierungsmodelle sprechen. Ich kann mich beim besten Willen nicht mit Leasing anfreunden.«

Sanft legte Caro ihren Arm um meine Schultern und zog mich an sich. »Das musst du auch nicht. Hör mal, wenn du dir gerade kein neues Auto leisten willst, dann kaufe ich uns eins. Ich muss auch endlich etwas zu unserem Haushalt beitragen.«

Es war nicht ganz einfach, nicht vor Schreck aufzuspringen und wegzurennen, aber ich kriegte es hin. »Quatsch. Du brauchst das Geld für den Druck deines nächsten Krimis. Um das Auto kümmere ich mich.«

Sie lachte ungläubig. »Das meinst du doch jetzt nicht ernst!«

»Doch.« Irgendwie bekam ich einen wissenden Gesichtsausdruck hin. »Lass mich das machen. Du musst von deinen Einnahmen auch noch Steuern bezahlen. Und die Familienversicherung bei der Krankenkasse ist auch bald vom Tisch, wenn du weiterhin so gut verdienst.«

Verdattert schaute Caro mich an. »Meinst du?«

»Aber klar doch. Vielleicht solltest du dich beizeiten darum kümmern.« Noch mehr Ausgaben, die mir Magenschmerzen bereiteten, weil sie über Umwege von meinem Geld abgingen. Aber sie waren fest verfugt mit Caros Tätigkeit als Schriftstellerin. Und damit sie es auch bleiben konnte, musste sie gesetzlich einwandfrei abgesichert sein. damit sie glücklich und mir erhalten blieb.

Je öfter ich mir diesen Satz vorsagte, desto realistischer klang er für mich. Ich konnte beim besten Willen nicht mehr aufhören.

***

Am Montag traf ich mich also mit Dr. Mordhorst, um mit ihm in der Mittagspause meine finanzielle Situation zu erörtern. Eigentlich hätte Caro dabei sein müssen, da wir in Gütergemeinschaft lebten. Rechtlich betrachtet war mein Geld auch ihr Geld und umgekehrt, nicht nur, weil ich seit Monaten heimlich ihre berufliche Tätigkeit finanzierte. Aber sie wollte, dass ich in aller Ruhe mit dem Berater sprach, ohne mich von ihr unter Druck gesetzt zu fühlen. Übersetzt hieß das: Mach du das, ich habe keine Lust auf Zahlen. Ich muss nicht betonen, dass mir das in dieser Lage ganz recht war!

Der Einfachheit halber hatte Dr. Mordhorst einen kleinen Imbiss in seinem Besprechungszimmer inszeniert, stilecht mit Tischtuch, Geschirr und Servietten.

»Wünschen Sie Musik zum Essen?«, fragte er so vornehm, dass ich mich im falschen Film wähnte.

»Öhm ... nein, danke«, stotterte ich. »Das hier ist doch eine geschäftliche Besprechung, oder?«

Dr. Mordhorst lächelte fein. »Ich pflege finanzielle Details gern bei einem guten Essen zu besprechen. Dann fließt die Inspiration besser.«

Was Verschrobenheit betraf, befand ich mich demnach in guter Gesellschaft. Das Fingerfood war okay, wobei ich mich fragte, wie man es essen sollte, ohne die Geschäftsunterlagen vollzukrümeln. Dr. Mordhorst trennte die Besprechung jedoch strikt in zwei Abschnitte: Beim Essen wurde der Ist-Zustand locker dargestellt, danach wandte man sich am Schreibtisch den harten Fakten in Form von Kontoauszügen und Vermögensaufstellungen zu.

»Ich habe meinen Sockelbetrag aufgebraucht«, legte ich einigermaßen nüchtern dar. »Zehntausend in einem halben Jahr. Jetzt brauche ich neues Geld, weil«, ich zögerte, »weitere Investitionen anstehen und ich ein Auto brauche.«

»Sie haben also meinen Rat befolgt und das Leben genossen«, fasste Dr. Mordhorst meine vage Erklärung zusammen.

»Ja.« Hastig stopfte ich mir noch ein Curry-Gemüse-Blätterteig-Dingsbums in den Mund und kaute angestrengt. »Ich habe auch darüber nachgedacht, ob ich nicht ohne Auto zurechtkomme, aber keine Chance.«

»Hm.« Gedankenversunken wischte Dr. Mordhorst sich die Finger an seiner gestärkten Serviette ab. »Dann sollten Sie sich ein Leasingmodell ...«

»Auf keinen Fall!«, fiel ich ihm ins Wort. »Leasing rechnet sich doch nur für die Firma, wenn ich einen Firmenwagen beantrage, aber nicht für mich.«

»Hm«, wiederholte Dr. Mordhorst. »Das ist richtig. Aber der Werteverfall bei einem Privatkauf ...« Er unterbrach sich und lächelte wieder, diesmal entschuldigend. »Darüber haben Sie sicher schon nachgedacht.« Es folgte eine eingehende Musterung meiner Kleidung. Bestimmt erinnerte er sich gerade daran, dass ich diese Bluse schon bei der Testamentsverlesung getragen hatte. »Darf ich fragen, in welche Güter Sie investiert haben?«

Ich errötete tief und überließ ihm die Interpretation meiner Reaktion.

Sorgfältig legte er die Serviette zusammen und stand auf. »Wollen wir nebenan weiterreden?«

Wer nichts preisgab, durfte auch nicht fertigessen, stellte ich kurz und trocken fest. Meine Cola nahm ich hinüber in sein Büro, damit ich etwas zum Festhalten hatte.

Der Ordner mit meiner Vermögensakte lag schon auf seinem Schreibtisch. Umständlich blätterte er darin herum, bis er eine bestimmte Seite gefunden hatte. »Ich habe mir erlaubt, die Entwicklung Ihrer Vermögenssituation nachzuvollziehen. Demnach haben Sie für das Haus an der Costa Calma seinerzeit achtzigtausend Euro angezahlt.« Er runzelte die Stirn. »Neben- und Folgekosten wie die Inanspruchnahme unseres lokalen Firmenservices wie die Freischaltung einer Telefonleitung auf Fuerteventura et cetera pp. beläuft sich auf rund zehntausend Euro.«

Was?! Erschrocken zog ich den Kopf zwischen die Schultern.

»Darin schlagen sich vor allem die Kosten für die spanische Sicherheitsfirma nieder, die Ihr Haus betreut, wenn Sie nicht da sind«, erklärte Dr. Mordhorst. »Bedauerlicherweise ist das der größte Posten in meiner Liste.«

Und genau diesen Posten hatte ich überhaupt nicht mehr auf dem Schirm gehabt! »Aber dann sind noch zwanzigtausend Euro da. Beziehungsweise zehntausend, weil ich den Sockelbetrag«, ich lachte hilflos, »aufgebraucht habe.«

»Genau.« Es berührte Dr. Mordhorst sichtlich, dass das anfängliche Vermögen von hunderttausend Euro auf dem Papier um eine Null verkürzt war. »Wenn man es genau betrachtet, fallen Sie somit aus dem finanziellen Kundenrahmen heraus, den wir uns in unserer Sozietät gegeben haben.«

Das saß. »Sie wollen mich also nicht weiter beraten, weil ich Ihrer Meinung nach zu wenig Geld auf dem Konto habe?«, fragte ich.

Nun wurde Dr. Mordhorst unruhig. »Wenn eine Provision von einem zu niedrigen Ausgangsbetrag herrührt, ergeben sich daraus auch für mich Nachteile.« Er trommelte ein bisschen auf meiner Akte herum. »Da ist noch der Nachlass von Frau Würfels Tante, den ich verwalte, bis er seiner Bestimmung gänzlich zugeführt wurde. Sie sind inzwischen rechtlich mit Frau Würfel verbunden, also steht meiner Meinung nach einer Weiterführung Ihrer Beratung nichts entgegen.«

Das war kein Trost für mich. Keine Ahnung, warum ich nicht damit umgehen konnte, dass mein finanzieller Hintergrund dem Finanzberater nicht mehr genügte! Fakt war also, dass ich mehr Geld brauchte als meine mickrigen zehntausend Euro, um ein neues Auto, Caros nächstes Buchprojekt und das Statussymbol »Kunde einer niedergelassenen Finanzberatung« stemmen zu können. Kein Geld bedeutete die gefürchtete Veränderung und den Rückfall in den Status eines Normalverdieners. Kein Geld bedeutete zwangsläufig auch, aufzufliegen.

»Was ist mit dem Haus auf Fuerteventura?« Meine Stimme zitterte gefährlich.

»Ihre Vermögenswerte sind natürlich auch schon berücksichtigt«, räumte Dr. Mordhorst ein. »Aber das Haus gehört Ihnen noch nicht zur Gänze, wenn ich die Aufstellung richtig interpretiere.«

»Aber mehr als die Hälfte habe ich schon abbezahlt!« Ich versuchte, die Aufstellung in der Akte auf dem Kopf zu lesen und überschlug die Anteile. »Genauer gesagt gehören ungefähr fünf Sechstel mir. Das heißt, dass ich das Haus bereits beleihen könnte. Oder?«

Dr. Mordhorst spitzte die Lippen. »Meinen Sie eine Hypothek?«

»Ja, genau.« Plötzlich hatte ich wieder Hoffnung. »Wenn ich das Haus mit, sagen wir, vierzigtausend beleihe, komme ich dann wieder in Ihre Kundendatei?«

»Sie sind bisher nicht daraus entfernt worden«, korrigierte Dr. Mordhorst mich ruhig.

»Und mit einer Hypothek sorge ich dafür, dass es auch nicht passiert! Wie schaut es aus?« Ich strahlte ihn mit so viel Elan an, dass ich mir selbst unheimlich wurde.

Dr. Mordhorst betrachtete mich sehr, sehr nachdenklich. »Die Beratung ist über Frau Würfels Vermögen gesichert. Und mit den restlichen zehntausend Euro könnten Sie sich schon einen passablen Wagen zulegen. Ich kann Ihnen entsprechende Angebote vermitteln.«

Seine plötzliche Reserviertheit ärgerte mich. »Es geht nicht nur um den Wagen.«

Dr. Mordhorst seufzte. »Frau Fiedler, normalerweise pflege ich von solchen Geschäften Abstand zu nehmen, weil mir diese Art Gespräch aufgrund meiner Berufserfahrung nicht gefällt.«

»Was immer Sie gerade denken, Sie irren sich.« Ich wollte diese Hypothek, koste es, was es wolle!

»Darf ich ganz offen mit Ihnen reden?« Sein plötzlicher Ernst kam mir lächerlich vor.

»Nur zu!«, forderte ich ihn auf.

»Ich weiß nicht, ob ich die Vermittlung einer Hypothek an Sie verantworten kann. Wollen Sie mir nicht wenigstens sagen, worum es geht? Ist es etwas Persönliches?«

Ich stutzte. »Wie meinen Sie das?«

»Etwas Tiefergehendes«, fuhr Dr. Mordhorst bedächtig fort. »Ein Thema, zu dem man die Meinung eines Fachmanns einholen sollte.«

Mir schwoll im wahrsten Sinne des Wortes der Kamm. »Sie meinen einen Psychologen, oder?«

Dr. Mordhorst nickte.

Blitzschnell überschlug ich meine Möglichkeiten. Der Kerl hatte mich doch tatsächlich in die Ecke gedrängt! Ohne zu wissen, was überhaupt lief, sagte er mir auf den Kopf zu, dass das, was ich vorhatte, bekloppt war. Frechheit! Aber er sagte objektiv die Wahrheit. Nur subjektiv war mein Handeln sinnvoll. Caro war eine erfolglose Schriftstellerin und ich diejenige, die uns beide finanziell ruinierte. Und ich hatte mir geschworen, nur mit der Schriftstellerin Caro ein gemeinsames Leben zu führen. Es gab für mich kein Zurück. Im meinem Kopf war das Haus an der Costa Calma ab sofort Geschichte, damit ich Caros Weg zur Bestsellerautorin finanzierte und sie mit mir zusammenblieb.

»Vielleicht irre ich mich auch«, räumte Dr. Mordhorst ein, »und die liquiden Mittel aus der Hypothek fließen in eine gute Sache.«

Sein Blick hing an meinem Blusenkragen, als würde er dort seinen Text ablesen. Mir kam eine Idee.

»Wissen Sie«, lässig lehnte ich mich auf meinem Stuhl zurück und schlug die Beine übereinander. »Der Gedanke war schon immer da. Aber ich hatte bisher keine Gelegenheit, so tief in mich hineinzuspüren, dass ich ihn auch entdecken konnte.« Verträumt schaute ich aus dem Fenster. Auf dem vierspurigen Frauentorgraben stauten sich die Wagen vor den Ampeln. Ich schenkte Dr. Mordhorst ein sonniges Lächeln.

»Eigentlich wollte ich schon immer mein eigenes Nähstübchen aufmachen. Oder Designerklamotten verkaufen. Das ist mir in den letzten Monaten klar geworden.« Bei Caro und ihren Figuren hatte ich mir den theatralischen Seufzer abgeschaut, den ich nun in den Raum stellte. »Im Grunde geht es Sie tatsächlich nichts an, was ich mit meinem Haus oder meinem Geld mache. Aber Sie sind aufrichtig. Sie nehmen mich ernst. Sie sehen nicht nur das Geld.« Wohlwollend nickte ich. »Das mag ich so an Ihnen.«

Sein Stirnrunzeln überging ich. »Ich habe mir überlegt, dass ich nur noch schöne Kleidung tragen möchte. Teure Kleidung, verstehen Sie? Und wenn mir etwas nicht mehr gefällt, möchte ich diese Kleidung weiterverkaufen.« Ganz weit lehnte ich mich über den Tisch, damit er bloß nicht auf die Idee kam, woanders hinzuschauen als in mein Gesicht. »Ich möchte einen Designer-Second-Hand-Laden eröffnen. Dafür brauche ich das Geld. Wenn Sie es mir nicht geben, gehe ich zu meiner alten Hausbank, die regelt das mit dem Haus für mich.«

Ich weiß nicht, ob sein Berufsethos diese Botschaft nicht zuließ oder ob sie ihn in seiner persönlichen Ehre kränkte, dass ich jemand anderem meinen Besitz anvertrauen könnte. Jedenfalls nickte er, als könnte er mich nun verstehen.

»Was sagt Ihre Lebenspartnerin Frau Würfel dazu? Immerhin steckt auch ihr Geld in dem Haus an der Costa Calma.«

»Glauben Sie, ich ziehe das allein durch? Gebe meinen festen Job auf in der Annahme, dass schon alles gut wird?« Ich warf den Kopf in den Nacken und lachte gekünstelt. »Meine Frau unterstützt mich dabei natürlich. Es ist zwar mein Traum, aber sie liebt mich. Wir machen alles zusammen. Wirklich alles.«

Ich verließ sein Büro als Siegerin, in der Tasche ein paar Adressen von seriösen Gebrauchtwagenverkäufern. Dr. Mordhorst hatte mir versprochen, sich um den Schreibkram für die Hypothek zu kümmern. Er wollte umgehend seine Quellen anzapfen und die richtigen Leute kontaktieren. Wenn alles gut lief, verfügte ich bereits Ende der Woche über das Geld.

Die Provision für diese Dienstleistung würde ein paar Hunderter schlucken, aber damit konnte ich leben. Automatisch hatte ich überschlagen, wie lang das Geld reichen würde, wenn sich bis zur nächsten Buchsaison im Herbst nichts am Zustandekommen der Buchverkäufe änderte. Ein Jahr, vielleicht achtzehn Monate kam ich damit sicher hin.

Kopfschüttelnd stieg ich aus der Straßenbahn und lief die letzten Meter zum Bürogebäude. Ich und ein Designer-Second-Hand-Laden. Die Leute glaubten wirklich alles!

***

Caro war hocherfreut zu hören, dass ich die Autofrage bei Dr. Mordhorst hatte klären können. Ich erzählte ihr, nein: Ich log ihr vor, dass er mir davon abgeraten hatte, einen Geschäftswagen zu leasen. Am Dienstag nahmen wir nach dem Büro die Straßenbahn zu den Autohäusern im Nürnberger Norden. Wahrscheinlich enttäuschte ich Caro auf der ganzen Linie, weil ich »nur« einen gebrauchten Kleinwagen kaufen wollte. Meine Begründung, dass man nicht zwangsweise mit Geld um sich werfen müsse, nur weil man genug davon hat, nahm sie jedoch still hin.

Am Donnerstag konnte ich den umgemeldeten Wagen, ein neueres Punto-Modell, abholen und bekam sogar noch Rabatt, weil ich den Kaufpreis bar auf den Tisch legte. Dafür hatte mein Girovermögen zum Glück gerade noch gereicht. Am Freitagmorgen waren auch die vierzigtausend Euro auf meinem Girokonto. Insgesamt verfügte ich wieder über fünfzigtausend Euro. Das bedeutete, ab sofort saß die Banco Santander mit uns in dem wunderschönen Haus an der Costa Calma. Und jeder einzelne Euro war ein winziger Nadelstich ins Herz. Das gute Gefühl, wieder über Geld für meine Vorstellung von Zweisamkeit zu verfügen, wog es nicht annähernd auf.

Und noch etwas belastete mich. Ich wusste, dass ich mit dem Gespräch mit Dr. Mordhorst das Ende des Wahnsinns nur aufgeschoben hatte. Absolut nicht mehr wegzudiskutieren war die Tatsache an dem Samstag Anfang Mai, als ein großes Paket für Caro ankam. Ich war gerade im Garten, als ich ihren entsetzen Schrei aus der Küche hörte. Kotto konnte nicht der Grund dafür sein, denn er war im vergangenen Winter in den Katerhimmel umgezogen.

Besorgt rannte ich ins Haus. Blass vor Fassungslosigkeit stand Caro am Küchentisch, in jeder Hand einen ihrer Krimis, das geöffnete Paket auf dem Tisch. »Meine Lieblingsbuchhandlung hat meine Bücher zurückgeschickt!«, schrie sie außer sich. »Und weißt du, warum? Weil sie es kann!« Dann brach sie in Tränen aus.

Vierzig Exemplare hatte die Buchhandlung zurückgehen lassen. Vierzig Bücher, die aussahen, als wären sie unter die Räuber gefallen, teils mit

Wasserflecken, teils hingen lose Seiten schief zwischen den anderen, teils war das Cover eingerissen oder hatte sich vom Buchrücken gelöst.

»Und jetzt wollen sie das Geld dafür erstattet haben«, schluchzte Caro. »Vierzig Bücher, das sind mindestens zweihundertfünfzig Euro!«

Wütend warf ich das Buch, das mir in den Händen auseinandergefallen war, zurück in den Karton. »Wie sind die denn mit den Dingern umgegangen? Denen pfeifst du was, die kriegen keinen müden Cent zu sehen.«

»Aber sie haben doch Remissionsrecht«, heulte Caro. »Wenn ein Buch sich nicht verkauft, dann schickt die Buchhandlung es zurück und bekommt den Rechnungsbetrag erstattet.«

Auch damit überzeugte sie mich nicht. »Wieso lässt die Buchhandlung zu, dass mit deinen Büchern so umgegangen wird? Die kannst du nur noch wegschmeißen!«

Es endete damit, dass Caro in der Buchhandlung anrief und sich zu einer Teilerstattung des Rechnungsbetrags überreden ließ. Danach war ich noch wütender, weil ich nicht verstand, warum Caro das mit sich machen ließ.

»Was ist, wenn das nur die erste Remissionslieferung war?« Erregt marschierte ich in der Küche auf und ab. »Wenn alle Buchhandlungen auf die Idee kommen, dir die Bücher zurückzuschicken?«

»Keine Ahnung!«, brüllte Caro aus dem Wohnzimmer.

»Vielleicht solltest du reihum Lesungen veranstalten, damit die Bücher bleiben, wo sie hingehören!«, schrie ich gegen ihr Weinen an.

»Vielleicht erinnerst du dich lieber mal daran, dass ich schon vor einem Jahr eine Lesereihe organisieren wollte und sich keine Buchhandlung bereiterklärt hat, mitzumachen!« Mit hochrotem Kopf tauchte Caro im Türstock der Küche auf. Ihr Gesicht war ganz verquollen, die dunklen Strähnen standen wie ein wirrer Heiligenschein um ihren Kopf. Trotzdem war sie für mich die schönste Frau der Welt. Die Frau, für die ich so lang kämpfen würde, bis sie das war, was sie sein wollte.

Tief, sehr tief holte ich Luft, bevor ich fragte: »Willst du einen Tee? Wir beruhigen uns jetzt. Und dann überlegen wir, welche Lehre wir daraus ziehen.«

Meine Worte lösten bei Caro den nächsten Tränensturz aus. Unser Tee wurde kalt, während wir im Wohnzimmer eine Ewigkeit über Chancen, die man nutzen sollte, und Durststrecken nebst Misserfolgen redeten. Der stationäre Buchhandel bot Caro keine Verdienstmöglichkeiten. Es wurde wenig gekauft (weil ich mich nicht darum gekümmert hatte), die geforderten Rabatte waren horrend hoch. Bei Remissionen konnte man wie heute eine böse Überraschung erleben.

»Aber wie paradox ist es bitte, dass ein Schriftsteller in der Stadt, in der er lebt, keinen Fuß auf den Boden kriegt?«, fragte Caro nachts gegen halb elf. »Ich weiß, dass ich eine von vielen bin, aber so abweisend muss man sich den eigenen Leuten gegenüber auch nicht verhalten.«

»Vielleicht bist du in Nürnberg noch zu unbekannt«, brummte ich. Und nach kurzem Zögern fügte ich hinzu: »Wie sieht es denn im Online-Handel aus?«

Caro setzte sich auf. »Eigentlich ganz gut. Aber so ein Ranking sagt auch nicht viel aus. Wer weiß schon, was da hineinspielt.«

Ihre Antwort war wie eine Ohrfeige. Konnte ich sie denn mit nichts zufriedenstellen? »Aber du machst doch guten Umsatz«, gab ich wie jemand zu bedenken, der nur oberflächlich Bescheid wusste. Dabei war ich auf den Cent genau informiert.

»Man sieht es nicht unbedingt am Ranking«, wiederholte Caro stur. »Im Grunde kann es mir egal sein, solang ich virtuell genug Geld verdiene.«

Von Samstag auf Sonntag schlief ich wieder schlechter. Die Reue hatte mich fest im Griff, weil ich mich neben meinen Online-Aktivitäten nicht auch noch um den stationären Buchhandel hatte kümmern können. Ich musste einsehen, dass ich keine echten Leser für Caro herbeizaubern konnte, die ihre Werke in den Buchhandlungen kauften. Meine Macht endete an diesem Punkt. Es war frustrierend.

Der Sonntag war zum Verkaufsevent erklärt worden, am Nachmittag öffneten die Geschäfte. Auch wir ließen uns in Nürnbergs Einkaufsmeile locken. Und natürlich kauften wir ein. Das lenkte ab! Zum Beispiel rang ich mich dazu durch, die herrliche Birkin-Tasche zu kaufen, die ich schon lange im Auge gehabt hatte. Caro schmachtete ein handgestricktes, dunkelblaues Kaschmirtuch an, das sich super auf ihrer hellen Bluse machte. Dazu schenkte ich ihr farblich passende Designerlederstiefel, die wir bei einem exklusiven Damenschuhmacher in der Karolinenstraße entdeckten. Da ich mich nicht noch mehr über Caros verfahrene Situation grämen konnte, schlug mein Frust in grenzenlose Freigiebigkeit um. Was kost' die Welt, sagte ich mir. Schließlich standen mir vierzigtausend Euro zur Verfügung, mit denen ich machen konnte, was ich wollte! Man musste nicht immer nur Bücher kaufen, sondern konnte sich ein bisschen Luxus gönnen. Es war mir nie leichter gefallen, meine Kreditkarte über den Tresen zu reichen. Und je heller Caros Augen über die Abwechslung strahlten, desto leichter wurde mir ums Herz.

Den Tag rundeten wir mit einem späten Mittagessen in einem Feinschmeckerlokal auf der Insel Schütt ab. Alles hätte so schön sein können, wären uns beim Bummeln durch die Wöhrder Wiese nicht Nathalie und Petra entgegengekommen. Für meinen Geschmack war ihre Freundschaft zu Caro in den letzten Wochen viel zu intensiv geworden. Sie trafen sich, telefonierten miteinander, schrieben E-Mails von Schreibtisch zu Schreibtisch und chatteten Tag für Tag. Konnten wir nicht wenigstens am Sonntag unsere Ruhe haben?

Das verhasste Kribbeln machte sich in meinen Fingerspitzen bemerkbar. »Lass uns gehen.« Blind griff ich nach Caros Hand und wollte sie weiterziehen.

Nathalie unterbrach sich mitten im Satz. »Was soll das denn?«, fragte sie pikiert. Petras Gesichtsausdruck nach zu urteilen fand sie meine Unterbrechung genauso unmöglich.

»Migräne«, sagte ich. Demnächst schlägt das Wetter um.« Weil mich Nathalies skeptisches »Ach« ärgerte, ergänzte ich: »Und bevor mir richtig schlecht wird, gehe ich lieber nach Hause.«

Caros Finger waren feucht vom spazieren gehen und der Sommerwärme. Ungläubig schaute sie mich an, obwohl sie meine Migräneanfälle kannte. Hatte sie etwas aus meinen Worten herausgehört, das mir selbst entgangen war?

»Lasst uns ein andermal weiterreden«, meinte sie. »Steffis Migräneanfälle kommen direkt aus der Hölle. Da zählt jede Minute.« Weitere Verzögerungen durch Abschiedsfloskeln und Verabredungen unterband sie zum Glück. Außer Hörweite hängte sie sich bei mir ein und zog mich zu sich heran. Ihre Nähe war mir unangenehm, sie verstärkte das Kribbeln bis in die Handflächen.

»Alles okay?«

Ich nickte.

Caro setzt ihre Füße spiegelverkehrt zu meinen, zwar im gleichen Takt, aber doch anders. Ihre nackten Zehen in den Sandalen waren das lebendige Gegenbeispiel zu meinen verschlossenen Slippern. Hin und wieder machte ich kürzere Schritte als sie, dann geriet unser gemeinsamer Schritt unrund. Caro verlangsamte und zog das Tempo wieder an, sobald ich mich gefangen hatte.

»Bist du etwa eifersüchtig?« Sie fragte freundlich.

Ich antwortete genauso freundlich, weil ich nicht verbindlich oder gar nett sein wollte: »Vielleicht ein wenig.«

»Das fände ich unpassend. Nathalie hat sich zwar von Martin getrennt, aber sie wäre ein Grund für mich, hetero zu werden. Und Petra genauso. Die beiden sind mir zu heftig.«

Jetzt waren die beiden also auch nicht mehr zusammen! »Darf man fragen, warum Nathalie solo ist?«

Ungeschickt wich Caro einem freilaufenden Hund aus, dem das »Aus!« seines Frauchens egal war. »Im Kern ist es so, dass Martin zuerst mit dem Schreiben von Erotikromanen angefangen hat, die keiner lesen wollte.

Laut Nathalie müssen die ganz schlimm gewesen sein. Sie hat die ersten beiden Bücher heimlich überarbeitet und unter ihrem Namen herausgebracht. Martin hat ihr den Betrug bisher nachgesehen, weil sie damit auf Anhieb Erfolg hatte, genauso wie mit den folgenden Erotikromanen.«

Mein Herz wurde bei Caros Bericht nicht ganz unerwartet schwerer. »Aber das war doch schon vor Jahren. Warum trennt sie sich erst jetzt von ihm?«

»Weil er wollte, dass sie für ihn einen Fantasy-Roman schreibt. Den hat er unter seinem Namen beim Jubelmondverlag herausgebracht. Aber leider ist er gefloppt. Das kann Martin nicht verwinden und stänkert seitdem herum. Da hat Nathalie die Konsequenzen gezogen.«

Das klang noch schlimmer als das, was ich angezettelt hatte.

»Ich glaube übrigens, dass Petra und Nathalie nur deshalb so viel Zeit mit mir verbringen, weil sie denken, dass mein Name oder gar meine Rankings ihre Bücher irgendwie mitziehen könnten.« Caros Schritte blieben gleichmäßig. »Dabei beachten sie nicht, dass die Rankings abhängig sind von der Anzahl der pro Tag veröffentlichten Titel, Werbung, Klicks …« Sie lächelte. »Und wenn man die Leser nicht mit entsprechender Werbung auf sich aufmerksam macht, dann funktioniert es auch nicht mit dem hohen Ranking. Der Leser hat immer das letzte Wort. Aber das kapieren sie nicht.«

Nicht der Leser, dachte ich bange, sondern der Käufer.

Den Rest des Weges schwiegen wir.

**

Was sollte mit den zerfledderten Remissionsexemplaren geschehen? Caro nahm sich das örtliche Telefonbuch vor und rief der Reihe nach alle eingetragenen Antiquariate an. In keinem konnte sie mehr als drei Exemplare unterbringen, Geld sah sie dafür auch keines.

»Das Schlimme ist nicht, dass ich die Bücher verschenken muss«, berichtete sie am Abendbrottisch, »sondern dass man Buchantiquare genauso wenig mit einem selbstverlegten Buch beeindrucken kann wie Buchhändler. Einer meinte, dass es noch nicht genügend Sammler gäbe, die gezielt Kleinauflagen und Selbstverlegtes aufkaufen, weshalb er sich keine Bücher aufs Lager nähme. Aber ich soll ihn in zwei Jahren wieder anrufen.«

»Na bravo.« Ich nahm mir etwas vom Gemüseteller.

»Eine Antiquarin in Zirndorf meinte, sie hätte schon sieben oder acht Stück meiner Bücher gelistet«, fuhr Caro arglos fort.

Meine Tomate wollte sich nicht anschneiden lassen und hüpfte vom Teller. So sah es hoffentlich aus! Nervös fing ich das störrische Gemüse wieder ein. »Gleich so viele?«

»Ja, keine Ahnung, warum sie so viele hat.« Nachdenklich strich Caro noch eine Schicht Butter auf ihr Brot. »Nicht gerade schön, dass es anscheinend Leute gibt, die meine Bücher nicht behalten wollen.«

Mein Herz wummerte wie ein Presslufthammer vor Aufregung. »Aber immer noch besser, als wenn sie die Bücher wegwerfen.« Oder sie wie ich auf Bänken auslegen, damit sie nicht im geheimen Lager am Franken-Center verschimmeln, fügte ich schuldbewusst hinzu.

»Mich interessiert, warum sie sie weggegeben haben«, ereiferte Caro sich, »damit ich es beim nächsten Buch berücksichtigen kann! Deshalb werde ich morgen meine Follower zu ihrer Meinung über meine Bücher befragen.« Triumphierend schenkte Caro sich Milch nach. »Wäre doch gelacht, wenn sich das nicht herauskriegen lässt.«

Rasch steckte ich mir das tropfende Tomatenachtel in den Mund, um meinen inneren Aufruhr zu überspielen. Die Wahrscheinlichkeit, dass einer von Caros wenigen Followern eines ihrer Bücher gelesen hatte, tendierte gegen null! Damit landete ein weiterer Punkt auf meiner geheimen To-do-Liste. Ich musste zu ihren Followern werden. Das Schlimme: Ich hasse alles, was mit Social Media zu tun hat. Für mich sind diese Plattformen Datensammelmaschinen, die irgendwann die Geheimdienste überflüssig machen werden. Doch mir blieb nichts anderes übrig, als in der nächsten Frühstückspause drei von Caros Büchern zu bestellen und in aller Eile ein Konto bei einem Kurznachrichtendienst anzulegen. Mein Nickname »HeavyHead« war meiner Situation geschuldet.

Dann hätte ich auf die Jagd nach Followern gehen müssen, von denen ich mir erhoffte, ihnen Caros Bücher schmackhaft machen zu können. Aber das ging natürlich nicht während der Arbeitszeit am PC, denn dann würden mir irgendwann die Administratoren aufs Dach steigen. In der Hinsicht war die Firmenpolitik sehr streng. Wer es mit dem privaten Surfen im Internet übertrieb, wurde abgemahnt. Meinen privaten Laptop konnte ich während der Arbeitszeit auch nicht auf den Tisch stellen. Aber wann sollte ich meine und letztlich Caros Follower sammeln?

»Sag mal, kann ich mir eigentlich ein neues Firmen-Handy bestellen?«

Lothar schaute auf. »Bist du deinen alten Nokia-Knochen endlich leid, ja? Was soll es denn sein?«

Ich zögerte. »Irgendwas Schickes mit Touchscreen. Steht mir so was überhaupt zu?«

Lothar lachte. »Allein schon aus therapeutischen Gründen unterschreibe ich dir die Genehmigung dafür. Dass ich das noch erleben darf!«

Seine Belustigung irritierte mich. »Was denn?«

»Na, dass du freiwillig was in deinem Leben veränderst«, erklärte Lothar. »Von mir kriegst du das teuerste Touchy, das dir zusteht, wart's ab!«

Er fuhrwerkte eine Weile im Intranet herum und schickte mich anschließend mit der ausgedruckten Genehmigung hinüber in den Mitarbeiter-Shop. Nur wegen Lothar lud ich den Handy-Akku sofort auf. Er überwachte auch, dass ich die SIM-Karte einsetzte und mich zum ersten Mal anmeldete.

»Wunderbar«, freute er sich. »So, und nun spiel schön damit nach Feierabend, versprichst du mir das?«

»Du machst dich über mich lustig«, stellte ich fest.

»Stimmt. Und jetzt hopp, zurück an die Arbeit, damit ich die Genehmigung nicht widerrufen muss!« Vergnügt pfiff er eine Weile vor sich hin, bis die Aufgaben wieder seine ganze Aufmerksamkeit forderten.

Misstrauisch schaute ich zu meinem neuen Handy hinüber. Ob ich es nicht doch wieder zurückbringen sollte? Denn so extrem, wie Lothar sagte, hielt ich gar nicht an Bestehendem fest. Das ging schon wegen Caro nicht, die ständig mit neuen Ideen ankam oder etwas im Haus umstellte. Dem hatte ich mich schließlich auch gefügt.

Anfangs beobachtete ich Caros Medienaktivitäten lediglich. Es widerstrebte mir zutiefst, sie zu stalken. Vor dem Vernetzen scheute ich zurück, weil ich fürchtete, dass sie mich enttarnte oder meinte, in mir einen völlig fremden Menschen kennenzulernen. Regelmäßig sperrte ich mich zum Chatten abends und nachts, wenn ich sowieso nicht schlafen konnte, im Bad ein, um bei dem Kurznachrichtendienst aktiv zu werden. Morgens saß ich noch ein paar Minuten im Wagen und twitterte mit der halben Nation um die Wette. Nach und nach kamen meine ersten fünfzig Follower zusammen, die wie ich Ablenkung suchten, aber im Gegensatz zu mir damit kein Ziel verfolgten.

Doch nach einer Woche wurde ich unruhig. Caro lobte zwar die Werke anderer Autoren oder ermutigte sie zum Weiterschreiben. Aber wenn es um ihre Romane ging, hielt sie sich geradezu schamhaft bedeckt. Kein Wunder, dass sie so weder Bücher verkaufte, geschweige denn gute Rezensionen bekam. Dabei lieferte sie sich selbst die elegantesten Steilvorlagen. Sie hätte nur weitermachen müssen wie zum Beispiel hier. Morgens schrieb sie:

Mein Kaffee ist heute schwarz. Tiefschwarz.

Haha, kommentierte ein Follower, *so ähnlich hat es doch Ottfried Fischer in »Superstau« gesagt, oder?*

Ja, hat er, dachte ich und wartete gespannt auf Caros Antwort.

Stimmt, schrieb sie.

Mehr nicht!

Da ich gerade meinen Chat-Dienst vor dem Büro absolvierte, griff ich ein. Mit schwitzigen Fingern tippte ich:

Ja, und Petra, die Angetraute des Mordopfers in Caro Würfels Krimi »Leichenschmaus für einen Bestatter« bringt es auch als Zitat.
Du bist Krimi-Autorin? fragte der andere Follower.
Caro: *Ja.*
Stille.

So konnte das auf Dauer nichts werden. Entschlossen stieg ich aus. Im Kofferraum fuhr ich ein paar Romane herum, von denen ich ein Foto machte und es postete. Es gab noch einen hundertvierzig Zeichen langen Lobgesang auf Caros Schreibkunst, bevor ich ins Büro ging. Das sollte jetzt aber helfen!

Beim schnellen Check-up in der Mittagspause sah ich, dass Caro in ihr Profil das Wort »Krimiautorin« eingefügt hatte. Nun folgte sie mir, also folgte ich ihr auch. Hoffentlich ging das gut.

Leider tummelten sich auch Petra und Nathalie auf dieser Plattform. Mit den unterschiedlichsten Schleimereien versuchten sie, mich ebenfalls als ihre Followerin zu gewinnen. Den Gefallen tat ich den beiden aber nicht, denn ihre Bücher hätte ich nicht mal dann empfohlen, wenn es keine anderen mehr auf der Welt gegeben hätte.

Nach diesem unfreiwilligen Zusammenschluss von Caro und mir hoffte ich noch mehr, dass sich andere Leser für ihre Krimis fanden. Probehalber bestellte ich ein paar Tage keine gedruckten Bücher, nur E-Books, und erkundigte mich nach einer Woche, wie es denn um die Verkaufszahlen stünde. Caro hatte keine großartigen Veränderungen feststellen können, was für mich bedeutete, dass meine Social-Media-Strategie aufzugehen schien. Andere Leser wurden aktiv und bestellten ihre Bücher. Gott sei dank!

Ende Juli gönnten wir uns einen Businessflug nach Fuerteventura, wo wir erneut vier Wochen lang Sonne und Meer genossen. Nur gaben wir für meinen Geschmack etwas zu viel Geld aus. Caro behauptete, Tante Rosis Küchenbuffet wäre einsam und bräuchte Gesellschaft, was uns zu einem schwedischen Möbelhaus im Industriegebiet auf der Ostseite der Insel führte. Dort gab es sogar Teelichter, die noch den kleinsten Posten auf unserem Kassenbeleg ausmachten. Wir kauften massive Liegestühle für den hinteren Garten und allerlei Schnickschnack, unter anderem Gardinen zum Wechseln. Die wollte Caro gemäß der Jahreszeit aufhängen. Einerseits wurde mir bei diesen Ausgaben himmelangst, wenn ich an meinen Kontostand dachte. Andererseits glaubte ich immer noch, die Sache im Griff zu haben. Schließlich hatte Caro seit dem Frühsommer echte Leser!

Das böse Erwachen kam Ende August nach unserer Rückkehr nach

Nürnberg. Nur vier gedruckte Bücher waren im August gekauft worden. Zwei Buchhandlungen aus Fürth hatten insgesamt vierunddreißig weitere Exemplare zurückgeschickt, die noch einigermaßen gut aussahen. Per E-Mail fragten gleich mehrere Buchhändler an, ob sie die »schwer verkäuflichen Krimis ohne regionalen Bezug« vielleicht schon remittieren könnten, weil sie nur Staub ansetzten. Caro wäre sicher wieder in Panik verfallen, hätte ich sie nicht auf die stabilen E-Book-Verkäufe aufmerksam gemacht. »Jeden Tag zehn Bücher« galt für mich schließlich auch im Urlaub.

»Das ändert sich mit der nächsten Veröffentlichung«, tröstete ich Caro wider besseres Wissen. Die wiederholte Möglichkeit, ihrer Schriftstellerei den Todesstoß zu versetzen, zog ich nicht mehr in Betracht. Ich ignorierte sie wie die Tatsache, dass ich die Hypothek auf unser Haus am Meer nicht würde zurückzahlen können, wenn wir weiter mit Geld um uns warfen. Allzu deutlich war mir der Bezug zur Realität abhanden gekommen. Meine Lust an der Verschwendung wurde schmerzlich beflügelt von dem Gedanken, dass ich erst jetzt begriff, was mein Vermögen mir bedeutete. Nun gab ich das, was ich noch hatte, vor lauter Angst aus, dass dieser Zustand sehr bald vorbei war. Wie eine Sterbende wollte ich ein letztes Mal das Leben in vollen Zügen genießen.

Der Druckauftrag für Caros nächsten Krimi ging nach unserem Urlaub Mitte September an die polnische Druckerei. Nun wurde auch mein Plan mit dem Einstampfenlassen umgesetzt, wenn auch ein wenig anders als geplant. Alles, was an Büchern bis dahin von den Buchhandlungen zurückgekommen war, sollte vernichtet werden. Bei einer Auflage von dreihundert Stück würde die Gutschrift jedoch kaum ins Gewicht fallen. Und dass weniger Exemplare bestellt wurden, lag nicht etwa daran, dass Caro die Erfahrungen mit den Buchhandlungen berücksichtigt hätte. Wäre es nach ihr gegangen, hätte sie dieses Mal nur eine ganz kleine Auflage bestellt und die Bücher entweder bei passender Gelegenheit direkt verkauft oder verschenkt. Nein, *ich* war die treibende Kraft gewesen, weil ich die Änderung nicht zulassen konnte, dass *nichts* gedruckt wurde. Ich weiß, das war verrückt. Aber wozu hatten wir Caros Lager angemietet? Und wer sagte, dass wir die dreihundert Stück nicht doch noch brauchen konnten?

»Du musst es einfach noch mal bei den Sortimentern versuchen«, redete ich Caro gut zu. »Bald ist doch wieder Buchmesse. Dort kannst du mit den zuständigen Vertretern reden.«

»Die werden mir doch wieder keinen Vertrag geben«, widersprach Caro. »Ich bin Selfpublisherin. Für die bin ich ganz böse, weil ich nur qualitativ minderwertige Bücher herausgebe, die keiner kaufen möchte!«

»Ach, Caro«, seufzte ich schwer. »Warum denkst du denn immer so negativ?«

»Ich bin halt realistisch.« Energisch löschte sie die Anzahl der zu druckenden Bücher aus der E-Mail und schrieb »20« hin. »Nicht mal meine Follower interessieren sich noch für mich!«

»Weil du ihnen nicht gesagt hast, dass du im Urlaub bist und Pause machst«, rutschte es mir heraus.

Caro schaute erstaunt auf. »Wie meinst du das?«

Die aufsteigende Panik färbte mein Gesicht rot. Scheiße, scheiße, scheiße! Woher sollte ich wissen, was Caro ihren Followern gesagt hatte und was nicht? Ich war doch offiziell nicht in den sozialen Medien aktiv!

»Ich nehme an, dass du nicht öffentlich verkündet hast, dass unser Haus in Nürnberg vier Wochen leer steht, oder?«, formulierte ich den Satz um.

Caro taxierte mich. »Richtig. Das habe ich nicht getan. Damit nicht irgendwelche Entrümpler sich aufgefordert fühlen, unser Haus illegal auszuräumen.«

»Da haben wir es doch schon.« Eifrig deutete ich auf den Bildschirm. »Deshalb rate ich dir, bestell dreihundert Bücher und kümmere dich wieder mehr um deine Follower!«

Ihren abschließenden langen Blick musste ich wohl oder übel aushalten.

***

Was ich jedoch nicht aushielt, war Caros nächster Emotionsrutsch. Einer ihrer wenigen Leser hatte kurz vor der Frankfurter Buchmesse eine vernichtende Rezension über ihren zweiten Krimi geschrieben. Irgendetwas in Caro rastete aus. Sie erstarrte von einem Tag auf den anderen. Sie verweigerte sogar unsere Reise zur Buchmesse. Ich weiß nicht, wie oft ich sie fragte, welche Passage der Rezension diesen Einbruch bei ihr ausgelöst hatte. Kein einziges Mal beantwortete sie mir meine Frage. Und für einen erneuten, eventuell sogar erfolgreichen Marathon durch die Praxen der Psychologen brachte sie keine Kraft mehr auf.

In meiner grenzenlosen Liebe zu Caro — oder sollte ich es besser grenzenlose Dummheit nennen? — tat ich das Falsche. Ich kaufte E-Books und bestellte Prints, wann immer ich dazu Zeit fand. Längst hatte ich mir weitere E-Mail-Adressen und Konten zugelegt und fuhr wöchentlich zwei weitere Packstationen in Nürnberg an. Eine davon lag direkt neben dem Franken-Center. Caros Stimmung verbesserte sich oberflächlich. Doch darunter brodelte es. Sie kämpfte gegen das innere Monster, das sie zum Aufgeben zwingen wollte, und überarbeitete binnen kürzester Zeit einen weiteren Krimi aus der Schublade. Doch gerade dieser Krimi schien ihre letzten Reserven zu fordern. Von Tag zu Tag wurde sie stiller und blasser, ohne dass sie benannte, was sie so mitnahm. Die Verkaufszahlen konnten es nicht sein, denn die trieb ich in fantastische Höhen. Nichts durfte sich ändern! Doch wenn es so weiterging, würde meine fruchtlose Hoffnung bis Ende des Jahres insgesamt achthundert von Caros Krimis in mein geheimes Lager verschieben.

Anfang November rang ich mich endlich zu einem weiteren Kassensturz durch. Wie erwartet fiel er katastrophaler aus als der erste. Die Bücher, das Stadthaus in Nürnberg, die Fixkosten für das Haus an der Costa Calma, die Raten für die Hypothek, all das ließ sich bald nicht mehr bezahlen. Meine Entscheidung, welche Posten ich davon weiterführte, war längst gefallen, doch an die Umsetzung traute ich mich nur gegen großen inneren Widerstand: Das Haus auf Fuerteventura musste weg.

Dr. Mordhorst ging wie immer zügig ans Werk. Stoisch nahm er meine Erklärung hin, dass die Idee mit dem Designer-Second-Hand-Laden recht teuer sei und ich derzeit über zu wenig liquide Mittel verfügte. Ein paar Telefonate genügten und unser geliebtes Haus stand wieder auf der Liste der veräußerbaren Objekte. Dass mir das Herz blutete, muss hier nicht erwähnt werden. Über den Transport der Möbel nach Nürnberg würde ich mir Gedanken machen, wenn das Haus verkauft war.

Aber noch war es nicht soweit. Die seltsame Erstarrung hatte Caro nicht daran gehindert, den nächsten Krimi Ende November fertigzustellen. Es folgte das Ritual, das ich hasste und dem ich mich aus Liebe zu Caro nicht entziehen konnte. Ich las den überarbeiteten Romantext, strich Fehler an, kümmerte mich um das Layout des Buchblocks, kreierte zusammen mit Caro das Cover, nachdem ich mir entsprechende Tutorials im Internet angesehen hatte. Daneben kaufte ich fleißig weiter Printausgaben und E-Books, twitterte als eine von mehreren Followern täglich mit Caro, fuhr von Packstation zu Packstation und schaffte überflüssige Bücher in mein Lager.

Am Abend des Uploads von Buchblock und Cover saß ich neben Caro in ihrem Büro. Ein Teil von mir fieberte wie bei den anderen Krimis mit. Doch in mir hatte sich auch ein granitener Block wie die Vorbereitung auf mein ganz persönliches Jüngstes Gericht gebildet.

Nachts um zehn klickte Caro ein letztes Mal auf die Bildschirmmaske, um den Titel mit allen Dateien und Metadaten zu bestätigen. Die Sanduhr drehte sich, dann wurde eine neue Seite geladen:

Herzlichen Glückwunsch! Die Daten Ihres neuen Buches »Mord an Monsieur Fatigue« werden nun an die Händlerplattformen weitergeleitet ...

Erschöpft schloss sie die Augen. Wie schön sie immer noch für mich war, obwohl mich mein Geheimnis so schmerzlich von ihr trennte.

Caro blinzelte mir zu. »Wollen wir zur Feier des Tages noch einen

Schluck Wein trinken?«

»Wir wollen«, sagte ich und stand auf. Müde tappten wir hinunter in die Küche. Meine Freude über den gelungenen Buch-Upload war nur oberflächlich. Darunter fühlte ich schon lange nichts mehr, denn meine Aufgabe stand fest. Aber ich wollte sie so tapfer weiterführen, wie ich sie begonnen hatte. Nichts war mir zu teuer oder zu abwegig, um Caro glücklich zu machen.

Wir leerten nur eine halbe Flasche Roséwein, weil wir beide am nächsten Tag fit sein wollten. Caro wollte sich einmal mehr mit Nathalie und Petra treffen, ich musste arbeiten. Viel gab es heute auch nicht mehr zu sagen, denn Caros neuer Krimi hatte uns auf seltsame Weise leergesaugt.

»Eigentlich witzig«, sagte Caro plötzlich, »dass mich der ›Mord an Monsieur Fatigue‹ so glücklich macht.«

Ich stand auf und stellte mein Glas weg. »Warum?«

»Weil ...«

Das Festnetztelefon klingelte. Wer rief abends um halb elf noch an? Caro ging im Wohnzimmer ans Telefon. Ich nutzte die Gelegenheit, um einen Blick auf mein Handy zu werfen, das ich in meiner Handtasche in der Küche auf den Stuhl gestellt hatte. Caro hatte es nicht weiter kommentiert, dass auch ich seit Neuestem zur »Generation Android« gehörte. Wahrscheinlich sah sie es wie Lothar als positive Entwicklung.

Caros Stimme verschwand in einem Sturm aus Verwirrung und Erleichterung, als ich Dr. Mordhorsts SMS abrief.

Käufer gefunden, Übertragung kann bis Mitte Januar abgewickelt werden. Bitte morgen zwecks Terminvereinbarung anrufen. Gruß D. Mordhorst

Der emotionale Wirbelsturm verebbte so schnell, wie er mich erfasst hatte. Nun wurde unser geliebtes Ferienhaus also weiterverscherbelt. Irgendwann würde ich Caro davon erzählen müssen, aber nicht heute. Am besten tat ich es erst, sobald die Tinte auf den Verträgen getrocknet war.

Ein dünnes Fiepen durchdrang meinen Panzer aus Fatalismus und Aversion. Es kam aus dem Wohnzimmer. Beunruhigt sperrte ich das Display, ließ das Handy in meine teure Handtasche gleiten und ging hinüber ins Wohnzimmer.

»Caro? Was ist?«

Aus dem Telefonhörer auf dem Ledersofa dröhnte das Freizeichen. Caro stand wie versteinert neben dem kleinen Tischchen und presste eine Hand auf den Mund. Ich konnte nicht erkennen, ob sie sich gleich übergeben musste oder nur einen Schrei unterdrücken wollte.

»Caro!«

Langsam ließ sie den Arm sinken. Um ihren Mund zeichnete sich der rote Abdruck ihrer Hand ab.

»Mein Vater ist gestorben«, flüsterte sie. »Jetzt wird er nicht mehr erfahren, was Monsieur Fatigue widerfuhr.«

Ich runzelte die Stirn. »Bitte?«

»Es war meine Abrechnung mit ihm«, sagte Caro ganz ruhig. »Die letzte. Damit ich ihn endlich loslassen kann.«

Da begriff ich endlich. »Du hast die Krimis nur wegen ihm geschrieben?«

»Ja.«

Wie im Schlaf drehte sie sich um und verließ das Wohnzimmer. Ich hörte sie die Treppe hinaufgehen. Oben klappte die Tür zu ihrem Büro, der Schlüssel drehte sich im Schloss.

Unsicher tasteten meine Füße sich zur Tür vor. Meine Hand legte sich auf den Lichtschalter. Ich drückte ihn, das Licht erlosch. In mir wurde es finster.

***

Minuten verstrichen.

Die Schwärze im Untergeschoss war mein Manna, das ich mit gierigen Atemzügen in mich aufsaugte. Mit jedem absorbierten süßlichen Mannakristall entfaltete sich vor mir die ganze Tragik meines Handels. Jahrelang hatte ich Caro die falsche Frage gestellt, weil ich immer nur das gesehen hatte, was ich kannte und von dem ich etwas verstand: Zahlen, Statistiken, Geld. Umsatz! Ganz selbstverständlich war ich davon ausgegangen, dass Caro mit den gleichen Gegebenheiten rechnete, dass es ihr um das materielle Wohlergehen ging. Dabei konnte sie mit Ruhm und Reichtum nicht viel anfangen. Sie konnte ja nicht mal im sozialen Netzwerk damit umgehen, dass sie Romane schrieb – genau wie ich. Deshalb hatte sie auch nie eine Antwort geben können auf die Frage: Warum ist dir der Ruhm denn so wichtig? Das war er nicht. Und ich hatte sozusagen vom falschen Ende her meine Frage formuliert.

Die Erschöpfung holte mich ein. Matt sank ich neben dem Türstock auf den Boden, lehnte mich an die Wand und ließ den Tränen freien Lauf. Im Hinabrutschen tauchte endlich die richtige Frage auf: Wen oder was willst du mit deinem Schreiben erreichen? Akkusativ, nicht Substantiv. Nicht auf das Hauptwort kam es an, sondern auf die Struktur, die Grammatik, die alles trug. Und ich Obertrottel hatte das nicht gerafft, weil ich in abstrakten Nomen dachte. Ich brauchte absolute Dinge und keine erdachten, engmaschigen Netze aus gesellschaftlichen Regeln, die man spann, damit alle sich verstanden. Vielleicht hatte ich es auch nicht verstehen wollen, als Einzelgängerin … Als jemand, der mit der Liebe eines anderen Wesens ständig überfordert war. Der mit Menschen generell nicht viel anfangen konnte, weil sie sich ständig änderten und damit jeder Sicherheit spotteten. Weil es zwar Regeln für das Miteinander gab, aber jeder frei entscheiden konnte, ob er sich daran hielt.

Nun verstand ich auch, warum Lothar sich über meine Frage nach dem Handy amüsiert hatte. Ach was, amüsiert! Er hatte sich gefreut, dass ich mit meinen eigenen Hauptwortstrukturen brach! Er hatte nicht gewusst, dass ich es nur tat, um Caros Grammatik damit auszutricksen und ihr einen gut gemeinten, schlecht gemachten Betrug anzutun.

Oben wurde die Bürotür aufgesperrt. Caro schlurfte über den Flur. Diesmal schloss sich die Schlafzimmertür. Wahrscheinlich vermutete sie mich im Bett, sie würde auf jeden Fall mein Fehlen bemerken. Sekündlich rechnete ich damit, dass die Schlafzimmertür wieder aufging und sie meinen Namen in das dunkle Haus rief.

Es geschah nicht.

Ich wurde wütend. Ja, ich gab zu, ich hatte ihre Verkaufszahlen vehement beeinflusst und würde es unter Zuhilfenahme unseres gemeinsamen Geldes auch weiterhin tun! Aber doch nur, weil ich nicht über ihre echten Beweggründe Bescheid gewusst hatte. Warum war sie nicht aus freien Stücken zu mir gekommen und hatte gesagt: »Hör zu, Steffi, ich will meinen Vater auf mich aufmerksam machen. Deshalb ist die Schreiberei für mich wichtig. Dafür nehme ich auch diese unsäglichen Autorenrunden der Federknechte in Kauf. Deshalb haue ich mir unmögliche Plots um die Ohren, damit ich sie veröffentlichen und meinem Vater indirekt unterjubeln kann. Vielleicht kauft er sich ein Buch von mir und bemerkt mich endlich. Und wenn nicht, habe ich es wenigstens versucht! Aber bleib mir weg mit Ruhm und Reichtum, die sind mir nicht wichtig.«

Warum hatte sie es nicht getan? Caro war doch eine kluge Frau. Sie hatte selbst gesagt: »Jetzt wird er nicht mehr erfahren, was Monsieur Fatigue widerfuhr.« Es bestand durchaus die Möglichkeit, dass sie es bewusst geplant hatte, über ihre Bücher Kontakt zu ihrem Vater aufzunehmen. Mich hatte sie lediglich für die Umsetzung ihres Plans gebraucht. Damit hatte sie mich auch betrogen. Mit ihrem Vater. Nicht wahr?

Das Aufklinken der Schlafzimmertür drang nicht zu mir herunter. Erst ihr »Steffi? Bist du noch unten?« ließ mich den Kopf heben.

»Ja«, antwortete ich rau.

»Kommst du hoch? Ich brauche dich.«

Brauchte Caro mich wirklich?

Hölzern stand ich auf, schüttelte das Kribbeln aus meinen eingeschlafenen Beinen, stakste hinauf zu ihr. So sah es ihr Plan vor, ihre Grammatik, und ich konnte mich ihm nicht mehr entziehen, wenn ich mich nicht selbst verraten wollte. Unglaublich, wie wütend mich das machte, dass ich ihrem Befehl einfach so gefolgt war und es jetzt schon wieder tat. Statt zu sagen: »Ich komme nicht. Du hast all die Jahre nur an deinen Vater gedacht und mich auch noch eingespannt. Dabei liebe ich dich doch so!« Und dann war ihr Vater auch noch gestorben. Wie viele Emotionen würde Caro noch für ihn verbrennen?

Im Bett weinte Caro leise an meiner Schulter, an die ich sie aus Gewohnheit gezogen hatte. Es tat gut und stieß mich gleichzeitig ab, sie so schwach zu wissen. Irgendwann begann sie von sich und ihrem Vater Dinge zu erzählen, die sie bisher verschwiegen hatte. Zum Beispiel, dass die vernichtende Rezension zu ihrem letzten Krimi von ihrem Vater stammte. Ich wollte sie nicht hören, konnte sie aber weder ignorieren noch einschlafen. Zuerst hätte ich aufstehen, mich im Bad einschließen und ein paar Tweets an sie schreiben müssen. Und erst dann wäre der Impuls für den Schlaf über mich gekommen. Aus mir war eine schreckliche Zwangsneurotikerin geworden. So hatte es der Psychologe damals genannt: »Sie sind eine pathologische Zwangsneurotikerin, Frau Fiedler. Sie müssen sich behandeln lassen.«

Als draußen der Berufsverkehr erwachte, übermannte mich der Schlaf. Caro war schon vor Stunden eingeschlummert. Beim Weckerklingeln um halb sieben drehte sie sich von mir weg und schlief weiter. Sie war ausgelaugt. Ihr Vater war gestorben. Dafür musste ich doch Verständnis aufbringen. Ich zog mich jedoch an, um ins Büro zu fahren. Es war ja nicht mein Vater, um den ich übrigens nicht getrauert hatte.

»Wohin willst du?«, fragte Caro hinter mir.

Ich will ins Büro, hätte ich sagen sollen. Nein, das ging nicht, Caros Grammatik beherrschte mich. »Ich hole Brötchen fürs Frühstück. Danach rufe ich Lothar an und nehme Urlaub. Ich will dich nicht alleine lassen.« Es lief ganz gut, wenn ich die unschuldige Steffi sprechen ließ, die wollte, dass alles wieder gut wurde. Ihr nahm ich diese Worte ab. Mit ihr im Vordergrund konnte ich hierbleiben und ertragen, dass sich meine Wochenstruktur auflöste. Die Bücherbestellungen verschob ich auf einen dunklen, in der Zukunft liegenden Zeitpunkt am Abend. Bis dahin mussten die Schritte zur Bestattung von Caros Vater geplant werden.

Der Bestatter aus Mellrichstadt, wo ihr Vater zuletzt gelebt hatte und auch bestattet werden sollte, kam persönlich zu uns nach Nürnberg, um die Formalitäten abzuwickeln. Caro würde nicht an der Beerdigung teilnehmen. Sie wollte ihre kümmerliche Verwandtschaft nicht ertragen müssen, bei der sie sowieso nicht willkommen war. Zu viel hatte man wegen ihr erdulden müssen, angefangen bei ihrer Aufsässigkeit, nicht Musik studieren zu wollen, obwohl sie doch so viel Talent mitbekommen hatte! Bis hin zu ihrem Outing, dass sie lesbisch war. Trotzdem mischte sich niemand von ihren Verwandten ein, als die Formalitäten der Beerdigung geklärt werden mussten. Sie alle hatten ihre Rechnungen mit Christian Würfel offen.

Das Gespräch führte der Bestatter mit Caro allein, während ich in der Küche saß und nur Gemurmel zwischen den Gesprächspausen hörte. Als der Bestatter wieder abgefahren war, machte Caro einen beängstigend gelassenen Eindruck.

»Er hat zur Kenntnis genommen, dass ich mich nur mit den unbedingt nötigen Dingen befassen will. Er wickelt den Rest ab und schickt mir eine Rechnung.«

»Und wie teuer wird der Spaß?« Die Frage stammte aus dem Teil meines Gehirns, der sich um die Finanzen sorgte. Pietät und Empathie fanden nur bedingt Gehör, wenn in diesem Areal die Synapsen feuerten.

»Mein Vater war nicht der Gesündeste mit seinem Diabetes und hat vorgesorgt. Vor ein paar Jahren hat er eine Sterbeversicherung abgeschossen. Ich habe die Mindestausstattung gewählt und muss gar nichts bezahlen.« Caro verzieh mir meinen verbalen Ausrutscher, weil er in ihre Struktur passte. Auch dafür liebte ich sie, denn sie brachte die Empathie auf, über die ich noch nie verfügt hatte.

»Könnte sein, dass es sein letztes Geschenk an dich ist«, überlegte ich.

»Unsinn. Er war ein Psychopath und hat alles minutiös vorausgeplant. Damit man sich neben ihm chaotisch, klein und unfähig fühlt.« Wütend verschränkte Caro die Arme vor der Brust.

»Das ist ihm hoffentlich nicht gelungen.« Es war schon schlimm genug für mich, Caros Trauer zu ertragen. Wenn sich nun die nächste Depression bei ihr anbahnte, würde auch ich mich schwertun, damit umzugehen.

Doch Caro legte den Kopf schief und lächelte mich an. »Nein, keine Sorge. Jetzt ist er endlich tot.« Sie schloss mich in die Arme. Ich wurde das Gefühl nicht los, dass sie sich damit selbst mehr tröstete als mich.

»Die Beerdigung ist am Montag um elf. Ich werde hier sitzen und mich freuen, dass ich nicht dort bin.« Sie ließ mich wieder los. »Willst du mir dabei Gesellschaft leisten?«

So schnell konnte man den Tod eines Menschen also auch abwickeln, schlussfolgerte ich erleichtert, und willigte ein.

In einer ruhigen Minute setzte ich mich mit Dr. Mordhorst in Kontakt, der den Käufer für unser Haus an der Costa Calma in den höchsten Tönen lobte, weil dieser Herr ohne mit der Wimper zu zucken den kompletten Kaufpreis hinblättern wollte. Allerdings würde die Transaktion wie angekündigt erst im Januar stattfinden, weil der Käufer bis dahin mit seiner Familie in Australien weilte.

Mitte Januar wären meine Geldsorgen also vorbei und das Haus weg. Wo kamen diese Menschen mit den großen Portokassen bloß immer her? Und wieso konnte ich das nicht? Einfach etwas kaufen, um es zu behalten und nicht, um damit etwas zu vertuschen?

Natürlich hatte auch die Migräne etwas zur Situation beizutragen. In der Mitte der folgenden Nacht weckte mich das verhasste Brennen hinter meiner Stirn auf. Es mochte auch von der Schlaflosigkeit kommen, rührte jedoch meines Erachtens vor allem von meiner Daueranspannung, die nun so ein rasches Ende gefunden hatte. So paradox beschissen fühlte sich also eine Entlastungsmigräne an. Hätte es stattdessen nicht ein bisschen Glitzer geben können?

Weil Struktur wichtig war, holte ich die versäumten Buchbestellungen am Wochenende auf und kam mir dabei reichlich verrückt vor. Ein Entzug von dieser Zwangshandlung wäre besser gewesen. Dazu hätte ich eine Verbündete gebraucht. Aber Caro war mit sich und ihrer Vergangenheit beschäftigt. Verständlich. Alles versank in Erinnerungen und grauen Abschiedsgedanken.

Am Montag um halb zwölf war der Spuk dann vorbei. Caro hatte am Küchentisch gesessen und vor sich hingestarrt, bis der Küchenwecker klingelte, den sie sich extra gestellt hatte. Fröhlichkeit kehrte wie Sonnenschein auf ihr Gesicht zurück. Sie fragte mich allen Ernstes, ob wir zur Feier des Tages essen gehen wollten! Ich willigte ein und wurde mit der lachenden, scherzenden, Wein trinkenden Caro belohnt, die ich kannte und liebte. Wurde nun alles wieder gut?

Nein. Natürlich nicht.

Mein Betrug überrollte mich, als ich am nächsten Morgen ins Büro fuhr. Vier Tage hatte ich nichts von den Packstationen abholen können. Nun stellte sich die Frage, ob ich überhaupt alle Paketsendungen in mein kleines Auto bekam. Die Pakete der ersten Packstation brachte ich problemlos im Kofferraum unter. Nach dem Besuch der zweiten Packstation wurde es bereits eng im Innenraum des Puntos. Die dritte Station auf dem Parkplatz des Supermarktes würde bis heute Nachmittag warten müssen.

Rasch brachte ich die Päckchen im Franken-Center-Lager vorbei und machte, dass ich zu Lothar kam. Ich brauchte meine ganz eigene Normalität! Es war herrlich, wieder in Statistiken zu wühlen, mit Lieferanten zu verhandeln oder meine Mitarbeiter mit irgendwelchen Aufgaben zu versorgen, zu denen ich keine Lust hatte. Eine bessere Ablenkung von dem, was ich getan hatte, gab es einfach nicht. Die Erleichterung beschwingte mich und ließ mich später als geplant in den Feierabend aufbrechen. An der Ampel fiel mir ein, dass ich noch einen Extraweg vor mir hatte, den ich unbedingt erledigen musste. Ich steuerte den Supermarktparkplatz an.

Es lief alles gut. Fünf Fächer mit mittelgroßen Paketen öffneten sich für mich. Ich wuchtete sie wie immer in meinen Punto und war ein wenig darüber verstimmt, dass ich gleich noch zum Franken-Center zurück musste. Aber besondere Situationen verlangten besondere Maßnahmen. Außerdem wusste Caro, dass ich heute länger weg sein würde, um die Rückstände im Büro so schnell wie möglich abzutragen.

In den vier Tagen, in denen Caro versucht hatte, um ihren Vater zu trauern und letztlich doch nur riesige Erleichterung gespürt hatte, waren wir auf den Januar zu sprechen gekommen. Sie wollte unbedingt wieder an die Costa Calma, weil sie sich dort so gut fühlte. Seitdem rechnete ich minütlich mit einem Nervenzusammenbruch meinerseits, aber ich blieb cooler als ein Eisberg. Bis zum Abflug, den sie prompt gebucht hatte, waren noch ein paar Wochen Zeit. Bis dahin fiel mir bestimmt ein, wie ich ihr beibringen konnte, dass unser Haus ...

»Hallo Steffi. Was willst du denn ständig mit so vielen Kartons? Sind die etwa alle für Caro?«

Die Stimme aus meinen heimlichen Albträumen manifestierte sich hinter mir. Ich fuhr herum, ein Paket mit zwanzig Büchern in den Armen, und schlug mir die Schulter an der aufstehenden Fachtür an.

Vor mir stand Nathalie.

»Wo kommst du denn her?«, fragte ich nervös.

Sie deutete den Parkplatz hinunter. »Ich wohne seit November auf der anderen Straßenseite. Hat Caro dir das nicht erzählt?«

»Nein. Es interessiert mich auch nicht sonderlich, wenn ich ehrlich bin.« Freundlichkeit wurde überbewertet und Nathalie gegenüber wollte ich nicht freundlich sein. Sie war ein Schleimpilz auf zwei Stummelbeinen und setzte Caro unnötig Flausen in den Kopf, die mich schon eine Menge Geld gekostet hatten. Halt, das stimmt nicht, korrigierte ich mich erschrocken. Ich bin ganz allein verantwortlich für den Schlamassel! Nathalie ist nur ein Schimmelpilzchen auf der verdorbenen Apfeltorte, die sich Leben nennt.

»Auch recht. Und die Pakete?« Sie musterte mich von oben bis unten. »Du bist quasi wöchentlich hier. Es geht mich zwar nichts an, aber was bestellst du denn immer?«

Damit lieferte sie gleich die Antwort mit. »Du sagst es, es geht dich nichts an. Einen schönen Abend noch.« Ich schlug die Fachtür mit der unlädierten Schulter zu und wankte zu meinem Punto.

»Ich habe in deinen Wagen geschaut, da liegen noch vier große Pakete drin«, rief Nathalie mir nach. Vielleicht wollte sie mich provozieren, weil ihr Partner sie verlassen hatte, damit sie sich abreagierte. Damit setzte sie unbewusst das Schmelzen des Eisbergs in Gang.

»Herrgott, Nathalie, es ist bald Weihnachten! Da hat man halt ein paar Pakete im Wagen!«, brüllte ich über die Schulter und drehte mich noch einmal um. »Kein Wort zu Caro, sonst gibt es Krieg!«

»Ja, schon gut, ich wollte bloß einen Scherz machen! Sei doch nicht so empfindlich.« Nathalie zog eine Grimasse und verschwand endlich im Supermarkt.

Ich wünschte mir ein Loch, in dem ich für immer verschwinden konnte. So schnell wie noch nie raste ich zum Franken-Center und schleppte wie besessen Karton auf Karton in mein Lagerabteil. Eigentlich war nichts passiert. Die Chance, dass Nathalie verstand, was ich da herumschleppte, war zudem gering, weil der Gedanke so absurd war, dass jemand sein eigenes Buch x-fach bestellte, um die Verkaufsstatistiken zu frisieren. Das machten doch nur Verrückte.

Also Leute wie ich, dachte ich, die sich in eine Idee verrennen, bis sie nicht mehr weiterwissen.

Mein Handy klingelte. Dr. Mordhorsts Name leuchtete auf dem Display auf. Ich nahm das Gespräch an.

»Werte Frau Fiedler, der Käufer kommt bereits diesen Donnerstag nach Deutschland und wäre bereit, den Kaufvertrag zu unterzeichnen, damit er früher ins Haus kann. Wann könnten Sie sich denn in meinem Büro einfinden?«

So schnell ging es plötzlich! Mein Kopf schaltete auf Automatik und machte für mich einen Termin am Freitag um die Mittagszeit aus. Da war die Gefahr, dass Caro mich am Nachmittag beansprucht und ich den Termin deshalb absagen musste, am geringsten. Sie würde wie üblich Tante Rosis Grab besuchen und sich danach mit Nathalie und Petra treffen.

Nathalie. Die blöde Kuh.

Wie ferngesteuert steckte ich das Handy in meine teure Birkin-Tasche. Die Katastrophe wurde damit real, Selbstbetrug war nicht mehr möglich. Dafür musste eine Selbsterhaltungsstrategie her, und zwar umgehend! Doch zunächst musste ich Caro unter die Augen treten, ohne innerlich zusammenzubrechen.

***

Zu Hause angekommen, versuchte ich, ihre Stimmung einzuschätzen. Caro wirkte gelassen wie jemand, der eine Tatsache akzeptiert hatte, weil er sie nicht mehr ändern konnte. Liebevoll hatte sie den Esstisch gedeckt, Gemüse geschnitten, Dips angerührt und Brot gebacken. Das tat sie zuweilen, um sich selbst zu erden, wie sie sagte. Sie hatte ihren Vater endgültig begraben. War es nicht eine wundervolle Sache, wenn man einfach mit der Vergangenheit abschließen konnte, um sich mit der Gegenwart zu arrangieren?

Die Tage bis zur Vertragsunterzeichnung zogen wie Nebelschleier an mir vorbei. Ich begab mich auf eine emotionale Gratwanderung, um mich nicht entscheiden zu müssen, in welche Richtung ich lieber abstürzte. Die Auswahl zwischen Selbstmitleid und alles verzehrendem Jähzorn war auch nicht sonderlich verlockend. Besser war es, den Ball flach und sich normal zu verhalten.

Es musste mir gelungen sein, denn bis Freitag ereigneten sich keine weiteren Zwischenfälle, die an meinem Selbstvertrauen rüttelten. In Dr. Mordhorsts Büro wartete bereits der Käufer auf mich, ein älterer Herr mit silbergrauen Löckchen um die rosige Glatze: Antoine Garibaldi. Irgendwie schien alles mit ihm verflochten zu sein. Der Ex-Freund meiner Mutter versuchte nicht, die wahren Gründe für den Verkauf zu erfahren, wofür ich ihm dankbar war. Er ließ auch durchblicken, dass niemand von diesem Kauf durch ihn erfahren würde. Da er die Verschwiegenheit in Person war, glaubte ich ihm das auch. Den Kaufpreis wollte er bis zum 23. Dezember überweisen, am 31. Dezember sollte die Schlüsselübergabe auf Fuerteventura stattfinden, Möbel wollte er nicht übernehmen. Nach einer halben Stunde schüttelten wir uns die Hände und gingen wieder unserer Wege.

Auf dem Rückweg sparte ich mir den Abstecher zu den Packstationen an der Regensburger Straße und der Ostendstraße. Auch den Parkplatz an der Glogauer Straße ließ ich aus. Wozu noch Pakete mit Waren abholen, die nichts Gutes bewirkten?

Zu Hause fiel ich ins Bett und starrte an die Decke. Bis Caro wieder zu Hause war, hatte ich mich der schlagartig einsetzenden Migräne mit einer kruden Dankbarkeit hingegeben. Ich redete mir ein, Buße zu tun, wenn ich die Schmerzen still ertrug. Dann würde Caros Reaktion später nicht so schlimm ausfallen, oder? Das Wochenende war so oder so gelaufen, weil schon das Aufstehen Schwindelanfälle verursachte. Ich pendelte zwischen Bett und Bad hin und her und war jedes Mal glücklich, wenn ich ankam, ohne mich zu übergeben.

Bis Montag änderte sich mein Zustand nicht nennenswert. Caro wollte mich zum Arzt bringen, aber dort wollte ich auf keinen Fall hin. Stattdessen schleppte ich mich auf dem Zahnfleisch ins Büro. Caro hielt mich zu Recht für verrückt und rief mir ein Taxi.

»Wenn ich dich schon nicht aufhalten kann, dann verbiete ich dir, mit dem eigenen Auto zu fahren«, hatte sie so entschieden gesagt, dass ich nicht wagte, ihr zu widersprechen. Mit dem Taxi konnte ich keine Bücher abholen. Erstaunlicherweise war das ganz gut mit meinem Gewissen vereinbar.

Paradoxerweise ging es mir Minuten, nachdem ich im Büro angekommen war, bereits besser. Bis zur Mittagspause spürte ich die Migräne fast nicht mehr. Lothar staunte nicht schlecht, als ich in der Kantine eine große Portion Nudeln mit Hackfleischsoße hinunterschlang.

»Hat deine Frau am Wochenende das Kochen verweigert?«

»Ich war krank und konnte nichts essen«, antwortete ich mit vollem Mund. »Aber heute hole ich alles nach.«

»Merkt man.« Betont langsam aß er weiter und schielte über den Tisch zu mir herüber, als könnte er nicht glauben, was er sah.

Wie gut das Essen auf einmal schmeckte, seit sich das Problem mit dem Haus an der Costa Calma so gut wie erledigt hatte. Und obendrauf noch einen Batzen Geld, der half, Caros Verkaufsstatistik wieder auf Vordermann zu bringen!

Da Lothar noch mit einem anderen Kollegen auf einen Kaffee verabredet war, ging ich allein ins Büro zurück. Beschwingt kaufte ich als Erstes E-Books mit meinen diversen Accounts bei unterschiedlichen Anbietern. Es tat gut, die Finger in den gewohnten Mustern über die Tastatur tanzen zu lassen und mit jedem Klick Caros Stabilität zu stärken. Schade, dass sie nie davon erfahren würde. Wirklich schade …

Plötzlich stockten meine Finger in der Luft, mitten in der Bestellung der Printausgaben. Was tue ich hier eigentlich, fragte ich mich zum x-ten Mal seit fast einem Jahr. Neu war, dass ich dieses Mal das Haus an der Costa Calma vor Augen hatte.

Von der anderen Straßenseite winkte mir Antoine zu. In der rechten Hand hielt er eine überdimensionale Ausgabe des Torschlüssels. Mit weit ausgreifenden Bewegungen führte er ihn ins Schloss ein, drehte ihn — irgendwo spielte eine Kesselpauke einen dröhnenden Trommelwirbel — schob das Tor auf und schlug es hinter sich wieder zu. Gewaltiges Donnergrollen rollte durch die Straße, die Götter hatten gesprochen.

»Scheiße!«, fluchte ich. »Ich bin doch total verrückt geworden!«

Mit einem Schlag war die Migräne wieder da. Der Schmerz ließ sich auch nicht mit Druck auf die Schläfen vertreiben. Als Lothar wiederkam, hing ich heulend über meinem Schreibtisch. Er tat das einzig Richtige und rief bei der Betriebskrankenschwester an. Scheinbar nur Sekunden später stand sie mit einem riesigen Koffer neben mir. Irgendwann wurde der Betriebsarzt dazugeholt, den ich noch von der Erstuntersuchung bei meiner Einstellung kannte. Das war zu Beginn meiner Ausbildung gewesen.

Meine Güte. Wie die Zeit verging.

Gegen meinen Willen wurde ich von den beiden in den Ruheraum gebracht, oberflächlich untersucht und mit dem dringenden Hinweis, der Ursache für meine Migräneanfälle auf den Grund zu gehen, nach Hause geschickt. Mangels Auto war ich fast eine Stunde mit Bus und U-Bahn unterwegs. Keine Chance, die Packstationen anzufahren oder etwas zum Lager beim Franken-Center zu schaffen. Das Karma sagte mir, dass damit nun Schluss war. Eigentlich nicht schlecht, aber warum fühlte ich mich dann so mies?

Eine ganze Woche kämpfte ich gegen den bohrenden Schmerz hinter meiner Stirn. Kam ich nach Hause, brannten meine Augen und die Schädeldecke drohte zu zerspringen. Machte ich mich morgens fürs Büro fertig, wurde ich plötzlich ganz leicht. Doch wollte ich mit dem Punto nach Moorenbrunn fahren, wurde mir wieder schwindelig. Caro, die jeden Morgen auf den Treppenstufen stehenblieb, um mir nachzuwinken, verging fast vor Sorge um mich. Das gab mir das gute Gefühl, wirklich geliebt zu werden, bescherte mir aber auch ein immer schlechteres Gewissen.

Ich war überzeugt, dass die Katastrophe mich zermalmen würde.

Der Winterurlaub rückte näher und damit auch unser Abflug nach Fuerteventura. Keinen Ton über den Verkauf hatte ich bisher über die Lippen gebracht, obwohl in meinem Kopf Tausende von Argumenten zum Beweis meiner guten Absichten darauf warteten, ausgespuckt zu werden. Längst waren alle Stornierungsfristen überschritten, mit denen wir einen Teil der Flugbuchungsgebühren zurückbekommen hätten.

Dieser irre Migränemechanismus hielt mich zuverlässig davon ab, die Packstationen abzuklappern. Ich fuhr vorsätzlich nur noch mit Bus und U-Bahn ins Büro. Auf dem Weg dorthin bestellte ich online E-Books, sofern ich Netzempfang hatte. So kam täglich nicht mal die Hälfte der nötigen verkauften Exemplare zusammen. Im Büro hätte ich mich den Printausgaben widmen können, doch die Pakete mussten auch dort angeliefert werden, wo ich sie problemlos abholen konnte. Die Packstation an der Glogauer Straße neben dem Franken-Center war zu Fuß mindestens zwanzig Minuten vom Büro entfernt und eine Fortsetzung des Wegs nach Hause nur unter großem Zeitverlust möglich. Kurz: Ohne Wagen war ich aufgeschmissen. Zum Glück.

Dann kam mein letzter Arbeitstag, der 18. Dezember. Inzwischen war ich ein nervöses Wrack, nicht nur, weil Caro seit Tagen von nichts anderem sprach als dem bevorstehenden Urlaub in unserem wunderschönen Haus. Ich hatte es auch nicht auf die Reihe bekommen, den Rücktransport unserer Möbel zu organisieren. Dabei hätte ein Anruf bei Herrn Ramirez gereicht. Aber ich hatte mir vorgestellt, was allein diese Aktion kostete und das Gespräch immer wieder aufgeschoben. Nun saß ich hier und hatte keinen Plan, wie ich Caro beibringen sollte, dass das Buffet ihrer Tante bald wieder in unserem Flur stehen würde.

Nach der Übergabe aller offenen Vorgänge an Lothar schlenderte ich am späten Nachmittag zur Bushaltestelle und verpasste einen Bus. Was, wenn ich nicht nach Hause fuhr, sondern mich wie ein Mann volllaufen ließ, irgendwann Caro mit der Bitte anrief, mich abzuholen und dann mit einem weinerlich-lallenden Geständnis ihre Vergebung erflehte?

Nein. Das ging gar nicht. Ich wollte mich schließlich noch im Spiegel anschauen können.

Trotzdem führte ich die wahnwitzige Idee aus, die mich kurz vor der Haustür wie ein Hammer traf. Zu Hause angekommen, machte ich Caro klar, dass ich am nächsten Tag ein spontan anberaumtes Gespräch mit Chefchen hätte, zu dem ich am Vormittag nochmals ins Büro müsse.

»Ich bin rechtzeitig vor dem Flug wieder zu Hause«, hatte ich ihr mehrfach versichert. Und sie hatte es tatsächlich akzeptiert. Erstaunlich. Sonst ließ sie sich nicht so leicht besänftigen.

Die Busfahrt am nächsten Morgen kam mir trotzdem wie der Gang zum Schafott vor. Im Büro konnte ich mich nach der ausführlichen Übergabe nicht blicken lassen. Es war auch nicht besonders verlockend, die ganze Zeit im Schneeregen herumzulaufen. Statt wie üblich in Langwasser Mitte von der U-Bahn in die Buslinie 57 zu wechseln, schlenderte ich ins Franken-Center. In dem nicht besonders hübschen, aber bereits geöffneten Café an der Ecke konnte man es sicher ein paar Stunden aushalten. Aber wie lang waren »ein paar Stunden«? Und wie sollte es danach weitergehen?

Zwei Tassen Kaffee brachten mich nicht viel weiter. Ich spürte auch nichts, keine Reue, keine Wut, nicht mal ein Fitzelchen Resignation. Ich wusste nur, dass ich gewaltigen Mist gebaut hatte. Der Mist lagerte keine hundert Meter von hier in einem Verschlag, und zwar in Form von rund tausendeinhundert Büchern, jedes davon um die zehn Euro wert. Wenn die E-Books auf meinem Laptop und meinem Handy ein spürbares Gewicht gehabt hätten, wäre ich längst unter den rund 4000 Dateien, die ich zu je knapp vier Euro gekauft hatte, zusammengebrochen. Das ergab eine Summe von ... Ich atmete scharf aus. Das sollte ausrechnen, wer wollte.

Vor knapp einem Jahr schien sich in meiner Mitte ein Loch gebildet zu haben, in das alles hineingefallen war, was mich ausmachte, um auf Nimmerwiedersehen zu verschwinden. Heute, in diesem Café, war ich nur noch Stefanie Fiedler, die eine unglaublich dämliche Idee umgesetzt hatte, um ihrer Frau ihre Liebe zu beweisen.

»Wollns noch aan Kaffee?«, ratschte mich die Verkäuferin hinter der Theke an. »Oder an Kuchn?«

»Ich glaube, ich hatte genug«, wehrte ich zerstreut ab. »Danke.«

»Dann machens etztadla bitt' schön den Tiiisch frei, des is hier fei ka Wartesaal net.«

Ihre unnachahmliche Freundlichkeit brachte mich zum Lachen. Ein bisschen fröhlicher — oder verrückter? — betrat ich das Franken-Center. Die ersten Geschäfte öffneten bereits fünf Minuten früher. Langsam wie selten schlenderte ich durch alle drei Ebenen. Beim Verweilen vor den Schaufenstern rechnete ich aus, wie viele Teile der ausgestellten Waren ich für das Geld hätte kaufen können, das ich für Caros Bücher umgesetzt hatte. Nicht nur einmal hätte ich mir die komplette Auslage leisten können und immer noch immens viel übrig gehabt, selbst bei den teuren Läden. (Sogar einen Outlet-Shop für Designerkleidung gab es hier, wer hätte es gedacht.) Nur beim Schmuckatelier wäre ich gerade so hingekommen.

Gegen halb zwölf hatte ich mich am Konsum rundum satt gesehen und bekam Hunger. Nun wäre es Zeit gewesen, zu Caro zurückzukehren und ihr reinen Wein einzuschenken. Aber was hätte ich ihr sagen sollen? Dass die Liebe zu ihr mich dumm wie Brot gemacht hatte? Damit hätte ich die nächste Lüge in die Welt gesetzt und ihr die Verantwortung für mein Handeln in die Schuhe geschoben. Nicht wegen ihr war ich ausgetickt. Sondern weil ich Angst gehabt hatte — hier musste ich richtig tief Luft holen, um nicht vor Scham zu zerspringen — von ihr verlassen zu werden. Wider jede Vernunft, ich weiß, denn sie liebte mich trotz meiner Macken, hatte mich sogar freiwillig geheiratet! Aber aus irgendeinem dummen Grund konnte, nein: wollte ich ihr das nicht glauben. So wie ich auch jetzt nicht glaubte, dass sie mir jemals verzeihen würde. Ich war schon ein blöder Mitleidsbeutel!

Vielleicht ist es auch ganz gut, nichts zu spüren, überlegte ich vor der »heißen Theke« des Metzgers, denn sonst würde mich mein eigenes Handeln in den Wahnsinn treiben.

Zwei Leberkäsbrötchen mit viel zu viel Senf und ein halber Liter Cola begleiteten mich auf eine unbequeme Bank im Obergeschoss. Ich verzehrte alles mit mehr oder weniger Genuss, wie man es bei Henkersmahlzeiten eben machte. Danach setzte ich mich ins Eiscafé, ein Nachtisch aus Stracciatella-Eis und Früchten ging immer, auch wenn ich gegen Ende ein bisschen pressen musste.

Ulkig, dachte ich und legte erschöpft den Löffel zur Seite, womit man sich zufrieden gibt, bevor man alles verliert, was man liebt.

Die Zeit lief weiter, die Menschen, die hier einkauften, blieben die gleichen desinteressierten Konsumenten. Ich schwamm mit und fragte mich, wie sie wohl reagierten, wenn ich mitten im Franken-Center Caros Bücher aufstapelte und für einen Euro das Stück verscherbelte. Das machten doch die Anti-Helden in popliterarischen Pseudo-Storys immer: Überrasch sie und sei überrascht. Bleib überraschend.

Überraschung!

Halt, wir befinden uns in Franken, bremste ich mich. Sie würden sich nur gestört fühlen von mir, der skurrilen Vogelscheuche in den teuren Klamotten, den Covern und den komplizierten Morden im einfachen Gewand. Und ich würde mich nur vor meiner Verantwortung drücken, indem ich den Nachhauseweg aufschob. Es blieb mir nichts anderes übrig, ich musste nach Hause zu Caro. Ich vermisste sie schon jetzt schrecklich, noch bevor sie mit mir Schluss machte. Beziehungsweise ich würde an ihrer Stelle mit mir Schluss machen. Sofort!

Aber Caro war auch neugierig. Sie würde sehen wollen, wie viele Bücher ich gebunkert hatte. Vielleicht lag es an den Schutzmechanismen des Gehirns, dass ich mir nach zehn Tagen Abwesenheit beim besten Willen nicht mehr vorstellen konnte, wie tausend Bücher auf einem Haufen aussahen. Gemächlich ging ich hinüber zu dem Flachbau, in dem vor Jahren ein regionales Möbelhaus ansässig gewesen war und in dem sich nun mein geheimes Lager befand.

Nachmittags war hier fast nichts los. Ich zog die Tür zu meinem Verschlag sorgfältiger denn je zu und gab der Versuchung nach, mich auf die Bücherkartons gleich neben der Tür zu legen. Zu Beginn hatte ich die Bücher noch ausgepackt und sorgfältig auf zusammengelegten Kartons gestapelt. (Weil ich meine Babydecken im Auto vermisste.) Die neueren Lieferungen hatte ich achtlos auf den Boden gestellt. Davon war eine beträchtliche Menge zusammengekommen. Ich öffnete sie nun und stapelte säuberlich weitere zweihundert Krimis auf den bestehenden Quader in der Mitte des Verschlags. Fein.

Jetzt der Buchquader. Die Fläche maß ungefähr 90 x 120, da sollte draufpassen. Beim Hochstemmen rutschten die Bücher am Rand weg. Ich musste mich abfangen und Schwung holen, um in die Mitte des Quaders zu kommen, obwohl der Quader nicht besonders hoch war. Dabei polterten etliche Bücher auf den etwas feuchten PVC-Boden. Erst streckte ich mich auf dem Rücken aus und starrte nach oben in die Leuchtstoffröhre. Wie hell sie war! Sicher schadete das Licht den Covern. Dann drehte ich mich auf den Bauch. Noch mehr Bücher an beiden Seiten rutschten und fielen. Lange konnte ich so nicht liegenbleiben, weil die Bücher furchtbar nach Druckfarben und Feuchtigkeit stanken.

Beim Aufstehen zerstörte ich meinen liebevoll aufgeschichteten Quader vollends. Nun war es ein wirrer Haufen bedrucktes Papier mit bunten Umschlägen, aus dem ich mich herausarbeiten musste. Aufgefächert lagen die Krimis da, mit verknickten Einbänden, feuchten Stellen und eingerissenen Buchrücken. Ein wahres Massaker. Wenn ich das hier Caro zeigte, war ich dann automatisch eine Anti-Heldin wie in der Popliteratur?

Vielleicht war es an der Zeit, sie das endlich selbst zu fragen. Und da ich meine Emotionen immer noch nicht wiedergefunden hatte, konnte ich auch gefahrlos in meine teure Handtasche greifen und mein Handy herausziehen. Dabei stellte ich mir vor, wie Caro Worte für diesen Vorgang suchte, niederschrieb und so lang korrigierte, bis sie im Kopf des Lesers lebendig wurden.

Fünfzehn entgangene Anrufe blinkten auf dem Display. Bestimmt hatte Caro jedes Mal eine Nachricht auf der Mailbox hinterlassen. Nein, die würde ich nicht abhören, weil ich keine Lust hatte auf ein Hörspiel mit dem Titel »Wie Caro Würfel Panik schob, obwohl sie den wahren Grund für das Verhalten ihrer Partnerin noch nicht kannte«.

Jedenfalls hatte sie mir vor einer Stunde noch eine SMS geschickt.

Unser Flieger geht in drei Stunden.
Wo bist du? Wann kommst du?

Am liebsten hätte ich geantwortet: *Gar nicht.*

Aber das war auch keine Art! Sie wusste schließlich nicht, was los war. Sie sollte eine Chance haben und erfahren, was in mir vorgegangen war, damit sie mir hoffentlich auch eine gab.

Brav schrieb ich: *Gib mir eine halbe Stunde.* Dann schickte ich die SMS ganz schnell ab. Aber das Handy wollte sich nicht in meine Tasche zurückfallen lassen. Es blieb in meiner Hand kleben, bis ihre Antwort eintraf.

Die Schlafzimmerdecke ist nass. Es regnet rein. Ich war auf dem Dachboden. Komm bitte nach Hause.

***

Und ich: noch immer keine spürbare Reaktion.

Dafür plumpste das Handy endlich wie ein Stein in meine Handtasche und rutschte unter das Brillenetui, das Caro mir vor über einem Jahr auf Fuerteventura geschenkt hatte. Das Leder war brüchig geworden. Caro hatte letztens behauptet, das sei so, weil ich es mit dem billigen Lederbalsam eingerieben habe. Sie wollte, dass ich auch das Luxus-Leder-Öl benutze, das sie für ihre Handtaschen verwendete. Aber ich war nicht ohne Grund sparsam geblieben.

Draußen wurde die Haupttür geöffnet und fiel zurück ins Schloss. Schwere Schritte kamen den Gang zu meinem Abteil herauf, gingen vorbei und weiter in die andere Richtung. Schritte, wie man sie vom Weihnachtsmann erwartete. Seltsam, dass ich die anderen Mieter in der Zeit nicht kennengelernt hatte. Aber ich war auf Caros Bücher fixiert gewesen. Meine Nasenspitze fing an zu kribbeln. Nachlässig schob ich die Bücher ein wenig zusammen, damit ich die Tür nach innen aufziehen konnte.

Ich verließ das Lager und wanderte zum U-Bahnhof. Unser Dach war also undicht. Das war die ultimative Erinnerung, dass Caro das Haus bis zum Frühjahr komplett renovieren musste, wenn sie es behalten wollte. So stand es in Tante Rosis Testament. Wahrscheinlich nicht zu Unrecht, wenn man bedachte, dass Caro bisher fast nichts gemacht hatte.

Sie war auf dem Dachboden gewesen. Tja.

Ich packte den Gurt meiner edlen Handtasche fester und stieg die Treppen zur U-Bahn hinunter. Zum gefühlt millionsten Mal fragte ich mich, warum ich nie auf den Gedanken gekommen war, wenigstens Lothar ins Vertrauen zu ziehen. Obwohl ich mich von ihm gelöst hatte, war er mein väterlicher Freund geblieben. Oder Mutti! Aber sie hätte bestimmt ein Riesentheater gemacht. Das hatte ich noch nie leiden können.

Die U-Bahn fuhr ein. Schwerfällig stieg ich in den Waggon. Mein Handy vibrierte kurz und heftig in der Handtasche. Ich ignorierte es. Lothar, dachte ich und schob mich auf einen freien Platz, hätte wahrscheinlich Himmel und Hölle in Bewegung gesetzt, um mir meine Idee auszureden. Und dann hätte er mir wie in der Ausbildung aus der Patsche geholfen. Er wusste schon damals, dass ich ein bisschen komisch bin. Immer hat er für mich gekämpft. Aber dass Caro aus der Firma ausschied, hatte auch er nicht verhindern können.

Wieder vibrierte mein Handy, obwohl die U-Bahn unterirdisch dahinsauste. Ich wusste, dass Caro erneut versuchte, mich zu erreichen. Es irritierte sie sicher, dass ich noch nicht auf ihre letzte SMS geantwortet hatte.

Caro war auf dem Dachboden gewesen.

Ich malte mir aus, wie meine Ehe mit Caro an diesem Abend ihr trauriges Ende fand.

Am Hauptbahnhof wechselte ich von der U1 in die U3. Dabei stieg ich so zögerlich aus, dass sich die Seniorin hinter mir beschwerte: »Geht's a bissl schneller? Iiich habe fei ned vor, in der U-Bahn zu sterben!«

An der Station Maxfeld musste ich bedauerlicherweise wieder raus. Diesmal beeilte ich mich, schneller zu sein als die mitfahrenden Senioren. Es sollten nicht noch mehr Leute unter meiner Nachlässigkeit leiden. Obwohl der Nieselregen Gift für meine Designer-Stiefel war, schlich ich das letzte Stück regelrecht nach Hause. Jeder von Caros gefühlt dreitausend eingehenden Kontaktversuchen, die ich alle ignoriert hatte, wog mindestens eine Tonne. Das war meine Schuld, die hatte ich gefälligst zu tragen.

Schon von Weitem sah ich Caro auf den Steinstufen stehen, das dunkelblaue Schultertuch aus Kaschmir fest um sich geschlungen. Sie ließ mich nicht aus den Augen, dreihundert unendliche Meter nicht. Hoch aufgerichtet erwartete die Kriegsmaid ihre Reckin, um sie abzustrafen. Keine Ahnung, woher ich die Metapher hatte. Erste Anzeichen von Panik machten sich bemerkbar. Gedanklich ging ich bereits die Hotels in der Nähe durch, in denen ich ein paar Nächte für kleines Geld unterschlüpfen konnte.

Trotz aller Verzögerungskünste stand ich schließlich doch vor ihr. »Da bin ich.« Vorsichtig blinzelte ich zu Caro hinauf, damit ihre Wut mich nicht ganz unvorbereitet traf. Wir gaben sicher ein treffliches Bild ab von einem Ehepaar, bei dem man auf den ersten Blick sah, wer die Hosen anhatte.

»Ich war auf dem Dachboden.« Sie sprach mit genau der Stimme, die ich beim Lesen ihrer SMS im Ohr gehabt hatte.

»Das habe ich mitbekommen«, murmelte ich. »Du hast jetzt sicher eine Menge Fragen.«

»Die habe ich. Aber drinnen.« Sie musterte mich mit einer Mischung aus Neugier und Ablehnung, eine Prise Verblüffung mochte auch dabei gewesen sein. »Ich will nicht, dass die Nachbarn sich noch mehr das Maul über uns zerreißen.«

»Ist klar.« Wie eine alte Frau folgte ich ihr. Wir, das lesbische Ehepaar, das sich liebte. Erst hatten uns alle blöd an- und dann angewidert weggesehen. Das hatte uns einst, vielleicht zu eng, zusammengeschweißt. Es gab nur noch uns beide auf der Welt. Wenn die eine die andere verließ, würden beide für immer einsam sein. Noch ein Grund, wegen dem man austicken konnte, nicht wahr?

Caro ging ins Wohnzimmer vor. Ich wollte den Arm um sie legen und ihr wenigstens einen Kuss auf die Wange drücken. Aber sobald ich sie berührte, versteifte sie sich, weil sie nicht wusste, wie es dazu kommen konnte, dass wir uns jetzt wie Fremde gegenüberstanden. Später würde sie sich nicht mehr von mir umarmen lassen, weil sie es dann wüsste.

Müdigkeit überkam mich und erstickte die beginnende Panik. Seltsam, wie entspannt ich auf einmal war, obwohl es kein Entrinnen mehr gab. Schwer ließ ich mich auf das Sofa fallen und knöpfte meinen Mantel auf. Die tropfnassen Stiefel würden Flecken auf dem alten Teppich hinterlassen. »Ich muss dir was erklären.«

»Das musst du in der Tat.« Vorsichtig sank Caro in ihren angestammten Ohrensessel, die Beine parallel aufgestellt. Ihre Hände ruhten scheinbar lässig auf den Armlehnen. So lag ihr Zwerchfell locker im oberen Bauchraum und sie kam beim Diskutieren nicht so schnell aus der Puste. Eine Haltung, die ich wahrscheinlich nicht mehr allzu oft sehen würde.

Caro zögerte. »Werde ich mögen, was du mir zu sagen hast?«

»Nein. Das heißt ...« Ein letztes Mal ging ich meine Chancen durch, mit heiler Haut aus der Sache herauszukommen. »Nein.«

Sie seufzte beherrscht. »Fang an.«

Das erste richtige Gefühl stellte sich ein: Resignation. »Es ist ein bisschen kompliziert.«

»Dann halt es einfach, ich will den Flug erwischen«, fuhr Caro mich an. Zu recht, denn sie hatte sich den ganzen Winter auf den Urlaub mit mir gefreut.

Umständlich räusperte ich mich. »Vielleicht solltest du mir erst sagen, was mit dem Dach ist. Und danach ...«

»Wir haben ein Loch im Dach!«, schrie Caro. »Ich habe es heute Morgen beim Bettenmachen gemerkt, weil die Seite deines Bettes pitschnass war. Dann bin ich raufgegangen, um das Ganze mit Planen abzudecken, bis die Handwerker kommen, und habe den Verschlag entdeckt.«

Ich runzelte die Stirn. »Und? Waren die Handwerker da?«, wagte ich zu fragen. Um den Verschlag hatte ich mich doch schon vor Monaten gekümmert.

Zornesrot beugte sie sich vor. »Ja, waren sie! Aber das ist nur ein Provisorium. Und sie haben eine Kiste mit Büchern dort oben gefunden. *Meine* Bücher. Auf dem Karton stand *deine* Büroadresse. Die Sendung ist letzten Winter während unseres Urlaubs verschickt worden.«

Ich schwieg. »Möglich«, gestand ich ein.

Caro kam näher, hob sich halb aus dem Sessel, gleich würde sie vornüber kippen und sich auf mich stürzen. »Keine Spielchen. Hast du diese Bücher bestellt?«

Ich beging einen Fehler, indem ich mich verteidigte: »Warum regst du dich denn so auf? Das ist doch nur ein Karton mit Büch...«

»Zusammen mit diesen Lieferscheinen?« Sie stand auf und zerrte ein zusammengefaltetes Papierbündel aus der Hosentasche. »Auf dem steht, dass zwanzig Exemplare von meinen Büchern zu dir ins Büro geschickt wurden. Hier sind es nur zehn. Und hier fünfzehn.« In Windeseile faltete sie ein Blatt nach dem anderen auseinander und warf mir jedes einzelne vor die Füße. »Und noch mal zehn. Alles während unseres Urlaubs!« Der letzte Lieferschein landete auf dem Boden.

Keine Ahnung, warum ich den gleichen Fehler noch mal beging, obwohl ich doch gekommen war, um die Sache zu klären: »Ist es seit Neuestem verboten, Bücher zu bestellen oder warum rastest du so aus?«

Caro lachte schrill. »Ich fasse es nicht! Glaubst du, ich bin dumm?«

»Nein, aber ...«

»Sag mir die Wahrheit: Haben diese Lieferscheine etwas mit meinen auf einmal ach so tollen Verkaufszahlen zu tun?«

Selbst im Sitzen wurden meine Knie weich. Und noch immer fehlte mir der Mut, alles zuzugeben. »Wie kommst du darauf?«

Sie legte den Kopf schief. Aber dieses Mal war kein Fünkchen Liebe in ihr, nur brodelnder Zorn mit der Tendenz, zu Hass zu werden, wenn ich nicht endlich die Wahrheit sagte. »Ich habe die Zahlen und die Bestelldaten mit meiner eigenen Statistik verglichen. Alles stimmt überein. Deshalb komme ich darauf.«

»Ja«, sagte ich der Einfachheit halber.

»Ja?«

»Ja, deine Verkaufszahlen und diese Lieferscheine hängen miteinander zusammen«, ergänzte ich. Fieberhaft dachte ich darüber nach, was ich vorbringen konnte, um Caro zu besänftigen, denn das war erst der Anfang. Aber hier wurden die Fähigkeiten der Typen aus dem Sales Department benötigt. Sie verkauften einen ein verwelktes Gänseblümchen für tausend Euro plus Steuern, und man freute sich auch noch darüber. Ich, die kleine Einkäuferin, wusste nur, wie man Waren richtig einlagerte.

»Wir können nicht fliegen«, versuchte ich ungelenk, sie auf ein anderes Thema zu bringen. Damit nahm ich Caro wenigstens erst mal den Wind aus den Segeln.

»Wieso? Leidest du plötzlich an Flugangst?«, fragte sie verwirrt. Die Lieferscheine waren vergessen.

»Nein, das nicht.« Ich wand mich. Wenn ich weiter so herumdruckste, würde ich eine Scheißwut auf mich selbst kriegen!

»Warum dann?« Caro als ein wenig ungeduldig zu bezeichnen, wäre einer Untertreibung gleichgekommen.

Kilometerlange, tiefrote Zahlenkolonnen zogen an meinem inneren Auge vorbei, umflattert von zerknautschten Büchern. Genau wie in meinem Traum letzte Nacht und in der Nacht davor, und die Nacht davor. Und letzte Woche.

»Wir können nach Fuerteventura fliegen, aber wir können nicht bis Mitte Januar bleiben«, präzisierte ich. Meine Stimme zitterte.

»Weil?«

»Weil uns das Haus ab dem 1. Januar nicht mehr gehört.« War mir jemals vor Angst so schlecht gewesen wie in diesem Augenblick?

»Du machst Witze«, meinte Caro.

Ich schüttele den Kopf. Die Worte gingen mir aus, zu bizarr erschien es mir auf einmal, die unumstößliche Wahrheit zu sagen. Ich musste es mit etwas Offensichtlichem probieren, etwas, das jeder verstand, weil es tagtäglich passieren konnte: »Ich konnte die Raten nicht mehr bezahlen.« Damit war hoffentlich ein guter Anfang gemacht.

Caro starrte mich an. »Verstehe ich nicht. Deshalb gehört uns das Haus doch trotzdem noch.«

»Nein, tut es nicht.«

»Wegen einer Rate oder was?« Unwillig schüttelte sie den Kopf. »Dann zahle ich eben die ausstehende Rate und die nächsten auch, falls nötig. Ich habe im letzten Quartal genug eingenommen und auch ein bisschen was auf der hohen Kante.«

»Das wird nichts nützen.« Meine Hände falteten sich ineinander, damit ich mich an mir selbst festhalten konnte.

»Aber sicher nützt es was, du hast doch einen guten Job. Da bist du schnell wieder flüssig.« Sie runzelte die Stirn. »Wieso kannst du die Raten eigentlich nicht mehr zahlen?«

»Mein Dispo ist am Anschlag. Wir haben in den letzten Monaten ein bisschen zu gut gelebt.« Innerlich heulte ich gequält auf. Das war doch wieder nur ein Teil vom großen Ganzen, ich musste endlich ...

Immer noch voller Zweifel, welche Quintessenz sie aus diesem seltsamen Dialog ziehen sollte, aber trotzdem voller Liebe kam Caro einen Schritt näher. »Ja, wir haben gut gelebt. Aber wir haben das Leben genossen, weil wir nur dieses eine haben. Weißt du was? Wir fliegen jetzt nach Fuerteventura. Und nach dem Urlaub handelst du mit deiner Bank einen neuen Kreditrahmen aus.«

Die Couch aus butterweichem Leder verwandelte sich unter meinem Hintern in Beton. Caro verstand mich einfach nicht, weil ich sie mit meinen Informationshäppchen in die völlig falsche Richtung gelenkt hatte. Und weil es wohl auch ihr absurd erschien, dass sie nur eine einzige Leserin haben könnte – mich.

»Die nächste Autorenmarge wird Ende des Monats überwiesen«, fügte Caro nach kurzem Überlegen hinzu, »also in ungefähr zehn Tagen. Ich rechne mit ein- bis zweitausend Euro.« Sie kniete sich vor mich hin und nahm meine Hände in ihre.

Bei dieser Summe wurde mir schwarz vor Augen.

»Das heißt, es ist absolut unproblematisch, wenn du jetzt den Dispo ausreizt. Nicht mal die Zinsen tun uns weh.« Sie schenkte mir ihr warmes Lächeln, das ich so liebte, und schnipste mit den Fingern. »Denn wir haben das Geld im Handumdrehen wieder drin!«

»Caro, ich ...«

»Und falls du ganz sicher gehen willst, beleihen wir unser Häuschen an der Costa Calma mit, sagen wir, zehntausend Euro. Die Bank macht bestimmt mit. Und wir haben es mit Sicherheit ruckzuck wieder ausgelöst.« Caro war auf einmal ganz die souveräne Bestsellerautorin. Erst jetzt! Dabei hatte ich mir diese Verwandlung viel früher herbeigesehnt.

Zu sehen, welche Ungeduld mein Kopfschütteln bei ihr auslöste, bereitete mir fast körperliche Schmerzen. »Nein, Caro. Das Haus gehört uns wirklich nicht mehr.«

Allmählich wurde ihr klar, dass ich keine Scherze machte. Ich sah es daran, wie das Funkeln in ihren Augen erlosch. Zunächst glühten ihre Iriden noch einmal auf, bis sie gut durchblutet waren und tiefbraun leuchteten. Die Pupillen bewegten sich mit und schrumpften, weiteten sich, schrumpften und blieben dann wie mittelgroße, schwarze Neumonde im Zentrum der Iriden stehen. Ihre Hände sanken von meinen Knien, sie rutschte zurück auf den Teppich. Unter ihr knisterten die Lieferscheine. Ausgelaugt wie nach dem letzten gelungenen Upload hockte sie da. Ich wünschte, ich hätte mich niemals von ihrer Unzufriedenheit provozieren lassen. Dann hätte ich auch niemals blind ihre Bücher gekauft.

»Das heißt also, jemand anders wohnt bald in unserem Haus auf Fuerteventura«, stellte Caro nach vielen, vielen Atemzügen fest. »Was ist mit unseren Möbeln?«

»Die müssen noch zurücktransportiert werden.« Ein einfach einzufädelnder Vorgang, den ich mir gerade nicht zutraute. Meine Unfähigkeit brachte mich den Tränen nahe. »Es tut mir so leid, dass es so kompliziert ist.«

»Nein, Stefanie, das ist es nicht.« Mit einem Mal sah Caro aus wie eine Neunzigjährige. »Was ist passiert? Was haben die Bücher damit zu tun? Und warum haben wir das Haus an der Costa Calma nicht mehr?«

Die Worte kamen, ohne dass ich darüber nachdenken musste: »Wegen dir.«

»Wegen mir?«, wiederholte sie empört.

»Ja.«

Ihre Augen füllten sich mit Tränen. Ich war nicht sicher, ob es wegen unseres Gesprächs war, das sie ironisch als »Echo-Dialog« bezeichnet hätte, in dem jeder wiederholte, was der andere unmittelbar davor gesagt hatte. Oder weil ihr langsam klar wurde, was ich getan hatte.

Hilflos breitete ich die Arme wie eine ihrer Romanfiguren aus und ließ sie wieder fallen. Welcome to my fucking reality! Ich sagte den schicksalsschweren Satz: »Alles, was ich dir nun erzähle, habe ich nur für dich getan.«

Müde hob Caro den Kopf. »Ach ja?«

»Ja. Vorher solltest du aber den Rückflug umbuchen. Wegen der Kosten.«

»Lass das meine Sorge sein«, schnaubte Caro. »Und jetzt fang an. Ich will alles wissen!«

Meine Knie waren nun nicht mehr weich, sondern steif. »Ich wollte, dass du glücklich bist.« Ich brauchte diesen sanften Einstieg für mich. »Du hast nach dem ersten Roman all deine Hoffnung in deine Zukunft als Verlagsautorin gesetzt. Die erste Monatsabrechnung hat dir ja auch recht gegeben. Irgendwie.«

»Ja«, stimmte Caro zögernd zu. Es klang wie eine Frage.

»Doch als die Remissionen kamen, ging es dir schlechter. Ich hatte Angst, dass du wieder in eine depressive Episode abrutscht wie nach Tante Rosis Tod.« Selbst die Erinnerung machte mich unglücklich. »Deshalb habe ich ...«

»Was hast du?«, fragte Caro drohend.

»Ich habe alle E-Book-Cards deines zweiten Krimis gekauft, die du auf Kommission in den Buchhandlungen ausgelegt hast«, würgte ich heraus. In der Wärme des Hauses begann das Holz des Parketts zu knacken. Eine gefühlte Ewigkeit war dies das einzige Geräusch.

»Das waren zweihundert Stück«, meinte Caro. »Ein Exemplar zu dreineunundneunzig.«

»Ja.« Gut, dass sie endlich mitdachte.

Zögernd richtete Caro sich auf, so zögernd wie das Begreifen, das sie übermannte. »Das heißt, ich habe damit keinen Gewinn gemacht, weil sich dein Geld in meine Tasche verschoben hat?« Wieder machte ich diese dämliche Romanfigurengeste: Arme ausbreiten und fallenlassen.

Sie stand auf und ging die Treppen hinauf in ihr Arbeitszimmer. Hastig folgte ich ihr. »Immerhin habe ich damit das Geld in den Wirtschaftskreislauf zurückgeführt«, versuchte ich eine Entschuldigung.

In ihrem Büro zog sie ihren Stahlschrank mit den Buchhaltungsunterlagen auf und blätterte in einer Hängemappe. »Unsinn. Du hast ungefähr achthundert Euro inklusive Steuern aus dem Fenster geworfen.« Sie zog ein verknicktes Blatt mit einer Tabelle heraus. »Ich habe die Kalkulation aufgehoben. Da, meine Einnahmen: 518,70 €. Es wäre einfacher gewesen, wenn du mir das Geld gleich in die Hand gedrückt hättest.«

»Aber dann hättest du dich nicht so gut gefühlt«, wandte ich ein. »Es wäre nicht deine selbst verdiente Autorenmarge gewesen, sondern Taschengeld, das ich dir als Ehefrau überlasse. Hättest du deine Depression mit diesem Wissen leichter überwunden?«

»Nein.« Sie ließ das Blatt sinken. »Aber das waren nur die E-Book-Cards meines erster Romans. Was ist mit den Prints?«

Mit einem Schlag kehrte die Angst zurück. Ich konnte darauf nicht antworten.

Das Zittern überkam Caro wieder. Sie brauchte mehrere Atemzüge, bevor sie die nächste Frage stellen konnte: »Hast du auch die Exemplare meiner anderen Romane aufgekauft?«

»Ich habe die meisten im Internet bestellt.« Willkommen in der Hölle, flüsterte eine kleine, böse Stimme in mir.

Mit dem Ausatmen fielen Caros Schultern förmlich nach unten. Automatisch fummelte sie das Blatt zurück in den Hängeordner, wühlte blicklos in anderen Ordnern herum. Schob die Schublade wieder zu.

»In den letzten zwölf Monaten wurden um die eintausendeinhundert gedruckte Exemplare verkauft. Und rund viertausend E-Books. Warst du das etwa ganz allein?« Sie blieb mit dem Rücken zu mir stehen. Ich hätte mich jetzt auch nicht anschauen wollen.

»Ja.«

»Wie?«

»Ich habe unterschiedliche E-Mail-Profile und diverse Accounts angelegt.«

»Ts«, zischte sie ungläubig.

Meine Zunge schien zu einem dicken Knoten anzuschwellen.

»Und warum hast du das gemacht?«, fragte sie mit zitternder Stimme.

Meine brennenden Augen schlossen sich von allein. »Weil ich dich liebe.«

»Wie sehr liebst du mich?«, fragte sie genauso leise. »In absoluten Zahlen. Eine Schätzung reicht mir.«

Das war das erste Mal, dass sie Wert auf Zahlen legte. Um daran die Menge meiner Schuld bemessen zu können.

»Dreißigtausend«, spuckte ich aus. »Bisschen weniger. Ohne Lagerkosten.« Jetzt war es heraus.

Caro schwieg erst mal. Dachte nach. Rechnete wahrscheinlich im Kopf aus, wie viel Prozent ihrer »Autoreneinnahmen« tatsächlich von mir stammten. »Was meinst du mit Lagerkosten?«

Interessanterweise war mir dieser Punkt fast peinlicher als die Bücherkäufe. »Ich habe es nicht übers Herz gebracht, deine Bücher zu — recyceln.«

»Aber unser Haus hast du dafür leichten Herzens versilbert! Und ich überweise dir auch noch fünfzigtausend, damit es schneller abbezahlt ist.« Dann stockte sie. »Wenn du nur dreißigtausend ausgegeben hast, wieso ist dann das Haus weg?«

Stockend fasste ich zusammen, was sich nach dem Zusammenbruch meines geliebten Puntos ereignet hatte: Dass mein Giro-Sockelbetrag von zehntausend Euro wegen der Bücherkäufe aufgebraucht war und ich kein Geld für einen neuen Wagen hatte. Dass ich damals schon das Doppelte meines Gehalts für ihre Bücher ausgab. Die Nebenkosten und die Raten fürs Haus auf Fuerteventura, die Lebenshaltungskosten in Nürnberg. Die Urlaube und die Möbelkäufe. Caros teure Armbanduhr, die ich ihr unbedingt hatte schenken wollen. Unsere luxuriöse Kleidung, das gute Essen.

»Aber dein Geld hätte doch trotzdem reichen müssen«, fuhr Caro stur fort. »Du hattest die Erbschaft!«

»Die ich zum großen Teil für den Hauskauf aufgewendet hatte«, korrigierte ich sie vorsichtig.

»Und meine fünfzigtausend? Damit müsste sich die Ratenzahldauer doch drastisch verringert haben!«

»Hat sie auch. Aber ich konnte die Raten trotzdem nicht mehr von meinem Gehalt zahlen. Das ging für die Bücher drauf.« Ich schluckte heftig. »Und dann habe ich den ersten Kassensturz gemacht und in meiner Angst das Haus beliehen. Damit ist die abzuzahlende Summe wieder über sechzigtausend Euro gestiegen.«

»Aber warum hast du es beliehen, wenn ich doch gutes Geld als Schriftstellerin verdient habe? Ich hätte doch …« Caros Mund klappte abrupt zu. »Ich bin gar keine echte Schriftstellerin.« Sie brach in Tränen aus. »Du hast mich betrogen! Ich hasse dich!«

Ihre Faust traf mich erst an der Schulter, dann am Ohr. Plötzlich prasselten ihre Schläge so schnell auf mich ein, dass mir nur noch die Flucht blieb.

Ich rettete mich in mein Arbeitszimmer. Die Tür sperrte ich zweimal hinter mir ab. Unten im Flur heulte Caro vor Wut und Frust wie eine Feuerwehrsirene. Es war nur eine Frage der Zeit, bis ein »besorgter« Nachbar klingelte und fragte, ob alles in Ordnung sei.

»Dann buche ich mir wohl mal lieber ein Zimmer«, sagte ich zu mir, um mich selbst zu beruhigen. Mein gepackter Koffer für Fuerteventura stand bereits neben meinem Schreibtisch. Das Gefühl, alles verloren zu haben, wollte sich seltsamerweise trotzdem nicht einstellen. Ich fuhr den Laptop hoch und loggte mich auf einem Hotelportal ein. Ende Dezember sah es zimmermäßig schlechter aus als sonst, die Preise waren zum Kotzen hoch. Das Vergleichen der Angebote lenkte mich so sehr ab, dass ich das Klopfen an der Tür erst beim zweiten Mal registriere.

»Steffi? Machst du bitte die Tür auf?«

Ich hielt inne. Caros verheulte Stimme ließ einen Tränenkloß in meinem Hals schwellen. Und natürlich sperrte ich die Tür für meine Liebste auf, auch wenn sie mir gleich ihren Ring vor die Füße warf!

Stumm folgte Caro meiner wortlosen Geste, einzutreten, stumm schaute sie sich um, als wäre sie zum ersten (oder letzten?) Mal in meinem Arbeitszimmer. »Eigentlich«, begann sie, ohne mich anzuschauen, »sind dreißigtausend Euro gar nicht so viel. Wenn man bedenkt, dass ich in einem Jahr knapp siebenundzwanzigtausend Euro eingenommen habe. Also, eigentlich ist es dein Geld. Aber das ist trotzdem ein bisschen mehr als ein gutes Jahresgehalt von der Firma.«

Ihre demonstrative Ruhe war mir unheimlich. »Und der Rest?«, fragte ich bebend. »Der Ruhm und die Fans, die du gar nicht hast. Die ich dir alle vorgemacht habe!«

»Die Rezensionen?«, hakte Caro nach. »Die Follower?«

Ich nicke beschämt. »Die Rezensionen. Weil außer mir niemand deine Bücher gelesen hat. Aber ich bin nur ein Follower. HeavyHead.«

Gedankenverloren fing Caro an, den Ehering an ihrem Finger hin- und herzudrehen. »Hmhm«, brummte sie niedergeschlagen und blickte auf. »Ich möchte trotzdem mit dir nach Fuerteventura. Wir müssen uns um die Möbel kümmern.«

»Ernsthaft?«

»Haben wir denn eine andere Wahl?« Ihre Augen liefen über, als sie die Arme ausbreitete und wieder fallenließ. »Das können wir doch nicht so lassen.« Plötzlich war sie ganz dicht bei mir und schlang die Arme um mich. »Ich liebe dich doch auch!«

Vorsichtig erwiderte ich ihre Umarmung. Gierig atmete ich ihren Duft ein. Sie liebte mich. Warum hatte ich jemals daran gezweifelt?

»Kannst du mir verzeihen?«, flüsterte ich in ihre verschwitzten Nackenhaare. »Ich mache es wieder gut.«

»Das kannst du nicht wieder gut machen, Steffi«, hauchte sie. »Außer du schwörst, dass du das nie wieder tust.«

Ihr verkrampfter Mund schmeckte nach bitterer Verzweiflung und Unverständnis. Was immer genau sich dahinter noch verbarg, es würde warten müssen, bis wir auf Fuerteventura angekommen waren.

Epilog

Januar 2015

Wir hatten Glück. Merle, die Frau unseres Nachbarn Peter aus Crailsheim, denen das Häuschen mit Meerblick neben uns gehörte, ließ ihre Beziehungen spielen und vermittelte uns einen günstigen und vor allem schnellen Transportservice. Nebenbei erfuhren wir, dass sie Werkzeugmachermeisterin war, einen gut gehenden Handwerksbetrieb leitete und ebenfalls Interesse an unserer Behausung gehabt hätte. Ihr Mann stand die meiste Zeit stumm daneben und nickte hin und wieder. Seine Stärken lagen eindeutig auf der Zubereitung von Grillfleisch.

Das Geld für das Haus war wie angekündigt am 23. Dezember auf meinem Konto. Am 29. Dezember wurden unsere Möbel abgeholt. In zwei Wochen sollten sie bei uns in Nürnberg eintreffen. Die letzte Nacht vor dem Abflug wollten Caro und ich in einem der besten Hotels verbringen. Nun hatten wir wieder Geld für eine Suite, deren luxuriöse Ausstattung kaum überbietbar schien.

Caro zögerte jedoch. »Merle meinte, sie würde mir ihr Haus bis Ende Januar für 200 Euro vermieten. Ehrlich gesagt fände ich das toll. Wegen dem Meerblick.«

»Ich kann aber nicht so lang bleiben«, wandte ich ein.

Sie sah mich nur an.

Am 30. Dezember reisten Merle und Peter ab. Wir betraten das fremde Haus, das wie unseres geschnitten war. Nur die Möbel waren andere. Das Bett im Gästezimmer war breit genug für zwei Personen und wir schliefen darin, als wäre alles beim Alten.

Der 31. Dezember kam. Wie vereinbart drückte ich dem neuen Besitzer Antoine Garibaldi die Schlüssel für unser Häuschen in die Hand. Er lachte und winkte, bevor das Hoftor hinter ihm ins Schloss fiel.

Irgendwo grollte Donner. Ein Wintergewitter kündigte sich an. Die Götter hatten gesprochen.

»Ich glaube, du kannst doch was tun«, sagte Caro aus heiterem Himmel.

»Um das alles wiedergut zu machen, meine ich.«

»Was denn?« Zitternd folgte ich ihr in Merles und Peters Haus. In der Küche goss Caro uns selbst gemachten Eistee ein. Mit der Herstellung hatte sie sich wieder geerdet.

»Prost.« Sacht stieß sie ihr Glas gegen meins. »Du machst kein Theater, wenn ich allein bis Ende Januar hier bleibe.«

»Okay.« Rasch trank ich einen großen Schluck. Ich würde Caro schrecklich vermissen.

»Du sortierst die Bücher in beiden Lagern nach gut erhaltenen und unverkäuflichen Exemplaren.« Sie nippte am Glas und verzog den Mund. Der Eistee war ein bisschen zu sauer geraten. »Du stellst sie als Sonderposten bei eBay ein.«

»Okay. Ist das alles?« Ich setzte das Glas an und trank.

Sie legte den Kopf schief, ohne zu lächeln. »Du schreibst alles auf, was dazu geführt hat, dass wir hier stehen, und zwar so ehrlich wie möglich. Alles! Bis ich wieder da bin.«

Ich verschluckte mich fast. »Aber ich bin doch gar keine Autorin!«

»Ich möchte, dass du beim Schreiben fühlst, was ich gefühlt habe«, sagte Caro ruhig. »Und ich will verstehen, was in dir vorgegangen ist. Mehr nicht. Es ist mir egal, wie lang dein Text wird. Nur schreiben sollst du ihn.«

Am Tag nach der Schlüsselübergabe flog ich allein nach Hause, innerlich immer noch zu erfroren, um wirklich zu begreifen, was passiert war. Bereits am 2. Januar des neuen Jahres holte mich der Alltag ein, aber ohne heimliche E-Book-Bestellungen. Der Chef von der Dachdeckerfirma meldete sich mit dem Kostenvoranschlag und sorgte bei mir für einen galoppierenden Herzschlag. Aber das Geld war da, es gab keinen Grund mehr zur Besorgnis. Also gab ich die Renovierung des Dachs in Auftrag. Weil immer mehr Schäden offengelegt wurden, muss auch der Rest des für die Renovierungen vorgesehenen Geldes dran glauben.

Aber wir haben es. Zum Glück. Sobald die Renovierungen abgeschlossen sind, wird Caro mit Dr. Mordhorst nach Zürich fahren, um das Bankfach in der Banca Helvetica zu öffnen, von dem in Tante Rosis Testament die Rede war.

Um den 8. Januar herum erhielt Caro mehrere große Briefumschläge von örtlichen Buchhandlungen. Die unverkauften E-Book-Cards wurden remissioniert. Wie sich herausstellte, war der Vertrieb am 7. Januar 2015 wegen anhaltender Erfolglosigkeit von der Vertriebsagentur eingestellt worden. Nun hatten wir neben gut erhaltenen siebenhundert Printausgaben auch noch dreihundert wertlos gewordene E-Book-Cards. Die konnte ich vielleicht noch als Sammelkarten bei eBay verhökern.

Ein Brief der Stadtverwaltung versetzte mich zusätzlich in Panik, weil für irgendwelche Baumaßnahmen an unserer Straße Zuzahlungen für Erschließungskosten von den Anwohnern erhoben wurde. Dr. Mordhorst schüttelte ungläubig den Kopf und riet mir, dagegen mit einem Anwalt vorzugehen, den er mir natürlich prompt empfehlen konnte. Unsere Nachbarn zogen mit, weil sie ebenfalls keine Lust hatten, für etwas einen Kredit aufzunehmen, das man nur mit viel Geschick als Erschließungskosten auf die Anwohner umlegen konnte.

Unsere Möbel wurden am 9. Januar bei strömendem Regen geliefert. Ich wienerte einen halben Tag daran herum, damit sie keinen bleibenden Schaden nahmen. Danach glänzten sie. Und ich hatte vier wertvolle Stunden verschenkt, in denen ich am Text für Caro hätte arbeiten können. Widerwillig setzte ich mich spät abends an meinen Laptop und schrieb.

Eigentlich unglaublich, dass ich seit dem 22. Dezember bereits 180 Seiten getippt habe. Pro Tag habe ich mir zehn Seiten vorgenommen und mich bereits unzählige Male dafür verflucht. Gott, ist das anstrengend! Aber ich tue es für Caro und mich.

Obwohl mein Urlaub längst vorbei ist, setze ich mich immer noch jeden Abend hin und schreibe. Manchmal fließt der Text nur so in die Tastatur, aber oft genug quäle ich mich mit Satzkonstellationen oder meiner Unfähigkeit herum, generell die richtigen Worte zu finden. Lothar und Mutti ist aufgefallen, dass ich zwar immer noch still, aber eloquenter geworden bin. Hin und wieder lasse ich mich auch schon zu einer Gefühlsregung hinreißen. Meist lache ich wie eine Irre, bis ich mich wieder beruhigen kann. Danach geht es mir erstaunlich gut. Warum ich auf einmal so viel schreibe, habe ich den beiden natürlich nicht gesagt. Das brauchen sie nicht zu wissen. Das ist eine Sache zwischen Caro und mir, und das soll auch so bleiben.

Ich berichte Caro täglich in langen, sehnsüchtigen E-Mails davon, die ich schreibe, weil mir unsere Telefonate nicht genügen. Sie hat sich auf Fuerteventura einen alten Text vorgenommen, dieses Mal einen Liebesroman, den sie in ihrer Jugend konzipiert hat. Sie will wissen, wohin ihre Liebe verschwunden ist und sie auf diesem Weg zurückholen. Es tat unendlich weh, als sie mir das sagte. Aber ich kann sie verstehen.

»Wenn ich wieder in Nürnberg bin, werde ich als Vorleserin arbeiten«, schrieb sie in einer E-Mail. »Es ist so frustrierend, dass ein Buch nur bis zu seiner Geburt lebt, also bis zu seiner Veröffentlichung. Danach kann es sich nicht mehr verändern, nur noch weitergegeben werden. Ich möchte andere Menschen für Worte begeistern und die Grundlage für künftige Geschichtenerzähler vermitteln. Damit sie Worte finden, bevor es zu spät ist.« Eine Liste mit Nürnberger Kindergärten und Schulen hat sie sich bereits zusammengestellt.

***

All das hat sich in vier Wochen ereignet. Mir ist vieles klar geworden, was ich mir bei einem Psychotherapeuten wahrscheinlich nie hätte erarbeiten können. Ich habe begriffen, dass ich eine Zwangsstörung habe, die mich zu den Bücherkäufen veranlasst hat. Aber ich habe auch das Ziel, eines Tages frei von Angst damit leben zu können.

Caro hat versprochen, bei mir zu bleiben. Sie wird in einer Stunde auf dem Nürnberger Flughafen landen. Ich werde sie abholen. Die Finanzgeschäfte werden wir weiterhin Dr. Mordhorst überlassen, damit wir uns um die wichtigen Dinge des Lebens kümmern können.

Vielleicht holen wir uns eine Katze aus dem Tierheim.

Wir werden unser Nürnberger Stadthaus behalten und unsere Ehe besser pflegen. Denn wir lieben uns immer noch oder trotzdem oder welche Konjunktion man auch immer verwenden mag. Es spielt keine Rolle.

Ende